SV

Christoph Hein

Willenbrock

Roman

Suhrkamp Verlag

Satz: Libro, Kriftel
Druck: Friedrich Pustet, Regensburg
Gedruckt auf holzfreies Schleipen-Werkdruckpapier
Gebunden in Irisleinen der Bamberger Kaliko
Printed in Germany
Erste Auflage 2000
1 2 3 4 5 6 – 05 04 03 02 01 00

Willenbrock

I

Er kauerte vor dem kleinen, gusseisernen Ofen und hielt ein Streichholz an das zusammengeknüllte Papier und die darüber geschichteten Holzspäne. Dann schloss er die Klappe und wartete. Als er das Knistern der Flamme hörte, öffnete er die obere Klappe und warf ein paar Scheite hinein. Er wischte sich die Finger an einem Lappen ab, der neben dem Schreibtisch lag, und setzte sich. Aus einem Schubfach holte er ein Magazin heraus und blätterte darin, während er sich mit einer Hand eine einzelne Zigarette aus seiner Jackettasche angelte und sie entzündete. In der Nacht hatte er geträumt, dass er auf einer eisernen Fußgängerbrücke, die über Eisenbahngleise führte, entlangrannte. Während er jetzt die nackten Mädchen betrachtete, überlegte er, wo er die endlos lange Brücke schon einmal gesehen haben könnte. Im Traum war er einem Mann gefolgt, der vor ihm herlief, ohne dass er ihn erreichen konnte. Er war ihm immerzu nur hinterhergelaufen, in einem sich nicht verändernden Abstand. Er wusste nicht, warum er ihn verfolgte, er wusste nicht, ob sie sich kannten, ob sie einander verpflichtet waren, was ihn mit diesem Mann verband. Er wusste nicht einmal, wer dieser Mann war. Alles, woran er sich erinnerte, waren diese endlos lange Brücke und die diagonalen Verstrebungen, an denen er entlanglief, das metallene Klappern ihrer Schritte, der eigenen und der des Mannes, dem er hinterlief. Die Brücke schien ihm vertraut zu sein. Ihm war, als wäre er irgendwann schon einmal auf ihr entlanggegangen, aber die undeutlichen, verschwommenen Bilder in seinem Kopf klärten sich nicht, so sehr er sich auch bemühte.

Nur ein dummer Traum, sagte er sich und betrachtete müde und enttäuscht die Mädchen, die ihm ihre Brüste entgegenstreckten und ihn einladend anlächelten. Er schlug das Magazin zu und verstaute es wieder in seinem Schreibtisch, in einem Fach, in dem ein Stapel der gleichen Hefte lag.

7

Vor der Tür des Wohnwagens gab es ein Geräusch. Er schaute auf und sah, dass die Türklinke sich bewegte. Er stand auf, ging zur Tür, schloss sie auf und öffnete sie. Vor dem Wagen standen sechs Männer, die ihn schweigend und erwartungsvoll ansahen.

»Um neun«, sagte er und tippte auf seine Armbanduhr, »um neun wird geöffnet.«

Er sah nach dem Tor, es stand offen, er hatte vergessen es zu schließen, nachdem er am Morgen auf den Hof gefahren war. Die Männer blickten ihn mit einem verlegenen Lächeln der Verständnislosigkeit an, und er wiederholte: »Neun Uhr.« Da die Männer wortlos verharrten, fügte er hinzu: »Dewjatj schasow.« Dann nickte er mehrmals, schaute sich auf dem umzäunten Platz um und ging wieder in den Wohnwagen. Er verschloss die Tür, ging zum Ofen, warf mit der Kohlenzange ein paar Briketts auf das brennende Holz und setzte sich erneut an den Schreibtisch. Er zog die Schubläden heraus, eine nach der anderen, um sie dann schwungvoll wieder hineinzuschieben, nachdem er einen Blick auf die darin liegenden Papiere geworfen hatte. Aus der untersten Lade nahm er ein mit einer Büroklammer geheftetes Bündel von Verträgen heraus und blätterte es durch. Als er gefunden hatte, wonach er suchte, griff er zum Telefon, wählte die angegebene Nummer und verhandelte dann längere Zeit über die Lieferung einer Klimaanlage. Danach blätterte er nochmals in den Papieren, wählte eine weitere Telefonnummer und sprach mit dem Chef einer Lackierwerkstatt.

Als ein Mann an die Fensterscheibe klopfte, stand er auf und öffnete, ohne das Gespräch zu unterbrechen, die Tür, um ihn einzulassen. Er setzte sich an den Schreibtisch zurück, legte die Beine auf die Tischplatte und nickte dem Mann zu, während er weiter telefonierte. Als er das Gespräch beendet hatte, steckte er das kleine Gerät in seine Jackentasche und wandte sich an den Mann, der sich auf die kleine fadenscheinige Couch gesetzt hatte.

»Was machen wir falsch, Jurek?«

»Falsch? Was meinen Sie?«

»Sie stehen seit einer Stunde vor der Tür, um mir diese uralten Autos abzukaufen. Warum kommt halb Warschau zu mir? Bin ich zu billig? Gebe ich die Rostlauben zu preiswert ab? Sollte ich für jeden Wagen einen Tausender mehr verlangen?«

»Wir haben einen guten Namen, Chef. Man weiß, hier ist alles Qualität. Meine Landsleute wissen, Jurek kauft und verkauft nur gute Ware. Tausend Mark, die sollten Sie besser mir geben.«

»Ich werde darüber nachdenken, Jurek. Schließlich ist es egal, ob mich das Finanzamt ruiniert oder mein Angestellter. Willst du einen Kaffee?«

Der Pole lehnte ab: »Wir müssen öffnen, Chef.«

Er nahm sich einen Stapel Papiere vom Schreibtisch, dann standen beide Männer auf und gingen hinaus. Der Autohändler blieb auf der kleinen Holztreppe, die zum Wohnwagen hoch führte, stehen und betrachtete schweigend die vor ihm stehenden Männer und den geräumigen, mit Autos zugestellten Platz. Jurek ging hinunter und sprach mit den Männern. Er stellte ihnen nacheinander einige Fragen und machte sich Notizen. Dann winkte er einen aus der Gruppe zu sich und ging mit ihm über den Platz zu einem der abgestellten Autos. Die anderen Männer folgten langsam, sie hielten Abstand zu ihnen, waren aber bemüht, sich nichts entgehen zu lassen, ein Pulk jüngerer Männer in dunklen, billigen Anzügen und mit offenen Hemden, die unentwegt den Hof absuchten, um die aufgereihten Fahrzeuge abzuschätzen.

Ein Mann war vor dem Wohnwagen stehen geblieben. Er deutete auf das Schild mit dem Namen und den Öffnungszeiten: »Sind Sie hier der Chef?«

Der Mann auf der kleinen Holztreppe nickte. Dann kam er die zwei restlichen Stufen hinunter und stellte sich vor: »Willenbrock ist mein Name. Was kann ich für Sie tun?«

Der Mann deutete auf ein Auto, das in der Einfahrt stand, und erkundigte sich, ob Willenbrock interessiert sei, es ihm abzukaufen.

»Wie alt ist der Wagen?«

»Acht Jahre«, antwortete der Mann. Er holte die Fahrzeugpapiere aus dem Mantel und reichte sie Willenbrock. Sie gingen zu dem Auto. Der Händler lief einmal um das Fahrzeug herum, er wischte mit der Hand über den Lack, öffnete die Fahrertür und setzte sich für einen Moment in den Wagen. Als er ausstieg, lief er nochmals um das Fahrzeug herum und stieß mehrmals mit dem Fuß gegen einen der Reifen.

»Wie viel wollen Sie dafür haben?«

»Ich weiß nicht. Sie sind der Fachmann. Was würden Sie mir für den Wagen geben?«

»Wollen Sie tatsächlich, dass ich den Preis festlege? Dann sage ich, hundert Mark.«

Der Mann lächelte gequält: »Ich hatte an fünftausend gedacht. Das hat mir jedenfalls meine Werkstatt geraten.«

»Dann verkaufen Sie ihn an die Werkstatt.«

»Die kaufen keine gebrauchten Autos.«

»Ja, dann sollten die auch nicht solche Zahlen in die Welt setzen. Ich biete Ihnen zweitausend Mark.«

»Der Wagen kommt aus erster Hand. Schauen Sie auf den Tacho, ich bin wenig mit ihm gefahren.«

»Zu wenig. Der Kilometerstand macht misstrauisch. Ein paar tausend Kilometer mehr wären glaubwürdiger.«

»Die Reifen sind völlig neu.«

»Das habe ich gesehen. Darum biete ich Ihnen auch so viel Geld. Die Reifen sind das Beste. Die würde ich auch ohne Auto nehmen.«

Willenbrock bat ihn, die Motorhaube zu öffnen und das Fahrzeug zu starten. Er sah sich nach den Männern um, die in der Nähe des Drahtzauns um einen kleinen Lieferwagen standen, und rief laut nach Jurek. Als sich der Pole nach ihm umwandte, hob er den rechten Arm und bedeutete ihm mit einem kurzen, herrischen Winken, zu ihm zu kommen.

»Sieh dir den Wagen an, Jurek. Ist der noch zweitausend wert?«

Der Pole steckte seinen Kopf unter die Motorhaube, lauschte auf die Geräusche des Motors, prüfte die Kabel und Zuleitungen und strich mit dem Finger über den vibrierenden Motorblock. Dann richtete er sich auf, wischte sich sorgfältig die Finger an einem Lappen ab und sah seinen Chef an.

»Er verliert Öl. Die Dichtung ist nicht in Ordnung. Aber ansonsten ist der Wagen kein Problem. Wir haben schlimmere Maschinen auf dem Hof.«

Er warf einen beiläufigen Blick auf den Besitzer des Wagens, dann ging er zu den wartenden Männern zurück.

»Also zweitausend«, wiederholte Willenbrock, »sind Sie einverstanden?«

»Ich hatte mit mehr gerechnet.«

»Das verstehe ich. Das würde ich an Ihrer Stelle auch sagen. Aber mehr kann ich Ihnen nicht zahlen, ich will den Wagen schließlich wieder verkaufen.«

Er wartete geduldig auf eine Reaktion des Mannes, der sein Auto so eindringlich musterte, als sähe er es zum ersten Mal.

»Ich bin einverstanden. Sie machen ein sehr gutes Geschäft, aber ich habe keine Zeit.«

»Sicher mache ich ein gutes Geschäft. Nur deswegen betreibe ich meine Firma. Was dachten Sie denn? Kommen Sie.«

Er ging in den Wohnwagen, der Mann folgte ihm. Willenbrock bat ihn, auf der Couch Platz zu nehmen. Aus dem Schreibtisch holte er Formulare hervor und begann, sie auszufüllen, wobei er immer wieder in die Fahrzeugdokumente sah, die ihm der Mann übergeben hatte.

»An wen verkaufen Sie die vielen Autos?«

»Das geht nach Osteuropa, fast alles. Polen, Russland, Rumänien, das ist ein Fass ohne Boden.«

»Das heißt, Ihr Geschäft läuft sehr gut?«

»Vorzüglich. Wenn mich nicht das Finanzamt schröpfen würde, es wäre gar nicht auszuhalten.«

»Warum bezahlen Sie mir dann nicht, was der Wagen wirklich wert ist?«

Willenbrock hörte auf zu schreiben und sah auf. Dann lachte er.

»Brauchen Sie eine Quittung, eine Rechnung? Andernfalls kann ich noch dreihundert Mark drauflegen.«

»Ich brauche keinen Beleg. Wozu denn?«

Willenbrock holte aus der Innentasche seines Jacketts ein Bündel Geldscheine und zählte langsam die vereinbarte Summe und den zusätzlichen Betrag auf den Tisch.

»Ich nehme Ihnen nicht nur ein altes Auto, sondern ein Problem ab. Sehen Sie den Verkauf von der Seite.«

Er schob ihm zwei Papiere zur Unterschrift hin, stempelte alles, steckte die Dokumente und die Autoschlüssel in ein Couvert und legte es in ein Schubfach des Schreibtisches. Er stand auf und reichte dem Mann auf der Couch das abgezählte Geld und das gestempelte Papier. Der warf einen missbilligenden Blick darauf und steckte es wortlos in seine Tasche.

»Was war das hier früher? Ich kann mich nicht genau erinnern, aber ich weiß, dass hier irgendetwas anderes war.«

»Das war eine Gärtnerei«, sagte Willenbrock. Er nahm auf seinem Stuhl wieder Platz und sah aus dem verdreckten Fenster auf den Hof. »Der Gärtner konnte die Pacht nicht mehr bezahlen und ist an den Stadtrand gezogen. Das ist irgendwie vernünftiger. Was sollen Blumen und Kohlköpfe inmitten einer Großstadt. Es ist jedenfalls gesünder für das Grünzeug.«

»Offenbar macht man mit alten Autos bessere Geschäfte als mit Blumen?«

»Sicher. Das war der beste Einfall, den ich in den letzten zehn Jahren hatte. Nur meine Frau ist darüber nicht glücklich. Für sie sind alle Autohändler Ganoven und Verbrecher. Sie weigert sich, mein Geschäft nur zu betreten. Ich hätte sie gern für Buchhaltung und Steuer angestellt, dafür braucht man jemanden aus der Familie, wenn Sie verstehen. Aber sie will nicht, mit ihr ist nicht zu reden. Na schön, ich habe ihr eine kleine Boutique eingerichtet, feiner Tinnef für Damen mit Kostüm und Perlenketten, soll sie damit glücklich werden. Wir sind ja gottlob nicht auf ihr Geld angewiesen.«

Aus dem Schreibtisch nahm er eine Metallkassette und schloss sie auf. Er nahm das Bündel Geldscheine aus der Innentasche, strich mit dem Daumen über dessen Kante und legte es mit einem anderen Bündel zusammen, das er der Kassette entnommen hatte.

»Darf ich fragen, was haben Sie früher gemacht, bevor Sie mit diesem Handel begonnen haben?«

»Ich bin Ingenieur. Ich habe zwanzig Jahre als Ingenieur in einer Rechenmaschinenfabrik gearbeitet, bei Triumphator. Nach der Wende hat man alles Mögliche versucht, um zu überleben, aber es gab keine Chance für uns, wir hatten keine Verbindungen, keine Beziehungen. Und natürlich keine ausreichende Kapitaldecke. Zuletzt war die Firma drei Monate zahlungsunfähig. Irgendjemand schuldet mir noch heute den Lohn von drei Monaten, aber es gibt keinen, den ich deswegen haftbar machen kann. Dann war ich ein Dreivierteljahr arbeitslos und habe versucht, in meinem Beruf irgendwo unterzukommen. Auch aussichtslos. Sie ahnen gar nicht, wie viele Ingenieure dieses Land ausgebildet hat. Damals waren es immer zu wenige, und plötzlich waren es viel zu viele. Auf dem Arbeitsamt traf ich die halbe Ingenieurschule wieder. Das war nicht eben ein angenehmes Absol(v)ententreffen, das können Sie mir glauben.«

Er wedelte mit den Banknoten durch die Luft. Dann legte er sie in die Kassette zurück, stöberte mit dem Finger in den anderen darin liegenden Papieren und klappte den metallenen Deckel zu. Er verschloss die Kassette und verstaute sie wieder im Schubfach.

»Nicht angenehm, aber hilfreich. Irgendwann hatte ich es endlich begriffen und sprang los. Mein Schwager brachte mich auf den Trichter. Er war es, der mir vorschlug, mit gebrauchten Autos zu handeln. Er selbst ist Brunnenbauer auf einem Dorf in der Nähe von Bremen. Begonnen hat er mit zwei Mann, inzwischen hat er auf fünfzehn erweitert. Der Junge ist ein Genie, verstehen Sie, er hat die absolute Nase, wenn es so etwas gibt. Er hat immer den richtigen Riecher. Der kommt zurecht, der wird immer und überall zurechtkommen. Als hier der Staat zusammenbrach, sah er seine Chance. Er überließ seine Brunnenbaufirma einem Gesellen und zog im Osten vier oder fünf Gebrauchtwagenmärkte hoch. Drei Jahre lang hat er abgesahnt, dann hat er sie aufgegeben und seine alte Firma erweitert. Er hat mich gedrängt, mich selbstständig zu machen. Die Autos, die er nicht mehr verkaufen konnte, hat er mir überlassen, mit denen habe ich damals begonnen. Er tut heute, als hätte er sie mir geschenkt, aber inzwischen weiß ich, auch dabei hat er noch verdient. Er kann gar nicht anders. Meine Frau, das werden Sie sich denken können, schätzt ihren Bruder nicht sehr. Sie ist mehr für das Höhere, für Kunst und so etwas, aber der Kerl hat die absolute Nase. Er schubste mich in den Handel mit Gebrauchtwagen, und er besorgte mir einen Kredit. Sie verstehen, welche Bank wird schon einem arbeitslosen Ingenieur eine müde Mark leihen. Aber mit ihm an der Seite kam ein warmer Regen auf mein sündiges Haupt herab.«

Seine Hände, mit denen er den herabfallenden Regen veranschaulicht hatte, blieben plötzlich in der Luft stehen. Er beugte sich vor, sah den vor ihm sitzenden Mann aufmunternd an und sagte unvermittelt: »Aber genug von mir. Was machen Sie, darf man das fragen?«

»Ich bin Maler.«

»Anstreicher oder Ölbilder?«

»Nach Ihrer Einteilung gehöre ich zu den Ölbildern.«

14

»Ach, ein Künstler. Welch Glanz in meiner trüben Hütte. Sind Sie berühmt?«

»Nein.«

»Und Sie können davon leben?«

»Es geht.«

»Schwierige Zeiten, wie? Wer kauft heute noch Ölbilder?«

Er nahm den Kaufvertrag aus dem Schubfach und studierte ihn längere Zeit.

»Ihr Name kommt mir bekannt vor. Hatten Sie schon Ausstellungen?«

»Mehrere«, erwiderte der Mann auf der Couch, »hier und da.«

»Auch in Berlin?«

»Ja.«

»Ich wusste es doch. Ihr Name kam mir irgendwie bekannt vor. Ich persönlich mache mir nicht so viel aus Kunst, aber meine Frau ist reineweg verrückt danach. Die rennt in jede Ausstellung, die geht ins Theater und all das, na, Sie wissen schon. Ich wette mit Ihnen, dass meine Frau Sie kennt. Dafür lege ich die Hand ins Feuer, das müssen Sie mir glauben.«

»Ich glaube es Ihnen, Herr Willenbrock. Sie haben mein Auto, ich habe das Geld, ich denke, ich sollte jetzt gehen. Grüßen Sie Ihre Frau von mir.«

»Wenn ich der erzähle, wer mir heute hier gegenüber saß, mein Gott, sie wird mir das gar nicht glauben. Tun Sie mir einen Gefallen, Herr Berger, einen winzigen Gefallen. Ich möchte ein Foto von Ihnen und mir haben. Ist das zuviel verlangt?«

»Es ist viel verlangt, aber wenn es sein muss.«

Die beiden Männer standen auf. Willenbrock nahm eine Kamera aus dem Wandschrank und bat den Maler, sich mit ihm auf die Treppe seines Wohnwagens zu stellen. Er ging voran und öffnete die Tür.

»Jurek«, schrie er über den Platz.

»Einen Moment, Chef.«

»Nein, komm. Komm sofort hierher.«

Der Pole kam zum Wagen gelaufen.

»Weißt du, wer das ist, Jurek? Das ist der berühmte Maler Berger. Johannes Berger. Kennst du ihn?«

»Nein, Chef.«

»Du hast keine Kultur, Jurek. Das ist ein sehr berühmter Maler. Verstehst du?«

»Verstehe. Kann ich jetzt wieder gehen? Wir haben Kundschaft.«

»Warte. Du fotografierst uns. Hier, nimm den Apparat und mach ein Foto von uns.«

»Aber, Chef, ich habe beschmutzte Hände.«

»Macht nichts, macht nichts, das Foto ist wichtiger.«

Er wandte sich an den Maler: »Es dauert nur eine Sekunde, mein Freund, eine einzige Sekunde. Es ist eine Sofortbildkamera. Wir können gleich sehen, ob das Foto gelungen ist. – Was ist los, Jurek?«

»Ich weiß nicht, Chef. Etwas ist nicht in Ordnung.«

»Gib her, komm schon.«

Er ging die zwei Treppenstufen hinunter und auf den Polen zu, ließ sich von ihm den Fotoapparat geben und drehte ihn in der Hand.

»Er ist leer. Hier sind keine Bilder drin, Jurek. Hast du eine neue Kassette gekauft?«

»Sie haben nichts gesagt, Chef. Kein Auftrag.«

»Das ist dumm. – Entschuldigen Sie, das ist wirklich ärgerlich. Was soll ich meiner Frau erzählen. Johannes Berger kommt zu mir, und im Fotoapparat sind keine Bilder. Eine Katastrophe.«

»Kann ich jetzt gehen, Chef? Die Kundschaft wartet.«

»Geh nur, geh. – Wenn Sie nochmals hier in der Gegend sind, kommen Sie vorbei. Nur für eine Sekunde. Ich werde dafür sorgen, dass hier immer eine frische Kassette auf Sie wartet.«

»Dann leben Sie wohl«, sagte der Maler und lachte.

»Warten Sie. Vielleicht sollten wir noch einmal über den Preis reden. Ihr Auto ist ja tatsächlich im guten Zustand. Ich glaube, ich sollte zweihundert Mark drauflegen. Ich will Sie doch nicht übers Ohr hauen. Andrerseits muss ich den Wagen auch wieder verkaufen. Und diese Leute haben kein Geld, das sehen Sie selbst, die suchen immerzu nur nach Billigangeboten. Die kaufen bei mir nur, um es zu Hause wieder zu verkaufen.«

»Lassen Sie es gut sein. Wir wurden uns einig, ich war einverstanden, dabei soll es bleiben. Leben Sie wohl.«

»Und vergessen Sie nicht: Sie werden vorbeikommen. Versprechen Sie mir das. Meine Frau wird sonst todunglücklich sein.«

Der Maler lachte auf und nickte ihm zu. Er ging über den Hof und verließ das Grundstück. Willenbrock sah ihm einen Moment hinterher, dann beobachtete er seinen Angestellten, der einem kleinen, älteren Mann mit großen abstehenden Ohren eins der Autos zeigte, während die anderen Männer sie in einem achtungsvollen Abstand schweigend umstanden, bemüht, sich nichts von Jureks Erklärungen entgehen zu lassen. Zurückgekehrt in sein Büro, sortierte Willenbrock auf dem Schreibtisch liegende Papiere. Dann griff er nach einem Bildband, der auf seinem Schreibtisch lag, eine Geschichte der Flugzeuge des 1. Weltkriegs, lehnte sich in dem Stuhl zurück und vertiefte sich in die Bilder der Eindecker und Doppeldecker und die Lektüre.

Eine Stunde später klopfte Jurek an das Fenster des Wohnwagens und meldete ihm gestikulierend den Verkauf von drei Autos. Unmittelbar danach kam er mit dem älteren Mann in den Wohnwagen. Willenbrock bot dem Kunden einen Platz auf dem Sofa an und ließ sich von Jurek über den Verkauf und den ausgehandelten Preis informieren. Er nahm eins der Magazine mit Aktfotos aus der Schublade und reichte sie dem Kunden hinüber.

»Ein kleines Geschenk des Hauses«, sagte er und blickte dann zu seinem Angestellten, damit dieser seine Worte übersetzte. Dann füllte er die Papiere aus, wobei Jurek zu dolmetschen hatte. Der Kunde blätterte verlegen in der Zeitschrift. Als Jurek ihn aufforderte, den vereinbarten Preis zu bezahlen, holte er ein Bündel Geldscheine aus einem Leinenbeutel, den er unter dem Hemd trug, und zählte bedächtig die Banknoten durch, bevor er sie auf Willenbrocks Schreibtisch legte.

»Hast du ihm alle Schlüssel gegeben?«, fragte Willenbrock. Der Pole nickte.

»Dann gib ihm die Papiere und sag ihm noch etwas Nettes.« Er strahlte dabei den Mann mit den abstehenden Ohren an und verschloss die Kassette.

»Ich habe auch das Auto von Ihrem Freund verkauft, von diesem berühmten Maler«, sagte Jurek, nachdem der Kunde das Büro verlassen hatte.

»Zu welchem Preis?«

»Vier, Chef. Das ist gut, nicht wahr? Das ist sehr gut.«

»Ich weiß nicht, Jurek. Der Wagen ist mehr wert. Ein Tausender mehr, wäre besser.«

»Wollen Sie nicht verkaufen? Sage ich nein zur Kundschaft?«

»Wir verkaufen, Jurek. Schnell vom Hof, ist auch ein gutes Geschäft. Ruf ihn herein.«

Am Nachmittag sagte Willenbrock, dass er für ein paar Stunden unterwegs sei. Er fuhr zur Bank, um Geld einzuzahlen und Überweisungen zu veranlassen, dann setzte er sich in sein Auto, drehte den Rückspiegel zu sich und betrachtete prüfend sein Gesicht. Aus dem Handschuhfach nahm er einen kleinen Rasierapparat heraus, rasierte sich, wobei er in den Spiegel sah und mit den Fingern sein Gesicht abtastete. Er verstaute den Apparat, kramte dann ein Aftershave hervor und betupfte sich damit. Zwanzig Minuten später parkte er den Wagen vor einem Friseurgeschäft in der Nähe des Lehrter

Güterbahnhofs. Er ging hinein und blieb hinter der Tür stehen. Es war ein Damensalon, und die Friseusen und Kundinnen musterten ihn verwundert. Eine dicke Frau mit blondgefärbten, hochtoupierten Haaren, die hinter der Kasse saß, fragte nach seinen Wünschen. Er sagte, dass er Frau Lohr suche.

»Die Fußpflege ist in dem anderen Salon, hier hinter der Tür«, sagte die dicke Frau, »aber wenn Sie nur einen Termin vereinbaren wollen, können Sie das bei mir tun.«

»Ich muss selbst mit ihr sprechen«, sagte Willenbrock.

Er klopfte kurz an die Tür zum Nachbarzimmer und trat ein. Der Nachbarraum war mit weißen Tüchern, die von Deckenstangen herabhingen, mehrfach unterteilt, so dass ein kleiner Empfang und drei winzige Kabinen entstanden waren. Es war still in dem Raum und niemand zu sehen, aber Willenbrock spürte, dass jemand im Zimmer war. Eine Stimme fragte, wer gekommen sei. Willenbrock antwortete nicht, sondern räusperte sich nur.

»Wer ist da?«, fragte die Frauenstimme nochmals und fügte dann hinzu: »Bitte, warten Sie einen Moment, ich bin gleich fertig.«

Willenbrock setzte sich auf einen der Plastikstühle. Er hörte die leisen Stimmen der Frauen und ein gleichmäßiges metallenes Klirren von Instrumenten, das ihn an einen tropfenden Wasserhahn erinnerte. Er fühlte sich unbehaglich. Ihn irritierte, dass er in einem Damensalon saß, und ihn überkam der Wunsch, laut vor sich hin zu pfeifen. Ein Tuch wurde beiseite geschoben, eine ältere, schwarz gekleidete Frau erschien und sah ihn schweigend an. Dann kam ein junges Mädchen in einem weißen Kittel hervor. Als sie Willenbrock erblickte, wurde sie flammendrot.

»Ach, Sie sind es«, sagte sie, »ich bin gleich fertig.«

Sie stellte sich an das Schreibpult und füllte einen Kassenzettel aus, den sie der Frau reichte.

»Wir sehen uns in vier Wochen wieder«, sagte das Mädchen.

»In vier Wochen«, wiederholte die Frau in Schwarz und nickte. Dann ging sie hinaus.

Das junge Mädchen war vor Willenbrock stehen geblieben, der auf dem Stuhl saß und sie betrachtete. Er sah ihr in die Augen, dann ließ er den Blick über den kurzen Kittel zu ihren Beinen herabgleiten.

»Ich weiß gar nicht, was Sie von mir wollen«, sagte das Mädchen kokett. Sie hatte beide Hände in die Hüften gestemmt und wippte sehr rasch mit dem rechten Bein, als habe sie Mühe, ihre Energie zu zügeln. Der Mann lächelte sie nur an.

»Sie rufen mich einfach an und kommen hierher. Ich verstehe wirklich nicht, was das soll.«

»Ich habe Ihnen ein Auto verkauft und will mich davon überzeugen, dass Sie mit ihm zufrieden sind. Das gehört zu meinem Service. Darf ich Sie zu einem Kaffee einladen?«

Das Mädchen lachte auf und schüttelte belustigt den Kopf. Dann schob sie das Tuch einer Kabine zurück und ging hinein. Sie knöpfte ihren Kittel auf und griff nach einem Kleid, das über einem Bügel hing. Bevor sie sich umzog, zog sie das weiße Tuch zu. Als sie herauskam, stellte sie sich vor den kleinen Spiegel und schminkte ihre Lippen und kämmte sich. Als sie sich mit dem Kamm durch die Haare fuhr, trafen sich ihre Blicke im Spiegel.

»Gehen Sie schon voraus. Warten Sie vor dem Uhrengeschäft auf mich«, sagte sie und fuhr fort, sich gemächlich die Haare zu kämmen. Bei ihren Worten spürte Willenbrock, wie sich in ihm eine Spannung löste. Er atmete tief durch und ging hinaus.

Als das Mädchen aus dem Friseursalon trat, stand Willenbrock an seinen Wagen gelehnt. Schwungvoll richtete er sich auf und bat sie, in sein Auto zu steigen. Sie wollte mit ihrem

Auto fahren, aber er versprach ihr, sie nach dem Kaffee zurückzufahren. Sie fuhren zu einem Hotel am Gendarmenmarkt. Er
hielt vor der Eingangstür, gab dem dort stehenden Portier die
Autoschlüssel und einen Geldschein und bat ihn, seinen Wagen
zu parken. Der Portier war überrascht und erkundigte sich, ob
Willenbrock Hotelgast sei, was ihm dieser gelangweilt bestätigte. Er führte das Mädchen in die Lounge und bestellte Kaffee
und zwei Gläser Sekt. Irgendwann sagte das Mädchen, dass sie
es gewusst habe, dass er sie anrufen werde, und Willenbrock
erwiderte, er habe gewusst, dass sie das weiß.

Nachdem sie bezahlt hatten, ging er mit ihr zur Rezeption
und ließ sich die Schlüssel für sein Auto und das bestellte
Zimmer geben. Als sie den Fahrstuhl im zweiten Stock verließen, sagte sie, dass sie um sieben zu Hause sein müsse, wenn
sie keinen Ärger bekommen wolle, und er entgegnete, dass er
ihr keinen Ärger machen wolle, im Gegenteil.

Sie schaute sich das Zimmer an und rief Willenbrock, um
ihm das Bad zu zeigen. Willenbrock packte eine Weinflasche
aus, öffnete sie und goss zwei Gläser ein. Das junge Mädchen
setzte sich auf den Sessel ihm gegenüber und sah ihn schnippisch an.

»Und nun?«, fragte sie, »wie geht es jetzt weiter?«

»Trinken wir ein Glas, Rita. Auf deine Gesundheit, und
darauf, dass wir uns getroffen haben.«

»Ich trinke nichts mehr. Ich kann nicht mit einer Alkohol-
fahne nach Hause kommen.«

Willenbrock trank einen Schluck, stand auf, stellte sich hinter sie und fasste nach ihrer Schulter. Langsam schob er seine
Hände zu ihren Brüsten.

»Lass das«, sagte sie, »auf diesem Kleid sieht man den kleins-
ten Fleck.«

Sie stand auf, mit einer raschen Bewegung hatte sie das
Kleid abgestreift und stand im Slip vor ihm.

»Was ist mir dir? Brauchst du eine Extraeinladung?«

Er wollte sie an sich ziehen und küssen, aber sie wehrte ab. »Zieh dich erst aus«, sagte sie, streifte ihren Slip ab und stieg ins Bett. Die Bettdecke bis zum Hals hochgezogen, sah sie ihm beim Ausziehen zu.

»Ich wusste es«, sagte sie, »als ich dich gesehen habe, wusste ich, dass du spitz auf mich bist.«

»Und du?«

»Das sage ich dir nachher. Ich weiß das immer erst hinterher.«

Zwei Stunden später fuhr er sie zu dem Friseurgeschäft zurück, wo sie ihr Auto geparkt hatte. Als sie sich verabschiedeten, fragte das Mädchen, ob sie sich wiedersehen würden.

»Gern«, sagte Willenbrock, »jederzeit. Ruf mich an. Du hast meine Telefonnummer.«

»Ich denke, es ist besser, wenn du mich anrufst.«

Da er sie verwundert ansah, fügte sie hinzu: »Es würde mir einfach besser gefallen.«

Kurz vor Feierabend war Willenbrock in seinem Büro zurück. Er ließ sich von Jurek berichten, was am Nachmittag vorgefallen war, und die ausgefüllten Vordrucke geben. Jurek zeigte auf einen Wagen, den er angenommen hatte und dessen Besitzer am nächsten Tag wiederkommen wollte, um den Verkauf abzuschließen. Dann gab er Willenbrock zwei Zettel mit Namen und Telefonnummern. Er sagte, eine schöne Frau wäre auf dem Hof erschienen und hätte sich nach ihm erkundigt, eine sehr schöne Frau, sie habe ihm eine Nachricht aufgeschrieben. Und dann hätte ein Mann angerufen und um einen Rückruf gebeten. Willenbrock sah auf einen der Zettel und pfiff vergnügt durch die Zähne. Er nahm den anderen Zettel und las laut den Namen Berner. Er überlegte einen Moment, dann lachte er auf.

»Ein Kollege«, sagte er, »ein Kollege von früher.«

Jurek nickte, obwohl er den Anrufer nicht kannte und kaum etwas vom früheren Leben seines Chefs wusste.

»Bis morgen früh«, sagte er, als er sich verabschiedete.

Eine halbe Stunde lang beschäftigte Willenbrock sich mit den Papieren, dann telefonierte er lange. In eine schwarze Aktentasche legte er die Autoschlüssel und die Dokumente. Bevor er den Wohnwagen verließ, stellte er die Alarmanlage ein.

2

Willenbrock wohnte in einem Einfamilienhaus im Norden der Stadt, in einem der Häuser, die in den letzten beiden Jahren direkt hinter der Stadtgrenze errichtet worden waren, zwölf sich völlig gleichende, zweistöckige Häuser mit einem Garten und Hecken umgeben, die jetzt kaum einen Meter hoch waren, aber später einmal als dichter immergrüner Sichtschutz die Häuser deutlicher voneinander abgrenzen sollten. Die Zufahrtsstraße zu der kleinen Siedlung war noch unbefestigt, Willenbrock musste langsam fahren, damit die Räder den lehmigen Sand nicht aufwirbelten. Hinter den jungen, rasch aufgeschossenen Koniferen mit ihren kärglichen Ästen, die um die kleine Siedlung von Neubauten angepflanzt waren, schlängelte sich eine ebenmäßige Asphaltdecke von einer Hauseinfahrt zur anderen, gestriemt mit Lehmstreifen von den Autoreifen. Willenbrock fuhr sein Auto vor die Garage, das automatische Öffnen des Tores beobachtete er zufrieden. Durch den Keller ging er ins Haus. Er stellte die Aktentasche ab, schaute ins Wohnzimmer, in dem der Fernsehapparat lief und der Tisch gedeckt war, und ging schließlich, da er ein Geräusch hörte, in die Küche. Seine Frau begrüßte ihn, ohne ihre Arbeit zu unterbrechen. Er setzte sich auf einen der Küchenstühle und betrachtete sie, ihren Rücken, ihren Hintern, ihre Beine. Mein Gott, dachte er, warum mache ich das nur, ich habe das schärfste Mädchen zu Hause und laufe unentwegt jeder anderen Tussi hinterher. Aber was kann man schon dagegen tun, jeder ist so oder so veranlagt, eine Frage der Gene, damit muss man leben. Er stellte sich hinter seine Frau und griff ihr unter das Kleid, und während er zärtlich ihren Nacken und ihr Haar anhauchte, streichelte er ihren Hintern und tastete behutsam nach ihrer Scham.

»Du wirst es wohl nie lernen, wie man eine Frau verführt«, sagte sie gleichmütig und ohne ihn abzuwehren. »Geh dir die Hände waschen und komm essen.«

Er versuchte sie zu küssen, aber sie hatte einen Topf vom Herd genommen und hielt ihn vor sich, so dass er zurückweichen musste.

Beim Essen sprachen sie über ihre Arbeit. Seine Frau erzählte, dass sie mit dem Gedanken spiele, ihre Boutique zu schließen, der Umsatz sei zu gering, und Willenbrock redete auf sie ein, sich darüber keine Gedanken zu machen, eine vorübergehende Durststrecke gehöre nun einmal zu einem normalen Geschäftsleben. Seine Frau protestierte und sagte, ihr sei es unangenehm, sich von ihm aushalten zu lassen. Sie wolle auf eigenen Füßen stehen, sie hasse es, abhängig zu sein.

»Es ist demütigend«, sagte sie, »wenn man in meinem Alter nicht für sich selbst zu sorgen imstande ist.«

»Das ist nur eine neue Erfahrung, Susanne, und eben das macht das Leben so reizvoll«, erwiderte Willenbrock und tätschelte ihr aufmunternd die Hand. Sie ließ es reglos geschehen, aber musterte ihn so prüfend, dass er sich erkundigte: »Was hast du?«

»Du genießt es, nicht wahr«, sagte sie, »du genießt es, dass ich von dir abhängig bin. Es gefällt dir, dass ich dich immer wieder um Geld bitten muss.«

»Red keinen Unsinn«, protestierte er.

Er nahm sich eine Tomate, zerschnitt sie und streute bedächtig Salz darüber.

»Möchtest du?«, fragte er und bot ihr seinen Teller mit den Tomatenstücken an. Sie reagierte nicht darauf, sondern sah ihn unverwandt an.

»Vielleicht«, sagte er endlich, da ihm ihr Schweigen unangenehm war, »mag sein, dass du Recht hast. Es ist mir tatsächlich nicht unangenehm. Ich dachte, es liegt mir nur daran, weil mir Geld nichts bedeutet, mir nie viel bedeutet hat. Aber vielleicht gibt es noch etwas anderes, was ich mir noch nicht klargemacht habe, ich weiß es nicht. Es gefällt mir einfach, dir helfen zu können. Was ist daran schlimm? Früher kämpften die Männer

25

für ihre Frauen, sind für sie gestorben, haben sich für sie umgebracht. Ich geb dir nur Geld, was ist das schon dagegen.«

»Ich bin es müde«, sagte sie, »und ich hasse es.«

Willenbrock nickte ergeben und vermied es, ihr zu widersprechen. Er dachte an seinen Großvater, der, wann immer seine Frau mit ihm zürnte, halblaut vor sich hin meditierte: ein Mann braucht nicht viel, aber Frauen sind nie zufrieden, du kannst ihnen schenken, was du willst, du kannst sie mit Gold und Pelzen überhäufen, einen Tag später knurren sie wieder.

Nach dem Essen gingen sie auf dem neu angelegten, gepflasterten Bürgersteig um ihre Siedlung bis zu dem kleinen Wäldchen. Willenbrock berichtete seiner Frau von dem Besuch des Malers, aber da er sich nicht an dessen Namen erinnerte, konnten sie nicht feststellen, ob Susanne von ihm gehört hatte. Sie erkundigte sich, ob er dem Maler einen fairen Preis gemacht oder ihm das Auto für ein Butterbrot abgeschwatzt habe, und Willenbrock lachte auf und erklärte ihr, dass sie sich vollkommen verkehrte Vorstellungen von seinem Handel mit gebrauchten Wagen mache und sie sich nicht um seine Kunden bekümmern müsse, denn diese würden von ihm zu nichts genötigt, sie könnten verkaufen oder es bleiben lassen, es sei ihre Entscheidung. Dann umarmte er sie und fragte nach ihrer Mutter, mit der sie am Nachmittag telefoniert hatte. Er hörte aber kaum zu, als sie erzählte, nickte nur immer wieder, um ein mitfühlendes Einverständnis anzudeuten. Vor dem hell erleuchteten Café in der kleinen Ladenstraße, zwischen einem Lebensmittelladen, einer Reinigung und einem Geschäft mit Spielwaren, Kinderkleidung und Zeitungen, die die Siedlung mit den alten Plattenbauten verband, blieben sie stehen. An einem Tisch saß ein junges Paar, die anderen Tische waren nicht besetzt. Hinter dem Tresen lehnte eine Frau, sie stützte sich mit beiden Ellbogen ab und las in einer Zeitung. Das leere Café wirkte bedrückend, trotzdem lud Willenbrock seine Frau ein, mit ihm hineinzugehen.

»Nur auf ein Glas«, sagte er.

Nachdem sie sich gesetzt hatten, kam die Frau hinter der Bar hervor und legte ihnen zwei voluminöse Speisekarten auf den Tisch. Sie empfahl frischen Zander, das Tagesgericht, aber Willenbrock sagte, dass sie bereits gegessen hätten und bestellte ein Glas Wein und ein Bier. Die Frau nickte und nahm resigniert die Speisekarten wieder mit.

Das Paar am Nebentisch sprach sehr laut miteinander. Der junge Mann bemühte sich, das Mädchen zu überreden, mit ihm für vier Tage nach Hongkong zu fliegen, doch sie wollte nicht so viele Trainingstage versäumen. Er versuchte ihr zu erklären, weshalb man gerade jetzt nach Hongkong fliegen müsse, ein gutes Jahr bevor die Kronkolonie wieder an China zurückgegeben werde.

»An China?«, fragte das Mädchen entsetzt, »wieso denn an China? Sind denn das dort Chinesen in Hongkong?«

Der junge Mann war durch ihre Frage verunsichert: »Ja. Ich denke schon. Jedenfalls sehr viele.«

»Chinesen interessieren mich schon gar nicht«, erklärte das schöne Mädchen angewidert, »da kannst du mit einer anderen hinfahren. Mit mir nicht.«

Der junge Mann versuchte sie umzustimmen und redete weiter auf sie ein. Er bot ihr an, die ganze Reise aus seiner Tasche zu bezahlen, aber das Mädchen war nicht zu bewegen, mit ihm zu fliegen.

»Warum willst du denn unbedingt in dieses Hongkong? Da fährt doch kein normaler Mensch hin.«

»Herbert sagt, es ist eine spannende Stadt. Besser als New York, sagt er.«

»Was Herbert schon erzählt! Der hat dich auch zu diesem Landhaus in Dänemark überredet. Das war ja wohl total tote Hose, oder? Jedenfalls nach Hongkong fährt keiner aus dem Center. Die haben alle etwas Besseres vor.«

»Aber Hongkong, das ist einmalig. Im nächsten Jahr gibt es die Stadt nicht mehr, da ist es dort nur noch chinesisch.«

27

»Fahr doch mit der fetten Pamela«, erwiderte das Mädchen und schüttete sich aus vor Lachen über ihren Vorschlag.

Dann sprachen sie über ihre Fitnesscenter, in denen sie an jedem Wochentag mehrere Stunden trainierten. Der junge Mann redete auf das Mädchen ein, ihr Center zu wechseln und sich in seinem anzumelden, dann könne man einen günstigen Partnerbonus nutzen und sich öfter sehen, doch sie lachte nur und meinte, er sei eifersüchtig, weil der Besitzer ihres Centers sie bereits zweimal nach Hause gefahren habe.

»Du hörst mir überhaupt nicht zu«, sagte Willenbrocks Frau und fasste nach seiner Hand. Er sah sie an, nickte und sagte: »Das ist wahr. Ich denke den ganzen Abend schon daran, mit dir ins Bett zu gehen.«

»Und du hast immer noch nicht gelernt, wie man das anstellt. Dir wäre es am liebsten, wenn an den Frauen ein kleiner Schalter angebracht wäre, mit dem man sie bei Bedarf für das Bett anschalten könnte.«

»So ungefähr. Es würde vieles erleichtern.«

Willenbrock rief die Frau, die hinter dem Tresen das Kreuzworträtsel ihrer Zeitung löste, und bezahlte. Beim Hinausgehen betrachtete er ungeniert das junge Paar am Nebentisch. Das Mädchen war hübsch und außerordentlich schlank. Sie hatte hellblaue Augen und trug kurzes, dunkelblondes Haar, das, in Stufen geschnitten, ihren gebräunten Nacken umkränzte. Eine schwarze Spitzenbluse reichte nur kurz über die Brust und ließ die schmale Taille frei. Der junge Mann hatte ein fast klassisches Profil und hellblonde, sorgfältig geschnittene Haare. Er trug ein Muskelshirt, das seine breiten Schultern und die kräftigen Oberarme betonte. Als er Willenbrocks Blick bemerkte, sah er kurz auf, musterte ihn von oben bis unten und verzog dann widerwillig den Mund.

Zu Hause zog Willenbrock die sich sträubende Susanne ins Schlafzimmer. Während sich beide entkleideten, dachte er darüber nach, wieso er jetzt, wenige Stunden nachdem er mit

Rita geschlafen hatte, so erregt war. Wann immer er mit einer anderen Frau ins Bett gegangen war, überkam ihn unmittelbar danach und sobald er wieder bei seiner Frau war der heftige Wunsch, mit ihr zu schlafen. Ihm schien, dass ihn das Fremdgehen sexuell stimuliere. Und während er beim Ausziehen verstohlen seinen Körper musterte und nach verräterischen Spuren des Nachmittags absuchte, sagte er sich, dass er wahrscheinlich monogam veranlagt und daher nach jedem Beischlaf mit einer anderen Frau auf einen körperlichen Kontakt mit seiner eigenen Frau versessen sei. Im Grunde bin ich treu, sagte er sich, die kleinen Affären bedeuten nichts, sie sind vielmehr ein wiederholter Beleg meiner absoluten und unaufhörlichen Fixierung auf Susanne, da ich, sobald ich das Bett einer anderen Frau verlassen habe, von einem ebenso zärtlichen wie gleichzeitig heftigen Verlangen nach ihr erfüllt bin, ich will sie streicheln, mit ihr schlafen, ich sehne mich danach, bei ihr zu liegen.

Willenbrock war von sich und seinen ihm einleuchtend erscheinenden Gedankengängen selbst überrascht, und er war mit sich sehr zufrieden, zumal er keine bloßstellende Kratzspur oder einen Bluterguss entdecken konnte. Er legte sich nackt auf das Bett und sah seiner Frau zu, die, befangen wie immer, wenn sie sich vor seinen Augen entkleidete, ihre Unterwäsche auszog und dann rasch unter die Bettdecke schlüpfte. Er streichelte ihr Haar und ließ seine Hand dann ihren Körper entlang gleiten, um nach ihrem Hintern zu fassen.

»Warte noch«, sagte sie, »mir ist kalt. Du musst mich erst aufwärmen.«

Eine Stunde später standen sie beide in ihren Kimonos in der Küche und wuschen das Geschirr ab. Susanne fragte ihn nach dem Maler, dem er am Vormittag das Auto abgekauft hatte, und Willenbrock erzählte ihr die Einzelheiten des Gesprächs. Plötzlich erinnerte er sich an den Notizzettel, den Jurek ihm gegeben hatte. Er sah auf die Uhr und sagte, dass er noch einen früheren Kollegen anrufen müsse. Er ging ins Schlafzimmer, kramte den Zettel aus seinem auf dem Fußboden liegenden Jackett heraus und setzte sich neben das Telefon im Flur.

»Willenbrock«, sagte er, als er eine Frauenstimme vernahm, »entschuldigen Sie die späte Störung. Ihr Mann hatte mich gebeten, ihn anzurufen.«

Die Frau bat ihn, nochmals seinen Namen zu sagen und forderte ihn dann auf zu warten. Als sich Berner meldete, entschuldigte sich Willenbrock erneut für den späten Anruf. Berner sagte, dass er sich freue, Willenbrock nach so vielen Jahren wieder einmal zu sprechen, und beide erzählten sich gegenseitig, was sie seit dem Konkurs ihrer Firma, in der sie zusammen in der Forschungsabteilung tätig waren, erlebt hatten und wie sie derzeit ihre Brötchen verdienten, wie sich Willenbrock ausdrückte. Man sollte sich gelegentlich mal sehen, sagte Willenbrock, als ihn das Gespräch zu langweilen begann. Berner stimmte ihm zu und wollte sich bereits verabschieden, als Willenbrock sich erkundigte, ob es einen besonderen Anlass für seinen Anruf gegeben habe. Berner stöhnte auf und erwiderte, dass er bei ihrer Plauderei das Wichtigste fast vergessen hätte. Er fragte ihn, ob sich Willenbrock noch an Dr. Feuerbach erinnere. Willenbrock bestätigte das und erkundigte sich, was dieser ehemalige Kollege nun treibe und ob er auch eine neue Arbeit gefunden habe.

»Ich weiß es nicht«, sagte Berner, »ich weiß nur, dass ich ihn nie wiedersehen will.« Dann verstummte er und wartete auf eine Reaktion, aber Willenbrock bedauerte bereits, dass er dieses Gespräch angefangen, dass er den früheren Kollegen überhaupt angerufen hatte. Es war ein sentimentales Gefühl, dem er nachgegeben hatte. Der Name hatte Erinnerungen in ihm geweckt, die es ihm für einen Moment geradezu dringlich erscheinen ließen, mit diesem früheren Kollegen zu sprechen, mit dem ihn damals eigentlich nichts verbunden und mit dem er in den vielen Jahren der gemeinsamen Arbeit selten mehr als ein paar Worte gewechselt hatte. Er interessierte ihn damals nicht, und er war ihm auch heute vollkommen gleichgültig, so dass er über sich selber verwundert war, wieso er ihn angerufen und sich nach seinem Befinden erkundigt hatte.

»Ich will ihn nie wieder sehen«, wiederholte Berner und wartete wiederum auf eine Reaktion, aber Willenbrock schwieg und massierte gelangweilt seinen Bauch. Irgendwie, dachte er, ist es sehr angenehm, mit all diesen Kollegen nichts mehr zu tun zu haben. Man sollte sich dieses Vergnügen regelmäßig gönnen, man sollte alle paar Jahre die Zelte abbrechen, alles hinter sich lassen, um neu anzufangen. Es ist schön, Menschen kennenzulernen, sich mit ihnen zu unterhalten, von ihrer Welt zu hören und ihren Ansichten, mit diesem ganzen Universum in Beziehung zu treten, das andere Menschen für uns sind. Und es ist fast ebenso schön und noch vergnüglicher, diese Verbindungen abzubrechen, wenn es in diesem Universum nichts mehr zu entdecken gab. Irgendwann ist dieser Punkt bei jedem erreicht, bei den Freunden wie bei den Frauen. Ich sollte einfach den Hörer auflegen, wortlos auflegen, jetzt gleich, dachte Willenbrock.

»Er hat über uns alle Berichte verfasst«, sagte Berner in dem Moment.

Eine Sekunde zu spät, dachte Willenbrock, jetzt redet er schon wieder.

»Hast du mich verstanden?«, fragte Berner.

»Wer?«, erkundigte sich Willenbrock.

»Der liebe Kollege Dr. Feuerbach. Er hat der Betriebsleitung alles Mögliche über uns erzählt. Als wir das Chefsekretariat ausräumten, haben wir einen ganzen Ordner mit seinen Berichten gefunden. Ihm verdanken wir es, dass wir zwei nicht nach England fahren konnten. Das ist jetzt zwölf oder dreizehn Jahre her, du wirst dich erinnern, wir beide sollten eine Werkzeugmaschinenfabrik in Leeds besichtigen. Es ging um ein Fachgutachten für eine Automatenstrecke. Es war alles sonnenklar, und wenn ich mich recht erinnere, hatte der Betrieb die Visa bereits bekommen. Und plötzlich, von heute auf morgen und ohne dass wir je einen richtigen Grund erfahren haben, wurde alles abgeblasen. Erinnerst du dich wirklich nicht mehr?«

»Doch, natürlich«, sagte Willenbrock gelangweilt.

»Feuerbach war das Schwein. Er hat alles über uns weitergegeben. Er hat aufgeschrieben, was wir uns in der Kantine erzählten, unsere Witzeleien, all die kleinen Sticheleien und Dummheiten, mit denen wir uns die Zeit vertrieben. Er hat von deiner Reise nach Prag berichtet, wo du dich heimlich mit deiner Schwester und ihrem Mann getroffen hast. Darum wurde deine Reise gestoppt. Und bei mir war es eine kleine Affäre, von der ich ihm wohl erzählt hatte. Wir galten plötzlich als unzuverlässig, als Sicherheitsrisiko. Ich habe alles in dem Ordner gefunden, ich habe ihn zu mir genommen. Wenn es dich interessiert, kannst du dir das widerliche Zeug gern einmal ansehen.«

Willenbrock begann zu kichern, und Berner fragte verärgert, was es zu lachen gäbe.

»Ach, weißt du, ich hatte mir so etwas Ähnliches gedacht. Das ist alles«, sagte er. Gleichzeitig sagte er sich, nein, das ist nicht alles, das ist eine Lüge, aber warum soll ich dir das erzählen, mein Lieber, warum soll ich dir erzählen, dass ich mir zwar so etwas dachte, dass ich durchaus ahnte, dass mich einer denunziert haben muss, allerdings hatte ich nicht an diesen Feuerbach gedacht, das ist eine Überraschung, in Wahrheit hatte ich an dich gedacht, Berner, ich hatte dich im Verdacht, frag mich nicht warum, du warst mir unangenehm, wahrscheinlich war das der ganze Grund, du warst mir unerträglich, du warst für mich ein Schleimer, weißt du, und das bist du noch immer, und darum hatte ich dich im Verdacht, darum bin ich dir aus dem Weg gegangen. Offenbar habe ich mich

32

50 Jahre
Suhrkamp

Samuel Beckett

Walter Benjamin

Hans Blumenberg

Bertolt Brecht

Max Frisch

Christoph Hein

Hermann Hesse

Peter Huchel

Uwe Johnson

Wolfgang Koeppen

Reinhart Koselleck

Niklas Luhmann

Octavio Paz

Mario Vargas Llosa

Martin Walser

Peter Weiss

Die Autoren des Jubiläumsprogramms 2000

Samuel Beckett

Walter Benjamin

Hans Blumenberg

Bertolt Brecht

Max Frisch

Hermann Hesse

Christoph Hein

Peter Huchel

Uwe Johnson

Wolfgang Koeppen

Reinhart Koselleck

Niklas Luhmann

Octavio Paz

Mario Vargas Llosa

Martin Walser

Peter Weiss

50 Jahre Suhrkamp

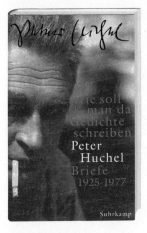

**Hermann Hesse
Klingsors letzter Sommer**
*Limitierte bibliophile Ausgabe in
1200 Exemplaren
mit Illustrationen von Gunter
Böhmer
116 Seiten. Leinen im Schuber*
DM 148,- / öS 1080,- / sFr. 132.-

Der schönste und aufwendig-
ste Bilderzyklus, den Hesses
Malerfreund Gunter Böhmer
(1911 bis 1986) illustriert hat,
ist die Erzählung *Klingsors
letzter Sommer.* Er galt lange
als verschollen und ist bisher
noch nie publiziert worden.
Hesse schrieb für diese illu-
strierte Ausgabe damals ein
eigenes Nachwort, das hier
zum ersten Mal vollständig ab-
gedruckt ist.

**Peter Huchel
Wie soll man da Gedichte
schreiben**
*Briefe 1925-1977
Hg. Hub Nijssen
Etwa 540 Seiten. Leinen*
DM 68,- / öS 496,- / sFr. 62.-

Peter Huchels Korresponden-
zen mit Brecht, Celan,
Seghers, Grass, Mann, Becher,
Bloch u.v.a. sind zeitge-
schichtliche und kulturpoliti-
sche Dokumente ersten Ran-
ges. Als Chefredakteur der
Zeitschrift *Sinn und Form* war
Huchel Zentralfigur einer Le-
segesellschaft, deren Netz-
werk die innerdeutsche Grenze überspannte. Ausführlich
kommentiert, geben die Briefe
Einblick in Leben und Werk
eines großen Dichters.

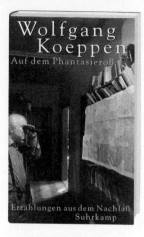

Uwe Johnson
Jahrestage

1728 Seiten. Leinen
DM 75,- / öS 548,- / sFr. 68.-

»Immer deutlicher zeichnet
sich ab, daß Johnson neben,
wenn nicht vor Grass und Böll
als umfassender, hellsichtiger,
unbestechlicher Chronist des
gesamtdeutschen Schicksals
begriffen werden muß. Als
Schriftsteller von weltliterari-
schem Rang.« (Joachim Kai-
ser)
Anläßlich des Jubiläums erscheint Johnsons Meisterwerk
erstmals in einer einbändigen
Ausgabe.

(Als Fernsehfilm in vier Teilen ab
dem 15. November 2000 in der ARD.)

Wolfgang Koeppen
Auf dem Phantasieroß

Hg. Alfred Estermann
704 Seiten. Leinen
DM 64,- / öS 467,- / sFr. 58.-

Wolfgang Koeppens Prosa aus
dem Nachlaß, 170 unveröf-
fentlichte Texte, beginnt mit
den ersten Arbeiten aus dem
Jahre 1923. Der Band umfaßt
die ersten 122 Manuskriptsei-
ten des bislang als verschollen
gegoltenen Manuskripts *Die
Jawang-Gesellschaft* und en-
det mit der letzten Erzählung
Koeppens *Im Hochsitz.*

Max Frisch
Im übrigen bin ich
immer völlig allein

Briefwechsel mit der Mutter
Reisefeuilletons
Hg. Walter Obschlager
Etwa 340 Seiten. Leinen
DM 48,- / öS 350,- / sFr. 44.50

1933 bricht Max Frisch zu einer Osteuropareise auf. Im Auftrag zweier Zürcher Tageszeitungen reist er nach Prag, um über die Eishockeyweltmeisterschaften zu berichten. Acht Monate später kehrt er zurück. Die Briefe an seine Mutter sowie die Reisefeuilletons und Sportberichte geben Zeugnis von einer Initiation, an deren Ende der Schriftsteller Max Frisch sichtbar wird.

Christoph Hein
Willenbrock

Roman
319 Seiten. Leinen
DM 39,80 / öS 291,- / sFr. 37.-

Willenbrock führt im Berlin unserer Tage einen erfolgreichen Gebrauchtwagenhandel und eine glückliche Ehe. Plötzlich jedoch häufen sich Diebstähle und Raubüberfälle. Sein vermeintlich geordnetes Leben erweist sich als Dschungel, in dem keine Regel mehr gilt außer: Hilf dir selbst! Christoph Hein erzählt mit äußerster Genauigkeit und leichter Hand von einem Leben in (unseren) Verhältnissen, deren glatte Fassaden die Katastrophen nur notdürftig verbergen.

**Reinhart Koselleck
Zeitschichten**
Studien zur Historik
400 Seiten. Leinen
DM 48,- / öS 350,- / sFr. 44.50

In allen menschlichen Lebens-
und Handlungsbereichen gibt
es Strukturen, die sich
wiederholen, aber dabei auch
wandeln. Reinhart Koselleck,
em. Professor für Theorie der
Geschichte, geht in den Studi-
en dieses Bandes der Frage
nach, was sich bei dem, was
Dauer, lang-, mittel- oder
kurzfristig genannt wird, eigentlich wiederholt, um ein-
maliges Handeln zu ermögli-
chen. Denn außerhalb dieser
Frage läßt sich Geschichte weder erkennen noch darstellen.

**Niklas Luhmann
Die Politik der
Gesellschaft**
Etwa 440 Seiten. Leinen
DM 48,- / öS 350,- / sFr. 44.50

Niklas Luhmann entfaltet in
Die Politik der Gesellschaft
die gesellschaftstheoretische
Grundlegung der politischen
Soziologie. Dabei werden
Begriffe wie »Repräsentation«
oder »Souveränität«, »Staat-
lichkeit« oder »Demokratie«
systemtheoretisch rekonstru-
iert und ihre politischen Funk-
tionen aufgezeigt. Dieser
Band aus dem Nachlaß von
Niklas Luhmann setzt die
systemtheoretische Untersuchung der Gesellschaft und
ihrer Teilbereiche fort.

**Peter Weiss
Die Situation**

Roman
Ü: Wiebke Ankersen
264 Seiten. Leinen
DM 38,- / öS 277,- / sFr. 35.-

Peter Weiss' autobiographischer Roman als Erstveröffentlichung. Stockholm, November 1956, Truppen des Warschauer Paktes schlagen den ungarischen Aufstand nieder, westliche Truppen besetzen den Suezkanal. Weiss folgt einen Tag lang einigen Schriftstellern, Schauspielern, Malern und Journalisten, die ihre politische, künstlerische und private Situation zu definieren versuchen. Dem Roman sind unverkennbar autobiographische Züge des Autors eingeschrieben.

50 Jahre Suhrkamp

Alle Bücher des Jubiläumsprogramms sind in Leinen gebunden und fadengeheftet, die literarischen Titel haben außerdem farbiges Vorsatzpapier und ein Lesebändchen.

Mehr Informationen zu den Autoren und Büchern des Jubiläumsprogramms finden Sie unter www.suhrkamp.de Im Rahmen der Suhrkamp Buchwochen vom 11. September bis 6. Oktober 2000 findet in mehr als 60 Städten in Deutschland eine Vielzahl von Veranstaltungen mit unseren Autorinnen und Autoren statt. Termine erfahren Sie ebenfalls unter www.suhrkamp.de

Suhrkamp Verlag · Postfach 10 1945 60019 Frankfurt am Main · Lindenstraße 29–35 · 60325 Frankfurt/M. www.suhrkamp.de · Alle Rechte vorbehalten. Preisänderungen und Liefermöglichkeit vorbehalten. 4/2000 (90358) Fotonachweise über das Bildarchiv des Suhrkamp Verlags

Suhrkamp Verlagsgeschichte 1950–2000

Mit zahlreichen Abbildungen
Etwa 340 Seiten. Leinen
DM 30,- / öS 219,- / sFr. 27.50
Preis im Jubiläumsjahr, danach
DM 50,-/öS 365,-/sFr. 46.50

Suhrkamp Verlag Bibliographie 1950–2000

Etwa 600 Seiten. Leinen
ca. DM 50,- / öS 365,- / sFr. 46.50

Der Suhrkamp Verlag ist nicht wegzudenkender Bestandteil der Geschichte Deutschlands nach 1945: Er spiegelt die politische und kulturelle Entwicklung wider, ist zugleich eine der Triebkräfte des literarischen Lebens. 1950 von Peter Suhrkamp gegründet, stützte sein Programm sich zunächst auf Hermann Hesse, Bertolt Brecht und die damals jüngere Literatur mit Max Frisch und Martin Walser sowie theoretische Abhandlungen, etwa von Theodor W. Adorno und Walter Benjamin. In den 50 Jahren seines Bestehens ist der Verlag mit seinen nationalen und internationalen Autoren auf literarischem und theoretischem Gebiet unter der Leitung von Siegfried Unseld zu einer Institution geworden. Die Verlagsgeschichte und die Bibliographie dokumentieren Autoren, Werke und Entwicklung des Verlages und enthalten zahlreiche Fotos sowie jeweils umfassende Register.

Hans Blumenberg
Die Verführbarkeit des
Philosophen
208 Seiten. Leinen
DM 40,- / öS 292,- / sFr. 37.-

Hans Blumenberg entfaltet ein
Panorama der Geistesge-
schichte, das bis in die Antike
und zu den ersten Versuchen
der Lösung der Welträtsel
reicht. Die Essays reichen the-
matisch von Heidegger bis zu
Wittgenstein, von der Seins-
bis zur Sprachphilosophie und
erzählen von unglücklichen,
grotesken und unerfreulichen
Fällen, in denen Leben und
Lehre der Denker auseinan-
dergelaufen sind.

Bertolt Brecht
Die Gedichte
1252 Seiten. Leinen
DM 78,- / öS 569,- / sFr. 71.-

Der rote Leinenband versam-
melt sämtliche Gedichte
Brechts. Am Beginn stehen
die großen Sammlungen, etwa
die *Hauspostille, Die Songs
der Dreigroschenoper, Lieder
Gedichte Chöre* oder die späten *Buckower Elegien*. Alle
anderen Gedichte schließen
sich in chronologischer Folge
an. Ein handliches Kompendi-
um, das den ganzen Lyriker
Brecht vorstellt.

Niklas Luhmann
Die Religion der Gesellschaft

Etwa 376 Seiten. Leinen
DM 42,- / öS 307,- / sFr. 39.-

Die Religion der Gesellschaft untersucht Religion als autonomes Kommunikationssystem innerhalb der angeblich religionsfernen modernen Gesellschaft. Die in diesem Bereich grundlegende Unterscheidung von Immanenz und Transzendenz sowie die dadurch ermöglichte Differenzierung von Moral und Religion ist übertragbar auch auf andere Funktionsbereiche der Gesellschaft. Auch dieses Buch aus dem Nachlaß ist Teil des großangelegten gesellschaftstheoretischen Entwurfs.

Octavio Paz
Das fünfarmige Delta

Gedichte. Spanisch und deutsch
Ü: Fritz Vogelgsang und
Rudolf Wittkopf
222 Seiten. Leinen
DM 48,- / öS 350,- / sFr. 44.50

Der letzte Gedichtband von Octavio Paz umfaßt fünf lange hymnische Poeme, kontrastiert von pointiert kurzen Gedichten. Entstanden ist so ein Ganzes, das die Gestalt eines Fächers oder fünfarmigen Deltas bildet. »Als Dichter, das heißt als Jäger nach dem Sein, besitzt er jene seltene Eigenschaft, die nur noch Valéry und T.S. Eliot zukam: naht- und widerspruchslos ein poetisches Œuvre mit dem der analytischen Reflexion zu verbinden.« J. Cortázar

Samuel Beckett
Dante und der Hummer
Gesammelte Prosa
Ü: Erika Tophoven-Schöningh,
Elmar Tophoven
368 Seiten. Leinen
DM 48,- / öS 350,- / sFr. 44.50

Dante und der Hummer (so
heißt die erste Erzählung aus
Mehr Prügel als Flügel)
macht alles, was in den Wer-
ken, in Einzelausgaben und
sonst verstreut von Becketts
kürzerer erzählender Prosa auf
deutsch erschienen ist, zum
ersten Mal in einem Band ver-
fügbar – dazu drei kleine
deutsche Erstveröffentlichun-
gen: *Das Bild, weder noch*
und *Wie soll man sagen.*

Walter Benjamin
Berliner Kindheit um
neunzehnhundert
Gießener Fassung
Hg./Nachwort Rolf Tiedemann
132 Seiten. Leinen
DM 42,- / öS 307,- / sFr. 39.-

Die *Berliner Kindheit um
neunzehnhundert* gehörte zu
den ersten Büchern, die Peter
Suhrkamp 1950 veröffentlich-
te. Zum Jubiläum erscheint eine Fassung, die bis heute un-
veröffentlicht geblieben ist.
Ihr beigegeben sind histori-
sche Photographien aus Berlin
in der Zeit der Jahrhundert-
wende und Dokumente aus
dem Nachlaß Walter Benja-
mins.

Mario Vargas Llosa
Ein trauriger, rabiater
Mann

Über George Grosz
Ü: Elke Wehr
Mit zahlreichen Abbildungen
Etwa 80 Seiten. Leinen
DM 38,- / öS 277,- / sFr. 35.-

Für Mario Vargas Llosa stellt
das Werk des »rabiaten« deutschen Künstlers George Grosz
eine wirkliche Herausforde-
rung dar. Sein Portrait-Essay
ist eine scharfsinnige Auseinandersetzung mit dem Werk
und der Person des George
Grosz und darüber hinaus
auch eine Art »Selbstportrait
im Spiegel« des Schriftstellers
Mario Vargas Llosa.

Martin Walser
Ich vertraue.
Querfeldein.

Reden und Aufsätze
168 Seiten. Leinen
DM 34,- / öS 248,- / sFr. 31.50

Was verrät Sprache, und was
verbirgt sie? Martin Walser lo-
tet in sieben Reden und Auf-
sätzen aus jüngster Zeit die
Möglichkeiten eines nicht be-
vormundenden Sprechens aus.
»Unsere Sprachen sind verläß-
licher als wir selber«, sagt er
und geht aus immer anderen
Blickwinkeln dem (und seinem) Verhältnis zur Sprache
und zum Schreiben nach.

geirrt. Vielleicht war es dieser Feuerbach, der mir eigentlich ganz sympathisch war, jedenfalls beherrschte er sein Fach, und sich mit ihm zu unterhalten war anregender als mit einem Schleimer wie dir, na schön, nehmen wir also an, ich habe mich geirrt, aber daraus folgt doch nicht, dass ich mich nun mit dir zu unterhalten habe.

»Das ist alles? Das ist alles für dich?«, fragte Berner, da Willenbrock schwieg.

Willenbrock, seinen Gedanken nachhängend, nickte nur, so dass sein Gesprächspartner irritiert wiederholte: »Das ist alles? Hast du dazu nichts weiter zu sagen?«

»Ich weiß nicht. Woran hast du denn gedacht? Sollten wir ihm gemeinsam auflauern und ihn verprügeln? Würde dir das helfen?«

Berner atmete hörbar. Dann sagte er: »Dich interessiert das nicht, verstehe ich das richtig? Für dich hat das keine Bedeutung.«

»Nein, so würde ich das nicht sagen. Aber es ist alles so lange her. Und außerdem glaube ich, dass mir dieser Doktor Feuerbach im Moment nicht mehr an die Karre fahren kann. Ich bin selbstständig, habe keinen Chef mehr, bei dem man mich anschwärzen könnte. Insofern juckt mich diese uralte schmuddlige Geschichte nicht. Nicht mehr. Verstehst du?«

»Ich glaube nicht. Ich glaube nicht, dass ich dich verstehe. Für mich ist das eine sehr eigenartige Reaktion, Bernd.«

»Damit müssen wir uns abfinden. Was hattest du dir denn vorgestellt, wie ich reagiere? Ich bin dir ja dankbar, dass du mich über Feuerbach informiert hast, aber was sollte ich nun nach deiner Ansicht machen? Na schön, er hat über uns beide Berichte angefertigt, und vielleicht noch über ein paar andere Kollegen? Aber das wussten wir doch. Wir wussten doch, dass er Berichte über uns schreibt, auch wenn wir sie damals nicht zu sehen bekamen. Was willst du? Ihn anzeigen?«

»Nein, das will ich nicht.«

33

»Gut. Dann sag mir, was du willst? Was, meinst du, soll ich tun?«

»Das weiß ich nicht. Darum geht es mir nicht, Ich wollte nur, dass du Bescheid weißt. Ich wollte, dass du über Feuerbach unterrichtet bist. Und ich nahm an, es würde dich interessieren. Es tut mir Leid, wenn ich dich gestört habe, wenn ich dir deine Zeit gestohlen habe.«

»Warum bist du verärgert? Wo liegt das Problem?«

»Ich habe überhaupt kein Problem. Ich dachte, ich würde dir einen Gefallen erweisen. Ich habe mich geirrt, tut mir Leid. Beenden wir einfach das Gespräch. Einverstanden?«

»Einverstanden«, erwiderte Willenbrock. Er wartete schweigend, den Telefonhörer in der Hand, bis Berner aufgelegt hatte. In das Mikro des verstummten Apparats sagte er »Arschloch«, dann stellte er das Telefon auf das Schuhregal zurück.

Er ging in sein Arbeitszimmer und legte den Zettel mit Berners Telefonnummer in eine kleine Holzschachtel, die auf seinem Schreibtisch stand. Er löschte das Licht, schaltete es gleich darauf wieder ein, ging zum Schreibtisch, öffnete die Schachtel, nahm den Zettel heraus, zerknüllte ihn und warf ihn in den Papierkorb. An der gegenüberliegenden Wand hing ein großes, bereits vergilbendes Foto, ein junger Mann stand neben einem Segelflugzeug und grinste mit kindlichem Stolz in die Kamera. Willenbrock zwinkerte dem Foto aufmunternd zu, dann verließ er sein Arbeitszimmer.

»Mein Gott, hast du lange telefoniert. Das ist man von dir nicht gewöhnt. Was gab es denn?«

»Nichts. Eigentlich nichts. Ein Kollege von damals. Er hat mir erzählt, was er heute so treibt, und ich habe ihm erzählt, was ich mache. Und das war es schon. Ich hatte befürchtet, er ruft nur an, weil er gehört hat, dass ich eine eigene Firma aufgemacht habe, und weil er einen Job sucht, aber das war es zum Glück nicht. Nur so sentimentales Gestammel von zwei alten ehemaligen Kollegen. Nichts von Bedeutung.«

»Und da habt ihr euch an alte Zeiten erinnert?«

»Ja, ja, an die gute alte Zeit.«

»Habt ihr euch verabredet? Du kannst ihn zu uns einladen, wenn du möchtest. Ich kenne keinen deiner früheren Kollegen und eigentlich auch keinen deiner Freunde. Bisher hast du sie mir alle verheimlicht. Lade ihn ein. Ich koche uns etwas Schönes.«

»Berner ist kein Freund von mir. Er ist ein Schleimer. Du würdest dich mit ihm langweilen, und ich sowieso.«

Er zupfte am Gürtel ihres Morgenmantels. Die Schleife löste sich, der schwarze, mit japanischen Schriftzeichen verzierte Baumwollstoff glitt zur Seite und gab einen schmalen Streifen ihres Körpers frei.

»Oh«, flüsterte er, »was haben wir denn hier versteckt.«

Er streichelte mit einer Hand ihren Bauch, legte den anderen Arm um ihre Schultern und führte sie ins Schlafzimmer zurück.

3

In der folgenden Woche waren in einer Nacht sieben Autos von Willenbrocks Hof gestohlen worden, und die Kriminalpolizei hatte keine verwertbaren Spuren entdecken können. Auch schien Willenbrock, als wären die beiden Beamten, die nach seinem Anruf gekommen waren und routiniert den Hof abschritten und ihn befragten, an einer ernsthaften Aufklärung der Straftat nicht interessiert. Er beschwerte sich bei ihnen über ihre, wie er sagte, nachlässige Untersuchung und wurde daraufhin von ihnen zurechtgewiesen. Da kein Personenschaden zu beklagen wäre, würde der Einbruchsdiebstahl mit einem der Sachlage angemessenen Aufwand bis zur Aufklärung verfolgt oder, falls dieses nicht zu erreichen wäre, bis zur Einstellung ihrer Ermittlungen, doch dürfe man bei aller verständlichen Empörung keinesfalls die Verhältnismäßigkeit aus dem Auge verlieren. Delikte dieser Art seien leider häufig zu registrieren und dürften die kriminalpolizeilichen Kräfte nicht vollständig binden und von gewichtigeren Pflichten abhalten. Willenbrock fragte, ob sie aktiver würden, wenn die Banditen ihn oder Jurek erwischt und halb totgeschlagen hätten. Der jüngere Beamte, der sich ihm als Obermeister vorgestellt hatte, sah nur einen Moment von seinem Schreibblock auf, und mit keinem Wort auf Willenbrocks Feindseligkeit eingehend, versicherte er, man werde angemessen verfahren.

Bei der Aufnahme des Protokolls, die Beamten benutzten dafür einen kleinen Computer, stellten sie ihm und Jurek einige Fragen, die Willenbrock als diskriminierend empfand. Gereizt erkundigte er sich, ob man ihn verdächtige, die eigenen Autos gestohlen zu haben, und der jüngere Beamte erklärte gleichmütig und gelangweilt, man würde in alle Richtungen ermitteln, nichts ausschließen, aber auch niemanden voreilig beschuldigen. Dann ließen sich die beiden Polizisten die Papiere der entwendeten Fahrzeuge aushändigen und sagten, dass sie ihn in einigen Tagen anrufen würden, um mit ihm einen Termin zu vereinbaren. Grußlos stiegen sie in ihr Auto und fuhren vom Hof.

Willenbrock sah ihnen nach und fühlte sich auf eine ihm unerklärliche Weise schuldig. Die beiden Beamten hatten ihm das Gefühl vermittelt, der eigentlich Beschuldigte zu sein, der Angeklagte, der nicht mehr wirklich frei, sondern lediglich auf freiem Fuß sei. Die Bitte des älteren Beamten, in den nächsten Wochen stets erreichbar zu sein, bekam nun nachträglich für ihn den Klang einer Aufforderung, eines Gebots, die Stadt nicht zu verlassen. Er spürte, wie die Verärgerung in ihm wuchs, und sie wurde nicht geringer, als er begriff, dass er sich über sich selbst ärgerte. Noch immer aufgebracht, forderte er Jurek auf, mit ihm zusammen alle Fahrzeuge, die noch auf dem Hof standen, nach Einbruchsspuren abzusuchen, und geradezu drohend erkundigte er sich bei ihm, wieso an diesem Morgen nur zwei Kunden bei Geschäftsbeginn vor dem Tor gestanden hätten und nicht wie sonst üblich eine größere Gruppe.

Jurek legte den Kopf zur Seite, kniff ein Auge leicht zusammen und grinste: »Was ist los, Chef? Was ist das Problem?«

»Mir sind sieben Autos gestohlen worden. Über Nacht verschwinden sieben Autos spurlos vom Hof.«

»Und Sie meinen, Jurek hat seine Hände darin?«

»Nein, das meine ich nicht. Aber die Polizei verdächtigt dich und mich. Die Polizei ist misstrauisch. Sie misstrauen uns beiden.«

»Polizei sind Idioten. Deutsche Polizei oder Polizia, alles eins, alles Idioten.«

»Wahrscheinlich hast du Recht, Jurek.«

»Was die Polizei sagt, das ist mir egal. Aber was sagen Sie? Was ist mit mir, Chef? Hat Jurek saubere Hände, vertrauen Sie mir? Oder sagen wir gleich Aufwiedersehen für immer? Ist vielleicht besser, Chef.«

Er hielt ihm die ölverschmierten Hände vor das Gesicht.

»Wer redet denn davon, Jurek? Ich sage dir nur, was die Polizei denkt. Die meinen, die Autos seien nicht wirklich gestohlen, sondern wir haben mit einer Bande zusammengearbeitet, um die Versicherung zu betrügen.«

Der Pole sah ihn weiter fragend an, er hielt den Kopf schräg, die Hände noch immer erhoben und schwieg.

»Es ist gut, Jurek. Einverstanden? Ich verdächtige dich nicht. Bist du nun zufrieden?«

Der Pole ließ langsam die Hände sinken und schniefte durch die Nase. Dann schüttelte er fast unmerklich den Kopf und murmelte vor sich hin: »Es gefällt mir nicht, Chef. Nein, das gefällt mir nicht.«

»Komm, gehen wir die Autos ab. Achte auf die Schlösser, auf die Türen, auf die Fenstergummis, na, du weißt schon. Ich will wissen, ob sie noch an anderen Autos herumgefummelt haben. Irgendwie müssen sie ja in die Autos hereingekommen sein, irgendwelche Spuren müssen zu finden sein. Schließlich hatten sie keine Schlüssel, jedenfalls nicht meine.«

»Und nicht von mir, Chef.«

»Das habe ich auch nicht gesagt. Ärgere mich nicht auch noch, Jurek, ich bin wütend genug. Komm.«

In den Tagen danach hatte er mehrmals Gespräche mit dem Agenten der Versicherung, einem noch sehr jungen Inspektor mit halblangen Haaren und einem sorgfältig geschnittenen Kinnbart. Der Mann verlangte von Willenbrock, die abgestellten Autos besser zu sichern, da seine Versicherung anderenfalls einen sehr viel höheren Betrag fordern müsse. Willenbrock erkundigte sich nach den präzisen Vorstellungen der Versicherung, und der tadellos gekleidete Vertreter erläuterte sein Angebot und betonte immer wieder, dass er lediglich auf eine mögliche Variante verweise und ihm keinesfalls irgendetwas vorschreiben wolle. Willenbrock sagte ihm, dass er sich bereits erkundigt hätte und ein Wachschutz für seinen kleinen, allenfalls mittelständischen Betrieb zu teuer sei und auch nicht ausreichend für den Hof und er einen älteren Mann als Nachtwächter nicht einstellen wolle, da ein einzelner Mann kaum etwas gegen eine Bande von sieben Leuten unternehmen könne und er nicht den Tod eines Rentners zu verantworten haben möchte.

»Sieben?«, fragte der Inspektor misstrauisch, »woher wissen Sie, dass es sieben Leute waren?«

»Vielleicht waren es auch mehr«, erwiderte Willenbrock, »aber um sieben Autos vom Hof zu fahren, braucht man sieben Ganoven.«

»Ach, richtig«, sagte der junge Mann und wurde rot, »daran hatte ich nicht gedacht.«

»Ich weiß, was Sie gedacht haben.«

Willenbrock sprach in den nächsten Tagen noch mit drei anderen Versicherungen, aber da er keinen Sinn darin sah, den Grund für seinen beabsichtigten Wechsel zu verschweigen, denn er vermutete, dass die Gesellschaften Erkundigungen untereinander einziehen würden, führten diese Verhandlungen zu keinem akzeptablen Ergebnis. Er entschloss sich, die ihm aufgekündigte Versicherung für seine gebrauchten Autos hinzunehmen und auf einen kostspieligen neuen Abschluss zu verzichten. Zusammen mit seinem polnischen Angestellten sicherte er die Fahrzeuge durch den Ausbau einzelner Teile und war sich bewusst, dass auch diese sehr zeitaufwendige Arbeit nur einen notdürftigen Schutz vor weiteren Diebstählen gewährte.

»Wir müssen auf Gott vertrauen«, sagte Willenbrock, doch er sagte es ohne rechte Überzeugung und mehr wie eine Beschwörung, an deren Kraft er selbst nicht recht glauben konnte, aber die zu unterlassen ihm nicht angebracht schien, da sie möglicherweise eine erfreuliche Wirkung zeitigen könnte, andererseits ein Versäumnis der formelhaften Anrufung das Unheil herbeirufen könnte. Er war nicht gläubig, gehörte keiner Kirche an, aber eine ihm selbst unklare und undeutliche Neigung war ihm seit der Kindheit geblieben, obgleich ihn nichts drängte oder bewegen konnte, diese verbliebenen Reste eines Gottesglaubens sich bewusst zu machen. Der Satz war mehr eine belanglose Redewendung als der Ausdruck eines tatsächlich vorhandenen Gottvertrauens, doch wie ein absichtslos und rasch geschlagenes Kreuz verwies er auf Spuren einer nicht gänzlich geschwundenen Kindergläubigkeit.

Jurek schaute auf. Er sah ihn missbilligend an, dann beugte er sich wieder über den Motor eines Wagens und bemühte sich mit beiden Händen, eine Verschraubung zu lösen.

4

Mitte November wurde es plötzlich kalt, die noch herbstgol-
denen Blätter waren am frühen Morgen mit frostigem Reif
bedeckt, auf den Dächern und Baumwipfeln lag etwas
Schnee, und feuchte, schmierige Flecken überzogen die Geh-
wege. Von einem Tag auf den anderen verschwanden die
kurzen Röcke und Leinenjacketts, nun bestimmten dicke
Wintermäntel und aufgeplusterte Anoraks das Straßenbild.
Einen Tag später war der Schnee verschwunden, die Straßen
und Dächer waren feucht, die Blätter hatten ihren Herbstglanz
verloren, sie wirkten nun schmutzig und erfroren. Viele Äste
hatten ihren Blattschmuck verloren und waren über Nacht
kahl und hässlich geworden. Die dicken Mäntel aber waren
geblieben, die Kälte und die unangenehme Nässe. Der Herbst
hatte sich gewandelt und zeigte nun seine andere Seite.

Willenbrock schüttete alle zwei Stunden einen Eimer Koh-
len und ein paar Holzstücke in den kleinen Ofen des Wohnwagens, den er seit fünf Jahren als Büro nutzte, und murmelte
Verwünschungen, weil er noch immer nicht der Besitzer des
Grundstücks war, das einmal zu einer Gärtnerei gehörte und
auf dem nun seine Autos standen. Er besaß lediglich einen
eingeschränkten Pachtvertrag und eine fragwürdige Zusage,
bei einem Verkauf bevorzugt behandelt zu werden. Obwohl
er einen Anwalt mit seinem Kaufbegehren beauftragt hatte,
war die Rechtslage noch immer ungeklärt und der Bau einer
Verkaufshalle mit Büro und einer ordentlichen Werkstatt ihm
daher verwehrt. So musste er seit Jahren in einem Provisorium
seine Geschäfte betreiben, was ihn, je erfolgreicher sein Handel sich entwickelte, zunehmend verbitterte, doch weder
bemühte er sich um einen anderen geeigneten Platz, da ihm
der gegenwärtige Standort günstig schien und er eine Schädi-
gung seines erfolgreichen Handels bei einem Wechsel befürchtete, noch konnte er sich entschließen, bei dieser

ungeklärten Rechtslage Investitionen zu tätigen. Er musste die Entscheidung der Beamten in der Treuhandbehörde abwarten, sich von seinem Anwalt vertrösten lassen und einen großen Teil seines Gewinns, statt ihn zu investieren, dem Finanzamt überweisen. Verärgert beließ er alles bei dem derzeitigen trostlosen Zustand und brachte, dem Besitzwechsel und den dann erfolgenden Baumaßnahmen entgegensehend, nicht die Kraft auf, auch nur geringfügige Verbesserungen vornehmen zu lassen. So war er unzufrieden, sobald er an diesen schwebenden Rechtszustand dachte oder ihn sein provisorisches Büro in dem Wohnwagen daran erinnerte.

Noch immer standen jeden Morgen mehrere, zumeist sehr einfach und für die Jahreszeit und plötzlich eingebrochene Kälte unzureichend gekleidete Männer auf dem Hof, die sich die Wagen anschauten und nach den Preisen fragten. Nur selten fand sich eine Frau unter ihnen, und dann meistens als Begleiterin eines Kunden. Sie erschienen fast immer frühmorgens, sie standen bereits am Tor, bevor Jurek erschien und es aufsperrte. Im Verlauf des Tages kamen nur noch vereinzelt Kunden, zumeist Deutsche, die über den Platz schlenderten, ein paar Fragen stellten und dann verschwanden. Oder es meldeten sich ein paar Leute bei ihm, die ihr Fahrzeug verkaufen wollten, sich über sein Angebot erschrocken zeigten, aber nach einer kurzen Bedenkzeit dann doch einwilligten, weil sie das Geld benötigten oder ihren Wagen rasch loswerden wollten.

Willenbrock hatte sich anfangs gewundert, dass die eigentlichen Käufer stets und ausschließlich frühmorgens erschienen, aber Jurek erklärte ihm, dass sie mit den Nachtzügen nach Berlin kämen und in den Cafés der Bahnhöfe bereits gewartet hätten, bis der Autohof geöffnet würde.

In der letzten Novemberwoche erschien Krylow wieder, ein kleiner rothaariger Russe, der stets einen Anzug mit einer auffälligen, grellfarbenen Krawatte trug. Begleitet wurde er wie immer von jungen Leuten, die äußerst zuvorkommend auf jedes seiner Worte, auf jede Geste von ihm eingingen und geradezu unterwürfig wirkten.

Als Jurek den Russen sah, drehte er sich wortlos um, ging zum Wohnwagen und rief seinen Chef heraus. Krylow hatte es bei seinem ersten Besuch abgelehnt, mit Jurek zu verhandeln, da er dessen Deutschkenntnisse als mangelhaft empfand, er wollte nur mit dem Besitzer sprechen. Es hatte deswegen bei einem seiner früheren Besuche zwischen Jurek und Willenbrock Streit gegeben. Jurek fühlte sich gedemütigt, er vermutete, dass Krylow lediglich deswegen nichts mit ihm zu tun haben wolle, weil er Pole sei. Der Russe hatte sich schweigend die Vorwürfe angehört, sich dann Willenbrock wieder zugewandt und das unterbrochene Gespräch mit ihm weitergeführt, als hätte er nichts gehört oder als sei Jurek nicht vorhanden, und Willenbrock hatte seinen Angestellten vor dem Kunden zurechtgewiesen. Seit dem Tag vermied es Jurek, dem Russen auch nur guten Tag zu sagen. Er gab dem Chef Bescheid und verschwand dann unter einer Motorhaube oder in der Werkstatt.

Willenbrock begrüßte den Russen und seine Begleiter mit Handschlag und lud sie ein, in sein Büro zu kommen, um sich dort mit einer Tasse Kaffee oder einem Schnaps aufzuwärmen, aber Krylow dankte und winkte ab. Willenbrock ging noch einmal rasch in den Wagen, um seinen Mantel zu holen, dann lief er mit den Russen zu einem mit einem Seil abgesperrten Platz hinter dem Wohnwagen, wo mehrere Autos geparkt standen.

»Wie viele Wagen brauchen Sie heute, Doktor?«, fragte er.

Krylow zeigte auf seine Begleiter und erwiderte: »Drei. Diesmal nur drei.«

»Welche Marken, welches Baujahr, welcher Preis?«, erkundigte sich Willenbrock.

»Wir werden sehen.«

Er öffnete eine Autotür, setzte sich in das Fahrzeug und legte die Hände auf das Lenkrad.

»Wie viel?«, fragte er.

Willenbrock nannte einen Preis. Da Krylow sich den Kilometerzähler ansah und unzufrieden wirkte, fügte er rasch hinzu: »Aber wir können darüber reden.«

»Gewiss«, sagte der Russe und stieg aus, »wir können darüber reden, wir sind ja Menschen.«

Er lief weiter, öffnete ab und zu eine Tür, um in den Wagen zu schauen oder sich hineinzusetzen, gefolgt von Willenbrock und seinen vier Begleitern. Nach einer halben Stunde hatte er sich entschieden, und sie gingen in den Wohnwagen, damit Willenbrock die Papiere fertig machen konnte.

»Alle Autos sind okay?«, fragte Krylow.

»Natürlich. Wie immer. Sie haben mein Wort, und Sie bekommen eine Garantie. Wollen Sie eine Probefahrt machen?«

»Mir genügt Ihr Wort, mein Freund.«

Willenbrock stand auf und bat die Russen, einen Moment zu warten. Er ging auf den Hof und rief nach Jurek. Er nannte ihm die drei ausgesuchten Autos und bat ihn, sie fahrbereit zu machen. Dann ging er wieder in den Wohnwagen und versicherte, dass alle Fahrzeuge in Ordnung seien. Krylow nickte zufrieden. Willenbrock bot nochmals Kaffee und Schnaps an, er sagte »einen Schluck nehmen«, und Krylow war einverstanden. Er sah zu, wie Willenbrock die Flasche und sechs Gläser hervorholte, und wartete, bis er zwei Gläser gefüllt hatte. Dann nahm er ihm die Flasche aus der Hand, goss seinen Begleitern ein paar Tropfen ein und reichte ihnen die Gläser. Alle nahmen sich einen Keks aus einem Karton, den Willenbrock herumreichte, aßen ihn und leerten erst danach die Gläser.

»Wie geht es in der Heimat? In der Zeitung stehen nur schlimme Nachrichten über Mütterchen Russland. Wenn man denen glauben will, ist ganz Moskau eine Räuberhöhle.

Rauschgift, Mafia, Prostitution, Mord und Totschlag, man bekommt richtig Angst, in das schöne Moskau zu reisen. Das ist nicht gut fürs Geschäft, nicht gut für Touristen.«

»Glauben Sie nicht an die Zeitung, mein Freund. Das sind Journalisten, die brauchen Sensationen, davon leben sie. Notfalls erfinden die Burschen, was ihre Zeitung gern druckt. Das war beim Zaren nicht anders als bei Stalin, und ist heute noch so. Moskau hat sich eigentlich nicht verändert, die armen Leute wurden noch ärmer, und die Reichen haben etwas zugelegt, wie überall auf der Welt. Und die Prostitution, mein Gott, das ist auch nicht schlimmer als früher. Nur die Mädchen in Moskau sind hässlicher geworden, das ist leider die Wahrheit. Die Blüte der russischen Huren schafft in Westeuropa an, in Berlin, in Paris. Und mit dem Ballett ist es das Gleiche. Großer Gott, mir kommen die Tränen in die Augen, wenn ich an das Bolschoi denke. Heute können Sie dort zu jeder Zeit Karten bekommen. Man muss sogar Werbung machen, Werbung für das Bolschoi, das hat es früher nicht gegeben. Das Bolschoi und Werbung, das ist die eigentliche russische Tragödie.«

Er griff nach der Flasche und füllte Willenbrocks Glas und sein eigenes, dann stieß er behutsam mit ihm an.

»Das große stolze Russland versorgt Westeuropa mit Huren und Ballettänzern, und uns bleibt, was ihr nicht kaufen wollt. Das war zu meiner Zeit anders, da hieß es, Moskau zuerst. Aber die uns nun regieren, verkaufen den Duft Russlands. Das sind Dummköpfe und Verbrecher. Wenn Moskau heute ein Problem mit Gangstern und der Mafia hat, so sind das die amtierenden Politiker. Wir haben keine gebildeten, kulturvollen Politiker wie ihr Deutschen. Uns regieren Schurken, Gott seis geklagt, die nur in ihre eigene Tasche wirtschaften.«

Willenbrock lachte laut auf: »Sie haben ein zu schönes Bild von den Deutschen, Doktor, und ich dachte, Sie kennen sich aus. Was haben Sie nur für Illusionen über deutsche Politiker.«

Krylow war früher Mitarbeiter der sowjetischen Regierung, er hatte in der Westeuropa-Abteilung gearbeitet und mehrmals die Bundesrepublik besucht. Nach der Auflösung der Sowjetunion wurde er aus dem Staatsdienst entlassen und verdiente sich zwei Jahre sein Geld, indem er deutschen Firmen behilflich war, in Russland Geschäftskontakte zu knüpfen und Niederlassungen zu gründen. Dann machte er sich selbstständig mit einer Firma, die in Petersburg, München und Mailand angemeldet war und sich nach seinen Angaben mit dem Import und Export von Innovationen befasste. Bei seinem ersten Besuch hatte er Willenbrock seine Karte gegeben, die ihn als Direktor der Russian Venture Group auswies, und ihm erklärt, dass seine kleine Gesellschaft davon lebt, ein paar Wege durch den Dschungel der Bürokratie weisen zu können, etwas Hilfestellung zu geben beim Durchqueren des uralten russischen Morastes. Er finde unter allen Türen stets die richtige, und er wisse, wie man sie öffnen kann, wie jener Held aus dem Volksmärchen. Das sei schon alles, was er anzubieten und zu verkaufen habe.

»Und Geduld habe ich«, hatte er erklärt, »ich habe die Geduld, die euch Westeuropäern verloren ging, und ohne die man bei uns keine Geschäfte machen kann. Ich verkaufe meine Geduld und kann davon gut leben.«

Willenbrock war vom Auftreten Krylows vom ersten Moment an beeindruckt. Ihm gefiel der entschlossene, selbstbewusste Mann, und da er verstanden zu haben glaubte, der Russe wäre weiterhin am Ankauf von Fahrzeugen interessiert, bot er ihm sofort einen vorteilhaften Mengenrabatt an. Krylow akzeptierte, und seit der Zeit erschien er alle zwei, drei Monate bei Willenbrock und kaufte jedesmal mehrere Autos, die er sofort und bar bezahlte.

»Russland ist groß nur im Krieg«, fuhr Krylow fort, »und unter einem harten Zaren. Der Russe verträgt die Freiheit nicht. Uns hat Asien geprägt, nicht Europa. Wir haben Europa vor den Asiaten bewahrt und sind dabei selbst Asiaten geworden. Wir haben uns für Europa geopfert, haben mit unseren Leibern Wien und Paris vor den Mongolen bewahrt. Und wir haben dafür einen hohen Preis entrichtet, den uns Europa nicht erstatten will. Jetzt musst du den Russen prügeln, wenn er gut arbeiten soll. Wir sind keine Deutschen, die gern arbeiten und alles fein sauber haben wollen.«

Seine vier Begleiter saßen stumm hinter ihm und schienen aufmerksam dem Gespräch zuzuhören. Willenbrock wusste nicht, ob sie wirklich deutsch verstanden und ihnen lauschten oder nur diszipliniert warteten, bis ihr Chef das Zeichen zum Aufbruch gibt. Sie wirkten wie Rekruten, bemüht, jeden Befehl schon zu erraten, bevor er erteilt wird, und in keiner Weise aufzufallen. Vielleicht prügelt er sie, dachte Willenbrock.

»Sie haben ein romantisches Bild von den Deutschen, Doktor Krylow. Und eine harte Knute hatte Ihr Russland lange genug. Ich weiß nicht, ob das Land damals glücklicher war.«

»Was heißt, glücklich? Damals gab es Ordnung, und es gab Brot und Arbeit für alle. Das bedeutete viel in meinem Land, und das weiß man spätestens heute zu schätzen.«

»Gewiss, Brot und Arbeit. Aber es gab auch Straflager und ein paar andere Unannehmlichkeiten, die nicht gerade dem Standard des 20. Jahrhunderts entsprechen. Stalin war ja wohl kein Heiliger.«

»Er war Priesterschüler, und die neigen nun einmal dazu, die Welt erlösen zu wollen. Und es gab Krieg, vergessen wir das nicht, da war dieser Stalin wie ein uns von Gott gesandter Erzengel. Wer einen Krieg gewinnen will, darf ein einzelnes Menschenleben nicht allzu hoch einschätzen. Es sind Leichen, die den Weg zum Sieg bahnen. Das haben die Europäer durch Hitler und Napoleon, durch den Großen Kurfürsten und die Inquisition doch auch begriffen.«

»Wenn man Sie hört, Doktor, möchte man meinen, Sie

sehnen sich nach der vergangenen Zeit zurück. Ich denke doch, auch Ihnen geht es heute sehr viel besser als zu jener Zeit, in der Sie für die Regierung tätig waren.«

»Besser? Ja, sicher, wenn Sie damit meinen, dass ich heute viel mehr Geld verdiene, sehr viel mehr. Dass ich heute mehrere Autos besitze und ein paar luxuriöse Häuser und Wohnungen in verschiedenen Städten. Von all dem habe ich früher nicht zu träumen gewagt. Mir geht es fabelhaft. Ich darf nur nicht daran denken, was diese Schurken aus Russland gemacht haben. Ein stolzes Land, und nun eine politische Ruine. Wissen Sie, ich bin Russe. Ich bin kein Europäer, ich bin nur ein Russe, mit all den lächerlichen Vorzügen und den barbarischen Rührseligkeiten, die schon Puschkin beklagt hat. Der gedemütigte Stolz meiner Heimat kränkt mich persönlich. Das ist für uns Russen so etwas wie der Versailler Vertrag für euch Deutsche. Und nun warten wir auf unseren Hitler, der unser Versailles auslöscht. Trinken wir noch einen, mein Freund.«

Willenbrock goss ihm das Glas voll und sah ihn dann, auf die vier stummen Männer weisend, fragend an.

»Nein«, sagte Krylow, »sie müssen heute noch fahren. Sie müssen heute noch achthundert Kilometer und zwei Grenzen überstehen. Sie werden heute Nacht einen Wodka bekommen, jeder eine ganze Flasche.«

Er sah sich nach ihnen um. Die vier setzten sich aufrechter hin, als sie ohnehin schon auf dem Sofa gesessen hatten, ihre Blicke wurden noch ergebener, und demütig erwarteten sie Krylows Anweisungen. Der Russe aber nickte ihnen nur zu und wandte sich wieder um.

»Und Sie, mein Freund?«, fragte er, nachdem sie mit den Gläsern angestoßen und getrunken und einen Keks dazu gegessen hatten, »Sie sind zufrieden?«

Willenbrock nickte.

»Das ist das Bewundernswerte an euch Deutschen, ihr kommt immer zurecht. Es gibt Nationen, die für die Zukunft leben wie die Amerikaner und Engländer, oder in der Vergangenheit wie die Franzosen und wie wir Russen, ihr Deutschen aber erfasst stets die Gegenwart. In beiden Kriegen wart ihr allen überlegen, eure Gegner konnten nur gewinnen, weil sie mehr Menschenmaterial einzusetzen hatten. Und nach den Kriegen habt ihr die Chancen der Zerstörung genutzt und alles erneuert. Ihr wart die Musterschüler der beiden siegreichen Systeme und habt den Wiederaufbau besser bewältigt als jede andere Nation. Euren Ruin habt ihr zu eurem Glückslos gemacht. Wir dagegen haben immer nur in der Vergangenheit gelebt. Die einzigen Russen, die wirklich in der Gegenwart zu leben verstehen, sind unsere prächtigen Ganoven, jene, die ihr als Russenmafia bezeichnet. Das sind gläubige, orthodoxe Russen, sie werden nie ein Wort gegen die allgegenwärtige Kirche sagen, nie die Hand heben gegen unsere Tradition, aber sie werden sich von den tausend Jahren russischer Kultur nicht daran hindern lassen, ihren so wenig ehrenwerten Geschäften nachzugehen. Vielleicht sind diese Leute unsere Chance. Westeuropa wurde von der Aufklärung und dem Kapitalismus sanft und unnachgiebig erzogen, Nordamerika von seinen Siedlern, in der einen Hand den Pflug, in der anderen das entsicherte Gewehr. Vielleicht lernt Russland von seinen Ganoven wie man, ohne auf die Tradition zu spucken, die Gegenwart bewältigt. Bisher haben wir das immer nur im Krieg erreicht, im Krieg und in der Kunst. Gepriesen seien Puschkin, Tschaikowski und die russischen Generäle. Vielleicht lehrt uns unsere Mafia auch das alltägliche Leben zu meistern, das Leben in Friedenszeiten.«

Willenbrock hatte während Krylows Vortrag die Flasche verschlossen und sie beiläufig vom Tisch genommen und in ein Schreibtischfach gestellt. Er war es nicht gewohnt, am frühen Morgen Alkohol zu trinken und fürchtete, von Krylow zu einem weiteren Glas genötigt zu werden, was er nur schwerlich ausschlagen zu können glaubte. Er hoffte mit dem beiläufigen Verschwindenlassen der Flasche sowohl einem erneuten Einschenken und Zuprosten zu entgehen als auch einem von dem Russen möglicherweise als Zurückweisung empfundenen Ablehnen eines weiteres Glases. Den Ausführungen Krylows war er belustigt gefolgt. Es reizte ihn, Krylow zu fragen, ob er solche Ansichten auch schon früher geäußert habe, als er noch ein Mitglied der sowjetischen Regierung war, aber er unterließ es, teils um den Russen nicht zu ärgern, teils weil es ihn nicht wirklich interessierte.

»Das sind trübe Aussichten«, sagte er nur und sah zu Krylows Begleitern, die wie wachsame Dobermänner auf dem Sofa saßen und ihren Chef nie aus dem Auge ließen. Er bündelte die Papiere, die er unterdessen ausgefüllt hatte, und reichte sie über den Tisch. Krylow blätterte sie achtlos durch, dann wandte er sich an einen seiner Begleiter und sagte etwas zu ihm. Der Mann holte aus der Innentasche seiner Lederjacke ein abgegriffenes schwarzes Leinenfutteral und reichte es Krylow. Der zählte, ohne das Geld herauszunehmen, einige Scheine ab, zog sie dann hervor und legte sie auf den Tisch. Willenbrock schob sie mit einem Finger etwas auseinander, dann nahm er sie auf und verstaute sie ohne nachzuzählen in seiner Kassette.

»Trübe Aussichten für Ihr schönes Land«, wiederholte er dabei.

Er verschloss die Kassette in seinem Schreibtisch, dann erhob er sich langsam, um das Gespräch zu beenden. Der Russe blieb jedoch sitzen, spielte mit seinem leeren Glas und fragte ironisch: »Wieso trübe, mein Freund? Ihnen geht es gut, mir geht es gut, alles bewegt sich wieder. Und wir sind beide im Geschäft. Wo sehen Sie da Probleme?«

Willenbrock war überrascht.

»Ich dachte«, begann er, aber Krylow unterbrach ihn.

»Machen Sie sich keine Sorgen um Russland. Russland hat so viel überstanden, es wird nicht sterben, weil der Zar nicht sterben kann. Aber ihr solltet Russland nicht reizen. Euer Europa wäre schlecht beraten. Wir verstehen nicht zu leben, aber wir verstehen zu kämpfen und zu sterben. Wie es im Lied heißt: der Russe weiß zu siegen.«

Krylow lachte laut auf. Er stellte sein Glas auf den Schreibtisch und schob es zu Willenbrock: »Trinken wir noch ein Glas auf den Abschied und auf ein Wiedersehen.«

Willenbrock holte die Flasche hervor und füllte beide Gläser. Er stieß sie aneinander und reichte dann eins dem Russen.

»Also dann«, sagte er, »auf uns, auf die russische Kraft. Und auf euren Lebenswillen und eure Energie.«

Krylow lachte wieder auf: »Nein, das haben wir nicht. Das sind Fantastereien unserer Pfaffen und Poeten. Trinken wir auf das alte Phlegma, auf den Fatalismus, davon haben wir reichlich, damit haben wir alles überlebt. Die Energie, die hatten in Russland nur die eingewanderten Deutschen und die Juden. Darum sind die beiden auch nicht beliebt, verstehen Sie, die sind einfach zu fleißig, zu erfolgreich. Trinken wir auf unsere russischen Banditen.«

Willenbrock nippte an seinem Glas und stellte es dann rasch in die Schublade seines Schreibtischs. Krylow stand auf, und augenblicklich erhoben sich seine vier Begleiter. Krylow gab jedem von ihnen einige der Papiere mit den dazugehörigen Schlüsseln, wobei er ihnen halblaut Anweisungen erteilte. Willenbrock begleitete seine Besucher hinaus.

Die Motorhaube eines Wagens, der direkt neben dem Wohnwagen stand, war geöffnet, Jurek stand über den Motor gebeugt und wechselte die Zündkerzen. Als die Russen die kleine Treppe herunterkamen und an ihm vorbeigingen, richtete er sich auf. Sie betrachteten sich wortlos und scheinbar gleichgültig. Willenbrock sagte ein paar belanglose Worte zu dem Polen, um das feindselige Schweigen zu durchbrechen, aber Jurek nickte nur und machte den Mund nicht auf.

Die Sonne war durch die Wolken gebrochen und hatte den

Reif weggewischt, der sich auf die Autodächer und die Scheiben gelegt hatte. In den Bäumen hingen noch vereinzelte schrumplige, dunkelbraune Blätter. Als die Männer zum ersten der verkauften Fahrzeuge kamen, erläuterte Willenbrock nochmals die Vorzüge dieses Modells. Krylow schien ihm zuzuhören, da er ihn mit leicht geneigtem Kopf aufmerksam ansah. Dann lächelte er und erwiderte: »Russland, Polen, ganz Osteuropa, das ist für Sie ein gutes Geschäft, Herr Willenbrock.«

»Ich kann nicht klagen.« Willenbrock grinste.

Krylow bemerkte an dem Kragen seines Mantels einen Ascheleck und schlug seine Handschuhe mehrmals dagegen. Nachdem er sich gesäubert hatte, kontrollierte er seine Hosen und Schuhe, dann streifte er sich die Handschuhe über.

»Das freut mich. Ich arbeite gern mit Leuten zusammen, die zufrieden sind. Es gibt Menschen, die immer zufrieden sind, und es gibt andere, die nie glücklich sein werden. Und diese sind sehr, sehr anstrengend. Man muss ihnen aus dem Weg gehen, sie meiden.«

Einer der jungen Russen war in das Fahrzeug gestiegen, hatte den Motor gestartet und schaltete nun an den Knöpfen und Hebeln. Die anderen drei sahen ihm dabei zu.

»Da sind wir uns völlig einig«, sagte Willenbrock. »Ich kam immer zurecht, auch früher. Eigentlich war ich immer zufrieden.«

»Das ist es, was ich meine.«

»Aber ein paar Geschichten sind heute einfach besser. Es lebt sich leichter. Ich will Ihnen nicht zu nahe treten, aber das alte System taugte nichts. Diese alten Leute bei Ihnen wie bei uns, das waren, verzeihen Sie, aber das waren doch Idioten. Ich verstehe nicht, wie ein so kluger Kopf wie Sie mit denen zurechtkommen konnte.«

»Andere Zeiten, mein Lieber. Man muss immer zu leben verstehen, auch dann, wenn es schwieriger ist. Gerade dann muss man es können. In guten Zeiten kann jeder Dummkopf zurechtkommen. Ob eine Nation oder ein Mann Kultur haben, das zeigt sich in der Katastrophe.«

»Vielleicht haben Sie Recht. Trotzdem bin ich nicht unglücklich, dass es vorbei ist. Es ist wieder spannender geworden, das Leben. Gelegentlich allzu spannend.«

Willenbrock stockte.

»Was meinen Sie, mein Freund? Was drückt Sie?«

»Man hat mich bestohlen. Man hat mir vor einem Monat sieben Fahrzeuge vom Hof geklaut.«

»Das ist ärgerlich. Wer war es? Waren es Landsleute von mir?«

»Ich weiß es nicht. Die Polizei hat nichts aufklären können. Es interessiert sie nicht.«

»Sieben Autos, ist das schlimm für Sie, mein Freund? Sie sind doch versichert. Und außerdem, was sind für Sie sieben Autos? Eine Katastrophe? Wem wollen Sie das erzählen?«

»Es kränkt mich. Das ist es.«

»Das verstehe ich. Die Kränkung schmerzt. Lassen Sie sich etwas einfallen. Sie müssen es unterbinden, sonst haben Sie hier bald regelmäßig unerwünschte Besuche.«

»Das ist schon geschehen.«

»Dann ist alles in Ordnung, mein deutscher Freund?«

Willenbrock überlegte einen Moment, ob er Krylow etwas von jenem Telefonanruf erzählen sollte, der ihn überraschenderweise seit Wochen immer wieder beschäftigte. Er überlegte so lange, dass Krylow aufmerksam wurde und ihm in die Augen sah.

»Eine dumme Geschichte, Doktor Krylow. Ein früherer Kollege hatte mir das Leben schwer gemacht, hat mich denunziert. Ich habe es erst jetzt erfahren, dass er es war. Das ist alles etwas ekelhaft. Aber, Gott sei Dank, es ist vorbei.«

»Und was wollen Sie tun? Was machen Sie mit diesem Kollegen?«

»Ich weiß es nicht. Ich weiß es noch nicht. Was würden Sie denn tun?«

»Ach, ihr Deutschen. Ihr macht alles immer offiziell. Ihr braucht für alles einen Beamten. Ich habe mir sagen lassen, in Deutschland ist selbst die Bestechung amtlich geregelt. Es gibt bei euch Gesetze, die festlegen, wie man Schmiergelder zahlt. Ist das nicht wunderbar? Bei euch müssen sogar die Kriminellen bei ihren Verbrechen Zucht und Ordnung halten. Darum liebe ich euch Deutsche. Wäre Gott ein Deutscher, was hätten wir für eine fabelhafte Ordnung auf der Welt. Für jedes Problem, für jede Frage gäbe es ein Gesetz, und wir müssten nur noch nachschlagen, nicht wahr? Adam und Eva und ein deutscher Gott, es wäre nie zum Sündenfall gekommen, auch das wäre streng nach Paragrafen gegangen. Allerdings, was wäre das für ein Paradies geworden? Ich glaube, nur ihr Deutschen hättet euch dort wohl gefühlt.«

»Was würden Sie tun, an meiner Stelle, Doktor?«

»Ich würde nicht sehr lange nachdenken, mein Freund. Ich würde rasch handeln und danach alles vergessen.«

»Und was? Was würden Sie tun?«

Krylow sah ihn schweigend an und dachte nach. Dann rief er einen der jungen Männer zu sich und sagte etwas zu ihm. Der junge Mann errötete heftig und widersprach ihm offensichtlich, aber Krylow redete weiter auf ihn ein. Nun riefen ihm auch die anderen Begleiter amüsiert etwas zu, es war das erste Mal, dass Willenbrock ihre Stimmen vernahm, helle, etwas raue und brüchige Stimmen mit der arglosen, gutmütigen Farbe der Kindheit. Der von Krylow angesprochene junge Mann wandte sich ab und ging suchend über den Platz. Mehrmals bückte er sich, um etwas aufzuheben, dann kam er zurück und stellte zwei Ziegelsteine nebeneinander, über die er ein armdickes Holzbrett legte. Mit einem Fuß trat er auf das Holz, zog dann langsam das zweite Bein nach und stand schließlich mit beiden Füßen auf dem Ast, mit den abgewinkelten Armen

54

bemüht, das Gleichgewicht zu halten. Dann stieg er vorsichtig und jede rasche Bewegung vermeidend von dem kleinen Aufbau herunter. Er kauerte sich davor und starrte konzentriert auf das Holzstück, wobei er fortgesetzt und heftig seine Hände massierte. Plötzlich blickte er für einen Moment zu Krylow hoch und fast im gleichen Augenblick fuhr seine rechte Hand in die Höhe, um dann kraftvoll auf das Holz niederzufahren. Ein unterdrückter Schrei, kaum lauter als ein Stöhnen, war zu hören. Das Holzstück flog flach über den Hof, knallte gegen einen Reifen und fiel auf den Boden. Der junge Mann erhob sich, blickte verlegen zu Krylow und schien sich bei ihm zu entschuldigen, bevor er losrannte und das Holz zurückholte. Er legte es wiederum auf die Ziegelsteine und drehte es mehrmals, um es stabil zu lagern. Dann nahm er das Holzbrett herunter, stellte die Ziegel um und legte das Brett wieder darauf, um es erneut prüfend zu wenden. Auf seiner Stirn bildeten sich Schweißtropfen. Krylow sprach beruhigend auf ihn ein, dann verstummte er, und alle sahen auf den jungen Mann, der vor dem Holzstück kauerte und sich konzentrierte. Wieder fuhr seine Hand hoch und schnellte dann auf das Holz, und wieder löste sich in ihm ein krächzendes Stöhnen. Das dicke Brett war zerbrochen, mit zersplitterten Enden lag es zwischen den umgekippten Ziegeln. Der Mann erhob sich und massierte ohne aufzusehen seine Hand. Krylow klopfte ihm leicht auf die Schulter. Es war ihm anzumerken, dass er zufrieden war.

»Alle Achtung«, sagte Willenbrock und klatschte dem jungen Mann Beifall, »wo lernen Ihre jungen Männer so zuzuschlagen? Bei der Armee?«

»Das kann nur Juri«, erwiderte Krylow, »er kommt vom Dorf. Er hat es dort gelernt. Wäre so ein Handkantenschlag nicht eine Möglichkeit, Ihr Problem aus der Welt zu schaffen?«

»Nein«, lachte Willenbrock auf, »das ist vielleicht auch eine Lösung, aber ich glaube nicht, dass es meine ist. Das ist hier nicht üblich, das bringt Ärger.«

»Sie können mit mir sprechen, mein Freund. Wir sind Geschäftspartner, ich helfe Ihnen gern aus.«

Dabei blickte er Willenbrock in die Augen, und der begriff, dass Krylow ihm tatsächlich und allen Ernstes seine Schläger anbot. Der Gedanke belustigte und erschreckte ihn zugleich, und er beeilte sich, das Angebot zurückzuweisen.

»Das ist unmöglich«, sagte er.

Er spürte, dass sein Mund ausgetrocknet war, und er hatte Mühe, die Worte zu formulieren. Seine Zunge schien ihm unvermittelt angeschwollen und unbeweglich zu sein. Er schluckte mehrmals und wiederholte dann, dass er das Angebot nicht annehmen könne. Die Situation erschien ihm unwirklich, und er hatte das Gefühl, neben sich zu stehen und sich selbst zuzuhören.

Krylow nickte zufrieden.

»Das dachte ich mir«, sagte er lediglich. Sie gingen weiter zu dem nächsten der verkauften Fahrzeuge. Einer der jungen Männer setzte sich in das Fahrzeug und startete den Motor. Das sind Dummheiten, dachte Willenbrock. Er starrte verstohlen zu dem jungen Russen, der das Holzbrett gespalten hatte.

»Sie sind verrückt, Doktor«, sagte er, als sie zu dem dritten Fahrzeug gingen, »was denken Sie, wo wir leben. Das ist ein zivilisiertes Land, ich bringe mich in Teufels Küche, wenn ich die Gerechtigkeit selbst in die Hand nehme. Ihr Vorschlag ist völlig verrückt. Vielen Dank für Ihr Angebot. Ich weiß es durchaus zu schätzen, aber es kommt für mich nicht in Frage. Ich schlage mich nicht, das habe ich noch nie in meinem Leben getan. Ich lehne Gewalt ab, grundsätzlich.«

»Was werden Sie tun?

»Das weiß ich nicht. Vielleicht werde ich nichts unternehmen. Wahrscheinlich werde ich nichts unternehmen und versuchen, alles zu vergessen.«

»Wenn Sie damit leben können, sehr gut. Dann vergessen Sie meinen Juri. Sie hatten mich gefragt, mein Freund. Und ich bin es gewohnt, für mich selbst einzustehen. Ihr in Deutschland habt in jedem Dorf einen Beamten, der alles regelt, ihr habt für alles ein dickes Gesetzbuch. Russland ist ein großes Land, viel größer als die Vereinigten Staaten, da muss man ein Selfmademan sein, oder man ist verloren.«

Dann wandte er sich zu Juri, rief ihm etwas zu, und beide stiegen in das Fahrzeug.

»Wir sehen uns«, sagte er zu Willenbrock, nickte ihm freundlich zu und schaltete das Autoradio ein. Willenbrock starrte gedankenverloren den abfahrenden Autos hinterher. Ein verrückter Hund, sagte er sich und bemerkte verwundert, dass ein überraschendes und undeutliches Gefühl von Neid in ihm aufstieg und sich in seine unzweideutig vorgebrachte Ablehnung mischte. Jurek kam langsam zu ihm geschlendert.

»Gutes Geschäft, Chef?«

Willenbrock nickte und sah weiterhin in die Richtung, in der die Autos verschwunden waren.

»Er ist wieder obenauf, der Russe. Er hat es verstanden, er muss nicht hungern. Das überlässt er wieder den anderen. Es ist wie bei mir daheim. Die sind immer obenauf.«

»Wir zwei hungern auch nicht, Jurek. Was stört dich an ihm?«

»Leute wie er schaffen es immer.«

»Er ist nicht ungeschickt. Das sind Leute, die gebraucht werden, in allen Zeiten. Was hast du, Jurek, du musst nicht mit ihm reden. Das Geschäft mit ihm mache ich selbst, und Kunden kann man sich nicht aussuchen.«

»Geschäfte mit einem Banditen. Den hätte man aufhängen sollen, als es an der Zeit war. Aber da hatten die sich verkrochen, und jetzt kriechen sie wieder aus den Ritzen hervor.«

»Was hat er dir getan?«

»Ich hatte gehofft, dass es diesen Leuten an den Kragen geht, als das Regime zusammenbrach. Aber denen geht es immer gut.«

»Er ist ein guter Kunde. Ich brauche ihn. Und ich hoffe, dass er wiederkommt, dass er noch sehr oft wiederkommt und Autos bei mir kauft. Und du brauchst ihn auch, Jurek, wenn ich dir deinen Lohn bezahlen soll.«

Jurek bewegte die Lippen, doch er erwiderte nichts. Mit dem Lappen rieb er unentwegt an seinen Fingern, dann warf er mit einer energischen Kopfbewegung seine Haare aus dem Gesicht.

»Ich werde jetzt die Reifen auswuchten, Chef«, sagte er verdrossen.

»Mach das«, erwiderte Willenbrock.

5

Krylows Besuch verunsicherte und verwirrte ihn mehr, als er geglaubt hatte. In den folgenden Tagen ertappte er sich immer dabei, das er an seinem Schreibtisch untätig vor sich hin starrte und über die Bemerkungen des Russen und sein Angebot nachgrübelte. Es ist lachhaft, sagte er sich, es ist völlig unmöglich und barbarisch, und von allem anderen einmal abgesehen ist es wirklich kriminell, ein Rückfall in ein vorzivilisiertes Stadium, in waldursprüngliche Zeiten, sagte er sich. Es war ein Wort, das er unlängst gelesen hatte und welches ihm durch den Kopf geisterte, da er es nicht recht verstand, es ihm aber gleichzeitig plastisch und ausdrucksstark erschien. Er gestand sich nur widerstrebend ein, dass ihn Krylows einfache und gewalttätige Lösung anzog. Er beneidete den Russen, denn er spürte, dass ihm dessen leichtfertige Ansichten und kurzentschlossene Urteile unendlich fern waren. Er bemühte sich, das Gespräch mit Krylow zu vergessen, seinen Vorschlag aus dem Gedächtnis zu löschen, zu verdrängen. Er sagte sich immer wieder, dass diese Bemerkung keine Überlegung wert sei und dass ihm jener Doktor Feuerbach eigentlich gleichgültig sei. Die ganze Angelegenheit ist widerlich, dachte er, aber auch banal, das alles ist längst vergangen und soll darum vergessen sein, ich muss dieser erbärmlichen Ratte keinen Schläger auf den Hals schicken, ich muss mich nicht rächen, es interessiert mich viel zu wenig, das alles passierte in einem Leben, das ich hinter mir gelassen habe, schließlich bin ich nicht mehr der Ingenieur einer Bankrott gegangenen Fabrik für Rechenmaschinen, sondern der erfolgreiche Besitzer eines unaufhörlich prosperierenden Gebrauchtwagenhandels, das einzige, worüber ich mir Sorgen machen sollte, falls ich dafür genügend Zeit finde und einen Grund, das ist lediglich, ob sich Osteuropa weiterhin so entwickelt, wie es meiner Firma bekömmlich ist, also ausreichend freundlich und stabil, um meine

Kunden zahlungsfähig zu halten, und doch nicht so erfolgreich, dass sie auf meine Dienste verzichten können und sich stattdessen mit neuen Wagen eindecken, Feuerbach ist nicht mein Problem, nicht mehr, als er es war, wusste ich nichts davon, und heute interessiert er mich nicht mehr, oder jedenfalls zu wenig, als das ich noch einen Gedanken an ihn verschwenden sollte, ich will mich nicht von einer Vergangenheit einfangen lassen, die ich nicht benötige, die mich nicht interessiert, die ich nicht gebrauchen kann.

Willenbrock war fest entschlossen, Feuerbach und die dumme Geschichte zu vergessen. Er konnte sich ohnehin nur undeutlich an den Kollegen erinnern und hatte Mühe, ihn sich zu vergegenwärtigen. Er erinnerte sich eines schmalen Barts und einer roten Brille mit starken Gläsern sowie an einige fachliche Gespräche, die anregend waren oder ihn immerhin nicht gelangweilt hatten, aber er war keineswegs gewiss, ihn wieder zu erkennen, falls Feuerbach ihm eines Tages über den Weg laufen sollte. Er hätte nie wieder an ihn gedacht, wenn nicht jener Telefonanruf gewesen wäre, wenn nicht Berner ihm die ganze fatale Geschichte berichtet hätte, und er spürte, dass sich seine Verärgerung verlagerte, dass es nicht Feuerbach war, sondern dieser Berner, der in ihm eine poröse Empfindung von Verbitterung auslöste. Von Berner fühlte er sich hintergangen und genötigt, einem Gespenst der Vergangenheit hinterherzujagen, einem Phantom längst vergessener Tage und Beziehungen. Er verwünschte Berner und den lästigen Telefonanruf. Und er beschloss, ihn sich aus dem Kopf zu schlagen, und wie ein Schuljunge kniff er sich dabei zur Bekräftigung in die linke Wange.

Nachdem er sich entschlossen hatte, die gebrauchten Fahrzeuge und den Wohnwagen, in dem sein Büro war, nicht erneut versichern zu lassen, annoncierte er stattdessen in einem Regionalblatt, dass er einen Nachtwächter suche. An dem Tag, an dem diese Annonce erschien, meldeten sich fünfundzwanzig zumeist ältere Männer, die sich für die Stelle eines Nachtwächters bewarben. In den darauf folgenden Tagen riefen weitere acht Männer an. Einige von ihnen erzählten Willenbrock, dass sie einen Hund besäßen, den sie für ihren Dienst nutzen wollten. Sie behaupteten, es seien abgerichtete und scharfe Wachhunde, die jeden Eindringling stellen könnten. Mehrere Männer teilten ihm mit, dass sie Schreckschusspistolen besäßen. Zwei Männer, ihre Stimmen klangen sehr jung am Telefon, behaupteten, russische Armeepistolen zu besitzen, die sie, obwohl sie keinen Waffenschein besäßen, während ihrer nächtlichen Wachen bei sich führen würden. Es meldeten sich auch zwei Firmen bei ihm, die sich auf den Schutz von Gebäuden und Industriehöfen spezialisiert hatten und die Dienste ihrer uniformierten Wachmänner anboten.

Willenbrock war über das Echo auf seine winzige Annonce hin erstaunt. Er lud sechs Bewerber ein, bei ihm vorzusprechen. Mit den beiden ersten Bewerbern unterhielt er sich über ein halbe Stunde, erklärte ihnen, was er erwartete und ließ sich von ihnen erläutern, wie sie sich die Bewachung seines Hofes vorstellten. Einer der beiden ließ sich nicht davon abhalten, Willenbrock mehrere Fotos seines Hundes zu zeigen. Mit den weiteren Kandidaten sprach er nur noch wenige Minuten, nannte ihnen gleich den zu erwartenden Lohn und drängte sie, sich kurz zu fassen. Mit seiner Entscheidung ließ er sich Zeit. Erst als sich zwei Tage lang kein neuer Bewerber meldete, rief er einen der Männer an, Fritz Pasewald, einen älteren Schlosser, der bereits ein halbes Jahr arbeitslos war und der ihm gefallen hatte, weil er ihn als einziger nicht demütig angesehen hatte, als sie sich gegenüber saßen, sondern gelassen und mit wenigen Worten sagte, was er während der Nachtwache tun könnte und was er von Willenbrock erwarten würde. Ihm war bewusst, dass er sich nur deswegen für Pasewald entschieden hatte, weil er in den Augen des Schlossers nichts von der Unterwürfigkeit und den erloschenen Hoffnungen gesehen hatte, die ihm bei allen anderen Bewerbern aufgefallen war und ihn verdross und sogar aggressiv machte.

Der Schlosser, ein achtundfünfzigjähriger Mann, erschien bereits am gleichen Abend, um seinen Dienst anzutreten. Er kam cin halbe Stunde, bcvor Jurck das Tor schloss, und wartctc mit seinem Schäferhund vor dem Wagen. Willenbrock blieb auf der Treppe stehen, bis Pasewald seinen Hund beruhigt und festgebunden hatte, dann bat er ihn, ins Büro zu kommen. Er ließ sich von ihm die Lohnsteuerkarte geben, warf einen Blick darauf und verstaute sie dann in seiner Aktentasche. Er zeigte ihm die Kaffeemaschine und das Schrankfach, in dem das Geschirr aufbewahrt wurde. Im Falle eines Falles, sagte er ihm, habe er, noch bevor er das Büro verlasse, zuerst die Polizei und dann ihn zu verständigen. Er klebte einen Zettel mit einer Nummer auf das Telefon und sagte, er wäre unter dieser Nummer stets erreichbar, Tag und Nacht, er hätte sein Handy immer bei sich. Dann erkundigte er sich nach Pasewalds Hund, fragte nach dessen Rasse und wie alt er sei und fügte hinzu, er hoffe, der Hund würde bald lernen, dass er kein Einbrecher, sondern der Mann sei, dem er künftig seine Knochen verdanke. Dann packte er wie an jedem Abend das Geld, die Autopapiere und die Schlüssel in seine Aktentasche. Pasewald sagte, dass er, wie Willenbrock bereits wisse, gelernter Schlosser sei, und er, wenn es gewünscht werde, kleinere Arbeiten an den Karosserien ausführen könne, er habe selbstverständlich einen Schweißerpass.

»Das ist gut«, sagte Willenbrock, »aber sprechen Sie darüber mit Jurek. Und warten Sie noch ein paar Tage, bevor Sie es ihm anbieten. Sie sollten sich erst kennen lernen. Jurek ist sehr empfindlich. Ein stolzer Pole. Ich möchte nicht, dass er glaubt, ich sei mit seiner Arbeit nicht zufrieden.«

»Es ist nur ein Angebot«, erwiderte Pasewald, »ich habe genug zu lesen mit, ich werde mich nicht langweilen.«

»Was lesen Sie?«, erkundigte sich Willenbrock.

»Meine Tochter versorgt mich mit Büchern. Sie studiert und will unbedingt ihren alten Vater noch bilden. Sie sucht für mich die Bücher aus, und wenn ich eins ausgelesen habe, muss ich ihre Fragen beantworten. Wie in einer Prüfung.«

»Und was müssen Sie lesen?«

»Alles. Über die Entstehung der Erde und über Geschichte. Und wenn ich fleißig war und alle Fragen beantwortet habe, darf ich zur Belohnung einen Roman lesen. Aber selbst nach den Romanen werde ich abgefragt.«

»Ihre Tochter will einen Professor aus Ihnen machen.«

»Das habe ich ihr auch schon gesagt.«

»Dann sind Sie bei mir richtig. Hier können Sie lesen, was Ihre Tochter verlangt, und von mir bekommen Sie es außerdem bezahlt.«

Er stand auf und reichte Pasewald die Hand: »Willkommen an Bord. Ich hoffe, wir kommen miteinander aus. Und passen Sie auf sich auf, nicht nur auf meine Autos.«

»Catcher wird auf mich aufpassen«, erwiderte Pasewald, und fügte, da Willenbrock ihn fragend ansah, hinzu: »Catcher, mein Hund.«

»Bis morgen früh. Und nun gehen Sie vor, und reden Sie Ihrem Catcher gut zu, dass er mich aus dem Büro herauslässt.«

Er nahm die Aktentasche und hielt Pasewald die Tür auf.

»Wir haben jetzt einen Nachtwächter«, sagte er beim Abendessen zu seiner Frau, »ich kann nun ruhiger schlafen.«

»Ruhiger schlafen?«, sagte sie, »das war doch noch nie dein Problem. Du schläfst doch wie ein Toter.«

»Na schön, aber nun kann ich wie ein sorgloser Toter schlafen. Ich habe einen Arbeitslosen von der Straße geholt, der nun nächtelang auf meine Kosten Bücher lesen kann. Das beschert mir zusätzlich ein gutes Gewissen. Und dem Finanzamt gegenüber kann ich ihn als steuermindernde Kosten absetzen. Ist das nicht rundum erfreulich, Susanne? Ich hätte ihn mir auch vom Arbeitsamt bezahlen lassen können, aber da hätte ich nicht diese Auswahl. Und außerdem, es gäbe wieder Papierkram.«

»Jedenfalls verstehst du es, dir die Welt zu Füßen zu legen. Du hast immer Glück.«

»Ja. Weil ich es will. Du weißt ja, ich komme aus einer Kleinstadt, und was ich da erlebt habe, das waren gekränkte Leute. Meine Eltern waren gekränkt, weil Vater ein einfacher Entwicklungsingenieur blieb und nicht an eine Universität berufen wurde, nicht einmal zum Abteilungsleiter hatte er es gebracht. Die Verwandtschaft war gekränkt, weil es immer irgendwo irgendwelche Leute gab, die viel erfolgreicher waren als sie. Die Lehrer waren gekränkt, weil sie ihr Leben mit gehassten Schülern verbringen mussten. Die ganze, schöne, kleine Stadt, sie war immerzu gekränkt. Und ich habe gelacht. Ich habe immer gelacht. Wenn mir einer ein Bein stellte, habe ich gelacht. Wenn ich eine Prüfung verhauen hatte, ich habe nur gelacht. Ich war immer zufrieden, mit mir, mit der Welt. Und dann bemerkte ich, dass es die anderen noch mehr kränkte, wenn ich lachte. Und da war es für mich entschieden. Ich nahm mir vor, mit meinem Leben zufrieden zu sein. Immer. Dadurch bist du zu einem glücklichen Mann gekommen. Ist das nicht schön für dich?«

»Ja, meistens jedenfalls. Ich bin ganz zufrieden mit dir. Aber gelegentlich finde ich deine Selbstzufriedenheit weniger amüsant. Besonders, wenn es dir immer wieder so fabelhaft gelingt, andere für dich einzuspannen und sie auszunutzen.«

»Alles zum gegenseitigen Vorteil, Liebste. Ich zwinge keinen, für mich zu arbeiten. Wer mit mir nicht glücklich wird, der kann gehen. Mit gekränkten Leberwürsten möchte ich nie wieder etwas zu tun haben. Das würde mich zu sehr an meine Schulzeit erinnern.«

Er nahm sein Glas und die Bierflasche und stand auf.

»Ich muss noch telefonieren«, sagte er, »wenn du willst, können wir heute ins Kino gehen. Ich brauche nur zehn Minuten. Übrigens, das Reisebüro hat angerufen. Frau Tuchter fragte, ob wir nicht Weihnachten in Venedig verbringen wollen. Fünf Tage Venedig, wir könnten der deutschen Rührseligkeit entfliehen. Einverstanden, Susanne?«

»Weihnachten sind wir bei Mutter. Wir haben fest zugesagt. Und ich will auch zu ihr, ich will sie sehen.«

»Ja, und deinen reizenden Bruder. Das wird wieder ein wunderbares Familientreffen. Und wie steht es mit Silvester? Wollen wir über Silvester fahren?«

»Höchstens für drei Tage. Ich kann das Geschäft nicht so lange schließen.«

»Nimm dir eine Aushilfskraft, leiste dir eine Angestellte. Ich habe es dir schon tausendmal gesagt. Du musst dich nicht zum Sklaven deiner Boutique machen.«

»Fang bitte nicht wieder damit an, dass du mir eine Angestellte bezahlst. Das ist mein Geschäft. Ich will es allein schaffen.«

»Natürlich«, nickte Willenbrock, »du willst dich selbst verwirklichen, ich weiß.«

Seine Frau sah ihn missbilligend an und schüttelte schweigend den Kopf. Als Willenbrock die Tür zum Wohnzimmer öffnete, sagte sie: »Und außerdem müssen wir in diesem Jahr noch einmal aufs Grundstück fahren. Ich habe noch ein paar Blumentöpfe draußen stehen lassen, die ich vor dem Frost im Haus haben will. Bevor der Schnee kommt, will ich noch einmal durch den Garten gehen.«

»Dafür müssen wir kein Wochenende opfern, und schon gar nicht Silvester. Ich fahre mal zwischendurch zum Landhaus hoch und sehe nach dem Rechten. Also, ich geh telefonieren. In zehn Minuten bin ich so weit, dann können wir in die Stadt fahren.«

Er schloss die Tür hinter sich und setzte sich neben das Telefon.

6

Mitte Dezember standen nur noch achtzehn Wagen auf dem Hof und hinter dem Wohnwagen, auf dem abgesperrten Platz parkte ein einziges Auto, ein zehn Jahre alter Mercedes.

»Die heiligen Tage kommen«, hatte ihm vor zwei Jahren der Pole erklärt, »da kommen keine Kunden aus meiner Heimat. Und bei den Russen müssen Sie bis Dreikönige warten, bevor die sich wieder auf den Weg machen.«

Willenbrock hatte damals überlegt, seinen Autohandel zwischen den Jahren für vier Wochen zu schließen und in dieser Zeit den Jahresurlaub anzutreten, aber seine Frau hatte protestiert, sie wollte ihr Leben nicht ausschließlich nach seinen geschäftlichen Überlegungen planen. Außerdem wäre es für sie ruinös, mitten im Weihnachtsgeschäft ihre Boutique zu schließen. Da könne sie gleich ihr Geschäft aufgeben. Willenbrock gab nach und pachtete stattdessen das neben seinem Autohof liegende Gewächshaus. Das leere Gewächshaus mit seinen blind gewordenen Scheiben stand seit Jahren ungenutzt inmitten verwilderten Kohls, einigen Blumen und hochgeschossenen Wildpflanzen als Zeuge eines vergangenen Jahrhunderts zwischen den ringsum entstandenen Gewerbeansiedlungen. Willenbrock war es gelungen, einen Pachtvertrag für fünf Jahre zu erhalten, den er vorzeitig kündigen konnte, sobald er als Eigentümer des Grundstücks seines Autohofs feststünde und zu bauen anfangen würde. Er ließ die zerbrochenen Fenster ersetzen, eine Grube ausheben und mit Eisenbahnschwellen stabilisieren, den Bau notdürftig mit Dämm-Matten absichern und zwei gebrauchte gusseiserne Öfen aufstellen. Jurek konnte während der ruhigen Geschäftszeiten in dem ehemaligen Gewächshaus kleinere Reparaturen an den Fahrzeugen ausführen und die Autos lackieren.

Da es in diesen Tagen für ihn wenig in der Firma zu tun gab, fuhr Willenbrock an einem Dienstag zu seinem Landhaus am

Stettiner Haff, gegenüber der Insel Usedom. Der Ortsteil, zu dem sein Haus gehörte, lag nur wenige hundert Meter von den hoch aufragenden Überresten der alten Kaminer Brücke, einem Schienenhebewerk, mit dem bis zum Kriegsende Eisenbahnschienen angehoben werden konnten, um trotz der Schifffahrt die Insel an das Bahnnetz anzuschließen. Das Hebewerk ragte als rostender, düsterer Koloss in den Himmel über dem platten Land. Die Eisenkonstruktion erinnerte Willenbrock an seine Kindheit, an seine Modelleisenbahn.

Sein Grundstück lag am Waldrand, und da es sich in einem Naturschutzgebiet befand, in dem nicht gebaut werden durfte, konnten die Willenbrocks hoffen, dass die Ruhe und der weite, nur durch Baumreihen und Wälder verstellte Blick ihnen erhalten blieben.

Er hatte seiner Frau erzählt, dass er die Fahrt mit einem Kunden machen würde, der sich über ein bei ihm gekauftes Fahrzeug beschwert habe, und er die Beanstandung überprüfen wolle, um dann notfalls eine Nachbesserung vorzunehmen. Susanne war verwundert, dass er, statt den Wagen seinem Jurek zu übergeben, einen ganzen Tag mit einem einzigen Kunden verbringen wolle, aber Willenbrock erklärte ihr, Reklamationen seien schlecht für sein Geschäft und er würde die Fahrt nutzen, um nach Bugewitz zu fahren, nach ihrem Gehöft zu schauen und es winterfest zu machen.

Er verschwieg ihr allerdings, dass nicht der Kunde sich bei ihm gemeldet hatte, er selbst war es, der angerufen hatte, um sich nach dem verkauften Fahrzeug zu erkundigen. Der Käufer war eine Studentin, die gerade ihre Fahrprüfung bestanden hatte. Er hatte der jungen Frau ein zehn Jahre altes Auto empfohlen und ihr einen Preisnachlass gewährt, nachdem er sich länger mit ihr unterhalten hatte.

Wenn Frauen allein auf seinem Autohof erschienen und nach einem Wagen fragten oder ihm ihr altes Fahrzeug zum Kauf anboten, nahm er sich Zeit für sie. Es waren immer junge Frauen, und sie stellten für ihn eine willkommene Abwechslung dar, sie waren ein seltener und erfreulicher Farbtupfer in dem grauen Einerlei seiner zumeist männlichen und ärmlich gekleideten Kunden. Willenbrock war dann charmant, scherzte mit ihnen, flirtete, erprobte seine Wirkung auf die jeweilige Dame und erkundete seine Aussichten, sie nicht nur als Kundin zu gewinnen. Bei jeder Frau, die ihn sexuell interessierte, versuchte er die Grenzen auszukundschaften, indem er sie überschritt. Er wurde zudringlich, jedoch nur, um seine Chancen ausfindig zu machen, er wurde unverschämt, um herauszubekommen, wie weit er gehen konnte. Manche protestierten, wenn er zu locker und anzüglich mit ihnen sprach, andere reagierten bereits unwillig, wenn er nur eine persönliche Bemerkung machte, und einigen Frauen konnte er sogar den Arm um die Hüfte legen, ohne dass sie ihn zurückwiesen. Nachdem der Kauf abgeschlossen war, bat er jene Frauen, die er wiedersehen wollte, um ihre Telefonnummer, die er aus geschäftlichen Gründen benötige. Nach zwei Wochen rief er sie an und versuchte sich mit ihnen zu verabreden.

Er hatte sich bei der Studentin erkundigt, wie sie mit dem Auto zurecht kam. Sie klagte, dass sie den Kauf bereute. Sie besaß weder Fahrpraxis noch hatte sie das geringste Verständnis für das Funktionieren eines Motors, für Getriebe und Kupplung. Sie gestand ihm, dass sie nach jeder noch so kurzen Fahrt zitternd aus dem Fahrzeug stieg, es darum nur äußerst selten benutze und eigentlich nur, wenn es unumgänglich war und bei einigermaßen leeren Straßen. Willenbrock bot ihr seine Hilfe an. Er schlug ihr vor, mit ihm einen Tag den Wagen zu fahren, und versicherte ihr, dass sie danach eine perfekte Fahrerin sein würde. Sie fragte erstaunt, ob er denn so viel Zeit für sie erübrigen könne, und er sagte, dass er überhaupt keine Zeit habe, aber für seine besten Kunden immer bereitstehe. Er sagte, sie solle den Tag bestimmen, er würde die Fahrstrecke festlegen, da er mit ihr nicht nur den Stadtverkehr trainieren wolle, sondern auch Fahrten auf Landstraßen und der Autobahn. Wenn er das Fahrtziel entscheide, könne er das Angenehme mit dem Nützlichen verbinden. Das Mädchen war einverstanden und erklärte, dass für sie ein Dienstag am besten sei, sie könne sich an Dienstagen mühelos freimachen. Er sagte, er stünde in vier Tagen bei ihr vor der Tür, pünktlich um neun.

»Ich hatte nicht geglaubt, dass Sie kommen«, sagte das Mädchen statt einer Begrüßung.

»Ich muss ohnehin an das Haff hoch«, erwiderte Willenbrock, »es ist für mich kein großes Opfer. Wo steht denn das Prachtstück?«

Die Studentin zeigte ihm das Auto. Als sie eingestiegen waren und das Mädchen verlegen und nervös den Wagen zu starten versuchte, beruhigte Willenbrock sie: »Ich bin nicht Ihr Fahrlehrer und auch kein Verkehrspolizist, Fräulein Retzlaff. Wir machen alles ganz gemütlich, wir haben Zeit. Und wenn Sie Fehler machen, reiße ich Ihnen nicht den Kopf ab. Versuchen Sie noch einmal den Wagen zu starten.«

Sie verließen die Autobahn an der Abfahrt Prenzlau und fuhren über Alleenstraßen. Willenbrock redete fast allein, da sich das Mädchen auf das Autofahren konzentrieren musste und seine Fragen nur einsilbig beantwortete. Er lobte mehrmals ihren Fahrstil, um sie sicher zu machen. Als sie an einem Landgasthaus vorbeifuhren, bat er sie, den Wagen zu wenden und auf den Parkplatz zu lenken. Er lud sie zum Mittagessen ein. Sie waren die einzigen Gäste und mussten lange warten, bis ihnen das Essen serviert wurde. Die Studentin erzählte von ihrem Studium an der Freien Universität, sie studierte dort Entomologie.

»Sagt Ihnen das etwas?«, erkundigte sich das Mädchen.

»Insekten?«, erkundigte sich Willenbrock unsicher.

Das Mädchen nickte anerkennend.

»Sie studieren diese kleinen widerlichen Stechmücken, tatsächlich?«

»So ungefähr.«

»Und wozu? In meinem Haus habe ich überall Gazefenster, um sie mir fern zu halten. Wozu muss man sie studieren? Was machen Sie, wenn Sie Ihr Diplom haben?«

»Ich weiß es nicht. Ich studiere aus Interesse. Aus Wissbegier. Insekten sind eine wahnsinnig spannende Population dieser Erde. Sie sind viel älter als wir, und es gibt unzählige Arten. Jede Imago ist ein Wunder an Perfektion, unglaublich schön. Viel reicher und schöner als jedes andere Lebewesen, den Menschen eingeschlossen.«

»Und was fangen Sie damit an? Mit einem Diplom für Orchideen, Schmetterlinge und Insekten? Was raten Ihnen Ihre Professoren? Haben Sie nicht auch ein Fach Praktische Lebenskunde, wo man Ihnen erklärt, wie man mit diesem schönen Studium seine Brötchen verdienen kann?«

»Nein. Man kann fast gar nichts damit anfangen.«

»Und das beunruhigt Sie nicht?«

»Keiner in meinem Studienjahr weiß, was er nach dem Studium machen wird. Wir versuchen alle, so lange wie möglich zu studieren.«

»Und warum lachen Sie jetzt? Was finden Sie dabei zum Lachen? Irgendwann brauchen Sie ein wenig Geld, meinen Sie nicht?«

»Irgendwann sicher. Irgendeinen Job werde ich schon finden«, erwiderte sie unbekümmert, »irgendeinen Job, um mich über Wasser zu halten und die Miete zu bezahlen. Und das Auto natürlich.«

»Das haben Sie preiswert bekommen, Margot. Ich hoffe, Sie haben bemerkt, dass ich Ihnen das Auto viel zu billig verkauft habe. Es ist gut, es ist sehr gut.«

»Ich bin zufrieden damit, danke, ich weiß es zu schätzen. Und auch, dass Sie heute Ihren Tag für mich opfern.«

70

»Das ist Service, das gehört dazu.«

»Auch das Mittagessen? Laden Sie alle Ihre Kunden so großzügig ein?«

»Bei schönen Frauen gibts einen Extraservice«, erwiderte er und fasste nach ihrer Hand. Sie sah ihn kurz an und entzog sie ihm erst nach einigen Sekunden, um nach dem Wasserglas zu greifen. Nach dem Mittagessen fuhren sie über Anklam nach Buggenhagen, liefen am Peenestrom entlang und sahen zur Insel hinüber. Dem Mädchen wurde kalt, und Willenbrock bot ihr seine Jacke an. Er wollte mit ihr einen kleinen Spaziergang durch das Moor machen, doch sie bestand darauf, so bald wie möglich zurückzufahren. Für einen Spaziergang durch das nasse Gras und über den feuchten Waldboden hätte sie nicht die richtigen Schuhe an, und außerdem sei ihr immer noch kalt.

»Sie können sich gleich aufwärmen, Margot. Das Haus ist geheizt. Ich habe vor einer Stunde angerufen, als wir in der Gaststätte saßen, um die Heizung einzuschalten. Wenn wir ankommen, ist es badewarm.«

»Mit dem Telefon?«, fragte das Mädchen erstaunt.

»Ja.« Willenbrock lachte. »Früher war ich einmal Ingenieur, das habe ich Ihnen erzählt. Und für solche Spielereien habe ich noch immer etwas übrig. Dafür gebe ich liebend gern Geld aus, da bin ich verführbar. Ich fahre jedes Jahr zur Computer- und Elektronikmesse. Das ist nur noch reine Liebhaberei. Und natürlich habe ich auch mein Auto mit elektronischem Spielkram aufgeputzt, mit einem Kram, den ich eigentlich überhaupt nicht gebrauche.«

»Waren Sie schon immer so?«

»Natürlich. Die größte Modelleisenbahn der ganzen Schule, die hatte ich. Der ganze Dachboden war damit voll, die Züge fuhren in drei Etagen. Ich hatte einen selbst konstruierten Schienenaufzug, mit dem ich eine Lokomotive mit Waggon hoch- und runterfahren konnte. Ich glaube, so etwas besitzt die Bundesbahn heute nicht mehr. Es war so ähnlich wie die Brücke, die ich Ihnen gezeigt habe. Interessieren Sie sich dafür? Interessieren Sie sich für Technik?«

»Nein. Ich bin froh, wenn das Auto fährt und ich das Faxgerät bedienen kann.«

»Das dachte ich mir. Dafür wissen Sie alles über Insekten.«

»Nein. Weiß ich nicht. Kein Mensch weiß alles über Insekten. Es sind noch nicht einmal alle Arten bekannt. Aber damit langweile ich Sie, habe ich Recht?«

Willenbrock lachte: »Sie haben Recht. Ich verstehe nichts davon. Kommen Sie, wir fahren zu meinem Haus. Dort können Sie sich aufwärmen.«

Sie stiegen in das Auto und Willenbrock dirigierte das Mädchen über die Landstraßen und Plattenwege zu seinem Grundstück.

Das Landhaus war ein altes Bauerngehöft, erbaut aus Klinkern und mit einem Natursteinsockel. Das Dach und die Fenster waren erneuert worden. Das Stallgebäude und die riesige Scheune, die mit dem Haupthaus ein quadratisches Gehöft bildeten, befanden sich noch im Umbau. Über der Stalltür war ein Holzgerüst befestigt, und die Fensteröffnungen waren mit Planen verhängt. Vor der Scheune waren zugeschnittene Holzsparren gestapelt, mit alten, herausgerissenen Türen abgedeckt, und neben ihnen standen zwei Paletten eingeschweißter Dachziegel. Willenbrock wies schweigend auf den Hof, dann ging er die kleine Freitreppe zum Wohnhaus hinauf und schloss mit drei Schlüsseln die verschiedenen Schlösser auf.

»Hundertdreißig Jahre«, sagte er, »um ganz genau zu sein: einhundertvierunddreißig Jahre ist das Haus alt. Das ist solide Arbeit, daran haben Generationen gebaut.«

Er öffnete die Tür und ging rasch in das Haus, um einen hinter der Treppe versteckten Schalter zu betätigen.

»Die Sicherheitsanlage«, sagte er zu dem Mädchen, »ich habe sie ausgeschaltet, bevor hier ein Höllenlärm beginnt.

Wenn man so selten im Haus ist, muss man schon etwas investieren.«

»Und Ihnen macht es Spaß, dieser Elektronikkram.«

»Gewiss. Sehen Sie sich alles an. Schauen Sie in alle Räume. Ich bin in zehn Minuten fertig, ich habe nur etwas aufzuräumen und ins Haus zu stellen. Wollen wir noch einen Kaffee trinken, bevor wir wieder starten?«

»Ich mache den Kaffee. Sagen Sie mir nur, wo ich alles finde. Ist das hier die Küche?«

»Ja. Aber passen Sie auf, irgendwo stehen zwei Mausefallen herum. Im Herbst tauchen die Tierchen immer mal wieder hier drinnen auf. Wahrscheinlich gehört denen das Haus auch schon seit 1862, jedenfalls benehmen die Mäuse sich, als sei es alter Familienbesitz.«

Er stieg die Treppe zum ersten Stock hoch. Das Mädchen öffnete die Küchentür und betrachtete beeindruckt die gediegene Ausstattung des Raums. Dann suchte sie die Tassen und den Kaffee und setzte Wasser auf. Sie öffnete die Türen im Erdgeschoss, um sich die restlichen Räume anzusehen, blieb jedoch an den Schwellen stehen, ohne sie zu betreten. Dann deckte sie in der Küche den Tisch, brühte den Kaffee auf und setzte sich neben den warmen Heizkörper.

»Sie haben alles gefunden«, bemerkte Willenbrock, als er in die Küche kam und sich unter dem Wasserhahn die Hände wusch, »und warm ist es auch. Geht es Ihnen nun wieder besser?«

»Wunderbar. Man kommt in ein warmes Haus, ich bin beeindruckt.«

»Ja, die Technik, sie lebe. Und natürlich auch Ihre Schmetterlinge und Insekten, Margot.«

»Ihr Haus gefällt mir, Herr Willenbrock. Es ist ein kleiner Palast.«

»Nein, nur ein altes Gutshaus. Aber nennen Sie mich Bernd, wir wollen doch nicht so förmlich sein.«

»Mit alten Autos kann man offensichtlich viel Geld verdienen.«

Er blickte sich um und betrachtete die Küchenausstattung. Dann nickte er: »Ja, wenn man die richtigen Autos zum richtigen Preis kauft und verkauft, dann kann man sogar ein paar Pfennige dabei verdienen. Aber natürlich nicht, wenn ich sie verschenke, wie bei Ihnen.«

Er setzte sich zu ihr an den Tisch, ließ sich Kaffee einschenken und sah sie so eindringlich an, dass sie errötete. Mit einem Finger streichelte er behutsam ihren Handrücken.

»Müssen wir gleich zurückfahren oder haben Sie noch etwas Zeit, Margot?«

»Ich denke, es ist besser, wir fahren gleich zurück.«

Er nickte zustimmend.

»Sie fahren gut. Sie fahren sehr gut. Und mit dem Wagen kommen Sie auch zurecht.«

»Sie sind ein guter Fahrlehrer, Bernd. In der Fahrschule habe ich Blut und Wasser geschwitzt.«

»Warum? Sie sind eine gute Fahrerin. Haben Sie sich mein Haus angesehen?«

»Ja. Sehr beeindruckend. Hochherrschaftlich. Für ein Wochenendhaus fast etwas zu fein.«

»Wollen Sie auch die oberen Räume ansehen?«

»Was ist da? Das Schlafzimmer? Das muss ich nicht sehen. Es ist sicher auch imponierend.«

»Es sind keine Spiegel an der Decke, wenn Sie das meinen.«

»Leben Sie hier allein? Sind Sie verheiratet?«

»Ja. Und nicht unglücklich.«

»Dann sollten wir uns auf den Weg machen. Ihre Frau wird schon auf Sie warten.«

»Nein«, sagte er. Er ergriff ihre Hand, führte sie an den Mund und küsste sie.

»Was soll das?«, fragte das Mädchen verärgert und zog heftig ihre Hand zurück, »habe ich nun die Fahrt zu bezahlen? Haben

Sie geglaubt, Sie können mich mit Ihrem Prachthaus so beeindrucken, dass ich mit Ihnen ins Bett gehe, Herr Willenbrock? Haben Sie sich das Haus für solche Gelegenheiten zugelegt?«

»Margot, Mädchen, warum werden Sie gleich böse. Ich habe Ihre Hand geküsst, mehr nicht. Das war nur eine kleine Höflichkeit. Eine galante, ritterliche Geste. Altes deutsches Brauchtum. Haben Sie das nicht in der Schule gelernt?«

»Fahren wir zurück. Und halten Sie mich bitte nicht für blöd. Sie sind so alt wie mein Vater.«

»Oh, das war ein Tiefschlag.«

»Wenn Sie ausgetrunken haben, wasche ich noch das Geschirr ab. Für die zwei Tassen müssen Sie ja nicht den Geschirrspüler anstellen.«

»Ich würde es tun. Ich vermeide jede Handarbeit, die mir eine Maschine abnehmen kann. Das ist Freiheit, Margot. Ich setze mein Geld ein, um mir Zeit zu kaufen, Zeit, die ich nicht mit unangenehmen, mich langweilenden Tätigkeiten vertun will. Das Geld hilft, mich einiger Pflichten zu entledigen. Ich kaufe Lebenszeit. Das ist möglich, wenn man Geld hat. Nur darum ist Geld für mich wichtig.«

»Sie sollten aufhören zu rauchen, wenn Sie Ihre Lebenszeit verlängern wollen.«

»Das wiederum ist mir zu geradlinig gedacht. Aber Sie haben Recht, ich bin nicht konsequent. Waschen Sie bitte das Geschirr ab, ich gehe nur noch einmal durch den Stall.«

Er stand auf, trank im Stehen die Tasse leer, nickte ihr kurz zu und ging hinaus. Die Studentin spülte das Geschirr und trocknete es sorgfältig ab, bevor sie es in den Schrank räumte. Sie hatte das Radio angestellt und durch das Küchenfenster beobachtete sie Willenbrock, der sich an dem Gerüst zu schaffen machte und dann hinter der Stalltür verschwand. Als er zurückkam, blieb er in der Küchentür stehen und fragte das Mädchen, ob es fertig sei und sie losfahren könnten.

»Entschuldigen Sie«, erwiderte sie, »ich fürchte, ich habe

vorhin zu heftig reagiert. Ich habe mich wohl wie ein Schulmädchen benommen.«

»Vielleicht fürchteten Sie, einem Vergewaltiger in die Hände gefallen zu sein.«

»Es tut mir Leid. Entschuldigen Sie.«

»Keine Ursache«, sagte er.

Sie stand vor ihm, er legte unvermittelt einen Arm um ihre Hüfte, zog sie an sich heran und küsste sie. Sie versuchte, ihn zurückzuschieben, aber er hielt sie fest und drückte sie an sich, ihre Gesichter waren nur wenige Zentimeter voneinander entfernt. Sie sahen sich an, stumm, reglos, ohne jede erkennbare Gefühlsregung.

»Lass mich los«, bat sie.

Er ließ seine Hände herunterfallen.

»Wollen wir fahren?«, fragte er.

»Gleich«, erwiderte sie, »ich möchte zuvor noch die oberen Räume ansehen. Wenn es möglich ist.«

Er trat zur Seite, um den Weg freizugeben, wies auf die Treppe und sagte: »Bitte. Nach dir.«

Sie ging langsam die breite, geschwungene Treppe hoch und betrachtete die gerahmten Porträts der Bauernpaare in pommerschen Trachten. Er verschloss die Haustür und folgte ihr, die Treppe bedächtig hochsteigend und innehaltend, wenn sie stehen blieb.

»Schön«, sagte sie. Mit großen, sehnsüchtigen Augen sah sie sich die oberen Räume an. Im Schlafzimmer zeigte ihr Willenbrock den von ihm konstruierten Kleiderschrank, dessen Türen sich auf einen Knopfdruck hin öffneten. Willenbrock stand neben ihr, die Hände in den Taschen.

»Warum hast du mich angerufen? Warum bist du mit mir hierher gefahren? Um mir Fahrstunden zu geben?«

»Ich wollte dich sehen, Margot.«

»Ich denke, du bist verheiratet.«

»Ja.«

»Und deine Frau?«

»Ich wollte dich sehen. Ist das ein Verbrechen? Du hast mir gefallen. Auf den ersten Blick hin. Als du auf meinen Autohof kamst, das war für mich wie Blitz und Donner. Ich kann nichts dafür. Du bist unglaublich schön, Margot.«

»Ich weiß nicht. Ich weiß überhaupt nicht, wieso ich hierher gekommen bin, wieso ich überhaupt mit dir mitgefahren bin.«

»Ich weiß es auch nicht. Aber es ist schön. Es ist schön, mit dir zusammen zu sein.«

»Ich schlafe nicht mit dir, Bernd. Nur damit das klar ist.«

»Sicher. Wer hat davon was gesagt? Ich bin einfach froh, einen Tag mit dir zusammen zu verbringen. Willst du dir noch Stall und Scheune ansehen? Aber die sind nicht fertig, da habe ich noch ein paar Jahre zu arbeiten.«

»Nein, will ich nicht. Warum hast du mich angerufen? Sags mir, sei ehrlich.«

»Was soll ich sagen? Ich habe mich ein bisschen verliebt, glaube ich. Aber ich weiß ja, ich könnte dein Vater sein.«

»Das war nicht so gemeint, Bernd.«

»Gemeint oder nicht, es ist ja die Wahrheit. Mein Gott, bist du schön.«

»Hör auf, du machst mich verlegen.«

»Darf ich dich um etwas bitten, Margot? Ich würde dir gern einen Kuss geben, auf die Wange, wenn du erlaubst.«

»Ich weiß nicht. Was soll das, Bernd?«

»Einen Kuss und nur auf die Wange. Aber wenn du nicht willst, ich versteh dich doch, Margot. Schmetterlinge und Insekten darf man nicht berühren, sie sind zu zart.«

»Bitte, Bernd, ich weiß nicht. Ich bin ganz durcheinander.«

»Möchtest du gehen? Wollen wir losfahren?«

»Nein. Noch nicht.«

»Ich werde dir jetzt einen Kuss geben, Margot. Ganz sacht, ganz zart. Wie man Schmetterlinge küsst.«

Er ging langsam auf sie zu und küsste sie auf die Wange. Sie drehte ihr Gesicht zu ihm und er legte eine Hand um ihren Hals und zog sie zu sich.

In Berlin verabschiedeten sie sich auf der Straße. Die junge Frau dankte ihm für seine Geduld bei ihrem Bemühen, mit dem Auto zurechtzukommen.

»Wenn du wieder mal ein Problem mit dem Wagen hast, ruf mich an«, sagte er und küsste sie auf die Wange.

»Ich hatte dich nicht angerufen. Du hast mich angerufen. Schon vergessen?«

»Gottlob habe ich dich angerufen, Margot. Ich werde mich gelegentlich bei dir melden. Es war doch eine schöne Fahrt, oder?«

»Sehr schön«, sagte sie nur, »aber es ist besser, wenn du mich nicht mehr anrufst. Ich habe einen sehr eifersüchtigen Freund. Es war schön, lassen wir es dabei bewenden.«

Sie winkte einem jungen Mann zu, der sich aus einem Fenster im dritten Stock des Hauses gegenüber lehnte, verschloss den Wagen und ging über die Straße zu ihrem Haus. Willenbrock sah ihr nach, bis sie im Hauseingang verschwunden war. Er zündete sich eine Zigarette an, die beiden Männer starrten sich an, dann schlenderte Willenbrock zufrieden zu seinem Auto.

7

Zwei Tage vor Weihnachten drückte er Jurek einen Umschlag in die Hand.

»Dein Weihnachtsgeld«, sagte er, »wir sehen uns am 9. Januar wieder. Erhol dich gut und grüß deine Frau von mir. Was macht eigentlich dein Junge? Kommt sie mit ihm zurecht oder spielt er immer noch verrückt?«

»Er lässt sich von der Frau nichts sagen«, antwortete Jurek, »und er hat schlechte Freunde. Alles Banditen.«

»Was redest du! Wie alt ist dein Junge, dreizehn, vierzehn? Das sind keine Banditen, sondern Jungs. Lausbuben, das waren wir doch auch.«

»Er ist siebzehn. Das sind keine Kinder, sondern junge Banditen. Der Vater fehlt. Aber was soll ich machen? In Posen verdiene ich schlechtes Geld, davon kann man nicht leben.«

»Rede mit ihm, er hat doch Vernunft. Er muss einsehen, dass du hier arbeitest. Sag ihm, dass er der Mann in der Familie zu sein hat, dass er dich vertreten, dass er seine Mama beschützen muss. Jetzt hast du ein paar Tage Zeit, es ihm klar zu machen. Und bring ihm was Schönes mit. Kauf ihm einen Computer, das wird ihn beschäftigen. Das bringt ihn auf andere Gedanken.«

»Hat er schon. Er hat alles. Ich habe ihm alles gekauft, was sich ein junger Mann wünscht, aber das hat nichts geholfen.«

»Ein schwieriges Alter«, meinte Willenbrock hilflos, »ich wünsche dir jedenfalls ein schönes Weihnachten. Und schlag den Jungen nicht, das hilft auch nichts.«

»Das hilft nichts, das schadet nichts. Ein gesegnetes Weihnachten, Chef.«

Nachdem Jurek sich verabschiedet hatte, ging Willenbrock in sein Büro und räumte auf. Er hatte noch eine Reisetasche mitgebracht und packte mehr Unterlagen als sonst ein, um daheim arbeiten zu können.

Kurz vor fünf, als sich bereits die Hofscheinwerfer eingeschaltet hatten, erschien Pasewald, um mit seiner Nachtwache zu beginnen. Willenbrock gab auch ihm einen Umschlag mit Geld, und als Pasewald ihn überrascht ansah, sagte er erklärend: »Ich weiß, es steht Ihnen noch nicht zu, aber Sie wollen ja auch Weihnachten feiern, selbst wenn es das Finanzamt nicht akzeptieren wird.«

Er fragte Pasewald, ob er sich nicht einen Fernseher aufstellen wolle, er könne ihm ein kleines, tragbares Gerät zur Verfügung stellen, aber der Nachtwächter lehnte ab. Fernsehen würde er schon zu Hause viel zu viel, hier wolle er die Bücher lesen, die seine Tochter ihm ausgesucht habe.

Willenbrock nickte verständnisvoll: »An den Feiertagen müssen Sie hier nicht die ganze Nacht zubringen. Es reicht, wenn Sie zwei-, dreimal nach dem Rechten sehen. Auch die Banditen werden Christi Geburt feiern. Ich will nicht, dass Ihre Familie Sie zu Weihnachten vermissen muss.«

Pasewald lehnte das Angebot ab: »Die Enkel sind noch klein, die sehe ich am Nachmittag, und am Abend schlafen sie. Und meine Frau geht gern früh ins Bett. Da stört es sie nicht, wenn ich nicht daheim bin.«

Willenbrock nahm die beiden Taschen auf. »Ein gesegnetes Fest«, sagte er, »wir sehen uns am dritten Januar wieder. Vielleicht schaue ich vorher einmal vorbei. Und wenn etwas sein sollte, Sie haben ja meine Telefonnummer.«

Er stellte die Taschen in den Kofferraum seines Autos und fuhr vom Hof. Bei einem Goldschmied holte er die bestellte Kette für seine Frau ab. Er hatte bereits bezahlt und wollte das Geschäft verlassen, als er noch einmal umkehrte und kurz entschlossen auf zwei Schmuckstücke in der Ladentischvitrine zeigte. Er ließ sich den Ring und die Brosche aufwendig einpacken als Geschenke für die Schwiegermutter und die Schwägerin. Anschließend fuhr er zum Alex, parkte sein Auto vor der Polizeiverwaltung und ging in ein Elektronikgeschäft, um dort weitere Geschenke zu kaufen und ein paar Kleinigkeiten für sich selbst. Vom Auto aus rief er seine Frau an, um ihr mitzuteilen, dass er noch in der Stadt unterwegs sei und erst spät kommen könne. Er öffnete den Kofferraum, ging die Geschenke durch und überlegte, ob er jemanden vergessen hatte. Dann setzte er sich wieder in das Auto und führte mehrere Telefonate. Eine halbe Stunde später saß er in der Lobby des Hotels am Gendarmenmarkt, bestellte einen Espresso, blätterte in einer Tageszeitung und betrachtete aufmerksam die Gäste und die Kellnerinnen. Er erhob sich, als eine rothaarige Frau in einem langen schwarzen Mantel und mit einem Pelzhut das Hotel betrat. Er begrüßte sie mit einem Wangenkuss, führte sie zu seinem Tisch und nahm ihr den Mantel ab. Er warf ihn über einen der Stühle.

»Ich freue mich, Dich zu sehen, Frau Doktor.«

»Du bist völlig verrückt geworden«, erwiderte sie, »was ist das denn für eine so dringliche Geschichte, dass du mich aus unserer Fakultätssitzung herausholen lässt? Das ist unsere Jahresabschlusssitzung.«

»Gut siehst du aus, Charlotte. Elegant.«

»Und deswegen holst du mich aus einer Sitzung heraus! Die ist wirklich wichtig. Da geht es um die Verteilung der Mittel für das nächste Jahr.«

»Schön, dass du kommen konntest, Charlotte. Ich musste dich einfach sehen, das ist alles.«

»Du bist verrückt. Ich kann es einfach nicht glauben. Ich muss Hals über Kopf losstürzen, nur um mit dir einen Kaffee zu trinken? Sag mir, dass das nicht wahr ist. Es geht um ein Menschenleben, hast du gesagt.«

»Ja, um meins. Ich hatte das Gefühl zu sterben, wenn ich dich nicht sehe.«

»Schön. Ich trinke einen Kaffee mit dir, und dann verschwinde ich wieder.«

Willenbrock fasste nach ihrer Hand: »Mehr habe ich gar

nicht erhofft. Ich musste dich noch einmal sehen, bevor das Jahr zu Ende geht.«

»Angst vor den Feiertagen? Vor dem großen Familientreffen?«

»Natürlich«, sagte er. Er rief eine Serviererin und bestellte Kaffee und eine Flasche Champagner.

Ein halbe Stunde später ließ er sich seinen Hotelschlüssel geben. Bevor sie mit dem Fahrstuhl hinauffuhren, bat er die Kellnerin, ihnen die angebrochene Flasche im Zimmer zu servieren.

Die Feiertage verbrachte Willenbrock mit seiner Frau bei ihrer Mutter, die in einem Dorf an der Weser lebte, südlich von Bremen. Sie stammte aus Thüringen und war nach dem Tod ihres Mannes zu einem ihrer Söhne gezogen, der in Niedersachsen als Brunnenbauer arbeitete und eine eigene Firma besaß, die auch Baugrunduntersuchungen ausführte. Die Mutter wohnte im Dachgeschoss der Villa ihres Sohnes. Sie hatte einen eigenen Hauseingang und lebte sehr abgeschieden, da sie in dem Dorf, obgleich sie schon fast zehn Jahre dort wohnte, noch immer als Fremde und Zugereiste angesehen wurde, die man grüßte und mit der man auch ein kurzes Allerweltsgespräch führte, aber mit der man keine engere Bekanntschaft oder gar Freundschaft schloss. Und obwohl ihr Sohn im gleichen Haus wohnte, fanden er und seine Familie selten die Zeit, sich mit ihr zu befassen, sie zu besuchen oder einzuladen.

Willenbrock wohnte mit seiner Frau in der Dachwohnung der Mutter. Sein Schwager hatte ihm die Gästewohnung im ersten Stock angeboten, aber Susannes Mutter bat sie, die Weihnachtsfeiertage über bei ihr zu wohnen, und da sie ein Zimmer für den Besuch bereits hergerichtet hatte und die Tochter sie nicht kränken wollte, fügten sich die beiden ihrem Wunsch.

Von einem kurzen Spaziergang durch das Dorf abgesehen, verbrachte man die Tage gemeinsam im Haus.

Willenbrock bemerkte, dass die Familie nach dem sich un- umgänglich ergebenden Zusammensein bei den Mahlzeiten, den Kirchgängen oder der Bescherung stets rasch auseinan- derstrebte. Die beiden Kinder spielten im Weihnachtszimmer und zogen sich, wenn dort die Erwachsenen saßen, in ihre Zimmer zurück. Die drei Frauen, Susanne, ihre Mutter und ihre Schwägerin Christine, waren den ganzen Tag in der ge- räumigen Küche. Wenn sie sich nicht mit den Essenvorberei- tungen oder dem Abwasch beschäftigten, saßen sie am Küchentisch und unterhielten sich. Und Willenbrock selbst war, wie er sich grimmig sagte, seinem bedeutungsvollen Schwager Fred ausgeliefert. Fred hatte sich bereits vor über zwanzig Jahren selbstständig gemacht, und da er erfolgreich war und ein Familienmensch, wie er sagte, wollte er dem Mann seiner Schwester stets hilfreiche Ratschläge erteilen und ihm etwas von seinen Erfahrungen vermitteln. Wenn Willen- brock vor dem Fernseher saß, um seine Sportsendungen zu sehen, brachte Fred es fertig, mit der Bemerkung, dass die Sendung uninteressant sei, den Apparat auszuschalten und Willenbrock zu nötigen, mit ihm in sein Arbeitszimmer zu gehen, um ihn dort bei einer Zigarette und einem Cognac umstandslos mit einer weiteren Suada von Belehrungen und nützlichen Tipps zu traktieren. Willenbrock wollte sich nicht mit ihm auseinandersetzen. Er ließ den Wortschwall über sich ergehen und konzentrierte sich auf seine Zigarette. Er beo- bachtete, wie sich die Glut langsam durch das weiße Papier fraß, er bemühte sich, die sich aus der Glut bildende, zerbrech- liche Säule nicht abzustreifen, sondern möglichst lange zu halten und sie erst im letzten Moment, als der verbrannte Tabak, grau und gekrümmt, sich bedrohlich neigte, über dem Aschenbecher abzuschütteln.

Fred erklärte ihm, wie man mit der Hausbank umzugehen, mit wem man zu verhandeln habe und mit welchen Bankan- gestellten man sich keinesfalls abgeben dürfe.

»Du musst immer mit dem Chef sprechen, mit ihm oder mit dem Stellvertreter. Du musst es erreichen, dass, wann immer du deine Bank betrittst, der erstbeste Angestellte sofort den Chef benachrichtigt. Du berätst dich nur mit ihm, schließlich ist das deine Bank, davon musst du ausgehen. Sie leben von deinem Geld, sie bekommen ihr Gehalt, weil du ihnen dein Geld überlässt und sie sich ihren Teil von deinen Zinsen nehmen. Ich nehme an, dass du ein hübsches Sümmchen auf dem Konto hast, und dann solltest du dich entsprechend verhalten. Misstraue ihnen, kontrolliere sie, und vor allem, gib ihnen zu verstehen, dass du auch mit einer anderen Bank im Gespräch bist. Du musst sie verunsichern, damit sie für dich besonders gut arbeiten. Bestell den Bankchef in deine Firma, das macht bei denen Eindruck, selbst wenn er nicht bei dir auftaucht.«

Er wollte von ihm wissen, wie er sein Geld angelegt hätte und ob er sich eine Finanzstrategie habe erstellen lassen. Willenbrock drückte die Zigarette aus, sah seinen Schwager an und schien nachzudenken. Dann erhob er sich, ging zu dem dunkelbraunen Büfett und tastete die mit Schnitzereien verzierten Säulen ab.

»Achtzehnhundertvierundzwanzig«, sagte Fred, »ein Stück aus der Erbschaft meiner Frau. Heute ein Vermögen wert.«

Er ging zu dem Schrank, öffnete die rechte obere Tür, griff hinein und drückte unterhalb eines Brettes gegen einen verborgenen Knopf. Im Türrahmen öffnete sich ein schmales Fach, ein Geheimfach. Fred sah sich stolz und erwartungsvoll nach seinem Schwager um.

»Das Möbel hat vier solcher Fächer. Alle gut versteckt und alle funktionieren einwandfrei. Gute deutsche Qualitätsarbeit. Das hält noch Jahrhunderte.«

»Ich weiß«, sagte Willenbrock, »du hast mir den Schrank schon zweimal vorgeführt.«

»Ja, ein Prachtstück. Mir sind schon Unsummen dafür geboten worden. Aber was ist? Taugt dein Steuerberater etwas?«

»Ja. Ein feiner Kerl. Und ein toller Handballer. Wir spielen im gleichen Verein. Ältere Herren, natürlich.«

»Das ist nicht gut, Bernd. Du musst ihn dir auf Distanz halten. Wie willst du mit ihm Tacheles reden, wenn ihr Sportfreunde seid?«

Willenbrock nickte nachdenklich und erwiderte: »Betrügst du eigentlich deine Frau?«

»Wie? Was sagst du?«

»Ich meine, schläfst du nur mit deiner Frau oder auch mit anderen? Du verstehst, monogam oder Swinger?«

Fred warf unwillkürlich einen Blick auf die geschlossene Zimmertür, dann sagte er ärgerlich: »Ich weiß nicht, was das soll? Wir unterhalten uns miteinander, und da kommst du plötzlich mit so einer Frage.«

»Es ging mir gerade durch den Kopf.«

»Das ist weiß Gott kein Thema für ein Familientreffen. Und zu Weihnachten schon gar nicht. Du hast merkwürdige Einfälle. Ich frage dich doch auch nicht, ob du meine Schwester betrügst.«

»Ich würde es dir sagen.«

»Ich möchte nichts davon hören. Schluss, kein Wort mehr. Wechseln wir das Thema.«

Willenbrocks Schwiegermutter kam mit einem Kuchenteller in der Hand herein und warf einen prüfenden Blick zu den beiden Männern: »Habt ihr zwei euch schon wieder gestritten? Ihr seht euch einmal im Jahr, könnt ihr da nicht Frieden halten?«

»Wir haben uns nicht gestritten«, sagte Willenbrock. Sein Schwager nickte und fügte hinzu: »Wir sprechen über Geschäfte, Mutter.«

»Aber doch nicht zu Weihnachten, Kinder. Kommt ins Wohnzimmer. Ich habe den Vespertisch gedeckt.«

Drei Tage nach Weihnachten flog Willenbrock mit seiner Frau von Hamburg aus nach Venedig. Sie hatten ein Apartment in einer kleinen zweistöckigen Pension in Cannaregio gemietet, die offenbar von einer einzigen Person geführt wurde, jedenfalls sahen sie früh und abends nur einen älteren, kleinen Mann, der mit Frühstückstabletts oder frischen Handtüchern beladen sich auf der engen Treppe an ihnen vorbeizwängte und sich jedesmal bei ihnen erkundigte, ob alles zu ihrer Zufriedenheit sei, um ihnen anschließend mitzuteilen, heute wäre das Wetter scheußlich, aber das Fernsehen habe für den nächsten Tag Sonne angekündigt. Ihre beiden Zimmer waren eng und spärlich möbliert und das Frühstück so kärglich, dass sie sich nach dem ersten Tag entschieden, außerhalb zu frühstücken. Willenbrock hatte seiner Frau in Berlin vorgeschlagen, in einem Vier-Sterne-Hotel abzusteigen, aber sie wollte sich unbedingt in dieser kleinen Pension einmieten. Sie hasste die luxuriösen Quartiere, die, wie sie meinte, überall auf der Welt sich zum Verwechseln ähnlich waren und bei denen man, wenn man zum ersten Mal den Empfangsraum, den Fahrstuhl oder ein Zimmer betrat, das Gefühl hatte, schon einmal dagewesen zu sein. Die aufwendige und gewiss originelle Ausstattung dieser Häuser ähnelte sich und machten sie für Susanne beliebig und auswechselbar. In ihnen verlor sie jedes Gespür für die Stadt, in der sie zu Besuch war, ein Gefühl von déjà-vu wurde unabweisbar für sie und schien ihr selbst die Städte austauschbar zu machen. Sie zog es daher vor, sich in kleinen Pensionen einzumieten, die mit ihrem spärlichen Angebot und ihrer Enge ihr eher etwas von der Stadt vermittelten. Pensionen und öffentliche Verkehrsmittel, die preiswerten Gaststätten, in denen die Einheimischen verkehrten, und die geschwätzigen oder stummen Taxifahrer, das waren für sie die unverwechselbaren Merkmale einer Stadt, von ihr geprägt und sie nicht weniger kennzeichnend als berühmte Bauwerke und Museen, und erst, wenn sie diese kennen gelernt hatte, entstand in ihr ein Sinn für die Stadt, hatte sie den Eindruck, einen ersten Blick in ihr Inneres geworfen zu haben. Vor Jahren hatte sie diese Ansicht in dem Roman eines von ihr geschätzten Autors gelesen und sie umgehend zu ihrer eigenen gemacht. Seitdem bemühte sie sich, nach diesen Grundsätzen ihre Reisen und den Urlaub zu gestalten. Darum lehnte sie es ab, in ein Hotel am Lido oder Canale Grande umzuziehen, und Willenbrock, der die Auffassungen seiner Frau kannte und sie als amüsante Marotte hinnahm, obgleich er es vorzog, in teuren Hotels zu wohnen, und das Kennenlernen lokaler Sitten und Bräuche für ihn nicht den Verlust des geschätzten Luxus aufwog, fügte sich widerspruchslos ihrem Wunsch.

Sie wanderten drei Tage durch das regnerische, graue Venedig. Sie bemühten sich, die Gassen zu meiden, durch die sich Ströme von Touristen drängten, und erkundeten die Randbezirke, saßen in den Cafés und Gaststätten jener Gassen, die von venezianischen Handwerkern und Fischern belebt waren, und sahen stundenlang deren Treiben zu, lauschten ihren Stimmen, beobachteten ihre gestenreichen Diskussionen und genossen es wie Zuschauer eines für sie inszenierten Volksstücks.

Einen halben Tag verbrachten sie auf der Friedhofsinsel San Michele. Susanne hatte ihren Fotoapparat mitgenommen, fotografierte alle sie interessierenden Gräber und Tafeln und schrieb sich einige, sie besonders berührende Inschriften ab. Willenbrock war anfangs mit ihr über den Friedhof geschlendert, doch nach einer Stunde ließ er sie allein weitergehen und setzte sich auf eine Treppenstufe in der Nähe des Ausgangs, um zu telefonieren, bis sie erschöpft und glücklich zurückkam und sie sich zusammen nach Murano übersetzen ließen.

An ihrem letzten Urlaubstag stiegen sie in eine Gondel und ließen sich durch die Kanäle fahren. Willenbrock langweilte sich in dem Kahn, und es war ihm unangenehm, von den Touristen auf den Brücken angestarrt zu werden, aber Susanne bestand auf der Fahrt. Der Gondoliere war für sie ein stadtgemäßer Ersatz für einen Taxifahrer, und die Fahrt über unterhielt sie sich radebrechend mit ihm, ein Gemisch von deutschen, italienischen und englischen Worten nutzend und eine alle Sprachen übersteigende Grammatik. Willenbrock amüsierte das Kauderwelsch der beiden, die sich lebhaft unterhielten, und er bemühte sich, das Durcheinander noch zu vergrößern, indem er scheinbar ernsthaft mit polnischen und russischen Redewendungen zusätzlich aufwartete, doch Susanne und der Gondoliere ließen sich von ihm nicht stören. Susanne überging wortlos seine Bemerkungen, und der Gondoliere, ein kleiner kräftiger Mann von fünfzig Jahren, schien überhaupt nicht zu bemerken, dass noch weitere, ihm völlig ungeläufige Sprachen in ihrer Unterhaltung auftauchten.

Am nächsten Morgen bezahlte Willenbrock das Quartier und gab dem alten Mann, der mit einem Stapel Tischdecken im Haus unterwegs war und diese während des Schreibens der Rechnung auf seiner Schulter ablegte, auf Bitten Susannes ein reichliches Trinkgeld. Der Mann bedankte sich mehrmals und begleitete sie, die Tischtücher über dem Arm, bis hinaus auf die Gasse und wies ihnen überflüssigerweise den Weg zur nächsten Anlegestelle.

Am späten Nachmittag waren sie wieder in Berlin. Sie stellten den Koffer in ihrer Wohnung ab und fuhren mit ihren Autos in die Stadt, Susanne zu ihrer Boutique, um das Ferienschild aus dem Fenster zu nehmen, die Geschäftspost durchzusehen und den nächsten Tag vorzubereiten, und Willenbrock fuhr zu seinem Autohof, ging die abgestellten Fahrzeuge ab und setzte sich dann in den Bürowagen, las Briefe, öffnete ein abgegebenes Päckchen mit elektronischen Bauteilen, die er bei einem Versandhaus bestellt hatte, und telefonierte, bis Pasewald mit seinem Hund erschien. Er ließ sich von ihm über die zurückliegenden Tage berichten und fuhr anschließend zur Sporthalle in der Hansastraße. Dem Mädchen am Tresen legte er seinen Sportausweis hin, ließ sich einen Schrankschlüssel geben und ging in die Umkleidekabine. Minuten später war er in der Sporthalle, begrüßte die bereits spielenden Mannschaftskameraden, ließ sich von Wilhelm, ihrem Mannschaftskapitän, für das Spiel einteilen und lief dann eine Stunde lang schwitzend und schwer atmend über das Parkett, um den Ball zu erjagen und Tore zu werfen. Nachdem sie geduscht hatten, gingen alle gemeinsam zu einem benachbarten Italiener, um ein Bier zu trinken. Sie werteten das Spiel aus, sprachen über ihre überstandenen Silvesterfeiern und redeten dann über Geschäfte. Bis auf zwei von ihnen, die gemeinsam bei einer Bank arbeiteten, waren alle selbstständig und besaßen kleine Firmen.

Genser, ein Computerhändler, der sich auf russischsprachige Software spezialisiert hatte, riss immer wieder das Wort an sich, um von einem Überfall zu berichten. Da er häufig nach Osteuropa reiste, erzählte er viel von seinen Erlebnissen in Moskau, Petersburg und Kiew. Er berichtete von abenteuerlichen Autofahrten durch nächtliche Straßen, von Vertragsgesprächen, bei denen plötzlich bewaffnete Männer auftauchten, die sich schweigend hinter ihren russischen Chef stellten, der mit keiner Silbe auf diesen Auftritt einging, sondern unverändert lächelnd und ebenso störrisch wie zuvor das Verhandlungsgespräch fortsetzte.

Eines Nachts, sagte er, als seine Sportkameraden ihm endlich zuzuhören bereit waren, sei er in seinem Hotelzimmer wach geworden, weil ein Einbrecher seine Sachen durchwühlte. Der Mann habe ihm gedeutet, ruhig liegen zu bleiben, und habe dann in aller Seelenruhe die Schubfächer und seinen Koffer durchsucht. Dann sei er aus dem Zimmer gegangen. Genser habe Licht gemacht und sofort die Rezeption alarmiert. Zwei Herren der Hotelleitung seien bei ihm erschienen, hätten ihn zu beruhigen versucht und nach dem Verlust befragt. Sie hätten ihm heftige Vorwürfe gemacht, weil er angeblich sein Zimmer nicht abgeschlossen hätte. Er hätte ihnen immer wieder versichert, dass die Zimmertür im Gegenteil sehr sorgfältig verschlossen war, aber die beiden Männer hätten ihm gezeigt, dass an der Tür keinerlei Einbruchsspuren zu sehen wären und sein Schlüssel noch immer im Schloss steckte. Sie baten ihn, nicht die Miliz zu informieren, das Hotel würde den ihm entstandenen Schaden vollständig ersetzen. Er hätte ihnen gesagt, er würde den Einbrecher gern noch einmal sehen, um ihn zu befragen, wie er in sein Zimmer gekommen sei, denn er wisse ganz genau, dass er, gleich nachdem er die Hotelbar verlassen hatte und mit dem Fahrstuhl hochgefahren und in sein Zimmer gegangen sei, die Tür sorgfältig verschlossen und die Türklinke gedrückt habe, um sich zu vergewissern, dass der Riegel eingerastet sei. Er hätte dabei so heftig an der Türklinke gerissen, dass er mit seinem Ring hängen geblieben sei und sich etwas Haut abgeschürft habe. Es sei also völlig ausgeschlossen, dass er seine Tür aus Nachlässigkeit unverschlossen gelassen habe. Ein Kellner erzählte ihm zwei Tage später, er wäre nicht der einzige Gast gewesen, der in jener Nacht einen unerwünschten Besuch in einem verschlossenen Zimmer gehabt hätte, bat ihn aber, nicht zu sagen, dass er ihm davon etwas erzählt habe. Die Hotelleitung habe allen Angestellten verboten, über die unerklärlichen Vorfälle jener Nacht auch nur ein Wort verlauten zu lassen. Alle rätselten, wie der Einbrecher in verschlossene Zimmer gekommen sei, da es nach Auskunft Gensers keinesfalls möglich war, durch die Lüftung oder ein Fenster hineinzukommen.

Gensers Mannschaftskameraden hatten seiner Erzählung amüsiert zugehört und erörterten die Möglichkeiten, wie man in verschlossene Zimmer kommen könne. Bevor sich das Gespräch anderen Themen zuwandte, erzählte Genser von einer Freundin in Moskau, bei der er gewohnt hatte. Sie besaß eine Wohnung im vierten Stock, ein Einbrecher war über die Feuerleiter in die Küche gestiegen und in das Zimmer gekommen, wo Genser mit seiner Freundin schlief. Sie seien beide wach geworden. Die Wohnungsinhaberin habe ihm beruhigend eine Hand auf die Brust gelegt, sie fürchtete, wie sie ihm später erzählte, er würde aufstehen oder schreien. Sie flüsterte ihm zu, ruhig zu bleiben. Es ist ein Profi, ein Fixer, hatte ihm die Freundin zugeflüstert, der braucht nur ein paar Scheine für die nächste Spritze, er tut dir nichts, wenn er sich nicht bedroht fühlt, aber eine falsche Bewegung, und er wird nicht zögern, das Messer zu benutzen. Der Einbrecher ließ den Lichtstrahl seiner Taschenlampe sekundenlang über ihr Bett streichen. Er hatte bemerkt, dass die beiden wach waren, und vergewisserte sich nun, dass sie nichts unternahmen. Langsam und behutsam öffnete er nacheinander den Schrank und die Schubläden und durchsuchte sie, immer wieder mit dem Lichtstrahl der Taschenlampe sich davon überzeugend, dass die beiden ruhig im Bett liegen blieben. Genser und seine Freundin verfolgten mit halb geschlossenen Augen die gründliche Durchsuchung ihres Schlafzimmers durch den Einbrecher, der auch Gensers Jackett in die Hand nahm und sein Portmonee herausnahm, nach Geldscheinen durchsuchte und es danach in das Jackett zurücksteckte. Wenn der Lichtstrahl auf sie fiel, schlossen sie fest die Augen und wagten kaum zu atmen. Nach einer Ewigkeit, vermutlich dauerte es zehn Minuten, verließ der Einbrecher das Zimmer, ging durch die Küche und stieg aus dem Fenster. Als nur noch die schwarz behandschuhten Finger des Mannes auf dem Fensterbrett durch die geöffnete Tür zu sehen waren, nahm seine Freundin ihre Hand von seiner Brust und bat ihn, noch ein paar Sekunden zu warten, bevor sie das Licht anmachten. Sie standen beide auf, Gensers Freundin ging zum Telefon, um die Polizei zu rufen, er, Genser, sei sofort auf die Toilette gegangen, weil er sich beinahe eingeschissen hätte. Die Polizeibeamten seien sechs Stunden später erschienen und hätten uninteressiert ein Protokoll angefertigt. Da weder Genser noch seine Freundin den Einbrecher beschreiben konnten und er Handschuhe getragen hatte, erklärten die Beamten ihnen, dass kaum eine Chance bestehen würde, den Mann zu fassen, und rieten seiner Freundin lediglich, ihre Wohnung und die Fenster besser zu sichern. Weit mehr als der Einbruch hätten sich die Beamten für Genser interessiert, seine Freundin gefragt, in welchem Verhältnis er zu ihr stünde, wie oft er bei ihr wohne, und bei ihm hätten sie sich nach seinem Heimatort erkundigt und was er beruflich mache, um ihn dann zu fragen, ob er preiswert einen Computer für ihre Kinder besorgen könne. Genser hätte sich aufgeregt, aber die Freundin bat ihn, den Mund zu halten. Seitdem hätte er in den russischen Städten nur noch in Hotels übernachtet, obgleich er auch dort einen Einbruch erleben musste.

Es war ganz still an ihrem Tisch, als der Computerhändler mit seiner Geschichte am Ende war.

»Herr im Himmel«, sagte dann einer, und Willenbrock fragte Genser, ob er nicht gelegentlich Angst habe und überlege, seine Computerprogramme anderswo loszuwerden.

Der wehrte ab. »Vor einem Überfall bist du nirgends sicher«, sagte er, »dir kann auch heute auf dem Heimweg solch eine dumme Geschichte zustoßen. Und wenn ich wirklich einmal Angst bekommen sollte, dann tröstet mich ein Blick in die Auftragsbücher. Goldgräber leben nun einmal gefährlich, und dort findet man noch Gold, das kannst du mir glauben. Ein Land im Aufbruch, da sprudelt das Geld.«

»Wo bist du schon sicher?«, sagte Gerd, Willenbrocks Steuerberater, ein bulliger Mensch mit Halbglatze. »In Moskau und New York bist du gewarnt. Da fährt man nachts nicht mit der U-Bahn, da geht man nach Einbruch der Dunkelheit nicht durch einen Park. Aber hier in Deutschland, wo keiner an einen Überfall denkt und alle ganz unbesorgt sind, da ist es gefährlich. Man ist nicht darauf vorbereitet, das ist lebensgefährlich.«

Genser nickte zustimmend. Er war zufrieden, dass er mit

seinen Geschichten einen so nachhaltigen Erfolg bei seinen Mannschaftskameraden erreicht hatte. Willenbrock rief nach dem Kellner, bezahlte und trank sein Bier aus. Er wartete, bis alle bezahlt hatten, und gemeinsam verließen sie die Gaststätte.

Als Willenbrock am nächsten Morgen in seinem Autohof ankam, hatte Jurek in dem alten Gewächshaus einen Wagen aufgebockt und stand ölverschmiert in der provisorischen, mit Eisenbahnschwellen gesicherten Grube. Er antwortete nur einsilbig auf Willenbrocks Fragen, wie er das Fest verbracht habe und wie es seiner Familie gehe, und meinte dann, es sei eigentlich herausgeworfenes Geld, jetzt schon das Geschäft wieder zu eröffnen, ihre Kundschaft würde sich in dieser Woche noch nicht sehen lassen, und was an den Autos zu machen sei, könne er ebenso gut acht Tage später erledigen. Daheim hätte er die Wohnung zu renovieren, die Karnickel seien zu schlachten, und das Dach hätte vor dem Winter neu verschmiert werden müssen. Alles könne seine Frau nicht machen, und er schaffe nicht in einer Woche, was das Jahr über liegen bleibe. Der Junge fasse eine Schaufel nur an, wenn einer hinter ihm stehe und ihm sage, was er tun solle. Willenbrock ließ ihn grummeln, dann bat er ihn, in den nächsten Tagen den Opel neu zu lackieren, der schon seit vier Monaten auf dem Hof stehe, ohne dass sich ein Käufer gefunden habe.

»Lackiere ihn rot, Jurek, und du wirst sehen, wir finden einen Dummen.«

Jurek murrte etwas und beschäftigte sich intensiv mit dem Auswechseln der Gummis an der Aufhängung des Auspuffs. Willenbrock verzog sich in seinen Wohnwagen und räumte die von zu Hause mitgebrachten Unterlagen in den Schreibtisch und das Regal ein. Als es neun wurde, ging er wieder auf den Hof hinaus. Es war kein Kunde zu sehen, er lief die wenigen Schritte bis zum Tor und öffnete es. Man sollte schon von weitem erkennen können, dass der Urlaub vorbei ist und auf seinem Hof wieder gearbeitet würde.

In den folgenden zwei Wochen wurden ihm sechs Fahrzeuge angeboten. Vier Männer akzeptierten sein Angebot, ließen sich das Geld bar auszahlen und sagten einer wie der andere, dass Willenbrock ein gutes Geschäft gemacht habe, was der ihnen freudig bestätigte. Die anderen beiden Anbieter verhandelten kurz mit ihm und fuhren, da Willenbrock ihnen überhaupt nicht im Preis entgegenkommen wollte, mit ihren Autos vom Hof. Einer der beiden zog eine Preisliste eines Automobilclubs aus der Tasche, um Willenbrock auf die, wie er meinte, verbindlichen Ankaufpreise zu verweisen. Willenbrock lachte nur, und der Mann versprach, sich bei der Gewerbeaufsicht über sein sittenwidriges Geschäftsgebaren zu beschweren. Willenbrock wünschte ihm dabei viel Erfolg und hielt die Tür auf, um ihn zum Gehen zu nötigen.

8

In der Post hatte er die Einladung einer Partei zu einem Diskussionsabend über die Entwicklung und Gestaltung des Stadtbezirks gefunden, in dem sich sein Autohof befand. Er hatte das persönlich gehaltene Anschreiben mit den beigelegten Werbeheften und Druckschriften der Partei in den Papierkorb geworfen, doch eine Stunde später wieder herausgekramt, da ihm nachträglich etwas aufgefallen war. Er glättete den Brief und las aufmerksam den Text durch. Der Name des Referenten Frieder Geissler kam ihm bekannt vor, und er überlegte, woher er ihm vertraut war. Dann fiel ihm ein, dass sein ehemaliger Forschungsgruppenleiter ebenso hieß, und er überlegte, ob der es sein könnte. Geissler musste auch arbeitslos geworden sein und hatte in seinem Alter sicher Schwierigkeiten, eine neue Stelle zu finden. Möglicherweise war er in eine Partei eingetreten, um sich dort seine Brötchen zu verdienen. Er war früher politisch nie aufgefallen, Willenbrock konnte nicht einmal sagen, ob er damals schon in einer Partei war und wie er politisch dachte. Über Politik hatten sie nie miteinander gesprochen. Vielleicht war das damals eine nie bemerkte Leistung von Geissler gewesen, die Politik aus ihrer Forschungsgruppe herauszuhalten. Er konnte sich jedenfalls an keine Sitzung ihrer Gruppe erinnern, bei der man über politische Ereignisse gesprochen hatte. Geissler hatte die Sitzungen straff und autoritär geführt und jedes private Gespräch sofort unterbunden. Eigentlich merkwürdig, dachte Willenbrock, aber andererseits war Geissler damals als Arbeitstier verschrien, und keiner wunderte sich über seinen Eifer und sein stures Beharren auf der Tagesordnung oder über die Ermahnungen, wenn er in einen Raum kam, in dem man sich gerade einen Witz erzählte oder einen privat gekauften Gegenstand einem Kollegen zeigte. Er galt bei allen als Workaholic, aber vielleicht wollte er nur keinen Ärger mit der

Betriebsleitung und verschanzte sich hinter einem Panzer von Rastlosigkeit. Seinen Namen nun auf der Einladung einer Partei zu sehen, hatte Willenbrock neugierig gemacht. Er heftete den Zettel an das Wandbord und nahm sich vor, zu dieser Bürgerversammlung zu gehen, nur um zu sehen, ob dieser Geissler sein früherer Chef war.

Am letzten Dienstag im Januar fuhr er zu der angegebenen Adresse, einer Gaststätte in der Nähe der Auffahrt zur Autobahn. Er war allein gefahren, da Susanne verwundert aufgelacht hatte, als er ihr erzählte, er wolle zum Bürgertreffen einer Partei fahren, um sich die Leute einmal anzuschauen, die über ihn, über sein Geschäft und sein Leben so viel zu entscheiden hätten.

Als Willenbrock das Versammlungszimmer hinter dem Gastraum betrat, hatte die Veranstaltung bereits begonnen. Vier Männer und eine Frau, offenbar die Vertreter der Partei, saßen hinter zwei zusammengeschobenen Tischen. Im Raum verteilt standen mehrere Tische, an einigen von ihnen saßen vereinzelt Zuhörer, nur an zwei Tischen waren Pärchen. Willenbrock nahm an einem leeren Tisch in der Nähe des Podiums Platz und musterte die uninteressiert zuhörenden Gäste. Zwei von ihnen erkannte er, den Besitzer eines Bauhofs und einen Fuhrunternehmer, er nickte ihnen zu. Dann wandte er sich dem Präsidium zu. Ein Mann sprach soeben über die Umbenennung von zwei Straßen des Stadtbezirks und beklagte, dass die Stadtverordneten der anderen Parteien die demokratische Umgestaltung der Stadt, die sich in dieser Umbenennung manifestiere, behinderten. Er sprach über altes und neues Denken, über rückwärts gewandte Volksvertreter, die leider auch beim Koalitionspartner auszumachen seien, und die kompromisslose Entschlossenheit seiner Partei, die Zukunft zu meistern. Neben ihm saß Geissler, Willenbrocks früherer Chef. Geissler nickte mehrmals Willenbrock zu, nachdem sich dieser gesetzt hatte. Da Willenbrock nicht reagierte, winkte er ihm schließlich verstohlen zu.

Rechts neben Geissler saß die einzige Frau im Präsidium, neben ihr jener Willi Feuerbach, wegen dem ihn Berner im vergangenen Jahr angerufen hatte. Willenbrock starrte ihn an, er war überrascht, ihn hier zu treffen. Ihn belustigte, dass zwei seiner ehemaligen Kollegen nun offenbar Politiker geworden waren oder etwas Ähnliches. Vielleicht, sagte er sich, sind Parteien ein Auffangbecken für Gescheiterte, ein Obdach für alle, die im Leben zu kurz gekommen sind und sich mit ihrer Bedeutungslosigkeit nicht abfinden können. Feuerbach hatte ihm zugenickt, als er bemerkte, dass ihn Willenbrock anstarrte, und ihn seinerseits streng und mürrisch musterte.

Der Redner beendete seinen Vortrag und bat die anwesenden Bürger um Wortmeldungen. Da keiner der wenigen Zuhörer sprechen wollte, fragte der Redner nach Vorschlägen, Beschwerden und Anregungen für die kommunale Politik, sprach darüber, dass Demokratie nur in einem Miteinander zu verwirklichen sei, dass sie eine aktive Einmischung der Bürger verlange. Er blickte aufmunternd in den Saal, aber seine Zuhörer schauten gelangweilt nach vorn und wandten den Blick ab, wenn er sie ansah. Der Redner nahm einen kleinen Stapel Karteikarten auf, der vor ihm auf dem Tisch lag, blätterte ihn rasch durch und sah erneut erwartungsvoll und aufmunternd in den Saal. Dann sprach er darüber, wie sehr er den Fleiß und den Aufbauwillen der Bürger in Ostdeutschland bewundere, sowohl heute wie auch in der Vergangenheit. Er unterbrach sich selbst und fügte hinzu, dass er gerade den Fleiß in der Vergangenheit bewundere, da es die Ostdeutschen viel schwerer gehabt und sie mit so wenig Hilfsmitteln und ohne moderne Technik viel erreicht hätten. Er wüsste nicht, sagte er, ob er selbst, wenn ihn das Schicksal nach dem Krieg in den Osten der Heimat geführt hätte, so viel Mut und Rückgrat aufgebracht hätte, diese schwere Zeit der Prüfungen zu bestehen.

»Was sollte man denn hier anderes machen als kleiner

Mann, der sich um seine Arbeit kümmerte, um sein Häuschen, seine Familie«, rief er in den halb leeren Saal.

»Natürlich mussten Sie mit der Obrigkeit zurechtkommen, die hier eingesetzt worden war«, gab er zu bedenken und maß mit einem langen Blick den Saal aus.

»Mit der Obrigkeit, der Macht über Sie gegeben war«, setzte er dann hinzu, und nach einer kurzen rhetorischen Pause sagte er: »Ich weiß nicht, wie ich mich hier verhalten hätte, ob ich nicht auch in eine der Staatsparteien eingetreten wäre, um meine Ruhe zu haben, um vorwärts zu kommen, um Schaden von meiner Familie und meinen Kindern abzuwehren.«

Er nickte dem neben ihm sitzenden Kollegen im Präsidium zu, der während der ganzen Rede begeistert in den Saal starrte.

»Zu welchem Geheimdienst sollten Sie denn hier gehen, wenn es keinen demokratischen gab?«, fragte er und schien jetzt mit sich sehr zufrieden zu sein.

Willenbrock schreckte auf und sah amüsiert und fassungslos den Redner an. Aus seiner Jackentasche nahm er einen Stift, aus einer anderen Tasche fischte er einen Briefumschlag, um sich den eben gehörten Satz aufzuschreiben. Der Redner hinter dem mit gelbem Tuch bespannten Tisch bemerkte, dass Willenbrock mitschrieb, und fragte nochmals, ob es Wortmeldungen gebe, wobei er Willenbrock ansah. Willenbrock spürte den Blick, er sah nicht auf, sondern schrieb langsam den Satz zu Ende und verstaute dann bedächtig Umschlag und Stift im Jackett.

Da sich noch immer keiner zu Wort meldete, beendete der Mann mit dem breiten, auffällig geblümten Schlips seine Ausführungen mit der Bemerkung, dass er nun von einer Zustimmung der versammelten Öffentlichkeit für seine Politik ausgehen könne, dass sich die Bürger bei ihm darauf verlassen könnten, dass er sich für ihren Willen und ihre Wünsche selbstlos und kämpferisch einsetzen werde.

Die Frau im Präsidium dankte dem Referatsleiter für seinen

Beitrag und bat den Parteifreund Frieder Geissler, der im Bezirksamt für Stadtentwicklung und Umweltschutz zuständig sei, das Wort zu ergreifen, um über den Stand und die Entwicklung des Anschlusses an das Abwassersystem in den Stadtrandsiedlungen zu sprechen. Geissler sprach nur kurz, er las alles von einem Zettel ab, da er viele Zahlen zu nennen hatte. Nach seiner Rede meldeten sich mehrere Zuhörer, unter ihnen der Fuhrunternehmer, und es gab ein erregtes Wortgefecht über die Höhe der Anschlussgebühren und die Abwasserkosten. Als Geissler darum bat, die von ihm vorgelegten Zahlen und Statistiken endlich einmal zu akzeptieren, platzte dem Fuhrunternehmer der Kragen. Er sprang auf, lief zwei Schritte vor, brüllte, bis alle erschreckt verstummten, und ging, als er nicht weiterwusste und nur noch erregt die immer gleichen Beschuldigungen hervorstoßen konnte, Türen schlagend aus dem Vereinszimmer. Für einen Moment war es ganz still im Raum. Willenbrock betrachtete die erstarrten, ratlosen Personen hinter dem Präsidiumstisch. Die Frau wandte sich flüsternd ihrem Nachbarn zu, der mit den Schultern zuckte. Dann stand der Mann, der an dem Tisch neben Willenbrock saß, auf und ging grußlos hinaus. Ein weiterer Mann und eine Frau folgten ihm. Jetzt saßen nur noch sieben Zuhörer im Zimmer, und die vier Männer und die Frau am Präsidiumstisch berieten sich flüsternd.

Schließlich ergriff der erste Redner das Wort und schlug vor, den Tagesordnungspunkt zu vertagen und zu einem späteren Zeitpunkt das strittige Thema nochmals öffentlich zu diskutieren. Er versprach, die berechtigten Einwände der Bürger im Bezirksamt vorzutragen und sich dafür einzusetzen, dass die Pläne nochmals durchdacht und überarbeitet werden. Er sah sich zufrieden zu seinen Kollegen um und setzte sich.

Die Frau dankte ihm. Sie sprach von einer sehr offenen Aussprache mit den Bürgern, worauf ihre Partei stets Wert lege. Dann erteilte sie einem kleinen, pockennarbigen Mann im Präsidium das Wort, dem Parteifreund und Referenten der Abteilung für Jugend, Bildung und Kultur.

Der kleine Mann erhob sich und ordnete das vor ihm liegende Papier. Bevor er zu sprechen begann, stand einer der Zuhörer auf und verließ den Raum, nachdem die Tür wieder geschlossen war, stand ein weiterer Mann auf und folgte ihm. Die Frau, die die Versammlung leitete, schaute irritiert und besorgt in den Saal. Der Redner begann, nachdem es wieder ruhig geworden war, mit seinen Ausführungen. Er verlas Statistiken und einen von seiner Abteilung verabschiedeten Beschluss.

Als ein weiterer Zuhörer den Raum verließ, unterbrach der Mann mit dem breiten Schlips den Vortragenden und fragte die verbliebenen Zuhörer, ob es Einwände oder Wünsche gäbe. Man sei bereit, auch spontan die Tagesordnung zu ändern, da seiner Partei Bürgernähe ein Herzensbedürfnis sei. Er verstummte und schaute fragend in die Runde, dann fragte er den Pockennarbigen, ob er mit seinen Darlegungen fortzufahren wünsche. Der Mann war hilflos hinter dem Tisch stehen geblieben und zuckte jetzt ratlos mit den Schultern. Er sagte, man könne die Bürgeraussprache vertagen, er jedenfalls sei bereit, auch zu einem späteren Zeitpunkt, über die Zukunft der Volkshochschule zu sprechen.

Noch bevor das Präsidium sich einigen konnte, standen eine Frau und ein Mann auf, die zusammen an einem der Tische saßen, zogen sich umständlich ihre Mäntel an und gingen schweigend hinaus. Willenbrock lehnte sich amüsiert zurück, betrachtete die fünf Personen am Präsidiumstisch und die ältere Frau, die außer ihm die einzige Zuhörerin war. Frieder Geissler stand auf und sprach mit dem Mann mit der geföhnten Haarwelle und dem geblümten Schlips, der offensichtlich der Vorgesetzte war oder der kommunale Parteichef. Geissler stand dabei mit dem Rücken zum Saal, und Willenbrock vermutete daher, dass die Versammlung beendet sei, und stand auf. Die vier Männer und die Frau hinter dem Präsidiumstisch sahen plötzlich alle zu ihm herüber. Willenbrock fühlte sich unbehaglich und dachte einen Moment daran, sich wieder zu setzen. Er sah zu der verbliebenen Zuhörerin hinüber, die keinerlei Anstalten machte aufzustehen und geduldig auf den Fortgang der Versammlung wartete, wobei sie fortgesetzt zum Präsidium sah und lächelte. Es ist eine Ehefrau, dachte Willenbrock, sie ist die Frau von einem der Kerle da vorne, nur ich und eine Ehefrau haben es hier so lange ausgehalten, eine Ehefrau und ich, eine Ehefrau, die immerhin auf ihren Mann wartet und sich daher nicht entschuldigen muss, noch immer hier zu sitzen, aber ich habe keinerlei Erklärung, nicht für mich und nicht einmal für irgend einen anderen.

Die erwartungsvollen Blicke irritierten ihn und umständlich holte er eine Zigarette aus der Jacke und entzündete sie sorgsam. Ohne nochmals zum Präsidium zu sehen, griff er nach seiner Lederjacke und zog sie sich an, während er zum Ausgang ging. Geissler rief seinen Namen, er nannte nur den Vornamen, und Willenbrock blieb stehen. Die vertraute Stimme, der gewohnte, leicht nörgelnde Klang, wenn ihn sein früherer Chef damals zu sich rief, weckte augenblicklich Erinnerungen in ihm. Er hatte sofort den Geruch des Büros und der gebohnerten Flure in der Nase, die lang gestreckten Produktionsräume vor Augen, in denen unter verstaubten Neonröhren die Frauen in ihren Kittelschürzen saßen und die Maschinenteile montierten, und er hörte das gleichmäßige metallische Klirren, das über dem Hof und dem Verwaltungsgebäude lag.

Willenbrock blieb stehen und wandte sich um. Geissler kam mit ausgestrecktem Arm auf ihn zu, griff nach seiner Hand, schüttelte sie und sagte dann zweimal hintereinander, wie überrascht er sei und wie sehr er sich freue, ihn zu sehen. Willenbrock presste verlegen die Lippen aufeinander und nickte. Er befreite seine Hand aus der Umklammerung und antwortete, da er von Geissler mit Fragen überschüttet wurde, mürrisch: »Gut, mir geht es sehr gut, wunderbar. Ich handle mit alten Autos. Nein, ich brauche deine Hilfe nicht. Mir geht es spitzensteuersatzmäßig, wenn du verstehst, was ich meine.« Geissler war überrascht und verstummte plötzlich.

»Aber vielen Dank«, sagte Willenbrock. Er bemerkte, dass seine Auskunft Geissler erschüttert hatte. Er hatte wohl erwartet, dass ihm der frühere Kollege sein Leid klagen würde, vielleicht hatte er es zu oft erlebt und sich innerlich darauf eingestellt, als er Willenbrock erblickte. Oder er missbilligte seinen Autohandel und war enttäuscht, dass ein studierter Kollege damit seine Brötchen verdiente.

»Ich freue mich wirklich, dich zu sehen«, sagte Geissler nochmals, »wohnst du in unserem Stadtbezirk? Bist du Mitglied meiner Partei?«

Noch bevor Willenbrock antworten konnte, fügte er hinzu: »Aber nein, das müsste ich ja wissen. Schließlich, ich kenne alle Parteifreunde persönlich. Aber ich hoffe, dass du mit uns sympathisierst, ich habe immer große Stücke auf dich gehalten, das weißt du doch, Bernd, oder?«

Willenbrock schüttelte den Kopf: »Ich bin nur zufällig hier. Und Parteien und Politik, das hat mich noch nie interessiert. Wenn ich alle vier, fünf Jahre mal zu einer Wahl gehe, dann ist das für mich schon viel. Man hat einen Beruf, eine Familie, das kostet alles Zeit. Und wenn man ein Viertelstündchen übrig hat, will man nicht in einem verräucherten Hinterzimmer herumsitzen.«

Geissler verzog missbilligend das Gesicht. Er wollte etwas erwidern, unterbrach sich aber sofort und sagte lediglich: »Hast du gesehen, Willi Feuerbach ist auch hier.« Er deutete mit dem Kopf in die Richtung des Präsidiums. »Er ist seit zwei Jahren in unserer Partei. Früher hat er sich sehr zurückgehalten, politisch, meine ich.«

Die Frau am Nachbartisch stand auf und ging nach vorn, sie stellte sich neben den Pockennarbigen.

»Hast du noch einen Moment Zeit?«, fragte Geissler, »kann ich dich zu einem Bier einladen? Ich habe noch einen Moment zu tun, aber dann könnten wir drei uns zusammensetzen.«

»Um von alten Zeiten zu plaudern?«

»Ich dachte ja nur. Wir haben uns eine Ewigkeit nicht mehr gesehen. Und wir waren einmal Kollegen.«

»Aber sicher, Chef.«

»Warte bitte. Nur zwei Minuten, Bernd.«

Geissler wandte sich um, und Willenbrock blieb unschlüssig an der Tür stehen. Er dachte an jenes unangenehme Telefongespräch mit Berner im vergangenen Jahr. Eine Viertelstunde später saß er mit Geissler und Feuerbach im vorderen Teil der Gaststätte. Er hörte den beiden zu, die sich über den unglücklichen Verlauf der Versammlung unterhielten. Willenbrock trank langsam sein Bier und betrachtete sie. Diese beiden sind mein vergangenes Leben, sagte er sich, wie schön, so etwas alles hinter sich zu lassen, die haben mich damals gelangweilt, und das tun sie heute schon wieder, und wie damals kommt es ihnen nicht in den Sinn, dass sie eigentlich nur eine Belästigung für andere darstellen. Er beobachtete Feuerbach und fragte sich, wieso er geblieben war, warum er sich hatte überreden lassen, sich mit ihnen hierher zu setzen.

»Schwieriges Geschäft, so eine Partei, nicht wahr. Glücklich seht ihr zwei nicht gerade aus«, warf er in einer Gesprächspause ein.

Geissler lächelte gequält. »Es fällt uns nichts in den Schoß«, bestätigte er, »aber wir bemühen uns. Und wir brauchen jeden, der bereit ist, sich zu engagieren. Der nicht nur den eigenen Vorteil, sondern auch das Gemeinwohl im Auge hat. Eine Demokratie ist nur möglich, wenn die Bürger bereit sind, Verantwortung zu übernehmen.«

Er sagte es sehr nachdrücklich und so ernsthaft, dass Willenbrock annahm, er glaube daran.

»Du meinst, wenn sie in eure Partei eintreten?«

»Zum Beispiel.«

»Ich denke darüber nach«, meinte Willenbrock und fügte, als er Geisslers misstrauischen Blick bemerkte, noch hinzu: »Ich verspreche es dir.«

Dann sah er zu Feuerbach, der es, seit sie am Tisch zusammensaßen, bisher vermieden hatte, ihm in die Augen zu sehen.

»Und wie geht es dir, Willi? Du bist auch in der Partei?«

»Ich bin nur ein einfaches Mitglied. Meine Brötchen verdiene ich mir im Klinikum Buch. Die suchten einen Ingenieur für ihre Geräte.«

Er sah Willenbrock kurz an und betrachtete dann seine Hände, die mit dem Bierglas spielten.

»Vielleicht machst du noch Karriere. Vielleicht wirst du noch ein wichtiger Mann in deiner Partei.« Er machte eine kurze Pause und sagte dann beiläufig: »Ach, Berner hat mich angerufen. Wisst Ihr noch, der Kollege Berner. Er hat lange mit mir telefoniert, er hatte mir so viel zu sagen.«

Willenbrock schaute scheinbar verträumt die früheren Kollegen an. Er bemerkte, dass beide verlegen waren, und wartete.

»Jaja, der Berner«, sagte Geissler und warf einen missbilligenden Blick auf Feuerbach, »ich kann mir schon denken, was er dir zu berichten hatte. Mich hat er auch angerufen. Hat wilde Beschuldigungen gegen Willi und andere aus meiner Arbeitsgruppe geäußert. Unter uns, Bernd, auch über dich hat er sich nicht eben freundlich geäußert. Er schien mir paranoid zu sein, unter Verfolgungswahn zu leiden. Mein Gott, was hat er nicht alles gegen die Kollegen vorgebracht. Ich habe mit Willi gesprochen, wir haben ihn auch in unserer Parteigruppe dazu angehört. Er hat ganz gewiss Fehler gemacht, er war wohl allzu gutgläubig. Er war auch etwas zu leichtfertig, unser Willi, und hat ein bisschen viel geredet, aber ein tatsächliches Verschulden, eine Schuld war nicht festzustellen. Es kam nicht einmal zu einer Rüge.«

Feuerbach war tiefrot geworden, während Geissler sprach. Er nestelte an seiner Brille, rückte sie immer wieder zurecht und riss dabei die Augen weit auf, als sei ihm ein Staubkorn hineingekommen. Willenbrock betrachtete ihn, es war ihm unangenehm, den verlegenen, sich geradezu windenden Mann vor sich zu sehen. Er bedauerte jetzt, Berners Anruf angesprochen zu haben, er bedauerte, überhaupt hierher gekommen zu sein. Er sah Feuerbachs Blick unruhig über den Tisch wandern, ohne einen Ruhepunkt zu finden, und hatte das Gefühl, einer obszönen Entblößung beizuwohnen. Er bemerkte, dass Geissler ihn erwartungsvoll ansah und sagte: »Dann ist das Problem ja gelöst. Und ich dachte schon, ich wüsste endlich, wem ich mein Pech verdanke, das Unglück der frühen Jahre sozusagen. Wie mir Berner sagte, galt ich in unserer Firma als ein Sicherheitsrisiko. Keine Dienstreisen ins Ausland, nicht einmal nach Prag oder Moskau, keine Teilnahme an internationalen Kongressen, das Sicherheitsrisiko Willenbrock wurde vollständig eliminiert.«

Geissler öffnete empört den Mund und pumpte sich voll Luft: »Willst du behaupten, Willi hat dir die Reisen gestrichen?«

»Ich weiß nicht. Irgendjemand hat über mich ein paar Dinge ausgeplaudert, und das war für mich das Ende der Fahnenstange. Was das bedeutete, weißt du selbst. Ein paar Kollegen konnten reisen, hatten Kontakte, kannten die neuesten Entwicklungen, waren informiert, und ich konnte glücklich sein, wenn ich mal in eine westliche Fachzeitschrift blicken durfte.«

»Das war ja unser Kreuz. Darunter haben wir alle gelitten.«

»Einige mehr, andere weniger, Frieder. Und Berner sagte mir, einen ganz speziellen Anteil an diesem Kreuz verdanke ich dem Kollegen Doktor Feuerbach.«

Geissler atmete tief durch, wandte sich an Feuerbach und forderte ihn auf, sich zu äußern: »Wir reden von dir, Willi. Hast du nichts dazu zu sagen?«

Feuerbach sah gequält auf: »Ich bin es müde.«

Er schloss für Sekunden die Augen, die beiden anderen Männer warteten schweigend, dann sagte Feuerbach ohne aufzusehen: »Berner hat Recht. Ich muss mich bei dir entschuldigen, Bernd. Inzwischen habe ich erfahren, dass man dir tatsächlich die Londonreise wegen meiner Beurteilung gestrichen hatte. Das war nicht meine Absicht, das musst du mir glauben. Ich war Gewerkschaftsvertrauensmann der Gruppe, das weißt du, und ich hatte jedes Jahr einmal alle Kollegen zu beurteilen. Das gehörte zu meinen Aufgaben, das wussten alle, auch du. Vielleicht war ich leichtsinnig, und sicher habe ich nicht alles erwogen und zu Ende gedacht. Aber ich wollte nie einen Kollegen anschwärzen. Dass man meine Beurteilungen missbrauchte, dafür kann ich nichts.«

Er sah ihm jetzt in die Augen und hielt dem Blick stand, bis Willenbrock ihn fragte: »Wollen wir so tun, als sei nichts gewesen?«

Er sah Feuerbach herausfordernd an und versuchte zu grinsen, aber ihm war unbehaglich. Armes Schwein, dachte er, was willst du denn sagen, was kannst du noch sagen, man hat dich erwischt, und nun windest du dich, mir ist die ganze Geschichte genauso fatal, sag also lieber gar nichts, ich will keine Erklärungen hören, keine Ausflüchte, du hast voll in die Scheiße gegriffen und dich bekleckert, mein lieber Doktor Feuerbach, man hat dich erwischt, und nun stehst du bedrippt da wie ein kleiner Ladendieb, nun entschuldige dich bloß nicht, ich will keine Entschuldigungen hören, und außerdem will ich dich überhaupt nicht entschulden, tut mir Leid, aber da ist nichts mehr zu reparieren, ich habe nicht vor, dir zu verzeihen, so läuft nun einmal das Leben, und wenn du jetzt den Zerknirschten spielen und mich mit diesem hündischen

Blick um Vergebung bitten willst, ich schwöre dir, ich stehe im gleichen Moment auf und lasse euch zwei Helden hier sitzen, dann könnt ihr beiden gleich noch eine Parteiversammlung veranstalten, sag also nichts, sag bitte nichts, und vor allem nicht: entschuldige bitte und so, es tut mir Leid, aber da ist nichts zurückzudrehen, und ich werde auch nichts vergessen, es ist am besten, wenn wir zwei uns für den Rest des Lebens aus dem Weg gehen, und ich hätte vor einer Stunde damit anfangen sollen und den Raum gleich verlassen müssen, als ich dich da vorne erblickte, und nun schau nicht wie ein geprügelter Hund, mir wird ja kotzübel, wenn ich dich ansehe, leugne lieber, streite alles ab, lüge drauflos, mir ist es egal, ich traue dir so und so nicht, du bist ein kleines Arschloch, und das warst du schon damals, ich habe dich und Berner nie leiden können, und das ist jetzt nur eine Kerbe mehr in deinem krummen Holz, mein Liebling, ich werde dich vergessen, ich werde gleich aufstehen und die Kneipe verlassen und dich vergessen, ich habe dich bereits vergessen, Herr Doktor Feuerbach, und alles was ich jetzt noch will, ist ein eleganter Abgang, ich werde jetzt aufstehen und irgendetwas sagen, aber ganz gewiss nicht auf Wiedersehen, denn das möchte ich mir nicht antun, und dann werde ich die Theke ansteuern, um mein Bier zu bezahlen, denn von euch beiden werde ich mich nicht einladen lassen, da würde mir das Bierchen noch im Magen sauer werden, und nun gib mir eine Chance, nein, gib uns allen die Chance, dass ich hier ohne weitere Erklärungen von dir einen Abgang machen kann, entschuldige dich jetzt bloß nicht, tue mir diesen einen Gefallen, mein ganz spezieller Ohrenbläser, bitte mich bloß nicht um Verzeihung, darauf scheiße ich nämlich.

Willenbrock trank sein Bier aus, stellte das leere Glas vor sich ab, schob es zur Tischmitte, winkte nach dem Kellner und sagte: »Es war nett, euch zu treffen und von den alten Zeiten zu plaudern. Aber jetzt bin ich in Eile, ich muss gehen.«

Er stand auf und zog sich die Lederjacke an.

»Wenn einer von euch einen gebrauchten Wagen kaufen oder seinen alten loswerden will, meine Firma steht immer zu Diensten.«

Geissler schien gekränkt zu sein: »Ich dachte, wir könnten miteinander ins Gespräch kommen, Bernd. Ich habe das Gefühl, es gibt so viel Unausgesprochenes zwischen euch beiden. Ihr solltet euch einmal zusammensetzen.«

»Unausgesprochenes? Zwischen Willi und mir? Ich glaube nicht. Nicht von mir aus. Und Willi hat lieber mit anderen über mich gesprochen, und da hat er ausreichend gesprochen. Ciao.«

Er nickte Geissler zu, wandte sich dann an den neben ihm stehenden Kellner und gab ihm das Geld. Dann ging er rasch aus der Gaststätte und zu seinem Auto. Er startete den Motor, besprühte die Frontscheibe und ließ mehrmals den Scheibenwischer über das Glas schwingen. Er drehte den Rückspiegel zu sich und betrachtete sein Gesicht.

»Mein Gott«, sagte er laut, »und wozu das alles?«

Dann stellte er den Spiegel zurück und fuhr los.

Seine Frau erkundigte sich, wie die Versammlung war. Willenbrock sagte, man habe ihm und den beiden anderen Zuhörern versprochen, demnächst alles anders und besser zu machen.

»Zwei ehemalige Kollegen waren da, auch Geissler, mein früherer Chef. Er ist jetzt irgendein wichtiger Parteimensch geworden und schwätzt das übliche dumme Zeug. Und danach habe ich mit den beiden noch ein Bier getrunken und alte Kamellen aufgewärmt.«

»Dann hattest du wenigstens einen angenehmen Abend. Ich habe eine Stunde Schnee geräumt. Das ist keine Frauenarbeit, das jedenfalls hat mir unser Nachbar gesagt, der Doktor Wittgen.«

»Der alte Kerl rechts von uns?«

»Es ist ein sehr angenehmer, charmanter Herr.«

Willenbrock sah seine Frau belustigt an: »Höre ich da irgendwelche Nebentöne, Susanne? Solltest du mir irgendetwas beichten? Angenehm und charmant, muss ich mich mit ihm duellieren?«

»Er hat mir geholfen.«

»Mit dem Schnee, das tut mir Leid. Ich hätte es morgen früh gemacht. Sei bitte nicht sauer, glaub mir, ich hätte lieber zwei Stunden Schnee geschippt, als mich mit diesen ehemaligen Kollegen zu treffen.«

Er setzte sich neben sie und streichelte ihren Arm. Mit der anderen Hand griff er nach der Fernbedienung für den Fernseher, schaltete ihn ein und ließ die Programme durchlaufen. Als er einen Sender gefunden hatte, der Wrestlingkämpfe übertrug, stellte er den Ton leiser, nahm das Telefon und wählte eine Nummer. Seine Frau entzog ihm ihren Arm und verließ das Zimmer. Willenbrock telefonierte mit Gerd, seinem Steuerberater, und sprach mit ihm über das nächste Handballspiel, ohne auch nur einen Moment die dicken, Furcht einflößenden Männer mit ihren Masken aus dem Auge zu lassen, die mit Schreien und Drohgebärden ihre Gegner und das Publikum zu beeindrucken suchten.

9

Am ersten Mittwoch im März fuhr er wie jeden Morgen auf den Hof seines Autohandels. Das Tor stand bereits weit offen. Seit Pasewald bei ihm als Nachtwächter arbeitete, wurde das Drahtgittertor jeden Tag um acht Uhr geöffnet, damit Willenbrock und Jurek direkt auf den Hof fahren konnten. Er stellte sein Auto auf den Parkplatz hinter dem Wohnwagen und stieg aus. Irgendetwas auf dem Hof war anders als sonst, er spürte es, als er neben seinem Auto stand und es abschloss. Er warf einen Blick über den Hof, aber er bemerkte nichts Ungewöhnliches. Trotzdem zögerte er weiterzugehen und sah nach den abgestellten Autos, doch auch hier schien alles in Ordnung zu sein. Als er die Treppe zu seinem Büro erreicht hatte, wurde ihm plötzlich bewusst, was ihn irritiert hatte: Catcher hatte ihn nicht begrüßt, Pasewalds Hund. Vielleicht ist er krank, und Pasewald hat ihn zu Hause gelassen, dachte er, sprang aber trotzdem die wenigen Stufen hoch und riss die Tür auf. Pasewald saß in seinem Arbeitsstuhl, verschnürt mit Klebeband und elektrischer Verlängerungsschnur, Schreibtisch und Schränke standen offen, der Boden war übersät mit Papieren und Scherben. Willenbrock eilte zu dem gefesselten Nachtwächter, riss ihm behutsam das Klebeband vom Mund und dem kleinen Kinnbart, die Verlängerungsschnur knüpfte er auf, das restliche Papierband zerschnitt er.

Pasewald fragte immerzu: »Wo ist Catcher?«

Willenbrock drängte ihn zu berichten, was passiert sei, aber der Nachtwächter rief nur nach dem Hund. Als Willenbrock die Fußfessel gelöst hatte, sprang Pasewald auf und rannte zur Tür. Am Ausgang blieb er stehen, hielt sich an einem der offen stehenden Schränke fest und atmete tief durch. Dann lief er hinaus, Willenbrock folgte ihm. Pasewald rief immer wieder den Namen des Hundes. Sie fanden das Tier am Zaun, es war tot. Der Hund hielt einen Knüppel im Maul, seine Zähne hatten sich in das Holz verbissen, sein Schädel schien gebrochen zu sein, im dunklen Fell waren nur wenige Blutstropfen zu entdecken. Pasewald setzte sich neben den Hund auf die feuchte Erde und streichelte fortwährend sein Fell.

Willenbrock fragte nochmals: »Was ist geschehen, Fritz? Was war heute Nacht hier los?«

Er versuchte den Mann zum Aufstehen zu bewegen, aber der schüttelte seine Hand ab. Dann wandte er sich zu ihm um und sagte: »Sie haben Catcher erschlagen.«

Er sagte es tonlos und schlicht, als habe er tatsächlich nur den Tod des Hundes festgestellt.

Willenbrock berührte sanft seine Schulter: »Steh auf, Fritz, du erkältest dich. Und komm ins Büro, bitte.«

Der Nachtwächter reagierte nicht und streichelte unentwegt das starre, gefrorene Fell des Hundes. Willenbrock drehte sich um und ging in sein Büro zurück. Er versuchte zu telefonieren, aber das Telefon funktionierte nicht. Er zog an der Schnur, sie war aus der Wanddose herausgerissen. Er nahm sein Handy aus der Tasche, rief die Polizei an und berichtete, was er entdeckt hatte. Der Beamte versprach, sofort Kollegen zu ihm zu schicken. Dann begann er, die auf dem Boden umherliegenden Papiere aufzuheben und zu ordnen. Durch das Fenster des Wohnwagens warf er gelegentlich einen Blick auf Pasewald, er sah, wie dieser den Hund hochnahm, zu seinem Wagen schleppte und ihn in den Kofferraum legte. Als Pasewald ins Büro kam, setzte er sich auf das Sofa und wiederholte, dass man den Hund erschlagen habe, seinen Catcher. Willenbrock trat zu ihm, legte ihm eine Hand auf die Schulter, sagte aber nichts und räumte weiter auf.

Nach einer halben Stunde erschien ein Wagen auf dem Hof, zwei Beamte stiegen aus und kamen auf sein Büro zu. Willenbrock sah sie durch das Fenster. Er erkannte einen von ihnen, es war der Beamte, der ihn, nachdem er den Diebstahl mehrerer Autos gemeldet hatte, vor einem halben Jahr aufgesucht und gereizt hatte, da er Willenbrock damals das Gefühl gab, er würde ihn des Diebstahls der eigenen Autos verdächtigen.

Willenbrock öffnete die Tür und bat die Beamten herein. Er schilderte, wie er den Nachtwächter bei seinem Erscheinen vorgefunden hatte, und sagte, dass man den Wachhund erschlagen habe. Dann befragten die Beamten Pasewald, der ihnen stockend und unbeholfen von dem nächtlichen Ereignis berichtete.

Gegen zwei Uhr nachts habe der Hund angeschlagen, aber das sei nichts Ungewöhnliches, da nachts gelegentlich Passanten an dem Grundstück vorbeigingen und manche von ihnen das Tier reizten. Dann habe er jedoch ein auffälliges, völlig ungewöhnliches Jaulen gehört, habe die Taschenlampe und seinen Stock gegriffen und sei aus dem Wohnwagen gegangen. Plötzlich seien drei Jugendliche, kaum älter als zwanzig, auf ihn zugekommen.

»Waren sie maskiert, die Jugendlichen?«, fragte ein Beamter.

Pasewald schüttelte den Kopf.

»Sie haben sie erkannt? Sie würden sie wiedererkennen können?«

»Ja, gewiss. Ich werde sie mein Lebtag nicht vergessen.«

Die drei hätten ihn sofort angegriffen. Einer hatte einen merkwürdig kurzen Stab in der Hand gehalten und ihn damit attackiert. Er habe nach dem Hund gerufen und nach dem Stab gegriffen, um den Schlag abzuwehren, im gleichen Moment habe er einen fürchterlichen Stromstoß verspürt und sei ohnmächtig geworden. Er wisse nicht, wie lange er besinnungslos auf dem Erdboden gelegen habe, wach wurde er, als er von einem der Männer getreten wurde. Er musste aufstehen und mit den drei Einbrechern in das Büro gehen.

»Sprachen die Männer deutsch?« fragte der Polizist, »waren es Deutsche oder Ausländer?«

Pasewald sah den Beamten sekundenlang an, als habe er

dessen Frage nicht verstanden. »Es waren Deutsche«, sagte er schließlich, »dumme deutsche Kinder.«

Im Büro hätten sie ihn erneut mit dem Elektrostab bedroht und die Autoschlüssel verlangt. Er habe gesagt, dass der Chef alle Schlüssel und Papiere jeden Abend mit nach Hause nähme und er nichts habe und nichts wisse, da er lediglich der Nachtwächter sei. Er habe sie nach seinem Hund gefragt, und sie hätten nur gelacht. Danach wurde er von ihnen an den Stuhl gefesselt, man habe das ganze Büro durchwühlt und alles auf den Fußboden geworfen. Anschließend seien sie hinausgegangen. Er habe gehört, wie sie mehrmals vergeblich versuchten, einen Wagen zu starten. Nach einer halben Stunde seien sie wieder bei ihm erschienen und hätten ihn nach seinem Auto gefragt. Er hatte die Autoschlüssel nicht bei sich, sie steckten im Wagen, und da man offenbar an sein altes Fahrzeug nicht herangegangen war, habe er behauptet, kein Auto zu besitzen und mit dem Bus gekommen zu sein. Bevor sie verschwanden, hätten sie ihm den Mund zugeklebt und nochmals den elektrischen Stab an seinen Arm gehalten. Diesmal sei er nicht ohnmächtig geworden, vielleicht weil er saß oder auf den Stromschlag vorbereitet war, aber er habe im ganzen Körper einen Krampf bekommen und sich dabei die Zunge verletzt. Und so gefesselt habe ihn Herr Willenbrock, sein Chef, gefunden und losgebunden. Seinen Hund habe er heute morgen entdeckt, er sei tot, man habe ihn erschlagen.

Die Beamten ließen sich eine Personenbeschreibung geben und befragten dann Willenbrock und begutachteten den Schaden im Wohnwagen. Sie erklärten, es sei zwecklos hier nach Fingerabdrücken zu suchen, sie würden sich die aufgebrochenen Autos ansehen und hofften, dort verwertbare Spuren zu finden. Den toten Hund wollten sie nicht sehen, obwohl Pasewald sie dreimal fragte. Sie sagten zu ihm, er könne nach Hause fahren und sich ausschlafen. Der Beamte, der seine Aussage mit einem Laptop aufgenommen hatte, sagte ihm, er müsse noch das Protokoll unterschreiben, aber das könne er auch später nachholen, er solle erst seinen toten Hund heimbringen. Er ließ sich von ihm die Adresse geben und forderte ihn auf, sich zuallererst in einem Krankenhaus untersuchen zu lassen.

Die vier Männer gingen gemeinsam aus dem Büro. Willenbrock begleitete Pasewald zum Auto und bat ihn, in der nächsten Nacht zu Hause zu bleiben, um sich zu erholen, doch Pasewald entgegnete, er wäre am Abend wieder auf dem Hof, allerdings ohne einen Hund. Willenbrock legte ihm eine Hand auf den Arm und sagte, dass er den Tod von Catcher bedauere, er hätte sich an ihn gewöhnt und würde ihn vermissen. Pasewald nickte und stieg in sein Auto.

Nachdem er vom Hof gefahren war, ging Willenbrock zu den Beamten: Gemeinsam mit Jurek, der seit seinem Erscheinen schweigend bei ihnen gestanden hatte, liefen sie die geparkten Fahrzeuge ab und versuchten die Türen zu öffnen. Drei Fahrzeuge waren aufgebrochen worden. Die Beamten holten einen Koffer aus ihrem Fahrzeug und begannen, diese drei Autos nach Fingerabdrücken abzusuchen. Willenbrock ging in sein Büro und rief Gerd an, erzählte von dem Überfall und bat, ihn heute Abend beim Training zu entschuldigen, er würde nicht kommen können. Dann wählte er die Nummer der Boutique seiner Frau. Als sie sich meldete, legte er auf, ohne ein Wort zu sagen. Er wollte ihr nichts von dem neuen Überfall erzählen, er wollte sie nicht beunruhigen. Stattdessen rief er den Störungsdienst an, meldete den Schaden an der Telefonleitung und bat um sofortige Reparatur. Danach ging er zu Jurek hinaus und fragte ihn, ob er den angerichteten Schaden an den Autos allein beheben könne oder ob er die Fahrzeuge in eine Werkstatt bringen müsse. Jurek deutete auf die Beamten, die noch vor einem der Autos knieten und die mitgebrachten Klebestreifen an die Tür und das Lenkrad drückten.

»Die sind noch nicht fertig, Chef«, sagte er, »ich muss warten auf Freigabe.«

Willenbrock nickte: »Wenn sie gegangen sind, sieh dir den Schaden an. Die Versicherung muss es nicht mehr sehen, auf die müssen wir nicht mehr warten. Auch ein Vorteil für uns, Jurek.«

Er ging in den Wohnwagen, packte die noch auf dem Boden liegenden Papiere zusammen, setzte sich damit an den Schreibtisch und versuchte, sie zu ordnen und wegzuräumen. Die Halterung eines Schrankbretts war herausgerissen, er befestigte das Brett mit einem Nagel. Die Polizisten klopften an die Tür und kamen in den Wagen. Sie gaben ihm ein Protokoll zum Unterschreiben, dann verabschiedeten sie sich.

»Was werden Sie unternehmen?«, fragte Willenbrock.

»Wir leiten die Fahndung ein, Herr Willenbrock«, sagte der angesprochene Polizist und fügte dann, da ihm der ironische, herablassende Ton nicht entgangen war, hinzu: »Wir handeln nach Dienstvorschrift. Und wir klären mehr Fälle auf, als Sie sich vorstellen. Aber darüber berichtet ja die Presse nicht, die schreiben immer nur über Pannen und Versäumnisse bei uns.«

»Dann besteht Aussicht, dass Sie die Gangster bald festnehmen?«

»Wir tun, was wir können.«

»Dann bin ich beruhigt. Und gegen mich müssen Sie diesmal nicht ermitteln, ein Versicherungsbetrug scheidet aus. Ich bin nämlich nicht mehr versichert. Seit dem letzten Diebstahl, den Sie auch nie aufgeklärt haben und bei dem Sie mich im Verdacht hatten, kann ich mir eine Versicherung nicht mehr leisten. Zu teuer. Ich muss zu viele Steuern zahlen. Entweder Versicherung oder Steuern, damit Sie Ihre erfolgreiche Fahndung auf meine Kosten betreiben können. Und mir blieb keine Wahl, die kostspieligen Steuern für Ihre Arbeit muss ich bezahlen, da werde ich nicht gefragt. Also musste ich auf die Versicherung verzichten.«

»Das ist Ihre Entscheidung«, erwiderte der Beamte ungerührt, »es steht Ihnen frei, sich versichern zu lassen oder nicht.
Und wir haben damals nicht gegen Sie ermittelt, Herr Willenbrock, wir sind lediglich unserer Pflicht nachgekommen,
den Vorfall nach allen Seiten hin zu untersuchen. Und das
werden wir auch diesmal tun, ganz unabhängig davon, wie
sich der Geschädigte uns gegenüber verhält.«

»Sind Sie gekränkt?«

»Wir dürfen uns verabschieden, Herr Willenbrock. Sie hören in jedem Fall von uns.«

Sie gingen zu ihrem Wagen, verstauten Koffer und Laptop
und fuhren vom Hof.

Willenbrock sah ihnen aus der geöffneten Tür des Wagens
nach. Er hatte das Gefühl, von den Beamten belästigt worden
zu sein. Der nächtliche Einbruch war für ihn lediglich eine
ärgerliche Beeinträchtigung. Ihm tat Pasewald Leid und er
fühlte sich schuldig an den Misshandlungen, die sein Nachtwächter erleiden musste, da er ihn eingestellt und ihn dadurch
der Gefahr eines Überfalls ausgesetzt hatte, und er bedauerte
den Tod des Hundes. Aber die Zerstörungen in seinem Büro
und an den Autos verärgerten ihn nicht wegen des erlittenen
Schadens, er fühlte sich dadurch nur behelligt. Die Untersuchungen der Polizisten, ihre Fragen aber waren ihm mindestens ebenso lästig. Die Einbrecher wie die Polizisten hatten
eine Linie überschritten und einen Kreis betreten, der ihnen
nicht zustand, der allein ihm vorbehalten sein sollte. Es war für
ihn wie eine Verletzung seiner Intimsphäre, er fühlte sich
bloßgestellt. Er wollte einen Schnaps trinken und öffnete das
Schrankfach, die drei Flaschen, die dort gestanden hatten, waren verschwunden. Die nächtlichen Besucher hatten sie offenbar mitgehen lassen.

Er ging zu Jurek hinaus, der ihm sagte, er könne alles allein
in Ordnung bringen, es würde aber ein paar Hunderter
kosten, er müsse neue Autoschlösser einbauen. Eine Tür sei

stärker beschädigt, vielleicht müsse er sie ersetzen, aber da wolle er zuvor auf dem Schrottplatz nach etwas Geeignetem Ausschau halten.

Willenbrock nickte: »Ich verlasse mich auf dich, Jurek. Aber es ist ekelhaft.«

»Ja, Chef, die muss man totschlagen. Gleich totschlagen. Wenn ich Nachtwächter wäre, dann nur mit einer richtigen Waffe.«

»Was redest du, Jurek! Würdest du tatsächlich auf diese Gauner schießen? Du hast doch gehört, es waren Kinder.«

»Wenn die Ihnen alles stehlen, Chef, verliere ich meine Arbeit. Und was dann?«

»Aber gleich totschießen? Das ist nicht dein Ernst.«

Der Pole beugte sich über die Autotür und schraubte schweigend weiter. Willenbrock sah ihm zu, er war erstaunt, wie aufgebracht sein Angestellter über den Überfall war.

»Mein Sohn ist seit zwei Tagen bei der Miliz«, sagte Jurek plötzlich.

»Bei der Miliz?«, fragte Willenbrock erstaunt, »das überrascht mich. Aber andererseits, in diesen Zeiten ist das ein sicherer Job. Einer der wenigen Berufe mit Zukunft. Hast du es ihm geraten?«

»Ach was. Wladek arbeitet da nicht. Sie haben ihn geholt, er ist im Gefängnis. Mit zwei Freunden hat er ein Auto geknackt. Er ist ein Bandit geworden. Er ist so einer wie die, die uns hier besucht haben. Kein Kind, ein Strolch, ein Verbrecher.«

Er schlug mit der bloßen Faust gegen das Schloss, als wollte er es mit der Hand herausschlagen, und schüttelte verzweifelt den Kopf hin und her.

»Das tut mir Leid«, sagte Willenbrock, »brauchst du Urlaub? Willst du nach Hause fahren?«

»Wozu?«, knurrte Jurek, »ich muss Geld verdienen. Ich muss eine Familie ernähren, ich muss den Schaden bezahlen, ich muss die Strafe bezahlen. Wozu soll ich heimfahren? Dort habe ich keine Arbeit. Und der Junge ist bei der Miliz in guten Händen. Die werden ihm die Hosen stramm ziehen und einen Tritt verpassen, kein Problem. Vielleicht bringt ihn das zur Vernunft.«

»Ja, vielleicht. Und wahrscheinlich geht es deinem Jungen bei der Miliz besser als bei dir.«

»Ja, Chef.«

»Du bist zu ungeduldig mit deinem Wladek.«

»Wissen Sie, Chef, man sollte den Schurken eine Hand abhacken. Wie in der Türkei oder in Arabien.«

»Bist du noch bei Trost, Jurek? Um Gottes willen, was sind das für mittelalterliche Vorstellungen.«

»Die Hand abhacken. Die Hand, die nach fremdem Eigentum gegriffen hat.«

»Bei deinem eigenen Sohn? Willst du wirklich, dass man deinem Sohn eine Hand abhackt? Dass er zum Krüppel wird? Ein Leben lang ein Krüppel, wegen einer einzigen Dummheit?«

»Lieber ohne eine Hand als mit einer Sünde, Chef. Besser mit einer Hand weniger in das Paradies als mit beiden Händen in die Hölle.«

Willenbrock betrachtete den Polen nachdenklich. »Aber dein eigener Sohn?«, fragte er zweifelnd, und da Jurek nichts erwiderte, lachte er auf und fuhr fort: »Freilich, wenn du an die Ewigkeit denkst, dann ist eine verlorene Hand vielleicht keine zu teure Eintrittskarte. Nur auf Erden ist es etwas beschwerlich.«

Er blieb neben dem Auto stehen, sah Jurek bei der Arbeit zu und wartete. Dann fragte er: »Und was ist mit Pasewald, was soll ich mit dem anfangen? Eine Versicherung hilft nichts, die Polizei hilft nichts, ein Nachtwächter hilft nichts. Was soll ich tun, Jurek?«

Jurek hatte das Türschloss ausgebaut und bemühte sich, mit einer winzigen Taschenlampe die Zerstörungen in der Einfassung festzustellen. Er nahm das ausgebaute Schloss, versuchte den Schlüssel einzuführen, hielt das Schloss gegen den Himmel, um hindurchzusehen, dann sah er Willenbrock an: »Bei uns zu Hause, da arrangiert man sich. Zwei Freunde von mir haben sich arrangiert. Sie bezahlen, Chef, Sie verstehen?«

»Was bezahlen sie? An wen bezahlen sie? Die Mafia?«

»Ach, Chef, wo leben wir denn? Nein, das ist keine Mafia. Das sind einfach ein paar Gauner, die vom Verbrechen leben. Aber sie helfen meinen Freunden zu überleben. Das ist alles.«

»Und das findest du in Ordnung, Jurek? Ausgerechnet du?«

»Das habe ich nicht gesagt. Sie haben mich gefragt, und ich erzähle Ihnen, was meine Freunde machen, wie sie sich schützen. In Ordnung ist das nicht. Aber was in dieser Welt ist schon in Ordnung?«

Er warf das Schloss auf einen Putzlappen. »Fragen Sie Pasewald, Chef. Soll er sagen, ob er hier die Nacht verbringen will. Und kaufen Sie ihm eine Pistole.«

Er nahm aus seinem Werkzeugkoffer eine Pappschachtel, riss sie auf und schüttelte ein Schloss heraus, das er neben das ausgebaute legte und sorgsam mit ihm verglich. Willenbrock wandte sich wortlos ab und ging in sein Büro. Er setzte sich an den Schreibtisch, klappte seine Datenbank auf, schaltete sie ein und griff nach dem Telefonhörer.

Am späten Nachmittag sagte er dem Polen, dass er selbst auf Pasewald warten würde und er nach Hause gehen könnte. Wenn der Nachtwächter nicht auftauchte, was er hoffte, würde er alles verschließen und die nächtliche Aufsicht dem Herrgott überlassen, was ihm mittlerweile der einzige sichere Schutz erschiene. Jurek missfiel die missbräuchliche Anrufung Gottes, aber er nickte nur und zog sich um.

Pünktlich um sieben erschien Pasewald auf dem Hof. Am Kopf und an einer Hand trug er Pflaster. Willenbrock erkundigte sich, was der Arzt gesagt habe.

»Es ist alles in Ordnung«, sagte Pasewald.

»Und dein Hund?«

»Ich werde ihn beerdigen. In meinem Garten«, antwortete der Nachtwächter. Er war verlegen, Willenbrock bemerkte, dass er etwas auf dem Herzen hatte und sah ihn erwartungsvoll an.

»Es tut mir Leid«, begann Pasewald zögernd, »ich habe versagt. Ich weiß nicht, ob du mich weiter beschäftigen willst. Einen neuen Hund werde ich mir so bald nicht wieder anschaffen, aber bei einem Überfall und gegen so viele, da bin ich machtlos.«

»Den Hund bezahle ich. Such dir ein gutes Tier aus, du bist doch da ein Fachmann, ich bezahle dir, was es kostet. Und sag nicht, du hättest versagt, das ist Unsinn, Fritz. Was mir Sorgen macht, das ist, dass ich nicht mehr ruhig schlafen kann, wenn du hier nachts allein sitzt. Und beim nächsten Mal, da geht es vielleicht nicht so glimpflich ab.«

»Mach dir keine Gedanken, Chef. Ich bin alt genug, ich kann für mich selber einstehen. Und dass ich nicht tollkühn bin, das hast du ja letzte Nacht gemerkt. Ich habe einen Fehler gemacht, ich hätte nicht rausrennen dürfen. Ich hätte mich einschließen sollen und die Polizei anrufen. Vielleicht wäre dann nichts an den Autos passiert. Und mein Catcher würde noch leben.«

»Ich fühle mich nicht wohl in meiner Haut, Fritz. Ich werde dich nicht entlassen, auf keinen Fall, aber wenn du kündigst, ich könnte es verstehen.«

»Ich bin keine große Hilfe, ich weiß. Aber mir gefällt die Arbeit. Ich bin gern hier, lieber als zu Hause.«

Willenbrock nickte, nahm seine Aktentasche und verabschiedete sich. Als er sich in sein Fahrzeug setzte und vom Hof fahren wollte, kam Pasewald zu ihm.

»Ach, noch etwas, Chef. Der Frau habe ich nichts erzählt. Ich habe ihr gesagt, ein Auto habe den Hund überfahren. Ich will ihr das nicht erzählen. Sie schläft sonst nicht, wenn ich hier bin. Du weißt doch, die Frauen haben immer Angst.«

»Ich habe auch Angst um dich, Fritz«, sagte Willenbrock, ließ die Fensterscheibe hochfahren und fuhr los.

Zwei Tage später sagte er Jurek beim gemeinsamen Mittagessen, dass er am Nachmittag zur Bank fahre und danach einen Kunden aufsuchen müsse. Jurek nahm es schweigend zur Kenntnis und löffelte seine Dosensuppe.

»Was hast du von deinem Sohn gehört?«

Der Pole antwortete ihm nicht.

»Und was sagt deine Frau?«

»Sie jammert«, sagte er gleichmütig, »ich telefoniere jeden Tag mit ihr, und sie jammert immerzu das Gleiche.«

»Hilft deiner Frau jemand? Ein Nachbar? Oder die Kirche?«

»Die Nachbarn sind neidisch, weil ich in Deutschland eine Arbeit habe. Und die Kirche, die ist nicht mehr wie früher. Damals war sie gegen die Regierung, und wir haben uns alle gegenseitig geholfen, kein Problem. Und jetzt steht sie auf der anderen Seite. Sie hat kein Ohr mehr für uns, jetzt ist sie mächtig und taub geworden. Ich habe schon daran gedacht, aus der Kirche auszutreten, wenn es nicht eine Sünde wäre.«

»Sag mir, wenn du heimfahren willst. Das lässt sich alles einrichten.«

»Nein, Chef. Nicht nötig.«

Er legte den Löffel auf dem Teller ab, schob ihn zurück und schlug ein Kreuz. Seine Fingernägel waren schwarz von Öl und Wagenschmiere. Er schnippste eine Zigarette aus einer zusammengequetschten Packung, die er in seiner Brusttasche verwahrte.

»Früher waren wir stolz, mutig und arm«, sagte er, als er die Zigarette entzündete, die kurz aufflammte, da etwas Tabak herausgekrümelt war, »heute sind wir nur noch arm. Worauf können wir noch stolz sein? Ich bin froh, für einen Deutschen arbeiten zu können. Darauf bin ich stolz, Chef. Und so etwas sagt ein Pole. Das ist fast eine Sünde.«

»Es kommen wieder andere Zeiten, Jurek.«

»Ja. Sicher. Gewiss. Aber die muss ich hoffentlich nicht auch noch erleben.«

»Du bist ein bisschen verrückt, Jurek, weißt du das?«, sagte Willenbrock.

Er stand auf und zog sich seine Jacke an.

»In zwei, drei Stunden, denke ich, bin ich zurück. Vergiss nicht, den Wasserkocher auszustellen, wenn du fertig bist.«

»Mein Sohn ist ein Verbrecher, Chef. Er sitzt im Gefängnis, und nicht, weil er etwas gegen den Staat gesagt hat, nicht weil er Flugblätter verteilte wie wir damals.«

»Es sind andere Zeiten. Er ist nur ein dummer Junge, dem man die Hosen stramm ziehen wird.«

Der Pole drückte wortlos die Zigarette aus, stand auf und brühte sich einen Tee. Willenbrock verließ das Büro. In der Bank beriet er sich mit einer Anlageberaterin und bat sie, ihm verschiedene Papiere zu kaufen. Dann setzte er sich in seinen Wagen, sah die ihm mitgegebenen Prospekte und Angebote durch, nahm sein Telefon aus der Tasche und wählte eine Nummer. Als sich eine Männerstimme meldete, unterbrach er wortlos die Verbindung, suchte im Adressenverzeichnis nach einer Telefonnummer und wählte erneut. Eine Frau meldete sich, sie war überrascht, seine Stimme zu hören. Willenbrock entschuldigte sich für sein langes Schweigen, sagte etwas über einen Arbeitstag ohne Feierabend und erkundigte sich, ob er noch willkommen sei.

»Ich habe Sehnsucht nach dir«, sagte er vergnügt. »Ich habe Lust, dich zu sehen.«

Er hörte sich an, was sie ihm zu sagen und vorzuwerfen hatte und wiederholte, dass er an sie gedacht hätte. Schließlich unterbrach er sie und sagte, sie müsse ihm das nicht alles am Telefon erzählen, er würde sofort bei ihr erscheinen, dann könne sie ihm alles an den Kopf werfen, was sie auf der Seele habe. Er verstaute das Telefon in der Lederjacke und startete den Wagen. Am alten Museum parkte er den Wagen, am

Parkscheinautomat stand er einen Moment unschlüssig und überlegte, dann warf er Münzen für zwei Stunden ein. Er lief zu den Wohnhäusern am Spreeufer. In der Eingangstür saß ein Pärchen mit einem Schäferhund, die ihm den Weg verstellten. Beide trugen sie schmutzige olivgrüne Parker, ihre Haare waren grellrot und gelb gefärbt. Willenbrock blieb wortlos vor ihnen stehen und wartete darauf, dass sie den Eingang freigaben. Sie verlangten fünf Mark von ihm, er gab ihnen eine Mark und warf die Münze auf ihren Kleidersack. Sie sahen das Geldstück nur an, ohne es aufzuheben, nannten ihn einen Geizhals, zogen aber ihre Füße soweit zurück, dass er ins Haus gehen konnte. Im zweiten Stock klingelte er an einer Wohnungstür, trat einen Schritt zurück und wickelte die mitgebrachten Rosen aus. Eine junge Frau mit hochgesteckten blonden Haaren öffnete die Tür, sah ihn schweigend an und musterte die Blumen. Sie trug Leggins und einen weiten, ausgewaschenen Pullover.

»Eine Rose lässt bereits den Kopf hängen«, sagte sie statt einer Begrüßung.

»Das bin ich«, sagte Willenbrock, »als wir telefonierten und du mir den Kopf gewaschen hast, verblühte diese Rose. Lässt du mich hinein?«

Die blonde Frau betrachtete ihn missmutig.

»Ich habe nicht viel Zeit«, sagte sie, »ich habe Nachtdienst und bin eben erst aufgestanden. Mit deinem Anruf vorhin hast du mich aus dem Bett geholt. Und hier ist alles in Unordnung. Na schön, komm rein. Auf einen Kaffee.«

Willenbrock drückte ihr den Strauß in die Hand und trat ein. Sie ließ ihn im Wohnzimmer Platz nehmen und ging in die Küche. Das Zimmer war ihm fremd, sie musste neue Möbel gekauft oder alles umgeräumt haben, aber er war sich dessen nicht sicher. Willenbrock erinnerte sich nicht an den Raum. Einen Moment blieb er unschlüssig stehen, dann ging er in die Küche.

»Kann ich dir helfen, Barbara?«, fragte er und streichelte ihre Schulter. Sie gab ihm Tassen in die Hand und brühte den Kaffee auf. Auf einen Teller legte sie zwei geröstete Scheiben Weißbrot, stellte die Kanne, den Teller und eine Zuckerdose auf ein Tablett und ging ins Wohnzimmer. Er folgte ihr.

»Entschuldige, aber ich habe noch nicht gefrühstückt«, sagte sie, goss in beide Tassen Kaffee ein und begann die trockenen gerösteten Brotscheiben zu essen.

Er wünschte ihr guten Appetit.

»Du wirst es nicht glauben«, sagte er, »ich habe jeden Tag an dich gedacht. Ich hatte immer Sehnsucht nach dir, Barbara. Buchstäblich jeden Tag.«

»Ich glaube es dir nicht«, sagte sie.

Sie brach sich ein Stück Brot ab und schob es in den Mund, während sie mehrere Löffel Zucker in die Tasse füllte.

»Nein, ich glaube es dir nicht. Jedenfalls habe ich es nicht bemerkt. Du hast dich genau sechs Monate nicht mehr gemeldet. Ein halbes Jahr. Ich habe nicht den Eindruck, dass du von Sehnsucht verzehrt wurdest.«

Er fuhr mit dem Finger die Muster der Tischdecke ab. »Ja, ich habe mich lange nicht gemeldet, ich weiß. Aber ich habe immer an dich gedacht.«

»Vielleicht bin ich inzwischen wieder verheiratet. Oder habe einen festen Freund. In einem halben Jahr passiert viel.«

»Das ist möglich. Bist du verheiratet? Hast du einen Freund?«

Sie antwortete ihm nicht. Sie goss sich Kaffee nach und schüttete wieder mehrere Löffel Zucker in die Tasse.

Das lang gezogene, traurige Tuten einer Schiffssirene unterbrach den Moment der Stille.

»Mir würde es nichts ausmachen«, sagte Willenbrock und fasste nach ihrer Hand.

»Aber mir«, sagte sie und entzog ihm die Hand.

Willenbrock wollte ihr erklären, weshalb er sich so lange

nicht hatte melden können. Er erzählte ihr von den Einbrüchen und den gestohlenen Autos, von den Gesprächen und Ratschlägen Krylows, von den nutzlosen Anzeigen bei der Polizei und dem Ärger mit der Versicherung. Die Frau hörte ihm uninteressiert zu. Sie holte sich einen weiteren Toast aus der Küche und begann, da er nicht aufhörte zu erzählen, sich mit Hilfe eines Taschenspiegels vor ihm zu schminken. Als sie damit fertig war, verstaute sie die Utensilien sorgfältig in ihrer Handtasche, trank den Kaffee aus und stand auf.

»Verzeih mir, wenn ich dich unterbreche, aber ich muss jetzt gehen«, sagte sie, »ich kann mir deine Geschichte nicht zu Ende anhören. Entschuldige.«

Willenbrock war überrascht. Er blickte auf die Armbanduhr und stammelte verlegen: »Ich rede und rede, vermutlich interessiert dich das alles einen Dreck. Ich wollte dir nur erklären, warum ich mich so lange nicht gemeldet habe.«

»Das hast du ja. Nun komm bitte.«

Willenbrock blieb trotzig sitzen: »Du wirst doch noch etwas Zeit für mich haben. Zehn Minuten, Barbara. Wir haben uns eine Ewigkeit nicht gesehen.«

»Ich hatte fast eine Stunde Zeit für dich. Du hast mir erzählt, was du auf dem Herzen hast. Jetzt muss ich gehen.«

Sie ging in den Korridor und öffnete einen Schrank. Den Pullover zog sie aus, stopfte ihn in eins der Fächer und suchte, nur mit Leggins bekleidet, nach einem Kleid. Vor dem Flurspiegel hielt sie es sich kurz vor, im Spiegel sah sie seinen Blick. Ohne sich um seine Anwesenheit zu kümmern, legte sie das Kleid auf eine Stuhllehne, zog ihre Leggins aus, prüfte den Sitz ihrer Unterhose und zog dann das Kleid über. Sie stieg in hochhackige Schuhe und zog einen Mantel an. Dann öffnete sie die Wohnungstür und wartete in der offenen Tür, bis Willenbrock erschien. Vor dem Haus versuchte er sie zum Abschied zu küssen, aber sie wandte ihren Kopf ab, so dass seine Lippen nur ihre Wange berührten.

»Ich hoffe, wir sehen uns.«

»Sicher«, sagte sie kühl. Dann strahlte sie ihn an und fügte hinzu: »Rufen Sie nicht an, ich rufe zurück.«

Sie wandte sich um und stolzierte mit erhobenem Kopf davon, ohne sich noch einmal nach Willenbrock umzudrehen. Als er im Auto saß, bemühte er sich, seinen Ärger runterzuschlucken. Er hatte eine Dummheit gemacht, er hatte sich über seine Schwierigkeiten und die Probleme in seiner Firma lang und breit ausgelassen, was keinen außer ihm selbst interessierte. Er hatte das Gefühl, sich kindisch benommen zu haben. Er war zu Barbara gefahren, um mit ihr zu schlafen, und sie hatte ihn in ihre Wohnung gelassen, was ihm, angesichts ihrer Verstimmung, als ein günstiges Vorzeichen erschienen war. Und dann hatte er begonnen, von den Überfällen zu erzählen und wie ein dummer Schulbub drauflosgeplaudert. Statt mit ihr einen Nachmittag im Bett zu verbringen, hatte er ihr die ganze Zeit mit seinen Unannehmlichkeiten in den Ohren gelegen und sich selbst zum Narren gemacht, mit Geschichten, die ihn in Wahrheit doch lediglich belästigten und nicht bedrohlich für ihn waren. Es war nur recht und billig, dass sie ihn hinausgeworfen hatte. Er würde sich anstrengen müssen, um diese Scharte wieder auszuwetzen, ein Strauß Rosen würde diesmal nicht ausreichen. Als er am Molkenmarkt vorbeikam, sah er Barbara, sie unterhielt sich mit einem jungen Mann. Er konnte ihr Gesicht sehen, sie wirkte munter und aufgeräumt. Er war auf diesen unbekannten Mann, von dem er nur den Rücken sah, sofort eifersüchtig, es ärgerte ihn, dass er Barbara offensichtlich gefiel, dass er sie zum Lachen brachte und die beiden vergnügt waren. »Du bist ein Idiot«, sagte er halblaut zu sich und starrte sie aus seinem Fenster heraus an. Er fuhr erst weiter, als der Fahrer hinter ihm mehrmals hupte.

10

Anfang April rief Susanne ihn im Büro an. Als er ihre Stimme hörte, wusste er, es war etwas passiert, denn sie rief ihn nie in der Firma an. Selbst von den beiden Einbrüchen wollte sie nichts wissen, und als er von dem Überfall auf Pasewald erzählte, bemerkte sie vorwurfsvoll, damit habe er bei seinem Unternehmen rechnen müssen.

»Du hast schlechte Nachrichten?«, erkundigte er sich, nachdem sie sich gemeldet hatte.

»Mama ist gestorben.«

Er hörte ihrer Stimme an, dass sie weinte.

»Ich bin in zehn Minuten bei dir, Liebe.«

Er gab Jurek Bescheid und fuhr zu ihr.

Die Beerdigung fand eine Woche später statt, an einem Sonnabend. Willenbrock war mit seiner Frau am Abend zuvor bei seinem Schwager eingetroffen. Die Geschwister hatten sich bei der Begrüßung nur umarmt und sich dann gegenseitig schweigend gemustert.

»Es ist besser so. Besser für sie«, sagte Fred, »nach dem Schlaganfall ging es rapide abwärts. Zum Schluss bekam sie kaum noch Luft.«

Er streichelte seiner Schwester die Wange. Dann führte er sie ins Haus. Willenbrock trug den Koffer hinterher und den riesigen Kranz, den er trotz des Protestes seiner Frau, sie wollte lediglich einen schlichten Blumenstrauß, gekauft hatte. Sie wohnten wieder im Gästezimmer. Die Dachwohnung, in der die verstorbene Mutter gelebt hatte, war bereits ausgeräumt und sollte in den nächsten Tagen tapeziert werden. Freds Tochter wollte in sie einziehen.

Nach dem Abendessen, bei dem ihnen Fred von den letzten Tagen und Stunden der Mutter berichtete und von den Vorbereitungen für die Beerdigung und dem geplanten Ablauf, ging Willenbrock mit seinem Schwager auf ein Bier in die

Dorfkneipe, um mit dem Besitzer der Gaststätte ein letztes Mal die Bewirtung der Trauergäste abzusprechen. Fred begrüßte alle Anwesenden mit Handschlag. Willenbrock bemerkte, dass die Männer ihn achtungsvoll und fast unterwürfig anredeten.

Nachdem sie sich an einen Tisch gesetzt und bestellt hatten, beugte sich Fred zu ihm und sagte:»Ich wollte nicht, dass Susanne es hört, aber die letzten Tage mit Mutter waren fürchterlich. Sie war völlig verwirrt, sie erkannte uns nicht mehr, lief den ganzen Tag durchs Haus und suchte etwas, frag mich nicht, was. Überall machte sie Licht, kramte in unseren Schränken und Schubläden herum, schaltete an allen Geräten herum. Ich hatte Angst. Ich fürchtete, sie brennt mir noch das Haus über dem Kopf ab. Und wir mussten aufpassen, dass sie nicht auf die Straße rennt, da hätte sonst was passieren können. Hier reden die Leute doch über alles und jedes, und so eine verwirrte Alte, das wäre das gefundene Fressen für die. Susanne weiß das nicht, sie muss das nicht wissen. Sie hing an ihrer Mutter, aber ihr habt auch nicht für sie sorgen müssen. Jedenfalls bin ich erleichtert, dass sie es überstanden hat. Sie und wir auch.«

Die Bedienung brachte die Biergläser, sie stießen miteinander an. Dann erzählte Fred von seiner Brunnenbaufirma, von einer langen und ärgerlichen Betriebsprüfung durch das Finanzamt, und gab seinem Schwager Ratschläge für den Umgang mit der Steuerbehörde. Als die Kellnerin ihnen ein weiteres Bier brachte und dabei vertraulich sich mit einer Hand auf Freds Schulter stützte, lächelte Willenbrock sie an. Nachdem sie gegangen war, unterbrach er den Redeschwall seines Schwagers und fragte ihn, ob er ein Verhältnis mit dem Mädchen habe.

Fred grinste, dann sagte er:»Denkst du nie an etwas anderes. Ich jedenfalls bin verheiratet.«

»Das ist mir bekannt«, erwiderte Willenbrock, »ich fragte

nach dem jungen Ding, die uns serviert hat. Sie ist hübsch.« Er sah dem Mädchen hinterher, dann drehte er sich zu seinem Schwager. »Oder ist das auf dem Dorf nicht möglich? Hier kennt jeder jeden, hier bleibt nichts verborgen, was?«

Fred Herlauf war empört: »Ich bin verheiratet, und morgen früh beerdigen wir meine Mutter. Und alles andere geht dich einen Scheißdreck an, denke ich.«

Willenbrock nickte: »So ist es, Schwager. Unsere Frauen warten, trinken wir das Bier aus und gehen.«

Fred rief die Kellnerin und bezahlte. Willenbrock stand auf und griff nach seiner Jacke. Die Kellnerin sprach ihn an und fragte, ob er bezahlen wolle. Er hatte vermutet, dass sein Schwager auch seine Zeche beglichen hätte und entschuldigte sich bei dem Mädchen. Er gab ihr das verlangte Geld. Die beiden Männer liefen schweigend nach Hause und setzten sich noch für eine halbe Stunde zu den beiden Frauen und der halbwüchsigen Tochter ins Wohnzimmer.

»Hat es Ärger gegeben?«, erkundigte sich Susanne.

Willenbrock schüttelte den Kopf, und Fred sagte: »Ärger? Nein, es gab keinen Ärger. Ich bin mir nur nicht sicher, ob dein Mann immer richtig tickt, Susanne.«

»Manchmal frage ich mich das auch«, erwiderte seine Schwester, »aber vielleicht sind Männer einfach etwas anders gestrickt. Bei den meisten fehlen ein paar Maschen.«

Das halbe Dorf nahm an der Beerdigung teil. Die wenigsten der Trauergemeinde hatten mit der Verstorbenen auch nur ein Gespräch geführt, aber man war es einem Nachbarn schuldig, zu einer Beerdigung zu gehen, zumal Fred Herlauf Unternehmer war und der wichtigste Arbeitgeber am Ort, mehrere Jahre hindurch auch ehrenamtlicher Bürgermeister. Zudem war es ein Sonnabend, an dem keiner arbeiten musste. Der Pfarrer begann seine Traueransprache mit einem Gedicht von Rilke und sprach dann von der Liebe der Kinder und Kindeskinder, in der die Verstorbene geborgen war und bleiben würde. Dreimal wurde der Name Fred Herlauf in der kurzen Ansprache genannt, und jedesmal schaute der Pfarrer dann flüchtig zu ihm, und die versammelten Gäste wandten die Köpfe. Willenbrock registrierte es belustigt. Nachdem der Sarg in das Erdloch gelassen war und einer von Freds Angestellten eine bronzene Schale mit Erde daneben aufgestellt hatte, trat Willenbrock ein paar Schritte zurück und ließ seine Frau bei ihrem Bruder und dessen Familie stehen. Er wollte sich nicht von wildfremden Leuten kondolieren lassen und wartete, abseits stehend und die langsam sich vorwärts bewegende Menschenschlange betrachtend, bis der letzte der Trauergemeinde den Familienmitgliedern die Hand gedrückt hatte. Dann ging er mit ihnen und mehreren Freunden und Bekannten von Fred zur Gaststätte.

Im Festsaal, einem Anbau, zu dem man durch den Gastraum gelangte, war für vierzig Personen eingedeckt. Da Susanne sich neben ihren Bruder gesetzt und rechts von ihr der Pfarrer Platz genommen hatte, suchte sich Willenbrock auf der anderen Tischseite einen freien Stuhl zwischen einem korpulenten rotgesichtigen Glatzkopf und einem dünnen Mädchen in einem dunklen Wollkleid. Er machte sich mit seinen Tischnachbarn bekannt.

»Familie?«, fragte der Glatzkopf und sagte, als Willenbrock zustimmend nickte, rasch und teilnahmslos: »Mein Beileid.« Dann wandte er sich von ihm ab und sprach mit einem anderen Glatzkopf quer über den Tisch. Die Bedienung stellte ohne zu fragen vor jeden der Männer ein Bier hin, die Frauen bekamen Kaffeetassen vorgesetzt, drei große blecherne Kaffeekannen wurden in die Tischmitte gestellt. Danach wurden Teller mit gekochtem Rindfleisch, gebratenem Schweinefleisch, Salzkartoffeln und Sauerkraut aufgetragen. Willenbrock versuchte, sich mit seiner jungen Tischnachbarin zu unterhalten, aber sie war wortkarg, dachte nach jeder ihr gestellten Frage lange nach und erwiderte schließlich: »Das weiß ich nicht.«

»Wieso weißt du nicht, ob du die Verstorbene kennst?«, erkundigte er sich verblüfft. Er sah sie aufmunternd an, doch sie senkte nur verschämt den Blick und sagte nach einigen Momenten lediglich: »Das weiß ich nicht.«

Nach dem Essen klopfte Fred an sein Glas, stand auf und dankte dem Pfarrer für seine Worte am Grab und seiner Frau für die selbstlose Pflege seiner nun verstorbenen Mutter. Dann dankte er allen Anwesenden für ihr Erscheinen und sagte, wer einen Schnaps oder Likör wolle, möge es der Bedienung sagen. Er setzte sich wieder und ließ zwei Zigarettenschachteln und ein Holzkistchen mit Zigarren herumgeben. Die Gäste nahmen ihr unterbrochenes Gespräch wieder auf, das Stimmengewirr wurde lauter als zuvor, nur Willenbrock und seine Frau saßen schweigend am Tisch, keiner sprach mit ihnen. Inmitten der vergnügter werdenden Gesellschaft saßen sie stumm dabei und hörten den Gesprächen der Einheimischen zu. Später standen die Gäste in Gruppen zusammen und sprachen über den Ausgang der Bürgermeisterwahl, über ihre Krankheiten und über einen Holländer, der einigen Familien im Dorf einen Riesenbesteckkasten verkauft hatte, den er angeblich auf einer Messe in Hannover vorgestellt hatte und wegen anfallender Zollgebühren nicht ausführen und daher weit unter Wert anbieten könne.

Fred Herlauf stand mit vier gewichtigen Männern zusammen, alle rauchten Zigarren, sie unterhielten sich laut und lachten plötzlich auf. Als sich Willenbrock der Gruppe näherte, hörte er, wie einer von ihnen, ein kleiner, sehr dicker Mann mit Schweinsäuglein, verkündete: »Meine Sekretärin hat sich auch über den Lohn beklagt. Ich habe ihr gesagt, Kindchen, jedes Mädchen sitzt auf einem Kapital, es muss nur mal den Hintern heben.«

Die fünf Männer lachten wieder dröhnend. Fred winkte Willenbrock heran, stellte ihn den anderen Männern vor, sagte, dass er in Berlin einen Gebrauchtwagenhandel betreibe.

Dann sagte er: »Weißt du, was mir der Horst gerade erzählt hat? Wir wollen mal hören, ob ihr in Berlin wirklich so schlau seid wie ihr tut. Sag mir mal, warum werden die Frauen seit dreitausend Jahren unterdrückt?«

Er strahlte Willenbrock an, die anderen vier Männer betrachteten ihn abschätzend und warteten auf seine Antwort.

»Sag es mir schon«, erwiderte Willenbrock.

»Weil es sich bewährt hat.« Fred und die Männer lachten wiederum dröhnend, Willenbrock verzog nur leicht den Mund.

»Hast du das verstanden, Bernd?«, fragte Fred und wiederholte dann: »Es hat sich bewährt.«

Willenbrock sah sich nach seiner Frau um, nickte dem Schwager zu und ging zu ihr. Er hörte, dass sein Schwager etwas flüsterte, wahrscheinlich sprach er über ihn. Die vier Männer lachten laut auf. Als er sich umwandte, sah er, dass alle ihm hinterherschauten.

Am Nachmittag wurden Kuchen und Torten serviert, kurz vor siebzehn Uhr löste Fred die Gesellschaft auf. Es dauerte einige Minuten, bis alle den Raum verlassen hatten, da sie sich mit einem Handschlag und ein paar Worten voneinander verabschiedeten.

Die Schwägerin ging mit den beiden Kindern und Susanne nach Haus. Der Schwager setzte sich an den Tisch zurück, er ließ sich die Rechnung bringen und trank mit Willenbrock und dem Wirt einen Kräuterschnaps.

Zu Hause wollte Fred mit Susanne und Bernd über das zu verteilende Erbe sprechen, aber Willenbrock bat, darüber nur mit Susanne zu sprechen, es sei eine Angelegenheit der Geschwister. Er ging aus dem Wohnzimmer und legte sich auf sein Bett. Als seine Frau ins Zimmer kam, war er eingeschlafen. Sie weckte ihn, da es Zeit war, zum Abendessen zu gehen. Er fragte sie, wie das Gespräch verlaufen sei, ob es etwas zum Verteilen gegeben hätte und sie übereingekommen wären. Susanne sagte, sie habe lediglich Mutters Ring und die alte Brosche genommen sowie das sorgfältig geführte und beschriftete Fotoalbum. Den Rest, so habe sie mit ihrem Bruder entschieden, sollten Freds Kinder bekommen, die Möbel und auch das Geld. Sie zeigte ihm die Schmuckstücke und das Album, Willenbrock sah sich alles uninteressiert an.

»Hauptsache, es gab keinen Streit zwischen euch«, sagte er lediglich. Dann stand er auf, wusch sein Gesicht mit kaltem Wasser und ging mit seiner Frau hinunter.

Am Abend spielten sie gemeinsam mit den Kindern Scrabble. Fred verabschiedete sich bald, er habe noch in seinem Arbeitszimmer zu tun, sagte er. Willenbrock hatte das Gefühl, dass er seinetwegen die Runde verließ, aber er sagte nichts und die Frauen warfen sich nur einen stillen, bedeutungsvollen Blick zu. Als sie ins Bett gingen, saß der Schwager noch immer an seinem Computer und sah kaum auf, als sie ihm eine gute Nacht wünschten.

Am nächsten Morgen, gleich nach dem Frühstück, fuhren sie zurück.

»Jetzt werden wir uns wohl noch seltener sehen«, meinte Freds Frau.

»Ihr könnt uns ja auch mal besuchen kommen«, erwiderte Susanne, »ihr wart ewig nicht bei uns. Unser neues Haus habt ihr noch nie gesehen.«

Fred nickte nur, stellte ihren Koffer ins Auto, umarmte seine Schwester und gab Willenbrock die Hand. Er ging ins Haus zurück, bevor der Wagen abgefahren war.

Bis sie die Autobahn erreichten, hielt Susanne den Autoatlas aufgeschlagen auf ihren Knien und wies ihren Mann ein. Dann klappte sie das Buch zusammen, verstaute es im Handschuhfach, sah aus dem Fenster und sagte: »Was hat dir mein Bruder getan? Warum kommt ihr zwei nicht miteinander aus?«

Willenbrock sah unverwandt auf die Straße, überlegte und

sagte dann: »Ich weiß nicht. Ich habe nichts gegen ihn. Er langweilt mich, das ist alles. Dein Bruder gehört zu den Menschen, die ein Steak essen wollen, aber gekränkt sind, weil sie das verfressene Geld nicht scheißen können.«

»Wir waren arm, und er hat sich alles selbst erarbeitet«, wandte seine Frau ein.

»Das zählt nicht«, erwiderte Willenbrock, »man kann sein Leben nicht damit verbringen, sich am Leben zu rächen.«

Auf dem Autohof gab es wie in jedem Frühjahr viel zu tun. Mehr Leute als sonst im Jahr boten ihm ihre Autos zum Kauf an, und fast jeden Morgen standen mehrere Autokäufer aus Osteuropa vor dem Zaun und warteten, dass das Tor geöffnet würde. Willenbrock schlug Jurek vor, einige Wagen in eine Werkstatt zu bringen, um sie dort reparieren zu lassen, aber das lehnte der Pole ab.

»Kein Problem. Ich bin besser und billiger, Chef«, sagte er und machte jeden Abend Überstunden, um die Fahrzeuge durchzusehen, Teile auszuwechseln, sie zu lackieren oder zu polieren.

Pasewald, der sich einen neuen Hund angeschafft hatte, einen noch jungen und verspielten Boxerrüden, musste in diesen Wochen nicht vor neun Uhr abends erscheinen, da Jurek noch so lange auf dem Hof zu tun hatte. Gelegentlich blieb auch Willenbrock länger und erledigte seine Schreibarbeiten in dem Bürowagen statt daheim, um nicht jeden Tag vor Jurek das Geschäft zu verlassen, oder er beschäftigte sich mit den Elektronikteilen, die er eingekauft und sich hatte schicken lassen, um eine automatisch arbeitende Überwachungsanlage für das Grundstück in Bugewitz zu bauen.

An den Sonnabenden fuhr er nach Geschäftsschluss mit seiner Frau wieder häufiger in das Landhaus am Stettiner Haff, arbeitete am Dach des Stallgebäudes, schnitt die Bäume aus, wozu er im Herbst nicht gekommen war, säuberte die Wiese und brachte mit seiner Frau den kleinen Kräutergarten in Ordnung. Am Abend saßen sie im Haus vor dem Kamin und lasen, Susanne las Unterhaltungsromane und Willenbrock blätterte in seinen Fliegerbüchern, las Biografien von Piloten und sah sich die Bände mit den Fotos von uralten, klapprigen Flugmaschinen an oder die Zeitschriften mit den neuesten Modellen.

In der ersten Maiwoche erhielt er von seinem Anwalt die Nachricht, dass er das Grundstück, auf dem sich sein Autohof befand, endlich kaufen könne und er, da die bereits früher unter Auflagen erteilte Baugenehmigung noch gültig sei, in wenigen Wochen mit dem Bau seines Autohauses beginnen könne. Willenbrock wollte nicht mehr warten, er rief umgehend Martens an, einen befreundeten Architekten, mit dem er bereits vor mehr als zwei Jahren über den geplanten Bau gesprochen hatte und von dessen Büro die notwendigen Zeichnungen und Unterlagen angefertigt und eingeholt worden waren. Da er seinen Autohandel auch während der Bauphase weiter betreiben wollte und daher täglich anwesend wäre, waren sie übereingekommen, dass Martens auch als Bauleiter nominell eingesetzt und Willenbrock selbst, im ständigen Kontakt mit ihm, die Bauausführung beaufsichtigen würde. Martens hatte sich von mehreren Baufirmen Angebote kommen lassen und bereits entschieden, einer Firma den Auftrag zu geben, mit der er schon viermal gearbeitet hatte. Willenbrock sagte, er möge der Firma grünes Licht geben, er möchte sein Autohaus noch in diesem Jahr fertig haben. Dann rief er eine Baubetreuungsfirma an und ließ sich mit einem Herrn Trichter verbinden. Er erkundigte sich, ob er das neben seinem Autohof liegende Grundstück für acht Monate anmieten könne und ob die Konditionen unverändert seien. Als der Firmenchef es bejahte, bat er ihn um die Zusendung eines Vertrages mit unmittelbarer Wirkung. Dann ging er zu Jurek in das ehemalige Gewächshaus und sprach mit ihm über den Bau und die dafür erforderlichen Veränderungen auf dem Hof. Innerhalb einer Woche hatte er einen Zaun mit einem weiteren Tor um das benachbarte Grundstück setzen, sich einen Anschluss für Kraftstrom legen und den Wohnwagen und die Fahrzeuge auf die neu angemietete Fläche umsetzen lassen.

Wenige Tage später begannen die Erdarbeiten. Ein Bagger hob das Erdreich für die Fundamente aus, und ein kleinerer zog Gräben für die Wasser- und Abwasserleitungen und die Kabel. Willenbrock beobachtete von seinem Bürowagen das Fortschreiten der Bauarbeiten auf dem Platz. Er hatte sich von Martens einen Ablaufplan für den Bau geben lassen, auf dem der Architekt all jene Leistungen hervorgehoben hatte, die Willenbrock kontrollieren und über die er ihm Bericht geben sollte. Mehrmals am Tag verließ er das Büro und ging zu den Bauarbeitern hinüber. Als betoniert wurde, blieb er die ganze Zeit daneben stehen und genoss den raschen Fortgang der Arbeiten. Jurek holte ihn nur, wenn ein Kauf oder Verkauf vereinbart war, er einen Vertrag auszufüllen oder Geld zu bezahlen oder entgegenzunehmen hatte. Der Bau machte ihm Spaß, er war glücklich. Den Bauarbeitern trat er misstrauisch und scheinbar unzufrieden gegenüber, lief beständig mit einem Zollstock in der Hand umher, ließ sich alles penibel erklären und fragte nach, wenn ihm etwas unklar oder unkorrekt erschien. In Wahrheit aber konnten selbst kleine Schwierigkeiten oder festgestellte Mängel, auf deren Beseitigung er umgehend beharrte, nicht das andauernde Hochgefühl zerstören, das ihn in den ersten Wochen erfüllte. Als er vor fünf Jahren sein Wohnhaus bauen ließ, war er anfangs auf eine ähnliche Art glücklich, die Probleme nahmen damals während des Baugeschehens zu, der Innenausbau hatte durch den Bankrott von zwei am Bau beteiligten Firmen viele Verzögerungen und Ärger gebracht, und er hoffte, durch Erfahrung gewitzt, sich dieses Mal besser abgesichert zu haben. Wenn ihn Kunden auf den Bau ansprachen, erzählte ihnen Willenbrock von dem Projekt, und wenn ihn jemand darum gebeten hätte, er wäre sofort mit ihm über die Baustelle gelaufen.

Fast jeden Abend erzählte er Susanne von dem Bau und versuchte sie zu überreden, am Abend oder einem Wochenende zum Autohof zu fahren, um ihr das entstehende Gebäude zu zeigen, aber sie lehnte ab. Wenn sie am Abend nach Hause kam, war sie müde, und am Wochenende wollte sie möglichst rasch zu ihrem Grundstück fahren. Mit ihrer Boutique machte sie noch immer keinen Gewinn, doch da sie oft geschäftlich unterwegs war und dann für Stunden den Laden hätte schließen müssen, hatte sie schweren Herzens ein junges Mädchen als Aushilfskraft eingestellt.

Krylow, der ihn bereits zweimal in diesem Jahr aufgesucht hatte, bot ihm an, Baumaterial zu besorgen, das weit unter den deutschen Preisen läge. Willenbrock fragte ihn, ob das russische Material Qualitätsware sei, er müsse da sicher sein, da man bei unter der Hand gelieferten Baumaterialien keine Gewährleistung einklagen könne. Krylow lachte und sagte, es sei deutsche Produktion und stets beste Qualität. Willenbrock telefonierte mit Martens, dann vereinbarte er mit Krylow, dass dieser ihm geschliffene Granitplatten für den Fußboden der gesamten Halle liefert.

»Aber ich brauche eine Rechnung«, sagte Willenbrock, »die Bank braucht die Rechnung, das Finanzamt. Ohne Rechnung nützt mir der feinste Naturstein nichts.«

»Natürlich«, nickte Krylow, »natürlich brauchen Sie eine Rechnung, ich weiß, ich kenne die Deutschen. Eine ordentliche Rechnung kostet dreihundert Mark, das ist billiger nicht zu haben, und daran verdiene ich keinen Pfennig. Wollen Sie sich die Rechnung nicht selber besorgen? Das wird billiger.«

»Ich habe in meinem Land offensichtlich nicht so gute Verbindungen wie Sie, Doktor Krylow. Ich nehme Ihren Stein, und ich kaufe Ihre Rechnung. Darf ich fragen, wieso können Sie mir den Fußboden so preiswert liefern? Fünfzig Prozent unter dem Marktpreis.«

»Fragen können Sie. Erwarten Sie tatsächlich eine Antwort, mein Freund?«

»Sind es Steine für Russland?«

Krylow schüttelte den Kopf: »Lieber deutscher Freund Willenbrock, sagen wir so: das Leben der Wirtschaft ist voller Wunder.«

II

In der Nacht zum 27. Juli wurde Willenbrock von einem leisen Knarren geweckt. Er war mit Susanne bereits am Vormittag in sein Landhaus gefahren und hatte bis in den Nachmittag
hinein mit dem Gartentraktor Gras gemäht und dann, nach
einem späten Mittagessen, mit seiner Frau einen langen Spaziergang durch den Wald gemacht, um nach den ersten Pilzen
zu suchen, nach Moorbirkenpilzen und Röhrlingen. Sie mussten mit dem Auto fahren, denn einige Wälder standen unter
Wasser. Ein Damm war von Unbekannten geschlitzt worden,
und eine riesige Waldfläche stand meterhoch unter Wasser. Im
Dorf sprach man seit Wochen über nichts anderes. Man
schimpfte über die Umweltschützer, die sich in den letzten
Jahren dafür eingesetzt hatten, ein trockengelegtes Moor wieder in den ursprünglichen Stand zu versetzen, und die nun
beschuldigt wurden, den Dammbruch herbeigeführt zu haben. Andere meinten, die ortsansässige Straßen- und Damm-
baufirma habe heimlich den alten Damm durchstochen, um
einen Neubau zu erzwingen, über den seit Jahren diskutiert
wurde. Da diese Firma der einzige Arbeitgeber im Ort war,
sprachen die Einwohner nur hinter vorgehaltener Hand darüber. Lediglich die Zugereisten und Bewohner der Wochen-
endhäuser, allen voran ein langmähniger Musiker, protestierten lautstark, stellten Schilder auf, sammelten Unterschriften
und errichteten Straßensperren, um die Öffentlichkeit auf das
Umweltverbrechen aufmerksam zu machen.

Nach dem Abendessen saßen beide vor dem Kamin. Während sie sich unterhielten und in die Flammen schauten,
blätterte Willenbrock in einem Katalog über Solaranlagen. Er
wollte das große Scheunendach, das noch immer nur notdürftig dichtgemacht war, decken und die gesamte Fläche mit
Modulen auslegen lassen, um das Landhaus vollständig ener-
gieunabhängig zu machen. Gegen elf waren sie im ebenerdi-

gen Schlafzimmer zu Bett gegangen, da es im oberen Schlafzimmer warm und stickig war, und bald eingeschlafen.

Als Willenbrock wach wurde, brauchte er einen Moment, sich zurechtzufinden. Er vernahm ein gedämpftes Schlurfen im Nebenzimmer. Augenblicklich war er hellwach. Er fasste behutsam zur Seite, um festzustellen, ob Susanne neben ihm lag oder ob sie es war, die gerade leise durch das Nebenzimmer schlich, um zur Toilette zu gehen. Noch bevor seine Hand Susanne berührte, wusste er, dass das verhaltene Geräusch nebenan nicht von seiner Frau und auch nicht von einer Maus oder einem anderen kleinen Tier herrührte. Es war jemand im Haus, direkt neben dem Schlafzimmer, wusste er plötzlich. Er hatte die Alarmanlage nicht scharfgestellt, er stellte sie nur ein, wenn sie das Haus verließen und nach Berlin zurückfuhren. Angespannt lag er im Bett, seine Gedanken rasten. Ihm fiel eine der Erzählungen von Genser ein, eine von dessen Sensationsgeschichten. Ein Profi, hatte Genser gesagt, tut dir nichts, wenn er sich nicht bedroht fühlt. Willenbrock dachte an Gensers Geschichte und entschied in Bruchteilen von Sekunden, dass der Einbrecher im Nebenzimmer vermutlich kein Profi sei. Es war nicht voraussehbar, wie er reagieren würde, wenn er entdeckte, dass zwei Menschen im Haus waren, und ob er kaltblütig genug wäre, es nur zu registrieren und sie, wenn sie regungslos im Bett blieben, nicht anzugreifen. Sicher war es ein jugendlicher Arbeitsloser aus einem der umliegenden Dörfer oder ein illegal eingereister Ausländer, der rasch ein Auto und etwas Geld benötigte, um in das Landesinnere zu kommen. Vielleicht hatte er auch nur Hunger und suchte nach Lebensmitteln. Willenbrock ahnte nicht, was der Einbrecher tun würde, wenn er in ihr Schlafzimmer käme und sie entdeckte. Er entschied, dass er nicht liegen bleiben durfte. Wäre der Einbrecher aggressiv und möglicherweise bewaffnet, und sollte er versuchen, sie anzugreifen, selbst wenn sie reglos im Bett bleiben würden, sie wären ihm völlig schutzlos ausgeliefert.

Willenbrock berührte sanft das Gesicht seiner Frau, schlafend wandte sie den Kopf weg. Er streichelte behutsam ihre Wange bis sie mit einem fast unhörbaren Seufzer erwachte.

»Still, sei ganz still.«

Er hatte die Hand auf ihre Schulter gelegt und spürte, wie sie plötzlich heftig zitterte.

»Bleib ruhig liegen«, flüsterte er ihr ins Ohr.

Er schlug langsam und jedes Geräusch vermeidend die Bettdecke zurück, stand auf und ging zur Zimmertür. Er fasste nach der Türklinke, um sie lautlos und unendlich langsam nieder zu drücken. Seine Hand klebte an der Klinke, sie war schweißnass. Als er die Tür einen Spalt geöffnet hatte, sah er einen Mann, der die Glastür des Vertikos geöffnet hatte, einer seiner Arme steckte tief in einem der Schrankfächer. Der Mann musste ihn gehört oder gespürt haben, er drehte sich um, sah ihn und sprang im gleichen Moment zurück. Mit drei Schritten war er in der daneben liegenden Wohnküche. Willenbrock schaltete das Licht an und wollte ihm hinterher rennen, als der Mann wieder im Zimmer erschien, in der rechten Hand hielt er eine zum Schlagen hochgehobene Eisenstange. Noch bevor Willenbrock zurückweichen konnte, traf ihn ein heftig geführter Schlag am Arm, die kurze Eisenstange glitt an seinem Körper herunter, ihre Spitze knallte auf den Fußboden. Willenbrock sprang in das Schlafzimmer zurück und drückte mit dem ganzen Körper gegen die Tür, um sie zuzuhalten. Seine Frau war aufgestanden, im Nachthemd stand sie neben dem Bett und schrie laut.

»Geh raus«, befahl er, »geh durch das Fenster. Ich komme nach.«

Das Türblatt erzitterte bei jedem Schlag, den der Eindringling mit dem Eisen gegen sie führte. Sie drohte zu splittern. Willenbrock rief seiner Frau nochmals zu, sie solle sich durch das Fenster ins Freie retten, aber er sah, dass sie nicht fähig war, sich zu rühren. Wie festgewachsen stand sie neben dem Bett, zitterte am ganzen Körper und schrie hysterisch. Sie würde nicht durch das Fenster fliehen, sie vermochte sich nicht zu bewegen, und Willenbrock musste seinen Plan, ihr, sobald sie hinausgesprungen war, zu folgen und bis zum benachbarten Bauernhaus zu rennen, um dort Hilfe zu holen oder die Polizei anzurufen, aufgeben. Im Türblatt waren bereits zwei Löcher, zwei längliche Risse von zersplittertem Holz. Er konnte sich nicht mehr lange gegen die Tür stemmen, die Türfüllung würde bald zerstört sein, so dass er die Schläge mit der Eisenstange direkt abbekäme. Er warf einen Blick auf Susanne, dann riss er die Tür auf und begann, so laut wie es ihm nur möglich war, zu brüllen. Irgendwie hatte er die Hoffnung, dass ihn die Bauern hören könnten, dass sie ihm helfen würden, obwohl das nächste Gehöft über dreihundert Meter entfernt war. Der Einbrecher wich, verblüfft über die unvermutete Attacke Willenbrocks, zurück. Das plötzliche Erscheinen Willenbrocks hatte ihn irritiert, er stand mit erhobener Eisenstange vor ihm, schlug aber nicht zu. Willenbrock funkelte ihn an und brüllte unablässig. Auch der Einbrecher hatte Angst. Willenbrock sah, dass seine Augen unruhig flackerten und durch den Raum irrten, auch er atmete heftig und mit geöffnetem Mund. Er hat panische Angst, sagte sich Willenbrock und brüllte weiter auf ihn ein. Er zitterte und war atemlos, aber er sah auch, dass der andere Mann aufgeregt war. Dann schlug der Einbrecher erneut zu und traf ihn an der Schulter. Willenbrock spürte, dass ihn das Eisen getroffen hatte, aber der Schlag schmerzte nicht. Im gleichen Moment registrierte er, dass er keinen der Schläge spürte. Der Mann holte erneut aus, Willenbrock versuchte, nach dem niedersausenden Eisen zu greifen, was ihm nicht gelang, das Eisen traf jetzt seinen Unterarm. Er ließ den Einbrecher nicht eine Sekunde aus den Augen und brüllte auf ihn ein. Jetzt schrie auch der Mann auf, er schrie etwas, was Willenbrock nicht verstehen konnte, da er selbst unentwegt und so laut es ihm möglich war brüllte. Aus der Wohnküche hörte er eine andere Stimme, sie klang aufgeregt und fordernd, doch Willenbrock wandte nicht den Kopf zur Seite, um keinen Blick von dem auf ihn einschlagenden Mann zu lassen. Er glaubte, slawische Worte vernommen zu haben und suchte fieberhaft nach geeigneten russischen Wendungen und Wörtern, die er willkürlich herausschrie, ohne auf ihre Bedeutung zu achten. Als das Eisen wieder klirrend auf dem Fußboden aufschlug, warf er einen kurzen Blick auf seine unmittelbare Umgebung, er suchte etwas, womit er sich verteidigen und die Schläge abwehren konnte, aber nur ein schwerer Sessel stand in seiner Nähe. Zwei weitere Schläge trafen ihn auf den erhobenen Unterarm, mit dem er seinen Kopf zu schützen suchte. Einen weiteren Schlag konnte er mit einem Schwenken der Tür abfangen. Das Holz splitterte vernehmlich und er bemühte sich, noch lauter zu brüllen. Die Stimme des anderen Mannes, den er noch nicht zu Gesicht bekommen hatte, war zu hören, es klang wie ein Befehl, und für Willenbrock schienen es eindeutig russische Laute zu sein. Der Mann vor ihm, fast einen ganzen Kopf kleiner als er selbst, wie er erst jetzt bemerkte, rief etwas zurück. Willenbrock merkte, dass der Mann verunsichert war. Er nutzte den Moment und ging trotz der ausholenden Eisenstange drohend und schreiend zwei Schritte auf ihn zu. Der Mann wich in die daneben liegende Wohnküche aus, Willenbrock knallte die Tür zu und stemmte sich dagegen, um das gewonnene Zimmer zu verteidigen. Mit aller Macht stemmte er sich gegen das Türblatt. Zwei Schläge, die von der Wohnküche aus mit großer Kraft gegen die Tür geführt wurden, ließen seinen Körper erzittern. Dann wurde es hinter der Tür ruhig, Willenbrock vernahm nichts mehr, und er hörte auf zu brüllen und lauschte. Er wandte den Kopf, um seine Frau nochmals aufzufordern, das Zimmer durch das Fenster zu verlassen, doch bevor er nur ein Wort gesagt hatte, fuhr eine Messerklinge durch das Türblatt, wenige Zentimeter von seinem Kopf entfernt. Hätte er nicht eine Sekunde zuvor den Kopf gedreht, um seiner Frau etwas zuzurufen, das Messer wäre in seine rechte Wange eingedrungen, da er sich mit dem ganzen Körper und dem Kopf gegen die Tür gestemmt hatte. Willenbrock erstarrte und blickte schwer atmend auf die Klinge vor seinem Gesicht. Als sie zurückgezogen wurde, stemmte er sich mit beiden Händen und ohne mit dem Druck auf die Tür nachzulassen, gegen die breite Holzeinfassung der Tür, deren massiver Rahmen ihn besser vor der Eisenstange und dem Messer schützen konnte, und verlagerte danach den ganzen Körper an den Türrand. Er hörte aufgeregte Stimmen hinter der Tür, die Männer sprachen hastig und heftig miteinander, jetzt war er davon überzeugt, dass sie russisch sprachen. Aus dem Schlafzimmer kam das gleichmäßige Wimmern seiner Frau. Willenbrock überlegte, was er tun sollte, was er überhaupt tun könnte. Er sah sich, an die Tür gelehnt, im Zimmer um, es war nirgends eine geeignete Waffe zu sehen, nicht einmal ein handlicher Küchenschemel war vorhanden. Er tat, als würde er telefonieren. Er fragte mehrmals laut, ob dort die Polizei sei, die Miliz, dann redete er darüber, dass er überfallen worden sei. Hooligans sagte er mehrmals, denn er erinnerte sich, dass das russische Wort sehr ähnlich klang, ein Lehnwort war. Er bat aufgeregt, die Polizei möge rasch kommen, und diesen Satz wiederholte er auf russisch und englisch. Dann rief er seiner Frau zu, die Polizei würde in wenigen Minuten eintreffen. Er sagte alles laut und überdeutlich, er hoffte, die Einbrecher würden es hören und könnten es verstehen, er hoffte aber auch, Susanne mit dieser unsinnigen Ankündigung zu beruhigen. Hinter der zugehaltenen Tür hörte er Schritte, jemand lief weg. Dann schlug wieder ein Eisen gegen die Tür, und ein Mann, der unmittelbar hinter der Tür stehen musste, rief zweimal einen kurzen russischen Satz, dessen Sinn er nicht entschlüsseln konnte. Dann schien auch der zweite Mann wegzugehen. Willenbrock hörte die raschen Schritte eines Mannes, der aus der

Wohnküche lief und durch den unteren Flur. Er hörte die hallenden Schritte auf den Fliesen des Vorraums. Vorsichtig neigte er den Kopf vor und presste seinen Kopf an die Holzfüllung der Tür, bereit, beim geringsten Geräusch den Kopf wegzureissen, um sich nicht einem erneuten Angriff mit dem Messer auszusetzen. Er hielt den Kopf dabei gesenkt und sah erst jetzt, dass er lediglich mit der Jacke seines Schlafanzugs bekleidet war, mit einer Jacke, die ihm kaum bis zur Leiste reichte. Er musste auf den Einbrecher einen grotesken, lächerlichen Eindruck gemacht haben, als er ihn zurückzudrängen suchte, ein nicht mehr ganz junger Mann, halb nackt und unbewaffnet, der fortwährend bedrohlich brüllte. Vorsichtig öffnete Willenbrock die Tür zur Wohnküche, das Zimmer war leer. Vor der Schwelle lag die kurze Eisenstange, mit der man auf ihn eingeschlagen hatte. Willenbrock fasste rasch nach ihr und verschloss dann die Tür wieder, sich erschöpft gegen sie lehnend und bemüht, zu Atem zu kommen.

»Es ist vorbei«, rief er Susanne zu, »sie sind verschwunden. Es ist überstanden.«

Dann lauschte er wieder an der zugehaltenen Tür nach verdächtigen Geräuschen. Er befürchtete, die Einbrecher hätten sich nur zurückgezogen, um darauf zu warten, dass er die Tür aufmachte und herauskäme, um ihn dann zu überfallen.

Das Wimmern seiner Frau ließ nach und verstummte schließlich. Nun war es ganz still im Haus. Willenbrock öffnete die Tür langsam, die Eisenstange hielt er fest umklammert. Er hörte sein Herz schlagen. Niemand war in der Wohnküche, die Tür zum Flur stand offen. Er wartete einige Sekunden, dann riss er die Tür ganz auf, lief in die Wohnküche und schaltete das Licht an. Er sah sich rasch um, das Eisen hielt er mit beiden Händen vor der Brust, um sofort losschlagen zu können. Er machte im Flur Licht und sah, dass auch die beiden Türen, die auf den Hof führten, sperrangelweit offen standen. Er ging zum Telefon, das auf dem Fensterbrett der Küche stand. Er nahm den Hörer ab und wählte den Notruf der Polizei, wobei er beim Wählen der Zahlen nur für Bruchteile von Sekunden auf die Tasten blickte, um stets das Zimmer, den beleuchteten Flur und die offen stehenden Ausgangstüren im Auge zu behalten. Sein Blick fiel dabei auch auf das Eisen, das er in der Hand hielt. Er bemerkte erst jetzt, dass es ein Kamineisen mit Messinggriff war wie es auch bei ihm neben dem Kaminofen oben im ersten Stock hing. Sie haben dich mit deinem eigenen Eisen fast totgeschlagen, dachte er. Den Telefonhörer presste er gegen sein Ohr. Er wurde ungeduldig, weil sich niemand meldete und im gleichen Moment erfasste er, dass überhaupt kein Rufzeichen zu hören war. Er tippte mehrmals auf die Unterbrechertaste, aber aus dem Hörer kam kein Laut. Er zog an der Telefonschnur, sie war fest in der Wand, es war keinerlei Zerstörung zu entdecken. Er legte den Hörer auf, fasste das Eisen fester und schlich in den Flur. Sich fortwährend nach allen Seiten umschauend, ging er vorsichtig die Treppe hoch. Oben öffnete er die Tür zu seinem kleinen Arbeitszimmer und wartete. Da sich nichts rührte, griff er um den Türrahmen herum, um das Licht anzuschalten, dann sprang er mit einem Satz in das Zimmer, das Eisen hoch erhoben. Es war niemand im Raum. Das Zimmer war durchwühlt, seine Aktentasche geöffnet. Als er sie aufhob, sah er sofort, dass sein Handy fehlte. Er lief rasch nach unten und ging ins Schlafzimmer. Das Licht ließ er überall brennen, die Türen offen stehen. Susanne saß im Nachthemd auf dem Bett und weinte tonlos.

»Zieh dich an«, sagte er, »wir müssen zum Nachbarn. Wir müssen Hilfe holen, die Polizei.«

Im Schlafzimmer schaltete er das Licht aus, er wollte die anderen Räume kontrollieren können und selbst nicht gesehen werden. Er ließ sich von Susanne seine Kleidungsstücke reichen und legte sie auf das Bettende, um nicht von der geöffneten Tür weggehen zu müssen und die benachbarten Zimmer einsehen zu können, während er sich ankleidete. Das Kamineisen legte er sorgsam auf das Bett ab, damit er jederzeit nach ihm greifen konnte. Als er angezogen war, blieb er hinter der geöffneten Tür stehen und wartete, bis seine Frau fertig war. Als sie gemeinsam das Schlafzimmer verließen, schaltete er auch hier die Deckenbeleuchtung ein. Im Flur zogen sie sich Mäntel an, von der Ablage neben der Kellertür nahm er die schwere, schwarzmetallene Taschenlampe herunter und schaltete die gesamte Hofbeleuchtung ein. Von der kleinen Veranda aus konnte er das Gehöft überblicken, es war niemand zu sehen.

Er bedeutete seiner Frau, noch einen Moment zu warten und trat allein vor die Tür. Er ließ den Strahl der Taschenlampe über das Gelände wandern, jede Ecke, jedes mögliche Versteck prüfte er sorgsam, danach ließ er den Lichtstrahl über die angrenzende Wiese bis zum Waldstück gleiten.

»Komm«, sagte er ohne sich umzudrehen, »wir können gehen.«

Sie gingen sehr schnell, sie rannten fast, das Licht der Taschenlampe ließ er unaufhörlich um sie herum kreisen, in der anderen Hand hielt er das Eisenstück umklammert.

Als der Hund des Nachbarn zu bellen begann, fühlte sich Willenbrock in Sicherheit. Er nahm das Eisen und die Taschenlampe in eine Hand, legte einen Arm um Susanne und sagte immer wieder: »Es ist gut, nun beruhige dich, wir haben es überstanden, Liebe.«

Am Gartentor versuchte er den wütend kläffenden Hund abzulenken, um ungefährdet den Klingelknopf drücken zu können. Er läutete mehrmals, dann leuchtete er wieder die Umgebung ab. Ein Fenster im Erdgeschoss wurde einen Spalt geöffnet, der Nachbar erkundigte sich schlaftrunken und mürrisch, wer da sei und was es gäbe.

»Wir sind es, Heiner. Wir sind überfallen worden«, sagte Willenbrock und bemühte sich, das Kläffen des Hundes zu übertönen.

»Was ist los?«, sagte der Nachbar hellwach.

Das Fenster wurde geschlossen, im Zimmer ging Licht an, die zugezogenen Gardinen bewegten sich. Willenbrock stand mit seiner Frau vor dem Gartentor, der Hund bellte pausenlos, sie warteten ungeduldig, mit der Taschenlampe immer wieder die Umgebung absuchend. Dann wurde in der Küche Licht gemacht, anschließend in der verglasten Veranda und auf dem Hof. Endlich erschien Heiner, der Nachbar, ein großer stämmiger Bauer mit verstrubbelten rötlichen Haaren. Er hatte sich angezogen, die bloßen Füße steckten in Holzpantinen. Er kam an den Zaun.

»Was sagst du? Was ist passiert?«

Er griff den Hund am Halsband, öffnete das Tor, winkte die beiden herein und ging mit ihnen in die Veranda.

Willenbrock berichtete kurz, was ihm zugestoßen war und dass sein Telefon tot sei. Heiner griff nach seinem Telefon, auch er hörte kein Rufzeichen.

»Wir fahren ins Dorf«, sagte er, »Susanne kann solange hier bleiben, bei Maria.«

Er ging in die Wohnung und kam mit dem Autoschlüssel zurück.

»Geh in die Küche«, sagte er zu Susanne, »Maria ist wach, sie ist gleich so weit. Und verschließ hinter uns die Haustür.«

Er ging mit Willenbrock auf den Hof, herrschte den aufgeregten Hund an und holte das Auto aus der Garage. Um vom Hof zu fahren, musste er das Tier an die Kette legen, damit er das Tor aufmachen konnte. Die beiden Männer waren bereits einige Meter gefahren, als Heiner den Rückwärtsgang einlegte, zurückfuhr, aus dem Auto stieg, das Tor verschloss und den Hund von der Kette ließ.

»So ist es sicherer«, sagte er zu Willenbrock, »man weiß ja nie.«

Langsam fuhren sie an Willenbrocks Gehöft vorbei. In fast allen Räumen brannte Licht. Beide suchten, ohne aus dem

Auto zu steigen, die Umgebung ab, sie konnten nichts Ungewöhnliches bemerken.

Im Dorf klingelten sie an einem Mehrfamilienhaus, in dem der Ortspolizist wohnte. Sie mussten lange warten, bis er sich über die Wechselsprechanlage unwirsch meldete.

»Komm runter«, sagte Heiner, »Willenbrock wurde von Gangstern überfallen. Komm runter und bring deine Waffe mit.«

Einen Moment blieb es still. Dann sagte der Polizist, dass er dafür nicht zuständig sei. Sie sollten mit dem Notruf der Polizei telefonieren, die wären zuständig und entsprechend ausgerüstet.

»Unsere Telefone sind kaputt, wir können nicht anrufen«, sagte Heiner.

Der Polizist verwies sie auf die öffentliche Telefonzelle auf dem Dorfplatz.

»Und wenn die Banditen die auch kaputtgemacht haben?« fragte Heiner.

Im kleinen Lautsprecher an der Tür knackte es, der Polizist hatte aufgelegt. Die beiden Männer sahen sich fassungslos an, sie gingen zum Wagen zurück. Als sie einstiegen, sagte der Bauer: »Ein faules Arschloch, so war er immer.«

Er fuhr zum Dorfplatz und hielt an der erleuchteten Telefonzelle. Willenbrock suchte in seinen Taschen nach Münzen, aber er hatte nichts bei sich. Er wollte Heiner fragen, als ihm einfiel, dass der Notruf auch ohne Münzen funktionieren müsste. Er wählte die Nummer, und nach dem ersten Rufzeichen meldete sich eine Männerstimme und fragte nach seinem Anliegen. Willenbrock bemühte sich, ruhig und geordnet von dem Überfall zu berichten. Der Beamte fragte ihn nach der Adresse und ließ sich den Weg beschreiben. Er versprach, dass ein Streifenwagen sofort losgeschickt werde. Willenbrock sagte, er halte sich solange bei seinem Nachbarn auf, ein Haus weiter, der Beamte notierte es. Die kurze Eisenstange hatte

Willenbrock während er telefonierte unter einen Arm geklemmt.

»Sie kommen gleich«, sagte er zu Heiner. Der Bauer nickte. Sie fuhren zurück. Heiner stellte das Auto in die Garage, holte aus dem Holzstall eine dicke Kette mit Schloss, um das Garagentor zusätzlich zu sichern und ließ den Hund, den er wiederum kurzzeitig angekettet hatte, frei.

Die Frauen hatten ihnen von der erleuchteten Veranda aus zugesehen. Susanne hatte sich etwas beruhigt und die Nachbarin zu besänftigen versucht, die der Überfall so aufgeregt hatte, dass sie Herzstiche bekam. Sie setzten sich in die Küche, und Willenbrock erzählte, wie er wach geworden war und sofort gespürt hatte, dass etwas Bedrohliches im Haus sei. Er erzählte den Nachbarn von dem Kampf, den erlittenen Schlägen und seinem Versuch, sich mittels der Tür zu wehren. Er strich die Ärmel zurück und rieb sich die getroffenen Stellen an seinen Oberarmen, die sich gerötet hatten und langsam zu schmerzen begannen. Alle paar Minuten ging der Nachbar an das Fenster im Wohnzimmer, öffnete es und schaute in Richtung von Willenbrocks Hof. Als die Lichter eines Wagens zu sehen waren und ein flackerndes Blaulicht, ging er mit Willenbrock und Susanne zu ihrem Haus.

Vor Willenbrocks Gehöft stand ein Streifenwagen, zwei Polizisten waren ausgestiegen und leuchteten mit Taschenlampen das Gelände ab. Sie ließen sich von Willenbrock über den Vorfall unterrichten, gingen dann in ihr Fahrzeug, um zu telefonieren.

»Die Kripo kommt«, sagte einer der Beamten, als sie ausstiegen. Sie gingen mit den Willenbrocks und dem Nachbarn durch das Haus, schalteten in den übrigen Räumen das Licht an und leuchteten mit den Taschenlampen die Ecken ab und die kleine Dachkammer. Im oberen Wohnzimmer war das Fliegenfenster an der Seite aufgeschlitzt, vermutlich waren die Einbrecher oder einer von ihnen dort eingestiegen. Neben dem Kamin lag ein meterlanges rostiges Winkeleisen, das vom Elektrozaun einer Koppel stammte. Das vierteilige Kaminbesteck, stabile Rundeisen mit Messinggriffen zum Reinigen des Kamins, war verschwunden. Weitere Schäden konnte Willenbrock nicht feststellen. In seinem Arbeitszimmer sah er rasch seine Aktentasche durch, außer dem Handy und einer kleinen ledernen Werkzeugtasche schien nichts zu fehlen.

Die Männer ließen alle Lampen brennen und gingen in den Hof. Die neue Eisentür im Stallgebäude, die Willenbrock im Frühjahr hatte einsetzen lassen, war an der Unterkante verbogen, die Einbrecher hatten vergeblich versucht, sie zu öffnen. Willenbrock schloss sie auf und schaltete das Licht an. Sein Auto stand unversehrt inmitten des gestapelten Baumaterials, der Steine, Sparren und Dachlatten. Er ging zum Wagen und probierte, die Türen zu öffnen, sie waren verschlossen. Die Polizisten leuchteten das aufgeschichtete Bauholz ab, dann verschloss Willenbrock den Stall, und sie gingen zur Scheune, deren Eingang lediglich mit Holzplatten zugestellt war. Da es in der Scheune kein elektrisches Licht gab, mussten die Männer sie mit ihren Taschenlampen absuchen. Die Beamten fragten Willenbrock, ob etwas fehle, ob irgendetwas verändert worden sei. Willenbrock verneinte. Susanne kam zu ihnen auf den Hof, sie fürchtete sich, allein im Haus zu bleiben. Willenbrock legte einen Arm um sie. Im Gras fanden sie eine Jacke, eine verschmutzte alte Arbeitsjoppe wie Bauarbeiter sie tragen. Willenbrock sagte auf Befragen, dass ihm die Jacke nicht gehöre. Er wollte sie aufheben, aber die Beamten baten, alles unberührt zu lassen. Ein paar Meter weiter fanden sie ein Messer-Set im Gras, das Willenbrock zwei Tage zuvor in einem Baumarkt gekauft und noch nicht weggeräumt, sondern in der Veranda liegen gelassen hatte. Die Einbrecher mussten es an sich genommen haben und bei ihrer Flucht verloren oder weggeworfen haben.

Hinter dem Gartentor hielt ein zweites Auto, eine Frau und

ein Mann stiegen aus und kamen auf den Hof. Die Frau stellte sich als Kommissarin Bühler vor, dann wies sie auf ihren Kollegen und sagte lediglich: »Mein Kollege.«

Willenbrock bat sie ins Haus. Der Nachbar verabschiedete sich. Willenbrock brachte ihn zum Gartentor, bedankte sich nochmals für seine Hilfe und entschuldigte sich für die nächtliche Störung.

»Nun mach mal so, dass es geht«, sagte der Bauer abwehrend, »dafür hat man doch einen Nachbarn, Bernd.«

Die vier Beamten setzten sich um den Tisch der Veranda. Die Kommissarin holte einen Taschencomputer heraus, stellte ihn an, und Willenbrock musste noch einmal den Hergang des Überfalls schildern, während die Frau mitschrieb. Als er von den Schlägen mit der Eisenstange berichtete und dabei seine Oberarme vorwies, fragte sie ihn, ob er die Ambulanz verständigt habe. Willenbrock hob beide Arme hoch, drehte und bewegte die Finger.

»Es ist nichts gebrochen«, sagte er.

Nachdem die Kommissarin ein Protokoll aufgenommen hatte, gingen sie gemeinsam durch alle Räume des Hauses, danach suchten sie wieder Stall, Scheune und Wiese ab. Willenbrock schloss ihnen alles auf und ging dann ins Haus zurück, um seine Frau zu überreden, sich hinzulegen, doch sie wehrte ab. Die Beamten kamen mit mehreren Plastikbeuteln zurück, in denen sie die im Garten gefundenen Gegenstände für die Spurensicherung geborgen hatten. Einer der Polizisten trug die drei anderen Eisenstangen des Kaminbestecks, die sie im Garten gefunden hatten. Er gab sie Willenbrock, da auf ihnen keine verwertbaren Fingerabdrücke abzunehmen waren. Auch diese zentimeterdicken Stangen waren verbogen. Unwillkürlich fasste Willenbrock bei ihrem Anblick nach den jetzt stärker schmerzenden und mittlerweile stark angeschwollenen Stellen an seinen Armen und der Schulter, wo er von dem Eisen getroffen worden war.

Im hinteren Teil des Gartens war der Drahtzaun vollständig aufgeschnitten und weiträumig geöffnet worden.

»Es wirkt sehr professionell«, sagte die Kommissarin, »die Kerle haben sich zuallererst eine sichere Fluchtmöglichkeit geschaffen, bevor sie ins Haus einstiegen.«

Nach ihrer Ansicht seien die Einbrecher irgendwann nach Einbruch der Dunkelheit in den Garten gekommen und hätten den Drahtzaun für eine möglicherweise überraschend notwendige Flucht präpariert. Dann hätten sie sich unter einen der Bäume gesetzt, darauf deuteten die dort aufgefundenen Handtücher, die sie von der Wäscheleine genommen haben müssen, um sich darauf zu setzen oder zu legen, und gewartet, bis das Licht im Haus verlischt. Sie hätten danach über zwei Stunden gewartet, bevor sie zuerst versuchten, in das verschlossene Stallgebäude einzudringen, in dem das Auto abgestellt war. Da sie die schwere und gut befestigte Eisentür nicht zu öffnen vermochten, hätten sie sich wohl entschlossen, in das Haus einzubrechen, um dort vermutlich nach den Schlüsseln für das Tor und das Auto zu suchen. Sie hätten gesehen, dass im ersten Stock ein Fenster offen stand, das lediglich mit einem Gazefliegenschutz versehen war. Einer der Männer sei auf das Glasdach der Terrasse im Garten gestiegen, die dort übereinander gestellten Gartenstühle verwiesen darauf, sei dann durch das offen stehende Fenster ins Haus gekommen, hätte die mitgebrachten Weidepfähle gegen das Kaminbesteck eingetauscht, sei in das Erdgeschoss hinabgestiegen und habe die Außentür mit dem innen steckenden Schlüssel geöffnet, um einen oder mehrere Mittäter einzulassen. Erkennbar sei auch an den aufgefundenen Gegenständen und gesicherten Spuren, dass die Täter bei ihrer Ankunft mit einer Zange oder Seitenschneider, mit Taschenlampen, Holzknüppeln und Brecheisen ausgerüstet gewesen sein müssen. Der Zaun sei sauber und spurenlos durchtrennt worden. Sie vermutete, dass zuvor auch die Oberlandleitung des Telefons für den Ortsteil durchschnitten wurde, das würde die Spurensicherung am nächsten Tag feststellen können. Die mitgebrachten Holzknüppel hätten sie vor dem Zaun abgelegt und sich stattdessen mit den dort gestapelten Winkeleisen des Elektrozauns bewaffnet. Derjenige Einbrecher, der durch das offen stehende Fenster im ersten Stock eingestiegen sei, hätte sein Winkeleisen in dem oberen Wohnzimmer abgelegt und sich stattdessen alle vier Kamineisen gegriffen. Er hätte diese, nachdem er die Haustür von innen aufgeschlossen habe, seinen Mittätern übergeben. Diese hätten ihrerseits die mitgebrachten Winkeleisen am Haus abgestellt, wobei bemerkenswert sei, dass sie diese nicht einfach fallen gelassen, sondern vorsorglich so neben die Steintreppen abgelegt hätten, dass sie bei einer über-raschenden und übereilten Flucht nicht über sie stolpern konn-ten. Wegen der vier Eisen, der vom Feld mitgebrachten Winkelstangen wie des Kaminwerkzeugs, sei von zumindest vier Tätern auszugehen. Die Kommissarin lobte Willenbrock, er hätte sich geradezu beispielhaft verhalten.

»Was haben Sie?«, fragte sie. »Ist Ihnen nicht gut? Wollen Sie sich hinlegen?«

»Ich frage mich nur, ob meine Knochen das wirklich aus-gehalten haben, wenn ich diese verbogenen Eisenstangen sehe. Vielleicht sollte ich mich doch noch röntgen lassen.«

»Tun Sie das. Bitte. Es wäre in jeder Hinsicht besser.«

Die Kommissarin bat ihre Kollegen vom Streifenwagen, den Rettungsdienst anzurufen. Der Mann stand auf und ging zum Auto. Willenbrock fragte, ob einer der Beamten im Haus bleiben könnte, bis er vom Krankhaus zurück sei, er würde seine Frau jetzt ungern allein lassen. Die Kommissarin ver-sprach, dass man auf ihn warten würde.

»Sie haben uns sehr geholfen. Danke. Ich bin jetzt viel ruhiger«, sagte Willenbrock.

»Das ist meine Arbeit. Aber Sie haben sich wirklich vor-züglich verhalten. Wie im Lehrbuch. Sie haben es sich selbst zu verdanken, dass alles so glimpflich ablief.«

Willenbrock protestierte: »Sie sagen mir das zwar schon zum dritten Mal, aber das ist, verzeihen Sie, das ist Unsinn. Ich hatte nur Glück, dass alles so ablief, wie ich es vermutete. Der Kerl, der auf mich einschlug, sah, dass ich völlig wehrlos war. Nur seine Kumpane, die anderen, die mich nicht sahen, habe ich durch mein Brüllen erschrecken können. Vielleicht sind die aus Angst vor meinem Geschrei abgehauen, und nur weil die getürmt sind, hat der Schläger ebenfalls Manschetten bekommen und ist verschwunden, obwohl ich völlig hilflos war. Es hätte auch anders ablaufen können, ganz anders. Wenn Sie im Nachthemd vor einem bewaffneten Banditen stehen, da gibt es kein richtiges Verhalten. Da muss man etwas tun, und das ist dann goldrichtig oder grundfalsch. Ich hatte lediglich Glück.«

»Sie sind nicht in Panik geraten, Herr Willenbrock. Das ist viel wert.«

»Das ist nicht richtig. Ich war in Panik. Anderenfalls wäre ich nach dem ersten Schlag mit dem Eisen zu Boden gegangen. Sagen Sie bloß nicht noch einmal, ich hätte mich richtig verhalten. Es gibt kein richtiges Verhalten in einer solchen Situation, auch wenn das in Ihren Lehrbüchern stehen sollte. Es hätte auch alles anders ablaufen können. Weniger glimpflich, wie Sie sagen. Ich hätte tot sein können. Oder wir beide.«

Die beiden Streifenpolizisten saßen stumm am Tisch und hörten interessiert zu und beobachteten die Arbeit ihrer Kollegen von der Kriminalpolizei. Sie tranken Kaffee, den ihnen Susanne hingestellt hatte und verfolgten mit unverhohlener Neugier die Aufnahme des Protokolls. Der Überfall war für sie eine wohl nicht unwillkommene Abwechslung bei ihrem nächtlichen Bereitschaftsdienst.

Die Tür stand offen, aus der Ferne war leise Musik zu hören. Die Kommissarin fragte Willenbrock, wer um diese Zeit hier Musik mache, denn eine Disko wäre hier doch sicher nicht.

»Das ist Wickert, ein Musiker aus Berlin«, sagte Willenbrock, »er hat häufig Gäste, und sie feiern die ganze Nacht durch.«

Die Kommissarin schlug vor, zu ihm zu gehen, vielleicht habe er oder seine Gäste etwas Auffälliges bemerkt. Sie bat Willenbrock, mit ihr zu gehen, ihr Kollege sollte im Haus bei Susanne bleiben. Einer der beiden Polizisten bot ihnen an, sie zu dem Grundstück zu fahren, und die Kommissarin und Willenbrock stiegen in den Streifenwagen.

Auf dem Grundstück des Musikers brannte ein Lagerfeuer, und mehrere Personen saßen drum herum, sie tranken Wein, und mehrere von ihnen hatten Instrumente bei sich. Als Willenbrock mit den beiden Beamten erschien, wurden sie freudig begrüßt, als habe man sie erwartet, doch als sie näher traten und die Gesellschaft die Polizeiuniform erkannte, verstummten die Gespräche, und alle starrten sie an. Drei Männer warfen rasch ihre Zigaretten in das Lagerfeuer und wedelten mit den Händen in der Luft umher. Ein großer Mann mit langen Haaren, die ihm über die Schulter reichten, fragte den Polizisten, was er wünsche und wieso er sein Grundstück betrete.

»Haben Sie einen Durchsuchungsbefehl?«, fragte er mit schwerer Zunge. Dann erkannte er seinen Nachbarn, gab ihm die Hand und erkundigte sich, ob sie zu laut gewesen wären.

Willenbrock verneinte.

Die Kommissarin erklärte kurz, weshalb sie gekommen waren, und fragte, ob sie fremde Personen gesehen oder irgendetwas Ungewöhnliches bemerkt hätten, doch keiner der Anwesenden konnte etwas sagen.

»Es waren Russen?«, fragte der Musiker, »towarischi?«

»Vermutlich«, sagte Willenbrock.

»Dann feiern Sie schön weiter«, sagte die Kommissarin und fügte grinsend hinzu: »Und rauchen Sie nicht zu viel. Das Zeug ist nicht gut.«

Als sie zu ihrem Auto gingen, begann einer der Musiker zu singen, andere fielen in den Gesang ein und bald, begleitet von zwei Gitarren und einer Geige, grölte die ganze Gesellschaft vergnügt ein russisches Volkslied.

»Ein lustiger Nachbar«, sagte die Kommissarin.

Willenbrock nickte.

Der Kollege der Kommissarin fragte, ob sie etwas erfahren konnten, sie schüttelte den Kopf und steckte sorgsam die im Garten und Haus gefundenen Beweisstücke in Plastikbeutel.

Als endlich der Krankenwagen auf der Straße hielt, stand Willenbrock auf und verabschiedete sich von seiner Frau. Die Kommissarin ging mit ihm hinaus. Der Fahrer und ein junger Arzt stiegen aus dem weißen Kombi und erkundigten sich, was vorgefallen sei. Die Frau bat sie, Willenbrock zum Röntgen zu fahren, der Arzt notierte etwas auf einem Formularblock, den er in der Hand hielt. Als die Kommissarin ihm etwas von einem Überfall erzählte, sagte er, dass sie zwei Männer auf der Landstraße in Richtung Anklam gesehen hätten. Sie waren ihnen aufgefallen, weil nachts um halb vier gewöhnlich keine Fußgänger dort anzutreffen seien.

Die Kommissarin ging zum Haus zurück, klopfte gegen die Fensterscheibe und winkte die Streifenpolizisten heraus. Sie informierte sie kurz und sagte, sie sollten losfahren und die beiden Spaziergänger kontrollieren.

Willenbrock stieg in den hinteren Teil des Krankenwagens und setzte sich auf die Querbank. Der Arzt fragte, ob er sich hinlegen wolle, Willenbrock verneinte. Noch bevor der weiße Kombi auf dem schmalen und unbefestigten Weg wenden konnte, waren die beiden Polizisten abgefahren. Fünf Minuten später, unterwegs nach Anklam, sah er das Polizeiauto am Straßenrand halten, die Polizisten waren ausgestiegen und sprachen mit zwei Männern, die sie mit ihren Taschenlampen anstrahlten. Willenbrock sah nur die Rücken der Männer, sie waren beide nicht sehr groß. Der Krankenwagen fuhr schnell an ihnen vorbei, er konnte sie aus dem Wagenfenster nicht erkennen.

In der Klinik wies der Nachtpförtner Willenbrock den Weg zur Röntgenabteilung. Er musste lange warten, bis laut gähnend ein älterer Arzt erschien, gefolgt von einer Schwester. Willenbrock erzählte mit wenigen Worten, was ihm zugestoßen war. Der Arzt hörte ihm mit halb geschlossenen Augen zu, dann sagte er der Schwester, was sie röntgen solle, und verschwand hinter einer Tür. Willenbrock folgte der Schwester in den Röntgenraum und entblößte seinen Oberkörper. Nach den Aufnahmen sollte er im Flur warten. Er setzte sich auf eine Bank und schloss die Augen, er versuchte zu schlafen, aber augenblicklich hatte er die nächtliche Szene in seinem Haus vor Augen und sah das angstvolle und verzweifelt entschlossene Gesicht des jungen Mannes, der auf ihn einschlug.

Der Arzt sprach ihn an und bat ihn, in sein Zimmer zu kommen. Er steckte die Röntgenaufnahmen an die Lichtwand, erklärte Willenbrock, was zu sehen sei, und sagte, dass nichts gebrochen sei. Die Schwellung würde in den nächsten Stunden zunehmen und erst in einigen Tagen oder auch Wochen abklingen. Er sollte sich bei seinem Hausarzt melden, möglicherweise gäbe es eine Knochenhautentzündung, das könnte schmerzhaft werden. Während er vor der Lichtwand stand, auf die Fotos blickte und sie erklärte, blieben seine Augen unverändert halb geschlossen, Willenbrock kam es so vor, als würde der Arzt im Schlaf reden. Er wandte sich Willenbrock zu und sah ihn an. Für einen Moment hoben sich die Augenlider, und Willenbrock konnte ihm in die Augen blicken, dann senkten sie sich wieder halb und der Arzt sprach weiter.

»Jede Woche«, sagte er, »jede Woche haben wir einen Fall wie Sie. Man sollte Mauern bauen. Überall Mauern, anders ist der Menschheit nicht beizukommen. Um Deutschland eine Mauer, um jedes Land. Und in Jugoslawien, Israel und in Nordirland ein paar Mauern mehr. Dann ist Ruhe. Wilde Bestien werden auch in Käfigen gehalten.«

Er schloss vollständig die Augen und schien vor der Lichtwand eingeschlafen zu sein, dann ging er wortlos aus dem Raum. Willenbrock wartete verwirrt einige Sekunden, dann suchte er die Krankenschwester, fragte, ob er hier fertig sei und wie er heimkommen solle, ob der Krankenwagen ihn zurückfahre.

»Für Heimfahrten ist die Ambulanz nicht zuständig«, erwiderte die Schwester und schrieb an ihrer Liste weiter.

»Und wie soll ich zurückkommen?«, Willenbrock war müde und gereizt und fühlte sich elend.

Die Schwester schrieb ungerührt weiter. Nach einigen Sekunden sah sie auf, zog seufzend eine Schublade auf, füllte einen Transportschein aus und gab ihn Willenbrock. Sie sagte, er solle sich an der Pforte ein Taxi rufen lassen. Noch bevor Willenbrock den Raum verlassen hatte, klagte sie, dass ihr Krankenhaus nur wenige Transportscheine ausstellen dürfe, weil jeder Schein sie belaste, aber die Patienten würden alle nur an sich denken.

An der Pforte musste er warten, bis der Pförtner von seinem Rundgang oder von der Toilette zurückkehrte. Der Taxifahrer fragte ihn, als er einstieg, ob er selber bezahle oder ob er vom Krankenhaus einen Schein für die Fahrt habe. Als sie bereits aus der Stadt raus waren, sagte der Fahrer zu Willenbrock, es sei besser, er würde ihn bar bezahlen und sich von der Krankenkasse das Geld wiedergeben lassen, er habe mit diesen Scheinen zu viel Papierkram. Willenbrock erwiderte, er habe kein Geld bei sich. Der Taxifahrer schwieg verärgert. Willenbrock sah aus dem Fenster, er wollte nicht einschlafen, er fürchtete sich davor zu träumen, er hatte Angst, die Augen zu schließen. Der Himmel war von einem Hauch des kommenden Morgenrots schwach erhellt, ein kaum erkennbares Licht färbte bereits den schmalen Streifen zwischen den hochragenden schwarzen Bäumen der Allee.

Als das Taxi die kleine Anhöhe erreichte, hinter der sein

Gehöft lag und der Fahrer das hell erleuchtete Haus und das Polizeiauto sah, fragte er Willenbrock, was passiert sei.

»Ich wurde überfallen«, sagte Willenbrock gleichgültig.

Der Fahrer pfiff durch die Zähne, sah sich um und sagte: »Willkommen im Club.«

Als der Wagen hielt und Willenbrock aussteigen wollte, griff der Fahrer unter sein Lenkrad und holte eine Pistole hervor.

»Seitdem habe ich das immer bei mir.«

»Etwas gefährlich«, sagte Willenbrock, »so ein Ding kann nach hinten losgehen.«

Der Taxifahrer verstaute die Pistole. »Das ist meine Risikoversicherung. Sie beruhigt ungemein.«

Der Kollege der Kommissarin, dessen Namen Willenbrock nicht verstanden oder nicht gehört hatte, war bei Susanne geblieben. Sie fragte ihn, was die Untersuchung ergeben hätte, und dann sagte sie, dass die Polizisten die beiden Männer von der Landstraße festgenommen hätten. Sie seien mit ihnen zurückgekommen und hätten sie gebeten, die Männer, die im Fond des Wagens saßen, sich anzusehen, um sie zu identifizieren. Sie habe einen Blick auf die beiden geworfen, aber nichts sagen können, da sie ja die Männer im Haus nicht gesehen hatte. Sie sah dabei den Beamten an.

»Wir wollten nichts unversucht lassen«, erklärte dieser.

Er stand auf, erkundigte sich bei Willenbrock, ob alles in Ordnung sei, und sagte, dass er nun gehen wolle. Willenbrock bedankte sich bei ihm. Er verschloss hinter dem Polizisten sorgsam die Haustür, dann ging er mit Susanne durch das Haus, um die Lampen auszuschalten. Als sie sich ins Bett legten, dämmerte es bereits.

»Ich habe Angst«, sagte seine Frau, als sie bereits längere Zeit schweigend nebeneinander gelegen hatten, »ich habe Angst in diesem Haus.«

Willenbrock schwieg. Er wusste nichts zu erwidern.

Gegen elf wurden sie von einem Klopfen geweckt. Ein Streifenwagen stand auf der Straße, und ein Polizist bat Willenbrock und seine Frau mit ihnen auf das Revier zu fahren. Man habe die vermutlichen Einbrecher gefasst und wolle eine Gegenüberstellung vornehmen. Willenbrock fragte, ob es die beiden von der Landstraße seien, die man in der Nacht aufgegriffen hätte, aber dazu konnte der Polizist nichts sagen. Er habe nur den Auftrag das Ehepaar Willenbrock zu einer Gegenüberstellung abzuholen. Willenbrock sagte, dass seine Frau keinen der Einbrecher während des Überfalls gesehen habe und daher auch niemanden wieder erkennen könne, aber der Polizist bat sie beide mitzukommen. Er habe den Auftrag, sie zum Revier zu bringen. Willenbrock war zu müde, um den Polizisten begreiflich machen zu können, dass seine Frau keinen identifizieren könnte. Er bat die Polizisten um einen Moment Geduld und ging ins Schlafzimmer zurück. Sie wuschen sich, zogen sich an, aßen ein Brötchen vom Vortag und stiegen dann in das Polizeiauto.

Das Polizeigebäude, zu dem man sie fuhr, war ein großes, zweistöckiges Bürogebäude mit einem Hof davor, der voller Autos stand. Die Polizisten brachten sie in das Haus und meldeten sich am Eingang bei einem Kollegen. Zusammen stiegen sie eine Treppe hoch, ein uniformierter Polizeioffizier kam bereits im Gang auf sie zu, stellte sich als Leiter der Dienststelle vor und bat sie in sein Zimmer. Er sagte, dass die beiden Festgenommenen keinerlei Sachen mit sich geführt hätten, weder entwendete Gegenstände aus dem Haus der Willenbrocks noch irgendwelche persönlichen Dinge. Sie besäßen nicht einmal irgendwelche Personalpapiere, vermutlich hätten sie alles vor ihrer Festnahme weggeworfen. Er habe einen Streifenwagen angewiesen, den Aufgreifort abzusuchen, doch die Beamten hätten nichts gefunden. Die Personalien der Aufgegriffenen jedoch hätten sie bereits mittels ihrer Fingerabdrücke vom Computer erhalten. Es handele sich um die

Brüder Andrej und Artur Gatschiev aus Moskau, die behörd-licherseits längst erfasst seien, auch wenn sie bisher nur in ihrer Heimat auffällig geworden waren.

Der Offizier bat das Ehepaar, sich die Aufgegriffenen anzu-sehen, um die nächtlichen Einbrecher gegebenenfalls zu iden-tifizieren.

»Oder um die beiden Brüder zu entlasten«, fügte er lachend hinzu.

»Es waren vier«, erwiderte Willenbrock, »es waren vier Männer in meinem Haus. Einen habe ich gesehen, von den anderen habe ich nur die Stimmen gehört, zwei oder drei fremde Stimmen, die miteinander russisch sprachen.«

»Wir haben nur zwei gefasst«, sagte der Offizier.

»Es müssen vier gewesen sein«, beharrte Willenbrock, »es waren vier Eisenstangen, vier Eisen zum Schlagen. Warum sollten sich die Einbrecher jeder mit zwei Eisen bewaffnen? Das macht keinen Sinn. Das wäre nicht praktisch. Meinen Sie nicht auch? Die Kommissarin sagte ebenfalls, es sind vier.«

»Meinetwegen. Heute geht es nur um zwei. Ich hoffe, Sie erkennen sie wieder.«

Er bat sie, auf dem Flur Platz zu nehmen. Willenbrock vermutete, dass sie in einen Raum geführt würden mit einem einseitig verspiegelten Glasfenster, hinter dem die Russen und weitere Personen aufgestellt wären. So hatte er es im Kino gesehen, wenn dort eine Gegenüberstellung gezeigt wurde.

Ein Beamter lief an ihnen vorbei und betrachtete sie neu-gierig. Er lief in den hinteren Teil des Ganges, schloss eine Tür auf und winkte einen Mann zu sich, dann öffnete er die Ne-bentür und zog einen weiteren jungen Mann heraus. Mit den beiden Männern kam er den Gang zurückgelaufen, und Wil-lenbrock begriff, dass dies die Gegenüberstellung sein sollte, dass die Männer die aufgegriffenen Brüder aus Moskau waren. Für einen Moment spürte er schmerzhaft seinen Herzschlag. Er sah sich nach Susanne um, sie hatte wohl im gleichen Moment wie er verstanden, dass es sich bei den beiden Männern um die Verdächtigen handeln musste. Sie wandte ihr Gesicht ab, sie wollte sie nicht ansehen. Willenbrock stand auf und ging den drei Männern entgegen, um sie aufzuhalten, um Susanne vor ihnen zu schützen. Die vier Männer, die Russen, der Polizist und Willenbrock, blieben im Gang stehen und sahen sich an. Die Russen waren jung, sehr jung. Der ältere war vielleicht fünfundzwanzig, sein Bruder mindestens fünf Jahre jünger. Beide waren sie klein, Willenbrock und der Beamte überragten sie um Kopflänge. Der jüngere der Brüder grinste Willenbrock verlegen an. Willenbrock wusste, dass er ihn noch nie gesehen hatte und wandte sich dem älteren zu, der ihm reglos in die Augen sah. Er schien unbeteiligt und gelangweilt zu sein.

Willenbrock spürte, wie ein Groll gegen die Polizisten in ihm hochstieg. Er hatte eine direkte, ungeschützte Gegenüberstellung nicht gewollt, er wäre damit nie einverstanden gewesen, er fühlte sich überrumpelt. Er wollte den Russen nicht in die Augen sehen, und vor allem wollte er nicht nochmals von ihnen gesehen werden.

Nun stand er ihnen gegenüber, und es war zu spät und zwecklos, jetzt zu protestieren. Er sah wütend zu dem Beamten, der darauf wartete, die Aufgegriffenen wieder einschliessen zu können, dann sah er zu dem älteren der beiden Russen. Er versuchte sich zu erinnern, aber er war unschlüssig. Es war jetzt alles völlig anders. In der Nacht stand ein Mann vor ihm, der mit einer Eisenstange auf ihn einschlug, aggressiv und verängstigt und wie er selbst in panischer Angst. Jetzt stand ein abgemagerter Mann vor ihm, ruhig und gelassen. Er befand sich im Polizeigewahrsam, und es ging keinerlei Bedrohung von ihm aus. Er wirkte eher hilflos und schutzbedürftig, so schmächtig wie er war, bekleidet mit dem dünnen Hemd und der schäbigen, billigen Hose.

Willenbrock war überrascht, wie klein der Mann vor ihm

war. Er versuchte, sich die nächtliche Szene in Erinnerung zu rufen, aber er vermochte nicht zu sagen, wie groß der auf ihn einschlagende Mann gewesen war, und von seiner Kleidung hatte er in dem Moment des Überfalls nichts wahrgenommen.

Ohne ein Wort zu sagen, drehte sich Willenbrock um und setzte sich vor Susanne, um sie ihren Blicken zu verbergen. Der Beamte brachte die beiden Russen in ihre Zimmer oder Zellen zurück und schloss sie ein, jeden für sich. Dann bat er das Ehepaar in sein Zimmer, um ein Protokoll aufzunehmen. Susanne wiederholte, dass sie keinen erkennen konnte, da sie die nächtlichen Einbrecher überhaupt nicht zu Gesicht bekommen hatte, und Willenbrock erklärte, dass er nicht sicher sei. Der ältere der Brüder könnte es gewesen sein, aber er könne es nicht beschwören. Er verlangte, dass die Fingerabdrücke verglichen würden. Die Kriminalisten hätten in der Nacht Abdrücke genommen, mit denen sie sehr zufrieden waren. Vom Glasdach der Terrasse, über das einer der Einbrecher ins Haus eingedrungen war, hatten sie besonders gute Fingerabdrücke gewonnen, da dort keinerlei andere Spuren den Abdruck beeinträchtigte. Auf Nachfragen des Polizisten wiederholte Willenbrock: »Ich bin mir nicht völlig sicher. Er könnte es sein, aber ich will keinen Falschen beschuldigen. Vergleichen Sie die Fingerabdrücke.«

Der Beamte ging in das Nebenzimmer, um das Protokoll mit einer elektrischen Schreibmaschine zu tippen.

Willenbrock fragte seine Frau, ob das die beiden von gestern Nacht seien, die man ihr vorgeführt hatte, während er sich röntgen ließ. Susanne konnte es nicht sagen.

»Sie saßen im Auto. Ich konnte sie kaum erkennen. Ich wollte sie auch nicht sehen. Wozu auch? Ich hatte keinen von ihnen gesehen. Du hast ja alles allein gemacht. Ich habe ja nur geschrien. Das ist mir unangenehm, weil ich dir überhaupt keine Hilfe war.«

»Wir haben beide nur geschrien. Darum hat uns die Kommissarin so gelobt. Scheinbar gibt es nichts Besseres bei einem Überfall als laut zu schreien. Jedenfalls scheint das die Kommissarin zu meinen.«

Durch die geöffnete Tür konnte Willenbrock den Beamten sehen, der umständlich ein Papier mit mehreren Durchschlägen in die Maschine einspannte, es ausrichtete, dann die Bögen überprüfte, das Papierbündel wieder herausnahm, um einen Bogen des Kohlepapiers zu wenden, und schließlich seinen aufgeschriebenen Text abtippte, mühevoll Buchstaben für Buchstaben suchend.

»Die Schlüssel«, sagte Willenbrock plötzlich.

»Was meinst du?«

»Sie haben die Schlüssel«, sagte Willenbrock, »auf dem Regulator lagen der Autoschlüssel und das Portmonee, die haben sie nicht gefunden. Aber die Schlüssel für unser Haus in Berlin und für den Autohof haben sie. Sie waren im Glasschrank und waren heute früh nicht mehr da. Ich bin mir ganz sicher. Als ich zur Toilette ging, fiel es mir auf. Ich sah es nur im Vorbeigehen, aber ich bin sicher, die Schlüssel sind weg.«

»Was wollen wir machen. Sag es der Polizei, sag es ihnen.«

»Ja, aber was hilft das. Wir müssen sofort nach Berlin. Wir müssen die Schlösser austauschen. Wenn es nicht schon zu spät ist. Es waren vier Männer. Vielleicht sind das hier zwei von ihnen. Aber wo sind die anderen?«

»Woher sollen sie unsere Adresse haben?«

»Ich weiß nicht. Was weiß ich? Aber ich muss nach Berlin.«

Er stand auf, ging in das Nachbarzimmer und fragte den unglücklich hinter der Schreibmaschine sitzenden Polizisten, wie lange es noch dauern würde. Der Beamte versprach, dass man sie gleich nach Hause fahren würde. Nach zwanzig Minuten kam er mit den Papierbögen zu ihnen, bat sie, alles sorgfältig durchzulesen und zu unterschreiben. Willenbrock starrte ungläubig auf das Papier, auf dem insgesamt acht Zeilen getippt waren. Der Beamte hatte eine halbe Stunde gebraucht, um acht Zeilen mit der Schreibmaschine zu tippen. Als er den Text durchgelesen hatte, protestierte Willenbrock. Er verlangte, dass der Polizist aufschreibe, was er gesagt habe. Es sei falsch, dass er die Männer nicht wieder erkannt habe, er sei sich nur nicht vollkommen sicher. Das sei etwas ganz anderes, und er bitte, das so zu notieren. Außerdem habe er einen Vergleich mit den Fingerabdrücken verlangt, davon stehe aber nichts in dem Protokoll. Und überdies seien sowohl ihr Name wie auch die Adresse falsch geschrieben, dass könne man bei der Gelegenheit ebenfalls korrigieren. Der Polizist nickte. Er nahm die Papiere an sich, ging in das Nebenzimmer, setzte sich vor die Maschine und stellte ein neues Bündel von Formularen und Kohlepapier zusammen. Er ordnete es sorgsam, richtete es mehrfach aus und spannte es in die Maschine. Jeden Buchstaben lange suchend und immer wieder intensiv das daneben liegende Blatt und die Personalpapiere studierend, tippte er erneut.

Willenbrock war nervös geworden. Er stand auf und lief unruhig im Zimmer auf und ab. Susanne bat ihn wiederholt, sich hinzusetzen, er reagierte nicht darauf. Als der Beamte nach einer halben Stunde endlich mit einem neuen Protokoll erschien und Willenbrock auch diesmal mit seiner dort festgehaltenen Aussage nicht einverstanden war, bat er um einen Stift, um den Text selber zu korrigieren. Der Beamte erwiderte, das sei nicht zulässig. Wenn er auch dieses Protokoll seiner Ansicht nach nicht unterschreiben könne, müsse er es eben noch einmal neu schreiben.

»Dafür habe ich aber keine Zeit«, sagte Willenbrock gereizt, »glauben Sie, ich kann den ganzen Tag in Ihrem Revier verbringen? Ausgerechnet heute?«

Er nahm dem Beamten den Kugelschreiber aus der Hand und unterschrieb das Protokoll. Er bat, so rasch wie möglich zu seinem Haus gefahren zu werden. Der Beamte versprach es ihm, doch es dauerte eine Viertelstunde, bevor ein Polizist in dem Raum erschien und fragend seinen Namen aufrief.

Auf der Heimfahrt hielt Willenbrock die Hand seiner Frau, er spürte, dass sie noch immer leicht zitterte. Vor ihnen saßen zwei kräftige, bullig wirkende Polizisten. Der Beifahrer trug eine Sonnenbrille, er hatte das Autofenster vollständig heruntergekurbelt und saß, den Ellbogen auf dem Fenster abgelegt und einen Kaugummi kauend, lässig zurückgelehnt im Sitz. Die Mütze hatte er zurückgeschoben. Er hat zu viel amerikanische Krimis gesehen, dachte Willenbrock.

»Was passiert mit den beiden Russen, die Sie festgenommen haben?«, fragte er die Polizisten.

Der Fahrer des Autos sagte: »Ich weiß es nicht. Die werden vermutlich abgeschoben. Sie werden an die polnische Grenze gebracht, den Kollegen übergeben, und dann geht es ab in die Heimat.«

»Sie meinen, die schieben sie lediglich ab? Das ist die ganze Strafe?«

»Ja.«

»Und einen Tag später sind sie wieder hier.«

»Das kann sein«, bestätigte der Beamte, »ist alles schon vorgekommen. Aber dann werden sie wieder abgeschoben. So sind nun einmal die Spielregeln.«

»Wieso kommen die zwei nicht ins Gefängnis? Immerhin haben sie versucht, mich totzuschlagen. Das war versuchter Totschlag, das ist meines Wissens ein Kapitalverbrechen, da kann man die Kriminellen nicht einfach abschieben.«

»Das haben wir nicht zu entscheiden«, sagte der Fahrer gleichmütig, »unsere Gefängnisse sind schon mit den eigenen Leuten überfüllt.«

»Deutsche Gefängnisse nur für Deutsche?«, fragte Willenbrock gereizt.

Die beiden Polizisten drehten sich kurz zu Willenbrock

um. »Könnte man nicht besser sagen«, antwortete der Fahrer ohne eine Miene zu verziehen.

Im Landhaus suchte Willenbrock nach seinem Schlüsselbund, doch es war, wie er vermutet hatte, verschwunden. Susanne sah in ihrer Handtasche nach, erleichtert zog sie ihre Wohnungsschlüssel hervor. Er drängte sie zum Aufbruch und zusammen mit ihr packte er die Taschen und den Korb ein. Dann verschloss er sorgsam das Haus. Bevor sie den Ortsteil des Dorfes verließen, fuhren sie noch zu Heiner, um sich nochmals für seine Hilfe zu bedanken und ihm zu berichten, was inzwischen noch passiert sei. Heiner hörte ihm aufmerksam zu, seine Frau schüttelte nur immerzu den Kopf und sagte mehrfach zu ihrem Mann, dass das auch ihnen passieren könne.

»Nein«, entschied Heiner, »uns kann das nicht passieren. Bernd hat keinen Hund. Bei uns trauen die sich nicht auf den Hof.«

Willenbrock nickte. Er wollte den Nachbarn nichts von seinem Nachtwächter und dem Ende dessen Hundes erzählen.

Als sie in Richtung Berlin starteten und an ihrem Haus vorbeikamen, winkte ihnen Wickert zu, der langhaarige Musiker, den Willenbrock in der Nacht mit der Kommissarin aufgesucht hatte. Er gab ihnen mehrere Kreditkarten mit Susannes Namen, eine Telefonkarte und ein paar durchfeuchtete Zettel, die er zufällig bei einem Spaziergang am Straßenrand gefunden hatte, genau an der Stelle, wo man die Russen aufgegriffen und die angeblich eine Polizeistreife abgesucht hatte. Susanne hatte den Verlust noch nicht bemerkt. Dann zog Wickert ein Handy aus seiner Tasche und fragte, ob das auch ihres wäre, er hätte es ein paar Meter weiter gefunden. Willenbrock warf einen Blick darauf und bestätigte es. Sie bedankten sich bei dem Musiker.

»Das war eine schlimme Nacht für Sie?«, fragte Wickert. Seine Haare hatte er mit einem Gummiband zu einem Pferdeschwanz zusammengefasst.

»Ja«, sagte Willenbrock.

»Und wir haben uns wohl gestern Nacht nicht eben sehr nachbarlich verhalten«, fuhr der Musiker fort. Er lächelte verlegen.

»Schon gut«, sagte Willenbrock, »Sie konnten ja nicht wissen, was passiert war.«

»Ja, ich habe es erst heute Morgen gehört. Dumme Geschichte. Wir sahen nur die Bullen ankommen, und die sehen wir nicht so gern auf unserem Grundstück. Das müssen Sie verstehen. Wir haben unsere Erfahrungen.«

»Versteh ich.« Willenbrock nickte.

»Das russische Lied war wohl in dem Moment nicht so richtig, wie? Aber wir hatten keine Ahnung.«

Willenbrock nickte und stieg mit seiner Frau wieder ins Auto.

»Suliko war es, was wir gesungen haben. Suliko, wissen Sie, Stalins Lieblingslied«, erklärte der Langhaarige, »an und für sich ein schönes Lied.«

»Wenn es Stalins Lieblingslied war, dann hat es vielleicht den Gangstern gefallen«, meinte Willenbrock, »dann haben Sie es nicht ganz umsonst gesungen.«

»Sie haben ein Lied bei mir gut. Wann immer Sie wollen, ich komme und singe Ihnen eins.« Wickert war noch immer verlegen und Willenbrock nickte ihm aufmunternd zu.

»Ich melde mich wegen des Liedes«, sagte er und startete den Motor.

12

Sie waren am frühen Nachmittag wieder in der Stadt. Ihr Haus war unversehrt, es gab keinerlei Spuren, die auf einen Einbruch oder auch nur auf einen solchen Versuch hinwiesen. Willenbrock ging mit seiner Frau alle Zimmer ab, doch es gab nirgends einen Hinweis auf unerwünschte Besucher.

Willenbrock sagte, dass er noch zum Autohof fahren müsse, aber Susanne wollte nicht allein im Haus bleiben. So holte er die Taschen und den Korb aus dem Auto, das noch vor der Tür stand, und setzte sich in einen Sessel, während Susanne auspackte. Er war jetzt sehr müde. Irgendetwas wurde zerstört, dachte er, es wird nie mehr wie früher, irgendetwas ist vorbei. Er ließ seinen Blick durch das Wohnzimmer schweifen, als könnte er es dort entdecken. Aus seinem Schreibtisch nahm er das Bündel Ersatzschlüssel heraus und wartete vor dem Haus auf Susanne.

Vor dem umzäunten Gelände des Autohofs blieben sie stehen und musterten in der beginnenden Abenddämmerung die abgestellten Autos und den Wohnwagen. Willenbrock schloss das Tor auf und ging zu seinem Büro. Er sah durch das Fenster ins Innere des Wagens, bevor er die Treppe hochstieg, an der Tür klinkte und sie aufschloss. Im Büro war alles unberührt. Er wartete mit seiner Frau, bis Pasewald mit seinem Hund erschien. Willenbrock erzählte ihm lediglich, dass die Schlüssel verschwunden seien und bat ihn, das Tor zusätzlich mit einem Kettenschloss zu sichern, er würde am nächsten Tag alle Schlösser vorsichtshalber austauschen lassen. Pasewald erkundigte sich, ob er die Schlüssel verloren habe oder ob sie ihm absichtsvoll entwendet wurden. Willenbrock überlegte.

»Ich weiß es nicht. Sie wurden mir gestohlen, aber ich glaube nicht, dass der Dieb wissen kann, wo sie hingehören. Es ist wahrscheinlich eine unbegründete Sorge von mir, aber wir wollen sicher sein. Und pass heute Nacht besonders gut auf.«

Er sah zu seiner Frau, die ihn verwundert ansah. Im Auto

entschuldigte er sich bei ihr und erklärte, weshalb er Pasewald nichts von dem Überfall gesagt hatte.

»Ich wollte ihn nicht beunruhigen«, sagte er, »vielleicht bilden wir uns nur etwas ein. Und du hast endlich einmal meinen Neubau gesehen. Ich hoffe, er gefällt dir. Aber ich weiß ja, es interessiert dich nicht, sonst hätte ich ihn dir gezeigt.«

»Es ist heute kein guter Tag dafür«, bestätigte sie, »aber ein andermal sehe ich ihn mir gern an.«

Als sie losfuhren, sahen sie Pasewald, der eine dicke Kette um das Eisen des Gittertors legte. Sein Hund lief ihm unaufhörlich um die Beine.

Sie gingen bald zu Bett, da sie in der letzten Nacht wenig geschlafen hatten, aber obwohl sie beide müde und erschöpft waren, dauerte es lange, bis sie einschliefen. Willenbrock ertappte sich immer wieder dabei, dass er auf die Geräusche vor dem Haus lauschte.

Mitten in der Nacht wurde er plötzlich wach. Ohne sich zu bewegen, achtete er gespannt auf jeden Laut. Er bemerkte, dass auch Susanne aufgewacht war, und schaltete das Licht an. Er sah auf die Uhr, es war zwölf nach zwei.

»Es ist nichts«, sagte er beruhigend zu seiner Frau und streichelte ihre Stirn, »es ist nur genau die Zeit von gestern Nacht. Auf die Minute genau, glaube ich. Um diese Zeit wurde ich gestern geweckt, da begann der Tanz.«

Susanne bat ihn, mit ihr das Haus abzusuchen, sie würde andernfalls nicht mehr einschlafen können. Sie gingen ins Bad, zogen sich die Kimonos an, überprüften die Eingangstür, liefen dann durch alle Räume und knipsten das Licht an. Willenbrock schaltete die Außenbeleuchtung ein und starrte sekundenlang aus dem Fenster zum Hof und zur Garage.

Als sie wieder im Bett lagen, sagte Susanne, sie sollten das Landhaus verkaufen, sie würde dort nie wieder eine ruhige Minute verleben, sie könne dort nicht mehr schlafen, und allein würde sie dort keine Nacht mehr verbringen, dazu habe sie seit gestern viel zu viel Angst. Willenbrock wandte ein, dass sie künftig in jedem Haus damit rechnen müssten und sich nach diesem Überfall nirgends mehr so sicher fühlen könnten wie zuvor. Sie entschieden schließlich, dass sie ein halbes Jahr abwarten und erst dann eine Entscheidung über das Landhaus fällen wollten.

»Man hat mir etwas zerstört, was für mich unverletzbar war«, sagte Susanne, »einen Schutzraum, einen geschützten, einen intimen Raum. Ich werde mich nie wieder in einem Haus, in einer Wohnung völlig sicher fühlen können. Das ist es, was ich den Einbrechern nicht verzeihen kann. Nie verzeihen werde. Ich fühle mich wie entblößt, verstehst du?«

»Ja«, sagte Willenbrock gedehnt in die Dunkelheit des Zimmers, »etwas ist anders geworden.« Und nach einer Pause fügte er hinzu: »Aber vielleicht können wir es eines Tages vergessen. Vielleicht wird es irgendwann wie vorher sein.«

Seine Frau erwiderte nichts, sie schnaubte nur abweisend durch die Nase.

In den darauffolgenden Tagen sprachen sie nicht mehr über den Einbruch. Sie erwähnten ihn mit keinem Wort. Beide schienen es zu vermeiden, auf den nächtlichen Überfall auch nur andeutungsweise zu sprechen zu kommen, und als das nächste Wochenende nahte, richteten sie sich unabgesprochen darauf ein, in der Stadt zu bleiben und nicht zu ihrem Landhaus zu fahren. Nacht für Nacht wurden sie wach, stets um zwei Uhr. Wenn Willenbrock spürte, dass auch seine Frau schlaflos neben ihm lag, fasste er nach ihrer Hand und streichelte sie wortlos. Wenn sie zur Toilette gehen musste, bat sie ihn, mit ihr aufzustehen. Er ging voran, schaltete in den Zimmern das Licht an und wartete auf sie. Susanne war verlegen und entschuldigte sich bei ihm. Dann lagen sie eine Stunde schlaflos nebeneinander, versuchten ihre Unruhe zu besänftigen und wieder einzuschlafen.

Zweimal rief er zu dieser Zeit Pasewald an, weil er sich plötzlich um seinen Nachtwächter und den Autohof sorgte. Pasewald hatte sich erst nach mehrmaligem Klingeln gemeldet. Er war über den Anruf verwundert und sagte, es sei alles in Ordnung.

Den zweiten Anruf bedauerte Willenbrock bereits, bevor sich Pasewald meldete, und eine Sekunde überlegte er, den Hörer rasch aufzulegen. Als der Nachtwächter an den Apparat kam, fragte er ihn nach einer roten Mappe, die er angeblich auf seinem Schreibtisch vergessen habe, und entschuldigte sich für die Störung.

Am Mittwoch begann es zu regnen, und es regnete eine ganze Woche lang. Am Freitag wurde am späten Vormittag der Kran, mit dem die Arbeiter die Stützen und Binder des Neubaus aufgestellt hatten, vom Gelände gefahren. Ein Ingenieur der Baufirma erschien, um den Stand der Arbeiten zu kontrollieren. Willenbrock begleitete ihn auf seinem Rundgang und hörte schweigend zu, als der Mann mit den Bauarbeitern sprach und sie energisch aufforderte, den frischen Beton mit den eingelassenen Stützen besser abzudecken, um ihn vor dem andauernden Regen zu schützen.

»Das wird eine Prachthalle«, sagte der Ingenieur zu Willenbrock, als er die Klarsichthüllen mit den Unterlagen in seiner Tasche verstaute, »ein Tanzpalast. Hier sollten Sie nicht gebrauchte Autos hinstellen, sondern hübsche Mädchen auftreten lassen. Jedenfalls wir tun unser Bestes.«

Er gab den Arbeitern eine Adresse und sagte ihnen, dass sie sich nach der Mittagspause dort zu melden hätten.

»Weshalb ziehen Sie die Leute ab? Und den Kran? Warum machen Sie hier nicht weiter?«, erkundigte sich Willenbrock.

»Die Stützen stehen. Nächste Woche setzen wir die Dachkonstruktion auf. Dazu brauchen wir keinen Kran, das geht von Hand besser. Und es wird für Sie billiger. Ab Mittwoch montieren wir das Dach, danach die Unterdecke.«

Sie sahen den Männern zu, die das Werkzeug in ihre Autos verstauten und dann grußlos davonfuhren.

»Und warum erst am Mittwoch?«

Der Ingenieur blickte verzweifelt in den Himmel: »Bei diesem Wetter, glauben Sie mir, ist es besser, wir machen eine kleine Pause. Der Beton muss vollständig abbinden, und die Dachteile sind auch erst für nächste Woche bestellt. Außerdem haben wir am Potsdamer Platz ein Problem, dort sind wir im Druck und brauchen immer wieder Springer. Aber seien Sie unbesorgt, wir halten den Termin.«

Er fragte Willenbrock, ob sie nicht in sein Büro gehen könnten, er brauche von ihm noch eine Unterschrift und das wolle er nicht im strömenden Regen erledigen. Willenbrock ging voran, öffnete ihm die Tür des Wagens und ließ ihn eintreten. Der Ingenieur sah sich neugierig im Büro um, sagte aber nichts. Er setzte sich auf den angebotenen Platz, holte Papiere aus der Tasche und notierte etwas. Er sah auf seine Armbanduhr, schrieb Datum und Uhrzeit auf das Blatt und reichte es über den Schreibtisch zu Willenbrock, der es überflog und gegenzeichnete.

»Es wird Zeit, dass wir mit der Halle für Sie fertig werden und Sie hier rauskommen. Was macht so ein Provisorium für einen Eindruck auf Ihre Kunden.«

»Meine Kunden legen darauf keinen Wert«, sagte Willenbrock nachdrücklich, »der Neubau ist für mich, nicht für meine Kunden.«

»Natürlich«, der Ingenieur bemühte sich, ihm rasch zuzustimmen, »natürlich ist die Halle für Sie. Die Kunden kommen und gehen, denen ist es gleich. Und wer einen Gebrauchtwagen kauft, der legt keinen Wert auf Äußerlichkeiten, nicht wahr?«

Willenbrock erwiderte nichts, er wartete darauf, dass der Mann verschwand. Ihn ärgerte, dass die Arbeiter abgezogen worden waren, dass man seinen Bau offensichtlich als nebensächlich ansah, aber da er keine direkten, vertragswidrigen Versäumnisse bemängeln konnte, schwieg er.

Der Ingenieur packte die Papiere in die Tasche, verschloss

sie und erhob sich. »Am Mittwoch kommt das Dach«, sagte er und nickte Willenbrock zu.

»Wo drückt bei Ihnen der Schuh?«, erkundigte sich Willenbrock.

Der Mann sah ihn irritiert an und Willenbrock fügte hinzu: »Sie haben die Arbeiter von meiner Baustelle weggeschickt, weil Sie die am Potsdamer Platz brauchen.«

»Ach so«, sagte der Ingenieur leichthin, »eine kleine Katastrophe. Zwei dumme Jungs haben mit einem Laster einen Träger umgefahren. Der Laster ist Schrott, aber er war ja versichert. Doch der Schaden am Bau kostet uns vier Tage, und da gibt es keine Versicherung und kein Pardon. Das müssen wir ausbügeln, das muss die Firma schaffen.«

»Halten Sie sich an die dummen Jungs.«

»Da war für den Chef nichts zu holen. Das waren zwei arme Schweine, die die Polizei eine Nacht bei sich behielt und dann über die Grenze in den Osten abschob.«

»Das kommt davon, wenn man billige Arbeitskräfte einstellt. Wer zu viel spart, zahlt drauf.«

»Nein, das waren keine Arbeiter von uns. Das waren irgendwelche Ganoven. Zwei Brüder, die einen unserer Laster klauen wollten.«

»Zwei Brüder?«, fragte Willenbrock mit verhaltenem Atem. Er sah aufmerksam den Ingenieur an. Dieser war ein paar Jahre jünger als er selbst, auf beiden Seiten seiner blonden oder blond gefärbten Haare war eine zusätzliche Welle zu sehen, die sein Arbeitsschutzhelm hinterlassen hatte, nachdem er ihn im Büro abgenommen hatte.

»Zwei Brüder aus Moskau?«, wiederholte Willenbrock seine Frage.

»Nein, Bulgaren waren es, oder Rumänen. Sie wissen ja selbst, was so alles über die Grenze kommt.«

»Ich weiß«, nickte Willenbrock. Er setzte sich wieder hinter seinen Schreibtisch.

»Haben Sie mit diesen Leuten keine Unannehmlichkeit? So ein Hof voller Autos, das muss diese Gauner doch geradezu magisch anziehen.«

»Nein, ich habe keine Schwierigkeiten.« Er sah dem Ingenieur in die Augen ohne eine Miene zu verziehen.

»Das hört man gern«, erwiderte der Ingenieur, »also dann bis Mittwoch, Herr Willenbrock.«

Willenbrock nickte unzufrieden. Er blieb sitzen und wartete, bis der Mann vom Hof gefahren war. Dann griff er nach einem Schirm und ging hinaus. Mit großen Schritten und die Pfützen umgehend, stakste er zum Neubau hinüber und lief ihn noch einmal ab. Er prüfte misstrauisch die zuletzt ausgeführten Arbeiten und rückte die Abdeckungen zurecht. Dann ging er in sein Büro zurück und telefonierte. Er versuchte, die Kommissarin zu erreichen, die in der Nacht des Überfalls zu ihm gekommen war. Er wollte sich bei ihr nach dem Stand der Untersuchungen erkundigen, sie fragen, wohin man die beiden Festgenommenen verbracht, welche Schritte die Staatsanwaltschaft bereits unternommen und ob er vor Gericht als Kläger oder Zeuge auszusagen habe, doch die Kommissarin war nicht erreichbar, man bat ihn, in einer Stunde nochmals anzurufen.

Als er sie endlich erreichte und seinen Namen sagte, erinnerte sie sich augenblicklich an ihn. Er erkundigte sich nach dem Stand ihrer Aufklärung und nach den beiden russischen Brüdern und fragte, da sie nicht gleich antwortete, ob sie noch am Apparat sei und ihn verstanden hätte.

Frau Bühler fragte ihn zögernd, ob er denn nicht einen Brief der Staatsanwaltschaft erhalten habe, was Willenbrock verneinte. Die Kommissarin atmete hörbar ein und aus und sagte dann, er würde gewiss in den nächsten Tagen ein Schreiben des zuständigen Staatsanwalts erhalten und sie wolle und dürfe nicht vorgreifen. Wenn er den Brief gelesen und dann noch Fragen habe, möge er sie nur anrufen.

Die zögernd erteilte Antwort verwirrte Willenbrock, und er fragte überrascht, ob denn noch nicht Anklage erhoben sei. Nach seiner Kenntnis sei es ein versuchter Totschlag gewesen, und daher habe die Staatsanwaltschaft unabhängig von seiner eigenen Klageerhebung, die auf jeden Fall erfolgen werde, der Sache nachzugehen. Da die Kommissarin schwieg, fragte er, wo die beiden gefassten Banditen einsäßen, ob sie noch im Gewahrsam der örtlichen Polizei wären oder in Untersuchungshaft überführt worden seien. Willenbrock erregte sich, während er sprach, seine Stimme wurde lauter, er schrie fast.

Die beiden Beschuldigten, sagte die Frau und bat ihn zwischendurch immer wieder, sich zu beruhigen, die beiden hätten nicht weiter festgehalten werden können. Sie verstummte, Willenbrock wartete darauf, dass sie weiterspräche. Schließlich fragte er, was das bedeutete, er würde es einfach nicht verstehen. Die Kommissarin verwies ihn wieder auf das demnächst eintreffende Schreiben der Staatsanwaltschaft und fügte dann hinzu, man habe die Beschuldigten auf Veranlassung des zuständigen Staatsanwalts über die Grenze nach Polen abschieben müssen, da sie nach eigenem Bekunden illegal über diese Grenze eingereist seien.

»Abgeschoben?«, sagte Willenbrock fassungslos und mit heiserer Stimme, »Sie haben die beiden Männer, die mich fast erschlagen hätten, einfach abgeschoben?«

Die Frau bat ihn erneut, sich nicht aufzuregen und sagte, dass sie selbst über diese Entscheidung nicht glücklich sei, aber sich zu fügen hätte. Es sei ihr nichts anderes übrig geblieben, als die beiden russischen Staatsbürger zwei Tage nach ihrem Aufgreifen an die östliche Grenze zu bringen und sie mit der Auflage, umgehend und direkt in ihre Heimatstadt Moskau zurückzukehren, den polnischen Grenzbeamten zu übergeben.

Willenbrock atmete schwer. Seine Stimme war plötzlich belegt, als er flüsternd fragte, ob er davon ausgehen müsse, dass die beiden Russen inzwischen längst wieder im Land seien und er mit einem erneuten Besuch zu rechnen habe.

»Das glaube ich nicht«, sagte die Kommissarin, und dann fügte sie hinzu: »Das wollen wir nicht hoffen, aber ich weiß es nicht. Die Entscheidung lag nicht bei mir, Herr Willenbrock. Leider.«

Willenbrock legte den Hörer auf. Ihm war plötzlich unwohl, und er atmete schwer. Er hielt seine Hände geöffnet vor sich und sah zu, wie sich auf ihren Innenflächen Schweißtropfen bildeten. Du hast Angst, sagte er zu sich selbst. Er war überrascht, und ein Gefühl von Scham und Groll überkam ihn. Er bemühte sich es abzuschütteln, er versuchte laut zu lachen, doch er brachte nur ein heiseres tonloses Räuspern heraus.

Seine Frau kam an diesem Abend spät nach Haus. Willenbrock stand in der Küche und briet Kartoffelpuffer mit kleingehacktem Gemüse. Er deckte im Wohnzimmer den Tisch, sie aßen schweigend. Er spürte, dass Susanne ihn beobachtete, und sah sie fragend an.

»Wollen wir es aufgeben?«, fragte sie plötzlich, »wollen wir es verkaufen?«

Sie sprach vom Haus, und er wurde rot, weil er sich ertappt fühlte, weil er fortgesetzt an das Haus, an den Überfall, an das Gespräch mit der Kommissarin gedacht hatte.

»Nein«, sagte er nur, »darüber sprechen wir in einem halben Jahr. So war es verabredet.«

»Und inzwischen?«, fragte sie weiter, »irgendjemand müsste hinfahren, nach dem Garten schauen, das Gras mähen. Und ich will nicht fahren. Ich habe Angst.«

»Nach aller Wahrscheinlichkeit«, erwiderte er, »sozusagen mathematisch gesehen ist es ausgeschlossen...«

Er unterbrach sich, griff nach ihrer Hand und sagte beruhigend: »Wir werden etwas mehr aufpassen müssen, Liebe.«

Er hatte sich entschieden, ihr nichts von der Abschiebung

der beiden Russen zu erzählen, vorläufig jedenfalls, um sie nicht noch mehr zu beunruhigen, wusste aber, dass er es ihr nicht lange verheimlichen konnte. Als er nach Hause kam, hatte er sofort nach der Post gesehen, doch ein Brief der Staatsanwaltschaft, jener Brief, den die Kommissarin angekündigt hatte, war nicht dabei. Er wusste nicht, was er tun sollte, wenn der Brief eintraf, selbst wenn er ihn zuerst in die Hand bekam.

In der Nacht wurden sie wieder um zwei Uhr wach. Beide spürten, dass der andere schlaflos im Bett lag, aber keiner sagte etwas.

Drei Tage später sagte er Jurek, dass er für eine Stunde weggehe, er müsse zur Post und zum Großhandel. Unterwegs hielt er an einem Geschäft, um zwei Scheren zum Schleifen abzugeben. Er parkte auf dem Bürgersteig neben dem Geschäft, stellte sich vor das Schaufenster und betrachtete die ausgestellten Waren. Eine metallene Armbrust hing an der Rückseite der Auslage und ein Luftgewehr, davor waren Luftdruck- und Signalpistolen ausgebreitet, sowie Messer, kleine Büchsen mit Munition und irgendwelche Spraydosen, die zur Abwehr von Einbrechern und Hunden dienen sollten. Willenbrock starrte lange in das Fenster. Einen Moment war er fassungslos bei der Vorstellung, sich etwas von diesem dummen Spielzeug zu kaufen und in die Hand zu nehmen. Der Gedanke, er würde eines dieser nicht ungefährlichen Instrumente gegen einen Menschen richten, erschien ihm verrückt und beschämend zugleich. Jäger und Schützen hatte er immer verachtet, ihre Vorliebe für irgendwelche wunderbar gepflegten Flinten und Donnerbüchsen und ihr Bedürfnis, in irgendwelchen Vereinen auf Scheiben mit Tieren oder gar Menschen zu zielen, erschienen ihm nicht nur pubertär und unwürdig, sie hatten für ihn etwas Anrüchiges, den Hauch einer ins scheinbar Spielerische verlagerten Mordgier, für ihn war es ein mit der Geste des Machos bemäntelter Trieb zu töten.

Er betrat den Laden. In verschlossenen Glasvitrinen waren weitere Waffen präsentiert, reich geschmückt und kostbar wirkend. Unter der Glasplatte des Verkaufstisches lagen mehr als ein Dutzend Pistolen. Willenbrock sah sie sich an, er war unschlüssig, ob all diese gefährlich aussehenden Waffen tatsächlich frei verkäuflich waren. Nach einigen Sekunden erschien, vom Gong der Ladentür gerufen, ein hochgewachsener vornübergebeugter Mann aus der hinter dem Ladentisch befindlichen Tür und schob sich gelangweilt und langsam zu dem Kunden. Er wartete, bis Willenbrock die Musterung der ausgestellten Waffen beendet hatte und ihn ansah, und fragte ihn nach seinen Wünschen. Willenbrock legte die mitgebrachten Scheren auf den Ladentisch.

»Die sind stumpf«, sagte er, »wenn Sie mir die wieder herrichten könnten. Sie schleifen doch Scheren, oder?«

Der ältere Mann holte eine Brille aus der Jackentasche und sah sich diese Scheren an.

»Welcher Karrenschleifer hat die denn in der Hand gehabt? Die sind ja vollkommen versaut«, schimpfte er erbost.

Willenbrock erwiderte nichts. Er selbst hatte vor einigen Tagen vergeblich versucht, die Scheren in der Werkstatt zu schleifen.

»In drei Tagen können Sie sie abholen. Aber eine Arbeitsstunde wird es kosten, das wieder in Ordnung zu bringen.«

Der Mann riss einen Zettel ab und gab ihn Willenbrock.

»Wünschen Sie noch etwas?«, fragte er dann, da Willenbrock im Laden stehen blieb.

»Ich weiß es nicht«, sagte Willenbrock und sah sich im Laden um.

»Lassen Sie sich Zeit«, sagte der Verkäufer ohne eine Miene zu verziehen. Er war ein paar Jahre älter als Willenbrock und wartete geduldig darauf, dass sich der Kunde entscheiden würde.

»Ich suche etwas, um Einbrecher abzuwehren. Verstehen Sie?«

Der Verkäufer nickte und wies auf die Auslagen unter dem Glas des Verkaufstisches: »Woran haben Sie gedacht? Ein Spray, eine Alarmsirene, ein Elektroschocker, eine Signalpistole?«

Er öffnete den Glaskasten und nahm einen armlangen, schwarzglänzenden Knüppel heraus und hielt ihn Willenbrock unter die Nase.

»Dreihundertfünzigtausend Volt«, sagte er, »wenn Sie einen Angreifer damit berühren, ist er sofort kampfunfähig. Er bekommt Krämpfe, fällt auf den Boden, ist k.o. Nehmen Sie den Stock in die Hand, probieren Sie ihn.«

Willenbrock besah sich misstrauisch das Gerät: »Nein, ich fürchte, damit ist mir nicht gedient. Wenn die Einbrecher bewaffnet sind, nützt mir Ihr Gerät gar nichts. Sie werden nicht so lange warten, bis ich sie damit berühre, sondern ihre Waffen ziehen.«

Der Verkäufer nickte zustimmend: »Dann sollten Sie sich besser einen akustischen Schutz kaufen, eine Alarmsirene mit hundertachtzig Dezibel. Die macht einen Krach, da fällt Ihnen die Decke auf den Kopf.«

»Das kann hilfreich sein, wenn es ein sehr schreckhafter Einbrecher ist«, bestätigte Willenbrock, »aber darauf will ich mich nicht verlassen. Gewöhnlich haben solche Leute starke Nerven und wenig Hemmungen.«

Er sah sich unschlüssig im Laden um.

»Wissen Sie, ich bin überfallen worden, in meinem Landhaus«, sagte er.

Der Verkäufer nickte uninteressiert, war aber nicht überrascht und stellte auch keine Fragen, was Willenbrock etwas empörte. Er hatte angenommen, die Mitteilung würde den Mann erstaunen und ihn bewegen, sich aufmerksamer seines Problems anzunehmen, doch der Verkäufer hatte die Mitteilung hingenommen, als höre er jeden Tag solche Geschichten. Vielleicht war dieses auch der Fall, dachte Willenbrock. Nun wurde er verlegen und ärgerte sich, es überhaupt erzählt zu haben. Es war seine Geschichte, sein Problem, und kein Mensch interessierte sich dafür, damit musste er allein fertig werden, er und Susanne, und es war völlig unsinnig, sie einem wildfremden älteren Mann aufzutischen, der sich völlig richtig verhielt, als er so tat, als habe er kaum zugehört oder sei nur der unfreiwillige Zeuge fremder Intimität geworden, die zu übersehen und zu überhören er bemüht war. Ich sollte ihm meine Anerkennung ausdrücken, sagte sich Willenbrock, er ist von uns beiden einfach der bessere Mann, er unterlässt die Dummheiten, die mir fortwährend unterlaufen.

Der Verkäufer kratzte sich an einer kleinen Narbe am Handgelenk, dann nahm er das Gerät, das er auf dem Ladentisch abgelegt hatte, wieder auf, legte es in den Glaskasten zurück und schaute Willenbrock erwartungsvoll an.

»Es ist nicht das, woran ich gedacht hatte«, sagte Willenbrock entschuldigend. Er war verlegen und zog eine Grimasse.

»Ich weiß, woran Sie dachten. Aber das kann ich Ihnen nicht verkaufen. Dafür benötigen Sie einen Waffenschein.«

»Was soll ich mit diesem Kinderspielzeug? Damit kann ich mich nicht schützen, das ist nur gut zum Scheibenschießen.«

»Sie sollten sich einen Hund anschaffen«, schlug der Verkäufer teilnahmslos vor.

»Richtig. Aber meine Frau verträgt keine Hunde. Sie reagiert allergisch auf Hundehaare.«

Willenbrock kaufte schließlich eine kleine Pistole, eine Art Trommelrevolver für Signalmunition. Der Verkäufer zeigte ihm die Waffe und erklärte, wie sie zu laden und zu entsichern sei. Er reichte sie ihm über den Tisch. Willenbrock spürte, dass er rot wurde, als er sie in der Hand hielt und legte sie rasch in den Pappkarton zurück. Er ließ sich noch ein Päckchen passender Platzpatronen dazu legen und mehrere Rollen Leuchtspurraketen, dann bezahlte er und verließ rasch den Laden.

Im Auto öffnete er den Karton, nahm die Waffe heraus und betrachtete sie. Neben der Trommel war der englischsprachige Hinweis eingestanzt, dass der Eigentümer zuerst die Gebrauchsanweisung zu lesen habe, und auf der anderen Seite stand: neun Millimeter. Er sah auf, als er einen Schatten am Wagenfenster bemerkte, ein zwölfjähriger Junge mit verpickeltem Gesicht starrte mit großen, sehnsuchtsvollen Augen auf den Revolver. Er legte die Waffe in die Pappschachtel zurück und startete den Wagen. Du wirst langsam sonderbar, sagte er sich, glaubst du denn, dass du tatsächlich dieses Ding gegen einen Menschen richten wirst, selbst wenn er bei dir einbricht und dich bedroht? Du würdest dieses dumme Spielzeug vor Aufregung gar nicht finden, und ehe du es in die Hand bekämst, wäre es zu spät und würde allenfalls den Einbrecher dazu bewegen, dich noch härter und aggressiver zu attackieren. Möglicherweise würdest du ihn durch deine Schreckschusspistole dazu bringen, seine Waffe, die vermutlich kein Spielzeug sein wird, gegen dich einzusetzen. Du würdest dich selbst gefährden, dein eigenes Todesurteil unterschreiben, im wortwörtlichen Sinn. Es wäre am besten, du hältst an der nächsten Mülltonne an und wirfst den ganzen Krempel hinein, bevor es wirklich zu einer Katastrophe kommt.

Willenbrock fuhr zu seinem Autohof. Bevor er aus dem Wagen stieg, legte er den Karton mit dem Revolver ins Handschuhfach, dann verschloss er sorgfältig den Wagen. Als er im Büro saß, musste er sich zwingen, nicht fortwährend aus dem Fenster nach seinem Wagen zu sehen. Anscheinend hast du ein Problem mehr bekommen, sagte er sich.

Ende der Woche klarte es auf, und am Samstag strahlte zum ersten Mal die Sonne von einem wolkenlosen Himmel, von keinem Dunstschleier getrübt. Willenbrock deckte den Frühstückstisch auf der kleinen, mit Marmor ausgelegten Terrasse hinter dem Haus. Er weckte seine Frau erst, nachdem er den

Kaffee aufgebrüht hatte. Susanne setzte sich, in ihren Bademantel gehüllt, ungewaschen an den Tisch und genoss es, sich von ihrem Mann verwöhnen zu lassen.

»Uns geht es gut, nicht wahr?«, sagte sie.

Willenbrock strahlte sie an. Er wusste, woran sie dachte, und er wusste, dass sie weiß, woran er dachte, aber sie verloren kein Wort darüber. Ihm war klar, dass sie sich irgendwann entscheiden, dass sie ihr Landhaus verkaufen oder wieder hinfahren müssten, und er dachte an die Signalpistole, die er in seinem Schreibtisch versteckt hatte, weil ihr Besitz ihm peinlich und absurd erschien.

»Es wird ein schöner Tag«, sagte er lediglich, »ein gutes Zeichen für deine Modenschau.«

Susanne hatte einige ihrer Kunden für den späten Nachmittag zu einer Modepräsentation in ihrer Boutique geladen, und Willenbrock hatte versprochen vorbeizuschauen. Am Vortag hatte er Kartons mit Weinflaschen und Selters in ihr Geschäft gebracht, er hatte Gläser und Teller ausgeliehen und wollte ihr während der Veranstaltung behilflich sein und die Gäste betreuen. Er hatte seine Frau auch gedrängt, einen Musiker für die kleine Modevorführung zu engagieren. Susanne hatte ihn ausgelacht und gefragt, ob er dabei an seine Blaskapelle denke, die er bereits zweimal für seine als Tag der offenen Tür bezeichneten sonntäglichen Verkaufspräsentationen engagiert hatte, doch ließ sie sich schließlich überzeugen, einen Soloposaunisten der Musikhochschule für die Vorführung zu gewinnen.

Willenbrock griff nach der Zeitung, er überflog die politischen Meldungen und blätterte dann im lokalen Teil des Blatts. Er suchte nach der kleinen Annonce für die Modenschau seiner Frau, die er in Auftrag gegeben hatte. Als er die Ankündigung fand, reichte er Susanne die Zeitung. Sie las sie erstaunt und belustigt.

»Warum wirfst du dafür Geld raus?«, fragte sie gerührt, »das ist doch nur für meine Kunden. Es ist doch keine Theatervorstellung. Was mache ich, wenn heute Nachmittag ein paar hundert Leute kommen, weil sie die Zeitung gelesen haben und deinen Posaunisten hören wollen?«

»Dann müssen sie sich anstellen und warten. Und ich werde Eintrittskarten verkaufen und den Rausschmeißer spielen.«

Susanne ging ins Bad, um sich zu waschen, und Willenbrock räumte den Tisch ab. Eine halbe Stunde später fuhren sie zu ihrer Arbeit. Die Straßen waren noch leer, und sie kamen zügig durch die Stadt. Am Ende der Grabbeallee verabschiedeten sie sich mit einem kurzen Hupen voneinander.

Auf dem Autohof war es ruhig, die Bauarbeiten an der Halle waren noch nicht wieder aufgenommen worden, Jurek montierte an einem Motor, den er in dem Gewächshaus aufgebockt hatte. Willenbrock schaute nur kurz zu ihm rein, begrüßte ihn und ging, da sich Jurek schweigend über den Motor beugte, in sein Büro, wo er sich fast zwei Stunden mit dem Bau einer solarbetriebenen Beleuchtung für seinen Autohof beschäftigte. Um zehn Uhr setzte er Kaffeewasser auf und frühstückte mit dem Polen die unterwegs gekauften Semmeln und Kuchenstücke. Sie unterhielten sich über die in Berlin illegal arbeitenden Ausländer und die Wohnungsmieten. Jurek hatte zwei Jahre mit einem Landsmann zusammen in einer Wohnung gewohnt und war, um allein zu leben, im vergangenen Monat in eine ebenso kleine Ein-Zimmer-Wohnung umgezogen, für die er fast doppelt so viel Miete zu bezahlen hatte.

»Alles Halsabschneider«, sagte Willenbrock über die Vermieter der Wohnung.

Jurek widersprach ihm: »Sie verwechseln Baum und Vogelnest, Chef. Wenn so viel Mischpoke über die Grenze kommt, gehen die Preise kaputt. Das ist zu viel, Chef. Alles geht kaputt.«

Er breitete dabei die Arme aus, die angebissene Semmel mit der rechten Hand in der Luft haltend.

»Hauptsache wir zwei, du und ich, sitzen im Trocknen, was?« Willenbrock lachte.

»Es ist zu viel. Alles hat eine Grenze oder geht kaputt. Und wozu eine Grenze, wenn es keine Grenze ist.«

»Erzähl das deinem Vermieter, Jurek. Vielleicht gibt er dir als einem guten deutschen Patrioten einen Rabatt.«

»Er vermietet nicht an Deutsche.«

»Ein kluger Mann, nicht wahr. Zumindest er kann zwischen Baum und Vogel unterscheiden, wie du es sagst.«

»Das Land geht kaputt, Chef. Sie werden es sehen.«

»Nimm dir noch ein Stück Kuchen, Jurek. Am Montag schmeckt es nicht mehr.«

Eine Stunde später kam Willenbrock aus dem Wohnwagen und ging zu Jurek, der mit drei Männern neben einem Fahrzeug stand, die Motorhaube des Autos geöffnet hatte und ihnen irgendetwas erklärte. Einer der Männer strich währenddessen mit der Hand fast zärtlich über den Lack und die Chromleisten. Als Willenbrock zu ihnen trat, wies der Pole auf ihn und sagte zu den Männern, dass er der Chef sei. Die Männer sahen ihn an und nickten, dann wandten sie sich wieder dem Auto zu. Jurek sprach über die ausgewechselten Teile am Motor und sagte, dass die Reifen neu seien. Willenbrock hörte ihm einen Moment zu, holte dann die Post aus dem Briefkasten am Zauntor, ging in den Wagen zurück und sah die Briefe durch. Vom Fenster aus sah er, wie Jurek den Männern noch zwei weitere Autos vorführte und sie sich dann von ihm verabschiedeten.

Als Jurek an die Tür klopfte, die Tür öffnete und den Kopf in das Büro steckte, sah er ihn fragend an.

»Es waren Deutsche«, sagte der Pole zu ihm.

Willenbrock sah ihn irritiert an.

»Ich meine nur, es waren Landsleute von Ihnen«, erklärte Jurek, »kein Problem, keine Russen. Ich hätte Ihnen Bescheid gegeben, Chef.«

Er verschloss die Tür und ging die Treppenstufen hinunter. Willenbrock ärgerte sich jetzt, dass er dem Polen von dem Überfall erzählt hatte. Er fühlte sich ertappt, denn tatsächlich war er in den letzten Tagen, wann immer Kunden auf dem Hof erschienen, zwischen den abgestellten Autos entlang schlenderten und mit Jurek sprachen, hinausgegangen, um sie in Augenschein zu nehmen, und er empfand es als demütigend, dass Jurek es offenbar bemerkt hatte. Es war ein merkwürdiges, schwer zu bestimmendes Gefühl, das ihn hinaustrieb, eine Furcht oder vielmehr eine ängstliche Hoffnung, jenen jungen Mann wieder zu sehen, der in sein Haus eingedrungen war und ihn mit einer Eisenstange geschlagen hatte. Vielleicht war es auch die sich selbst nicht eingestandene, aber immer wieder in ihm aufkeimende Vermutung, dass dieser Mann und seine Kumpane die Schlüssel doch nicht absichtslos gestohlen hatten, sondern eines Tages auf seinem Autohof erscheinen würden. Ihm wurde heiß, wann immer er daran dachte, er atmete heftiger bei der bloßen Vorstellung, jenen Mann wieder zu sehen, der auf ihn eingeschlagen hatte. Ihn erfasste panische Angst bei diesem Gedanken, doch gleichzeitig hoffte er, ihm zu begegnen. Unvermittelt und immer wieder dachte er an diesen Mann, vor seinem inneren Auge liefen fortwährend Szenen eines erneuten Treffens mit dem Russen ab, in denen er auf den Mann einschlug, auf ihn einstach, ihn verletzte, ihn fesselte. Diese Fantasien waren ihm unangenehm und er schwitzte, aber sie wirkten gleichzeitig befreiend, er empfand Genugtuung, ihn zu quälen, ihm mit einer erträumten Gewalt die erlittenen Schläge zurückzuzahlen. Der Kampf, der immer wieder mit unendlich vielen Variationen in seinem Kopf ablief, in denen er wild und maßlos zurückschlug, sich in einen Exzess von Notwehr hineinsteigerte und auf den Angreifer auch dann noch einschlug, ihm blutende Wunden beibrachte, als dieser längst hilflos am Boden lag, gefesselt war, bewusstlos schien, dieser Kampf befriedigte ihn, die Fantasien einer fürchterlichen Verteidigung erschöpften ihn sogar physisch. Wenn er wieder bei klarem Verstand war und nicht mehr beherrscht von den Bildern seiner Angst und der frustrierenden Hilflosigkeit, überkam ihn Scham. Er war fassungslos über sich selbst, erstaunt über seine Vorstellungen, erschreckt von dem in ihm fiebernden Hass und dem verzehrenden Wunsch sich zu rächen. Doch diese Tag- und Nachtträume meldeten sich wieder und wieder, plötzlich und mit immer gleicher Schärfe, und rissen ihn mit sich. Er fragte sich, ob auch Susanne davon gequält wurde, aber er wagte es nicht, sie danach zu fragen, und er scheute sich, ihr von seinen Träumen zu erzählen, seiner Überspanntheit.

Als der Pole ihm sagte, es seien Deutsche, war er verärgert, weil er sich von Jurek überführt fühlte.

Eine halbe Stunde später beobachtete er den Polen, der mit einem Mann zwischen den Fahrzeugen entlangging. Der Kunde war über fünfzig und hatte stark gelichtetes Haar. Als Jurek den Kopf wendete und zum Bürowagen sah, wich Willenbrock rasch vom Fenster zurück.

Noch vor dem Mittag schickte er den Polen nach Haus. Er schrieb eine Nachricht für Pasewald auf einen Zettel, den er an die Innenseite der Tür klebte, dann verschloss er den Wagen und fuhr in seine Wohnung, um sich für Susannes Modevorführung umzuziehen.

13

An diesem Samstagnachmittag war es still in der Stadt, die Straßen wirkten ausgestorben, nur selten kam ihm ein Auto entgegen, Spaziergänger sah er gar nicht. Er parkte den Wagen in der Nähe der Boutique seiner Frau, hinter einem Cabrio, dessen Besitzer das Autoradio voll aufgedreht hatte und mit dem Verdeck des Wagens beschäftigt war.

Die Tür der Boutique stand offen, Willenbrock blieb im Türrahmen stehen, betrachtete unentschlossen den Raum, ließ seinen Blick über die wenigen Besucher gleiten und nestelte, da er Susanne nicht entdeckte, verlegen an dem ihm ungewohnten Schlips. Ein junges Mädchen kam auf ihn zu und sah ihn fragend an. Er erkundigte sich nach Frau Willenbrock, und das Mädchen sagte, sie würde sie holen. Willenbrock wollte ihr sagen, dass dies nicht nötig sei, aber das Mädchen hatte sich bereits umgewandt. Er lief ihr schweigend hinterher, an den aufgestellten Stühlen vorbei und den drei Besucherinnen, die ihr Gespräch unterbrochen hatten und ihn interessiert musterten.

Der kleine Geschäftsraum war umgeräumt, der Ladentisch an eine Wand geschoben und mit einem weißen Tischtuch abgedeckt, Wasser- und Weingläser standen darauf und Teller mit Salzgebäck und Nüssen. Die Kleiderstangen mit den daran aufgehängten Mänteln, Kostümen, Jacken und Blusen waren verschwunden, dafür gegenüber dem eingedeckten Tisch zwei Reihen Klappstühle aufgestellt, so dass ein schmaler Gang entstanden war, der zu dem mit einem Perlenvorhang abgetrennten hinteren Raum des Ladens führte.

Das Mädchen war hinter dem Vorhang verschwunden, Willenbrock blieb vor den bunten Perlenschnüren stehen, er hörte die Stimme seiner Frau. Sie klang anders als er sie kannte, sie war energischer, bestimmter, es fehlte ihr eine Farbe, die er gewohnt war, die Vorsicht und der ironische Zweifel, der ihre

Sätze weniger eindeutig machte, als es der Wortsinn behauptete, die winzige Schattierung einer weiteren, unausgesprochenen Bedeutung. Jetzt sprach sie knapp und gewissermaßen mit einem Punkt am Ende des Satzes, wo sie im Gespräch mit ihm eher einen scheinbar weiterführenden Gedankenstrich setzte oder gar ein Fragezeichen anklingen ließ.

Susanne ist hier die Chefin, sagte er sich, es gibt noch eine andere Susanne, eine Frau, die ich nie kennen gelernt habe, die etwas anzuordnen versteht, die völlig allein entscheiden kann und vermutlich nie unschlüssig ist, vielleicht sogar etwas unangenehm Herrisches an sich hat, alles eben, was man braucht, um selbst einen so lächerlich kleinen Laden zu führen. Es gibt da noch eine andere Frau, eine mir unbekannte Susanne, und ich weiß nicht, ob ich diese kennen lernen möchte, es gibt eine Frau, die ich, obwohl ich über ein Jahrzehnt mit ihr zusammenlebe, nicht kenne, und auf die ich wahrscheinlich nicht sonderlich spitz bin, mit der ich nicht ins Bett steigen möchte. Aber sie scheint den Laden im Griff zu haben.

Die drei Frauen, die neben dem Tisch mit den Gläsern standen, hatten sich wieder von ihm abgewandt und redeten miteinander. Sie redeten alle drei gleichzeitig, jedenfalls hatte Willenbrock diesen Eindruck, und er dachte darüber nach, wie es ihnen möglich war, zur gleichen Zeit und unaufhörlich zu reden und gleichzeitig oder zumindest doch teilweise zu hören, was die beiden anderen zu sagen hatten. Willenbrock war belustigt, aber auch fasziniert, es schien ihm eine besonders beeindruckende Fähigkeit zu sein, eine Leistung, zu der nach seiner Erfahrung nur Frauen befähigt waren, ein Talent zur Gleichzeitigkeit, eine Befähigung, die Aufeinanderfolge der Äußerungen so stark zu verkürzen, dass ein Vorher und Später aufgehoben zu sein schien. Willenbrock erinnerte sich der Dolmetscherinnen, die er gelegentlich im Fernsehen zu Gesicht bekam, wenn in einer Diskussion oder bei einem Staatsbesuch eine Übersetzung notwendig war. Er hörte dann nie auf den eigentlich Sprechenden, ihn interessierte nicht, was die bedeutende Person zu sagen hatte, er beobachtete vielmehr die Dolmetscherin. Seine Aufmerksamkeit war vollständig auf sie gerichtet, auf ihre Fähigkeit, etwas zu übersetzen, was sie erst im selben Moment zu hören bekam und dessen Sinn auch sie erst erfassen konnte, wenn der ursprüngliche Satz zu Ende gesprochen war, sie aber, bevor sie diesen Satz und seinen Inhalt vollständig zu Gehör bekam, ihn bereits in eine andere Sprache übertrug, während sie noch bemüht sein musste, ihren eigenen Satz zu einem Ende zu bringen, das sowohl dem sich schließlich vollständig offenbarenden Sinn der zu übersetzenden Rede entsprach als auch den Anforderungen der Sprache, in die sie übersetzte, wobei sie vermutlich all jene unvermuteten Veränderungen, die sich erst im Verlauf der Äußerung ergaben, kühn einzubauen hatte. Und während sie ihren eigenen Satz zu einem vernünftigen Ende brachte, hatte sie, da die fremdländischen Gäste kaum eine Redepause machten, gleichzeitig die nächsten Worte des Sprechers aufzunehmen und zu speichern, um sie Sekunden später in die andere Sprache zu übertragen. Willenbrock war aufgefallen, dass es fast immer Frauen waren, die diese Arbeit im Hintergrund unauffällig ausführten.

Für einen Moment dachte er jetzt daran, die drei Frauen zu bitten, das, worüber sie sich soeben lebhaft und einander ins Wort fallend unterhielten, in eine beliebige, ihnen zur Verfügung stehende Fremdsprache zu übersetzen, möglichst im gleichen Moment. Er zweifelte nicht daran, dass sie dazu fähig waren, ihn schreckte lediglich der Gedanke ab, ihnen seinen Wunsch erklären zu müssen. So lauschte er nur versunken dem geschwätzigen Stimmengewirr, aus dem ihm nur gelegentlich zwei, drei Worte verständlich wurden.

»Schön, dass du gekommen bist«, sagte Susanne.

Sie hatte mit einer Hand die Perlenschnüre beiseite geschoben und betrachtete ihn prüfend von oben bis unten. Willenbrock wies mit dem Zeigefinger stolz auf die Krawatte.

»Kümmere dich bitte um die Getränke. Du könntest den Wein aufmachen und den Sprudel ausschenken. Es steht alles hier hinten.«

Sie deutete auf das junge Mädchen, das Willenbrock am Eingang angesprochen hatte. »Das ist Kathrin, meine Aushilfskraft. Sie ist heute der Star der Veranstaltung, sie führt die Modelle vor. Und das ist der Herr Rieck, der Posaunist.«

Willenbrock nickte den beiden zu. Der Posaunist war Mitte Fünfzig, ein stämmiger großer Kerl mit einem wilden Bart, der ihm bis auf die Brust reichte. Er trug ein buntes Holzfällerhemd und Jeans, über deren Bund sein Bauch hervorquoll. Willenbrock griff nach den Flaschen und fragte den Posaunisten, ob er ein Glas Wein wünsche.

»Wenn Sie ein Bier für mich haben«, antwortete der lautstark.

Willenbrock sah seine Frau an, die bedauernd mit den Schultern zuckte.

»Dann geben Sie ein Glas Wein. Irgendetwas, dass ich keinen trockenen Mund bekomme.«

Er griff nach dem Mundstück der Posaune, hielt es an die Lippen, die unter dem dichten, grau werdenden Bart nicht zu sehen waren, und blies mehrmals hinein. Willenbrock öffnete eine Weinflasche, goss ein Glas voll und stellte es neben dem Musiker auf den Schreibtisch. Er fragte das Mädchen, ob sie auch etwas trinken möchte, aber sie schüttelte den Kopf. Dann nahm er zwei Weinflaschen und den Kasten mit Mineralwasser und ging in den Verkaufsraum vor. Er fragte die drei Frauen, ob sie etwas wünschten.

»Ein Gläschen bitte«, sagte eine von ihnen.

»Aber nur einen winzigen Schluck bitte«, ergänzte ihre Nachbarin, »es ist noch heller Tag, da vertrage ich nichts. Sind Sie der Ehemann von Frau Willenbrock?«

Er nickte stumm und goss ein.

Kurz nach vier kam Susanne mit dem Posaunisten in den

Verkaufsraum. Acht Frauen und ein Mann hatten dort inzwischen auf den Stühlen Platz genommen, in der zweiten Reihe waren alle Sitze besetzt, nur in der ersten gab es noch vier freie Plätze. Die Frauen waren alle im mittleren Alter, alle geschminkt und herausgeputzt. Als sich Susanne vor die Stuhlreihen stellte, bemerkte sie, dass drei der Damen Kostüme aus ihrer Boutique trugen, und versuchte, ihnen ein besonderes Lächeln zukommen zu lassen. Der einzige Mann unter den versammelten Gästen war Anfang sechzig. Sein Kopf war völlig kahl und stark gebräunt. Er trug einen hellen Sommeranzug mit Weste und schien es zu genießen, außer Willenbrock der einzige Mann im Raum zu sein. Seine Begleiterin war ebenso sonnengebräunt wie er. Ihre blond gefärbten Haare waren toupiert, sie trug eine durchscheinende Bluse, unter der ihr schwarzer Büstenhalter zu sehen war, und einen weiten, kniefreien Sommerrock. Sie war sehr viel jünger als der Mann und genoss es offensichtlich, von ihm bewundert und umschwärmt zu werden. Während er auf sie einredete und sein Blick beständig auf ihr Gesicht gerichtet war, blickte sie fast unbeweglich nach vorn, und wenn sie antwortete, es waren stets kurze und einsilbige Antworten, wandte sie sich ihm nicht zu, sie schaute weiter geradeaus, ihr Kopf machte lediglich eine winzige, ruckartige Bewegung in seine Richtung, ohne ihn jedoch anzusehen.

Susanne begrüßte alle ihre Gäste namentlich, das braun gebrannte Paar sprach sie als Frau und Herrn Puhlmann an. Danach stellte sie Rieck vor, den Posaunisten, bat ihn, mit seinem Spiel zu beginnen und setzte sich in die erste Reihe. Willenbrock, der neben dem Tisch mit den Gläsern stand, setzte sich neben sie. Der Musiker trat langsam drei Schritte vor, sein Bauch verdeckte Gürtel und Hosenbund der abgeschabten Jeans, was einigen Besucherinnen offensichtlich störend auffiel, da sie sich mit bedeutungsschweren Blicken darauf aufmerksam machten. Der Posaunist blies die Wangen auf, ließ die Luft langsam und hörbar entweichen und nickte mehrmals schwerfällig mit dem Kopf, was eine Begrüßung seines Publikums oder auch nur eine Vorbereitung seines Solos darstellen konnte, ein bedeutungsvoller Hinweis auf die Schwierigkeiten seines Vortrags. Dann riss er die Zugposaune plötzlich hoch, setzte sie an die Lippen und begann sein Spiel mit einem aufheulenden, lauten Signal, wobei er den Posaunenzug einmal vollständig ausfuhr und wieder zurückholte. Die Damen, die sich noch eben angeregt unterhalten hatten, schreckten auf ihren Stühlen zusammen und sahen den dicken Mann entgeistert an. Eine etwas füllige Dame in der ersten Reihe sah zu Willenbrocks Frau hinüber, sie schien eher ratlos und verwundert zu sein als empört. Susanne hatte nach der Hand ihres Mannes gegriffen und drückte sie fest, sie sah starr geradeaus.

Dem Posaunenstoß folgte eine Kaskade deutlich voneinander getrennter Töne in einem heftigen, sich wiederholenden Wechsel, rhythmisch sehr betont. Dann setzte Rieck das Instrument für Sekunden ab und stampfte im Takt mit beiden Füßen, um gleich darauf die Posaune wieder an die Lippen zu setzen und aufjaulend den vollständigen Spielraum der Posaune ertönen zu lassen. Er hatte die Augen geschlossen und schien sich auf eine Partitur vor seinem geistigen Auge zu konzentrieren. Urplötzlich wurde er leise, sein Blechinstrument gab nun sanfte, fast zärtliche Töne von sich, der Rhythmus wechselte aber noch immer häufig und heftig. Dann konnte man für Momente Melodien erkennen, ein Kinderlied, die Nationalhymne, eine Bach'sche Kantate, doch die verhalten geblasenen melodischen Teile endeten abrupt. Rieck hängte sich die Posaune über den linken Oberarm, in der rechten Hand hielt er nur noch das Mundstück, auf dem er nun weiterblies, um dann auch dieses abzusetzen und allein mit dem Mund und den aufgeblasenen Wangen Posaunentöne zu imitieren, wobei er heftig mit dem rechten Fuß den Rhythmus schlug.

Willenbrock hatte sich auf seinem Stuhl zur Seite gedreht, um die Gäste im Blick zu haben. Die Damen in der ersten Reihe saßen wie erstarrt. Gelegentlich irrte ein ratloser, verwunderter Blick zu Susanne, fassungslos über den Vortrag des Musikers, doch Willenbrocks Frau wandte ihre Augen nicht von dem Posaunisten, um die ungläubigen und empörten Blicke ihrer Kundinnen nicht wahrnehmen zu müssen. Sie hielt unablässig die Hand ihres Mannes und drückte sie fest.

Die blondierte Dame in der zweiten Reihe starrte ausdruckslos auf den schwitzenden Musiker vor ihr. Beide Hände hatte sie über ihre Ohren gelegt, die Oberarme dicht am Körper, ihr Mund war zusammengezogen. Es war nicht auszumachen, ob sie sich missbilligend die Ohren zuhielt, um den lauten Dissonanzen zu entgehen, oder ob sie dem Künstler konzentriert zuhören wollte und ihre Hände nur an den Kopf hielt, um ihm, ungestört von ihrer Umgebung, intensiv lauschen zu können. Der Kahlkopf neben ihr hatte sich bequem zurückgelehnt, er saß nur noch auf der Kante des Stuhls, die Beine hatte er weit von sich gestreckt und grinste belustigt. Beständig wanderte sein Blick durch den Raum. Als er bemerkte, dass Willenbrock ihn ansah, nickte er ihm vergnügt und anerkennend zu.

Zwei weitere Damen hielten sich demonstrativ die Ohren zu. Eine von ihnen blickte nicht auf den Posaunisten, sondern andauernd zu Susanne hinüber, sie schien gekränkt zu sein.

Der Musiker hatte das Mundstück auf die Posaune gesetzt und trompetete nun wie ein Elefant, wobei er sich weit zurücklehnte und das Instrument nach oben riss. Schließlich, mit einer lang gezogenen Kadenz endend, setzte er das Instrument ab, öffnete weit den Mund und ließ seine Bass-Stimme ertönen, die auf und abschwellend den immer gleichen Ton anstimmte. Rieck verstummte, hielt aber noch die Augen geschlossen. Sein Publikum wartete geduldig, ob er mit seinem Vortrag zu einem Ende gekommen war oder sein Schweigen

lediglich eine Pause darstellte, der möglicherweise ein Auf-
stampfen der Füße, ein Posaunenstoß oder ein erneutes Prus-
ten und Röcheln folgen würde. Der Posaunist öffnete die
Augen, nickte mehrmals schwerfällig mit dem Kopf, zog ein
rotkariertes Taschentuch aus der Hose heraus und wischte sich
bedächtig und gründlich den Schweiß von der Stirn, dem Hals
und dem Nacken ab.

Die Zuhörer applaudierten zurückhaltend. Nur der Beifall
der beiden anwesenden Männer war zu vernehmen. Einige
Frauen bewegten ihre Hände, doch sie klatschten sie nur leicht
und tonlos gegeneinander. Die beiden Frauen, die ihre Ohren
zugehalten hatten, ließen nun die Arme in den Schoß sinken,
eine der beiden schaute sich schmollend nach den Männern
um. Ein Seufzer der Erleichterung erklang, den das Publikum
befriedigt quittierte. Selbst Susannes Gesicht entkrampfte sich,
erleichtert nickte sie dem Musiker dankbar zu. Sie stand auf
und ging, noch immer applaudierend, zu ihm vor.

»Ein Ereignis«, sagte sie, »Sie sind ein Ereignis, Herr Rieck.«
Der Posaunist nickte zustimmend.

»Es war ungewöhnlich«, fuhr sie fort, »etwas überraschend,
und für einige meiner Gäste vielleicht auch irritierend. Zu neu
und zu befremdlich, wenn ich das so sagen darf.«

»Ich bin hier nicht in der Met, das habe ich bemerkt. Ist ein
anderes Publikum hier, das ist sicher«, erwiderte Rieck. Er
verbeugte sich knapp vor den Zuhörern, die ihn nun schweigend und missbilligend beobachteten, dann zog er den Posaunenzug heraus, ließ den angesammelten Speichel umstandslos
auf den Fußboden tropfen und verschwand, die auseinander
genommenen Teile des Instruments unterm Arm, in den
durch den Perlenvorhang abgetrennten Nebenraum. Ein kleiner unterdrückter Schrei war aus dem Raum zu hören und alle
wandten ihre Köpfe in diese Richtung. Susanne, die eben ihre
Gäste nochmals begrüßen wollte, hielt inne und wartete. Der
Musiker erschien hinter dem Vorhang mit gerötetem Gesicht,

in der linken Hand hielt er ein Wasserglas und eine Flasche Wein, mit der rechten winkte er beruhigend ab, stieß mehrmals vernehmlich und prustend die Luft aus, nahm sich einen leeren Stuhl aus der ersten Reihe, trug ihn an die Wand hinter den Gästen und setzte sich.

Susanne dankte den Besuchern für ihr Erscheinen und sagte, dass sie nach der musikalischen Eröffnung – sie nannte die Namen von Herrn Rieck und von seiner Hochschule sowie des Symphonieorchesters, dem er angehörte, vermied es aber, auch nur mit einem Wort auf seine Solodarbietung einzugehen – den anwesenden Damen und Herren mit Hilfe ihrer jungen Mitarbeiterin, für die sie um einen unterstützenden Beifall bat, einige Modelle vorführen könne, die sie in den letzten Tagen eingekauft habe und die gewiss auf Interesse stoßen würden. Die kleine Präsentation sei keine Modenschau, sie habe lediglich die Absicht, ihren langjährigen Kundinnen die neu eingekaufte Kollektion außerhalb der Geschäftszeit vorzuführen, und darüber hinaus und vor allem sei es ihr Wunsch, mit den vertrauten und getreuen Kundinnen, die ihr in den vergangenen Jahren zu Freundinnen wurden, gesellig beisammen zu sein. Mit ihnen und ihren Ehegatten, fügte sie mit einer leichten Verbeugung zu dem Kahlkopf in der zweiten Reihe hinzu.

Mit einer Fernbedienung schaltete sie eine Stereoanlage ein, Barmusik ertönte, Susanne drückte heftig auf die Tasten, um die Lautsprecher leiser einzustellen. Herr Rieck stöhnte vernehmlich auf. Susanne trat an den Vorhang, schob ihn zur Seite und bat Kathrin, das erste Modell vorzuführen.

Das Mädchen kam zögernd heraus und sah sich beklommen um. Ihr Haar hatte sie jetzt zu einem festen Knoten gebunden. Als sie den Posaunisten erblickte, wurde sie feuerrot im Gesicht, offenbar hatte er sie halbnackt beim Ankleiden überrascht, als er sein Instrument im Nebenraum ablegte. Susanne ergriff ihren Arm und schob sie sanft in den Gang zwischen den Sitzenden und dem Tisch mit den Gläsern und dem Gebäck.

Kathrin trug ein hellblaues Sommerkostüm, das unübersehbar für eine fülligere Dame bestimmt war und von dem Mädchen nur mit stark zurückgezogenen Schultern einigermaßen in einer Form gehalten werden konnte. Während sie zweimal langsam vor den Stuhlreihen auf und ab lief, gab Susanne einige Erläuterungen zu dem vorgeführten Modell, und noch bevor sie damit fertig war, verschwand das schüchterne Mädchen zu aller Überraschung hinter dem Perlenvorhang.

Eine kleine Pause bis zur Präsentation des nächsten Modells war unvermeidlich, da nur Kathrin die Kleider vorführte und sich überdies auch allein umzuziehen hatte, und Susanne bemühte sich, die Zeit zu überbrücken, indem sie einige ihrer Gäste ansprach und ihren Mann bat, Wein und Wasser nachzuschenken.

Die Vorführung dauerte eine Dreiviertelstunde, und immer wieder präsentierte Kathrin Kleider, die ihr deutlich zu groß waren. Sie hatte sie mit Stecknadeln notdürftig passend gemacht, und ihren Sitz versuchte sie durch eine allzu starre Körperhaltung zu korrigieren. Die Gäste quittierten jede Vorführung der Designermodelle mit wohlwollendem Beifall, der besonders herzlich ausfiel, wenn das Mädchen allzu aussichtslos mit einer der Übergrößen zu kämpfen hatte und mit hektisch geröteten Wangen vor den Reihen auf und ab schritt.

Besonders lebhaft applaudierte der braun gebrannte Kahlkopf. Es war nicht zu übersehen, dass ihm die junge Frau gefiel, wenn er auch mit seiner Frau nur über die gezeigten Kleider sprach. Wenn er seiner Frau einzureden suchte, dass ihr das eine oder andere Kleid stehen müsste, verrieten winzige Bemerkungen, dass er weit mehr von der Trägerin des Kleids als von diesem selbst begeistert war. Seine Frau hielt ihre Lippen fest verschlossen, der Mund war leicht zugespitzt, und ihre einzige Antwort bestand in einem fast unmerklichen, aber beständigen Schütteln des Kopfes, wobei sie weiter unentwegt nach vorn blickte und nicht einmal zu ihrem Mann schaute, um sich davon zu überzeugen, dass er ihre Ablehnung wahrgenommen hatte.

Die anderen Frauen sparten, und je länger die Vorführung dauerte, um so häufiger und lauter, nicht mit Kommentaren und kamen, nach einem anfänglichen Zögern, ins Gespräch und plauderten bald so lebhaft miteinander, dass Susanne ihre Erläuterungen häufiger unterbrechen musste und in den Pausen zwischen den Vorführungen nicht weiter die Gäste zu unterhalten hatte, sondern Kathrin beim Umkleiden behilflich sein konnte.

Nachdem Susanne die Vorführung beendet hatte, lud sie die Kunden ein, noch für eine Weile ihr Gast zu sein und sich bei den Hors d'œuvres zu bedienen.

Der Kahlkopf aus der hinteren Reihe stand sofort auf und ging mit weit ausholenden Schritten zum Tisch, nahm einen der bereitgestellten Teller und füllte ihn umstandslos und rasch mit den kleinen Leckerbissen. Zwei der Frauen gingen zu Susanne, um ihr ihre Anerkennung für die Modenschau auszusprechen.

»Danke, danke, danke«, sagte eine von ihnen und griff nach Susannes Hand, um sie zu drücken, »es war reizend.«

Sie trug einen cremefarbenen Hut, und um ihren Hals waren mehrere bunte Ketten geschlungen.

»Sie ist eine Perle, unsere Susanne Willenbrock, wissen Sie«, sagte sie zu der neben ihr stehenden Frau. Dann griff sie nach einem Teller und nahm sich vorsichtig und mit spitzen Fingern ein einziges kleines Blätterteigstück.

Der Posaunist erhob sich schwerfällig, kam zu Susanne nach vorn, ein mit Wein gefülltes Wasserglas in der Hand, und blies dabei mehrmals prustend die Luft aus. Die beiden Frauen, die bei Susanne standen, warfen sich einen bedeutungsvollen Blick zu und wechselten den Platz.

»Was ist passiert?«, erkundigte sich der Musiker, »ich sollte noch einmal spielen, wenn die Kleine mit den Kleidern fertig ist.«

»Es gab eine Programmänderung. Ich denke, wir haben uns alle erst eine Stärkung verdient. Greifen Sie zu, Herr Rieck, bitte.«

»Und wann soll ich spielen?«

»Nun, darüber müssen wir noch miteinander sprechen.«

»Was ist? Habe ich Ihre Damen verschreckt? Wollen die nichts mehr von mir hören?«

»Wir sprechen gleich darüber, Herr Rieck. Im Moment muss ich mich um meine Gäste kümmern.«

Sie wandte sich ab, ging zu einer Kundin und sprach mit ihr. Der Posaunist nahm einen großen Schluck aus dem Glas und ließ den Wein in dem aufgeblasenen Mund hin und her rollen, bevor er ihn schluckte. Er schaute gelangweilt die Gesellschaft an, dann nahm er sich einige belegte Schnitten vom Tisch und schob sie sich in den Mund. Er sah sich nach Kathrin um und ging, mit vollem Mund kauend, zu ihr.

»Sie waren hinreißend, Fräulein. Mir hat es gefallen.«

Das Mädchen wurde verlegen, sie errötete und dankte mit einem zaghaften Lächeln.

»Wirklich. Sie sind Spitze. Viel zu gut für diesen Verein. Perlen vor die Säue, wenn Sie verstehen.«

Kathrin sah ihn mit aufgerissenen Augen an und schaute sich dann ängstlich um, ob ihnen jemand zugehört hatte.

»Entschuldigen Sie, aber die Chefin ruft mich.«

»Vielleicht kann man sich nach der Veranstaltung sehen? Auf einen Kaffee?«

»Verzeihen Sie, ich habe zu tun.«

Sie machte ihren Arm frei, den er ergriffen hatte, und ging zu Susanne, die ihr beunruhigt und nervös etwas signalisierte.

Einige der Gäste hatten wieder Platz genommen, mit Tellern und gefüllten Gläsern versehen, die sie auf den freien

Stühlen oder dem Fußboden abstellten. Willenbrock schlenderte mit zwei Flaschen durch den Raum, um nachzuschenken. Der Kahlkopf, der sich zu seiner blonden Frau gesetzt hatte, hielt ihm wortlos sein Glas entgegen. Als Willenbrock ihm eingoss, erkundigte er sich, ob er der Ehemann der Geschäftsinhaberin sei. Er stellte das Glas auf den neben ihm stehenden Stuhl ab, erhob sich, reichte Willenbrock die Hand und stellte sich vor. Er heiße Puhlmann, sagte er, und begleite seine Frau, die hier Kundin sei. Er sei heute zum ersten Mal in der Boutique, und es gefalle ihm. Willenbrocks Frau imponiere ihm, er habe für Frauen etwas übrig, die etwas auf die Beine stellen, die Energie und Fantasie haben und ihren eigenen Mann stehen.

Willenbrock nickte.

»Meine Frau kauft sehr gern hier. Weil Ihre Frau Geschmack hat. Alles, was sie hier rausschleppt, gefällt mir. Ich bin nicht leicht zufrieden zu stellen, wissen Sie, ich habe immer und überall etwas auszusetzen, wie meine Frau behauptet. Aber wissen Sie, ich liefere Qualität und ich verlange Qualität, mehr nicht. Und darum gefällt mir der Laden. Sind Sie auch aus der Modebranche?«

»Nein«, erwiderte Willenbrock, und da Puhlmann ihn erwartungsvoll ansah und den Mund öffnete, als wolle er nach der zu erwartenden Antwort schnappen, fügte er hinzu: »Ich bin in der Autobranche beschäftigt. Autohandel.«

Der Kahlkopf war mit dieser Antwort mehr als zufrieden. Er tippte Willenbrock gönnerhaft auf die Schulter und nickte erfreut. Dann hob er den rechten Zeigefinger, hielt ihn Willenbrock direkt vor die Nase und meinte: »Von irgendetwas muss der Schornstein rauchen. Die Kuh braucht eine Weide, wenn sie Milch geben soll, nicht wahr?«

»Hat es Ihnen gefallen?«, wandte sich Willenbrock an die blondierte Frau. Die sah ihn überrascht an und öffnete weit ihre Augen, die sie bisher halb geschlossen gehalten hatte. Sie musterte Willenbrock ausführlich, sagte jedoch nichts, so dass er irritiert nachfragte: »Haben Sie bei den Kleidern etwas für sich entdeckt?«

»Dieser Lärm«, sagte sie schließlich, »es war so ein schrecklicher Lärm.«

»Der Lärm, gnädige Frau?« Willenbrock beugte sich verwundert vor.

»Mir hat der Lärm gefallen«, fiel Herr Puhlmann ihnen ins Wort, »der Junge kann was, er beherrscht sein Instrument. Fabelhaft.«

»Es war Lärm«, beharrte seine Frau. Sie spitzte ihre Lippen zu einem Kussmund und blickte gekränkt weg.

»Es war nicht Mozart, meine Liebe, aber sehr nett. Mir hat die Musik gefallen.«

Der Kahlkopf setzte sich neben seine Frau und tätschelte ihren Arm, um sie zu besänftigen. Seine Frau hielt ihren Kopf weiterhin abgewandt, sie schmollte wie ein Teenager. Sie war fünfzehn oder zwanzig Jahre jünger als ihr Mann, und schien den Altersunterschied noch vergrößern oder doch betonen zu wollen, indem sie mit den Manieren und Launen eines jungen Mädchens aufwartete. Ihre Stimme war kindlich hoch, ein Vogelstimmchen, ihr Rock war für ihr Alter ungewöhnlich kurz, und sie schien Wert darauf zu legen, von ihrem Mann wie eine Schülerliebe umschwärmt zu werden. Ihr Auftreten und Benehmen, ihre Kleidung und die toupierten Haare ließen sie in Willenbrocks Augen eher älter erscheinen, als sie tatsächlich war. Das Unangemessene, ihr aus dem Verhältnis gebrachtes Erscheinungsbild störte ihn so sehr, dass er nicht den von ihr gewünschten Eindruck bekam, sondern auf den Missklang verwiesen war, auf eine Unstimmigkeit, die ihn nicht die angestrebte Jugendlichkeit wahrnehmen ließ, sondern vielmehr die seitdem vergangenen Jahre in seinen Blick gerieten, und der reichlich aufgetragene Firnis von Jugendlichkeit eben jenes Altern hervorhob und betonte, das sie zu verbergen suchte. Willenbrock, der auf seine Art ein Kenner weiblicher Wünsche und Hoffnungen war, freilich dabei weniger Wert auf Einfühlsamkeit legte als auf ein seinen Absichten förderliches Verständnis, war von der blondierten Dame mehr belustigt als beeindruckt und angezogen. Mit dem Hinweis, dass der Posaunist auf seine Kappe gehe, denn er habe seine Frau genötigt, ihn zu engagieren, verabschiedete er sich und ging weiter, nach leeren Gläsern Ausschau haltend, die er auffüllen könnte.

Susanne suchte seinen Blick, um ihm für seine Hilfbereitschaft zu danken, aber ihr Lächeln war auch eine anerkennende Geste für seine Aufmachung, da er selten einen Anzug trug und nie einen Schlips, obgleich sie ihn häufiger aufforderte, sich gediegener anzuziehen, und seine Eitelkeit zu wecken suchte, indem sie ihm, wann immer er sich etwas feiner kleidete, sagte, wie gut ihm der Anzug stünde. Sie war mit zwei Frauen im Gespräch, deren Meinungen zu den vorgestellten Modellen sie zu erkunden suchte, doch die beiden Frauen kamen nach wenigen Sätzen immer wieder auf den Posaunisten zu sprechen, den sie, wie sie Susanne zuflüsterten, für einen grässlichen Kerl hielten.

»Wenn dieser Mensch nochmals trompetet, muss ich Sie augenblicklich verlassen«, zischte eine der Frauen ihr zu, als Willenbrock sich ihnen näherte, »das mag ja bedeutend sein, und ich vermute, meine Liebe, Sie haben ein schönes Stück Geld für dieses Getöse ausgegeben, aber ich gehöre einer anderen Generation an. Kunst muss nicht immer unterhaltend sein, meine Beste, das weiß ich selbst, damit hat man mich zur Genüge malträtiert. Aber heute meint man ja, je langweiliger, desto künstlerisch wertvoller. Das haben die modernen Künstler erreicht, dass man ihnen solchen Unsinn abkauft. Doch wenn die neumodische Kunst meine Gesundheit ruiniert, dann können Sie mich meinetwegen für eine Kulturbanausin ansehen, aber dann gehe ich.«

»Gefallen hat es mir auch nicht, aber er spielt in der Met«, wandte die jüngere Frau ein.

»Ach was. In der Met, in der Met. Das bedeutet heute gar nichts.«

Susanne wollte ein Wort für den Posaunisten einlegen, aber die erregte Dame ließ es nicht zu und zischelte, sie unterbrechend, bevor Susanne auch nur ein vollständiges Wort hervorbringen konnte: »Und was Ihre Modelle angeht, da muss ich in der nächsten Woche noch einmal bei Ihnen vorbeischauen. Ich habe nichts mehr gehört und gesehen, nachdem dieser grausliche Geselle mich taub gemacht hat. Nichts, einfach gar nichts habe ich gesehen. Sie haben mir damit keinen Gefallen erwiesen, meine Liebe.«

Dann wandte sie sich an Willenbrock, der einen Schritt neben ihr stand, nickte ihm freundlich zu und sagte: »Ein Wasser nehme ich gern. Und haben Sie die Freundlichkeit, mir auch ein Glas zu holen.«

Als Willenbrock es ihr reichte, stellte Susanne ihn als ihren Mann vor. Die beiden Frauen musterten ihn interessiert, mit Vogelblicken, wie Willenbrock meinte.

»Wie nett von Ihnen, dass Sie Ihrer tüchtigen kleinen Frau behilflich sind«, sagte die jüngere Frau. Sie war sehr füllig, in der Hand hielt sie ein Spitzentaschentuch, mit dem sie sich beständig Schweißperlen von der Stirn und dem Halsansatz abtupfte.

»Soll ich mit dem Posaunisten sprechen?«, erkundigte sich Willenbrock bei Susanne. Mit einer hoffnungsvoll verzweifelten Geste und einem Seufzer bat sie ihn darum.

»Das ist kein Posaunist«, sagte die Frau, der Willenbrock das Wasserglas gereicht hatte, »das ist ein Terrorist.«

»Moderne Kunst«, wandte Willenbrock ein. Es sollte eine Erklärung und eine Entschuldigung sein, um Verständnis bittend, weniger für den Auftritt, als für Susannes Entscheidung, den Musiker für ihren Nachmittag engagiert zu haben, doch die beiden Frauen waren entrüstet und protestierten.

»Junger Mann«, sagte die ältere Frau, und bemühte sich nun nicht weiter zu flüstern oder ihre Stimme zu dämpfen, »Sie müssen mich nicht über Kunst belehren. Mein Mann war der Direktor eines Museums, ich habe mich mein ganzes Leben über mit Kunst beschäftigt. Allerdings mit richtiger Kunst. Mit Bildern und mit der Literatur und mit der Musik. Mit wirklicher Musik. Und das ist etwas ganz anderes als die Kakophonie eines Möchtegernkünstlers.«

Willenbrock zuckte bedauernd mit den Schultern und sah sich nach dem Posaunisten um.

»Es ist meine Schuld«, sagte er, »allein meine Schuld. Ich hatte Susanne dazu überredet.«

Er sah zu seiner Frau, zuckte hilflos mit den Schultern und ging weiter, um die anderen Gäste zu versorgen. In der offen stehenden Tür standen drei halbwüchsige Mädchen. Willenbrock sagte ihnen, sie sollen hereinkommen, aber sie lachten auf, und zwei von ihnen tippten sich an die Nase, was offenbar etwas bedeuten sollte, aber von ihm nicht verstanden wurde.

»War gute Musik«, sagte eins der Mädchen, »der Mann bläst ein starkes Rohr.«

Der Posaunist stand in der Nähe der Fensterauslage, er hielt Kathrin am Oberarm fest und redete auf sie ein. Willenbrock ging zu ihm, doch bevor er ihn erreichte, eilte jene ältere Frau, die noch eben mit Susanne gesprochen und sich über die Musik erregt hatte, auf Herrn Rieck zu und sprach ihn an.

»Was war das, was Sie gespielt haben?«, fragte sie spitz, im Ton der Stimme klang ihre Entrüstung mit, »von welchem Komponisten?«

»Das war das Stück ›Sens-non-sens, Nr. 4‹. Und der Komponist bin ich selbst. Das hat Sie beeindruckt, was?«

Der Musiker ließ das Mädchen los und strahlte mit breitem, selbstgefälligem Grinsen die Frau an. Er genoss offensichtlich ihre unübersehbare Empörung.

»Sie sind der Komponist? Nun, das hatte ich mir gedacht. Und wenn Sie meine Meinung hören wollen, es war schrecklich. Ganz und gar schrecklich. C'est une horreur.«

»Dann haben Sie mich verstanden, liebe Frau. Eine schreckliche Welt, eine erschreckende Musik, das ist die Philosophie meiner Kompositionen.«

»Ach, Sie komponieren mit Philosophie? Vielleicht sollten Sie es lieber mal mit Philharmonie versuchen. Aber das kostet natürlich etwas mehr Arbeit. Und dafür braucht man Talent, junger Mann, dafür muss man begabt sein.«

Herr Rieck nickte zustimmend, er schien zufrieden zu sein. Er stopfte sich mit beiden Händen sein buntes Hemd in die Hose.

»Mein nächstes Stück ist noch viel schöner«, versprach er der sich nur mühsam beherrschenden Frau, »es heißt ›Moments musicaux‹, und ich habe es Schubert gewidmet, Franz Schubert. Der war auch nicht schlecht. Lieben Sie Schubert, gute Frau?«

»Ja. Und zu sehr, um mir noch Ihr nächstes Stück anzuhören.«

Sie drehte sich um, ohne eine Antwort abzuwarten, und eilte, hochrot im Gesicht, zu Susanne. Willenbrock hielt Herrn Rieck die Weinflasche vor und goss ihm ein, als dieser nach seinem Glas griff und es hochhob.

»Mir hat es Spaß gemacht«, sagte er zu dem Posaunisten, »vielen Dank.«

»Mir auch«, knurrte der nur, trank das Glas in einem Zug leer und hielt es ihm wieder hin.

»Es war etwas ungewöhnlich. Ich glaube, man sagt heute gewöhnungsbedürftig. Aber es war nicht das übliche Gedudel. Sie spielen mit Feuer und Pfeffer, das gefällt mir.«

»Dann sind Sie wohl der einzige hier.«

»Nein, der Herr dort drüben, der ist auch begeistert. Und die drei kleinen Mädchen an der Tür, das sind Fans von Ihnen.«

»Dann sind wir schon sechs«, meinte der Musiker gelangweilt.

»Mir hat es gefallen«, sagte Kathrin.

Der Posaunist sah sie geschmeichelt an und warf ihr eine Kusshand zu. Das Mädchen wurde rot und wandte sich um. Willenbrock hatte den Eindruck, dass die wütende Attacke der älteren Frau den Musiker amüsiert zu haben schien, und er kam sich kindisch vor, ihn wie ein Schuljunge gelobt zu haben und von ihm wie ein Schuljunge behandelt zu werden.

»Es ist vielleicht nicht das richtige Publikum hier«, begann er erneut. Er hatte von Susanne einen Auftrag bekommen und wusste, dass er den fülligen und gewiss schon angetrunkenen Musiker nicht reizen durfte, um nicht einen Wutausbruch zu provozieren und Susannes Vorführung mit einem Eklat enden zu lassen.

»Kein New Yorker Publikum«, bestätigte ihm der Posaunist. Er blies die Wangen auf und prustete verächtlich.

»Sie sind ein anderes Publikum gewöhnt?«, erkundigte sich Willenbrock.

Der dicke schwitzende Mann bestätigte es ihm kopfnickend.

»Aber ich hatte nichts anderes erwartet«, gestand er dann, »sehen Sie sich doch die Leute an. Was kann man von denen erwarten. Kunstverstand sicher nicht. Und dann dieser Raum! Hier hast du keine Resonanz, keine Weite. Die Töne verrecken, bevor sie sich entfalten können.«

»Dann sollten Sie hier nicht spielen, wenn Sie einen Konzertsaal brauchen«, schlug ihm Willenbrock vor.

Rieck kniff die Augen zusammen und sah ihn plötzlich interessiert an: »Was wollen Sie mir sagen, Meister? Wollen wir auf meinen nächsten Auftritt verzichten? Soll ich einpacken?«

»Daran hatte ich nicht gedacht«, log Willenbrock, »aber vielleicht haben Sie Recht. Es ist kein Saal für Sie und kein

Publikum für Ihre Musik. Wir sollten Schluss machen für heute.«

»Was sagt die Chefin? Sie hat mich engagiert.«

»Ich denke, sie ist einverstanden. Ich werde mit ihr sprechen. Und natürlich bekommen Sie, was vereinbart wurde, die volle Summe.«

»Natürlich.« Der Musiker kaute unschlüssig auf seiner Unterlippe. »Aber glauben Sie bloß nicht, dass mir das gefällt. Ich spiele gern. Ich spiele sehr gut und ich spiele sehr gern. Sie berauben mich um mein Vergnügen.«

»Noch ein Glas Wein, Herr Rieck?«

»Gießen Sie ein. Ich werde ohne großen Abschied verschwinden, um keinem das Herz zu brechen.«

Mit dem vollen Glas in der Hand lief er Kathrin hinterher, die eins der vorgeführten Kleider über ihren Arm gelegt hatte und ängstlich die Fragen einer Dame zu beantworten suchte, doch dabei so verlegen war, dass sie sich beständig versprach und verbesserte, was aber die vor ihr stehende Frau, die nur auf das vorgehaltene Kleid sah und keinen Blick für das aufgeregte Mädchen hatte, nicht zur Kenntnis nahm. Rieck fasste das Mädchen an der Schulter und zog sie zu sich herum, sie wehrte ihn ab, sagte, dass sie, wie er sehe, beschäftigt sei, und bat ihn um Geduld. Der Posaunist blieb direkt neben ihr stehen und musterte die Kundin, bis diese ihn indigniert und strafend ansah und dann wortlos davonschritt. Der Posaunist bemühte sich, Kathrin zu überreden, mit ihr die Veranstaltung zu verlassen, und versuchte, da sie das rundweg ablehnte, sich mit ihr für den Abend zu verabreden.

Willenbrock hatte soeben seiner Frau ein Zeichen gegeben, dass er die drohende Gefahr eines erneuten Posaunensolos gebannt habe, als er von dem braun gebrannten Herrn Puhlmann angesprochen wurde, der noch immer mit seiner Frau zusammensaß und die Gesellschaft beobachtete, wobei er ihr seine Eindrücke und Meinungen mitteilte und sie, ohne ihn anzusehen, kurz zustimmend nickte oder, mehrmals und keinen Widerspruch duldend, schweigend den Kopf drehte.

»Welche Autofirma vertreten Sie«, erkundigte er sich bei Willenbrock, wobei er ihn mit den Fingerspitzen leicht am Jackett berührte.

»Alle Marken«, erwiderte Willenbrock bedeutungsvoll und fügte nach einer kleinen Pause erläuternd hinzu: »Ich habe einen Gebrauchtwagenhandel. Ich kaufe alle Typen, ich verkaufe alle.«

»Ein gutes Geschäft?«

»Ein schwieriges.«

»Zahlen Sie gute Preise? Ich habe einen Mercedes, fünf Jahre alt, und ich überlege, mir einen Rover zuzulegen. Schauen Sie ihn sich an, er steht vor der Tür, der weiße Sechshunderter. Machen Sie mir einen guten Preis und wir kommen ins Geschäft.«

Willenbrock wehrte ab: »Das hier ist der Laden meiner Frau, hier macht sie die Geschäfte. Kommen Sie am Montag zu mir. Mein Mechaniker sieht sich Ihren Wagen an, und dann können wir über den Preis sprechen.«

Er stellte eine Flasche ab, holte sein Portmonee aus der Tasche, entnahm ihm eine Visitenkarte und gab sie Puhlmann, der die Karte las, sie in die Tasche steckte und seinerseits eine Karte hervorholte, um sie Willenbrock zu überreichen.

»Ich melde mich, Herr Willenbrock.«

»Aber wie ich Ihnen schon sagte«, gab Willenbrock zu bedenken, »es ist ein hartes Geschäft. Die Verkäufer hoffen, möglichst ihr ganzes Geld wiederzubekommen, die Käufer suchen ein Schnäppchen, und ich muss sie alle enttäuschen. Bei gebrauchten Autos kann eigentlich nur einer reich werden, und ich sagte mir, warum zum Teufel soll ich das nicht sein.«

Puhlmann lachte laut auf: »Sie gefallen mir, Mann. Sie haben die richtige Einstellung, Herr Willenbrock. Er gefällt mir, Gitti.«

Er sah zu seiner Frau, die stumm und ohne eine Miene zu verziehen Willenbrock ansah. Willenbrock wollte weitergehen, aber Puhlmann hielt ihm sein Glas hin: »Gießen Sie bitte noch ein, ich schwitze viel. Geben Sie mir auch ein Glas Wasser. Und wenn Sie mir noch einen Espresso servieren könnten.«

Willenbrock bedauerte.

»Macht nichts«, tröstete ihn der Kahlkopf und fragte dann: »An wen verkaufen Sie Ihre gebrauchten Autos? Wer kauft sich eigentlich die alten Kisten? Hausfrauen, Studenten, Arbeitslose?«

»Vermutlich. Aber am meisten verkaufe ich in den Osten, Polen, Russland, Rumänien. Meine Autos rollen durch Sibirien, habe ich mir sagen lassen.«

»Die Russen«, sagte die blondierte Frau. Sie stieß es tonlos hervor. Ihr Mann und Willenbrock sahen sie erwartungsvoll an, doch sie verstummte wieder, den Mund zugespitzt wie ein Küken, und es war nicht erkennbar, was sie eigentlich hatte ausdrücken wollen.

»Der Osten, das ist ein sicherer Kundenstamm. Und vermutlich unerschöpflich?«

»Ein Fass ohne Boden«, bestätigte Willenbrock.

»Und es gibt keine Schwierigkeiten für Sie?« erkundigte sich Puhlmann.

»Alles in bester Ordnung. Ich zahle cash, ich lasse mir bar bezahlen, keine Probleme.«

Puhlmann lachte auf: »In God we trust, all other's cash, nicht wahr. Und immer haarscharf an der Steuer vorbei.«

»Nein. Das ist in meinem Gewerbe nicht möglich. Zu gefährlich. Bei uns schaut das Finanzamt besonders scharf hin. Eine fehlende Quittung, und ich habe eine Tiefenprüfung am Hals, die mich eine ganze Woche kostet. Nein, ich zahle, was man mir abknöpft und habe dafür ruhige Nächte.«

»Ich sprach von anderen Schwierigkeiten«, sagte Puhlmann,

210

»ich meinte unerwünschte Besucher in der Firma, nächtliche Kunden, Sie verstehen, dieses Gesocks, das über die Grenze kommt.«

Willenbrock sah ihn ruhig an. »Nein«, sagte er dann, »ich komme zurecht.«

»Sie Glücklicher. Wenn ich das doch auch sagen könnte. Bislang sind wir noch verschont geblieben, aber bei uns haben die Banden systematisch die Häuser geplündert. In meiner unmittelbaren Nachbarschaft haben sie drei Villen heimgesucht und einen alten Herrn halb totgeschlagen.«

»Wo wohnen Sie?«

»In der Bernadottestraße, in Dahlem. Meine Gitti war so verängstigt, ich habe das ganze Haus umbauen lassen, um mein Goldstück zu schützen. Mitten in meinem Haus habe ich jetzt einen Hochsicherheitstrakt, einen Raum, der einfach nicht zu knacken ist. Falls wir überfallen werden, können wir uns in diesem Panzerraum verbarrikadieren. Der Raum hat eine eigene Stromanlage, unabhängig von der Hausleitung, eine eigene Wasserleitung und ist feuerfest. Wer da hineinwill, braucht einen Panzer. Wenn ich mal über Nacht nicht in Berlin bin, schläft mein Goldstück in dem Raum. Aber fragen Sie mich nicht, was es mich gekostet hat. Ein Vermögen. Eine Viertelmillion, ob Sie es glauben oder nicht. Und all das nur, weil Sibirien neuerdings vor unserer Haustür beginnt.«

»Ein Hund wäre Sie billiger gekommen.«

»Ein Hund? Mein Nachbar hatte eine Dogge, groß wie ein Pferd. Das Tier haben die Russen zuerst gekillt.«

»Woher wissen Sie, dass es Russen waren?«

»Russen, Rumänen, Albaner, vielleicht waren es auch Deutsche, was weiß ich. Möglicherweise alle zusammen. Die müssen gut organisiert sein und schrecken auch vor Mord und Totschlag nicht zurück. Wenn Sie mit Ihren Fahrzeugen nie Ärger mit denen hatten, müssen Sie ein Sonntagskind sein.«

»Bei mir ist nichts zu holen. Nur alte Autos.«

»Das wird die Banden nicht abhalten, Herr Willenbrock. Ihr Haus jedenfalls sollten Sie sichern. Oder besorgen Sie sich ein Schießeisen. So etwas gibt es ja neuerdings auch an jeder Ecke zu kaufen.«

Jetzt lachte Willenbrock auf: »Das ist nicht Ihr Ernst, Herr Puhlmann.«

»Mein voller Ernst«, sagte der Kahlkopf, »ich werde mein Goldstück und mich schützen. Notwehr ist erlaubt.«

»Machen Sie sich nicht unglücklich«, erwiderte Willenbrock.

»Asien. Alles wird Asien«, sagte Frau Puhlmann

Die beiden Männer sahen sie überrascht an, aber sie hatte sich bereits wieder in ihr Schweigen zurückgezogen. Willenbrock nahm die Flaschen auf und ging weiter.

Aus dem hinteren Zimmer hörte man die laute Bass-Stimme des Posaunisten, der mit jemandem zu streiten schien. Willenbrock schaute sich nach Susanne um, dann nach Kathrin, beide Frauen waren im Verkaufsraum. Eine Sekunde später erschien Herr Rieck, in der Hand seinen Posaunenkoffer. Er schien sehr zufrieden zu sein und verließ, mit breitem Grinsen sich rechts und links von den Anwesenden verabschiedend, das Geschäft.

»Gottlob«, ertönte eine Frauenstimme spitz und prononciert, als der Posaunist im Türrahmen stand. Er blieb für einen Moment stehen, trat dann, ohne sich umzuwenden auf den Bürgersteig und verschwand. Augenblicklich wurden die Gespräche der zurückbleibenden Gäste lebhafter und lauter, als wäre nicht allein der musikalische Vortrag allgemein missbilligt worden, sondern auch die Anwesenheit von Herrn Rieck. Susanne bemerkte die veränderte Stimmung ihrer Gäste, das erleichterte Aufatmen, mit dem das Verschwinden des Musikers registriert wurde, und sah dankbar zu ihrem Mann.

Zwei Stunden später gingen die letzten Gäste, Frau und Herr Puhlmann.

»Reizend«, sagte die blondierte Frau zu Susanne und verabschiedete sich von ihr mit einem Wangenkuss. Dann hielt sie wortlos ihrem Mann die geöffnete rechte Hand hin, bis dieser die stumme Aufforderung begriff und ihr die Wagenschlüssel gab.

»Vielleicht kommen wir miteinander ins Geschäft«, sagte er zu Willenbrock, als er bereits in der Tür stand.

Willenbrock bemerkte erst jetzt, dass der Kahlkopf leicht schwankte. Zusammen mit seiner Frau und Kathrin klappte er die Stühle zusammen und verstaute sie in Susannes Wagen. Dann brachte er die Kartons mit den leeren Flaschen in sein Auto, rückte den Ladentisch an den alten Platz zurück und wartete, bis seine Frau und Kathrin die Kleider im Verkaufsraum aufgehängt hatten. Susanne bat ihn, das Mädchen nach Hause zu fahren, sie würde noch die Alarmanlage einschalten und alles abschließen, man würde sich zu Hause treffen.

Willenbrock öffnete dem Mädchen die Autotür und half ihr beim Einsteigen. Während der Fahrt lobte er ihren Auftritt bei der Modenschau. Das Mädchen fragte, ob er den Posaunisten gut kenne, da die Chefin erzählt habe, er hätte ihn engagiert.

»Nein, ich kenne ihn nicht. Nicht persönlich. Ein Bekannter hat ihn mir empfohlen. War das Ihr Geschmack?«

»Er war lustig. Ich verstehe nicht viel von Musik, aber ich hätte beinah laut losgelacht.«

»Das hätte ihm sicher gefallen, Fräulein Kathrin. Wenn Sie gelacht hätten, das hätte ihm ganz besonderen Spaß gemacht, glaube ich.«

Das Mädchen wurde rot und schwieg.

»Ein netter Kerl, nicht wahr? Er hat etwas von einem Nilpferd. Einem musikalischen Nilpferd natürlich«, sagte Willenbrock, als er in ihre Straße einbog und nach der Hausnummer Ausschau hielt.

»Ist er verheiratet?«, fragte das Mädchen, dem der Vergleich gefiel.

»Nilpferde heiraten nicht«, erwiderte Willenbrock. Er hielt den Wagen an, griff über sie, um die Tür zu öffnen und strahlte sie an.

»Wollen Sie seine Adresse? Ich habe sie.«

»Nein. Wozu?«, sagte das Mädchen schnippisch.

»Da haben Sie Recht, Fräulein Kathrin. Ich denke, er wird bald wieder in der Boutique auftauchen.«

Sie stieg rasch aus dem Auto und ging ins Haus ohne sich umzudrehen.

Eine halbe Stunde, nachdem Willenbrock daheim angekommen war, erschien Susanne. Sie hatte Kopfschmerzen und ging sofort ins Schlafzimmer, um sich hinzulegen. Willenbrock ging nach einiger Zeit zu ihr hoch und fragte sie, ob sie etwas essen mochte. Sie verneinte. Dann richtete sie sich auf, fasste nach seinem Kopf und sagte: »Du warst sehr lieb heute. Danke. Du warst eine große Hilfe. Meine Kundschaft ist ein schwieriger Verein, alle wollen sie gehätschelt werden.«

»Es war wunderbar, Liebe. Ein Erfolg für dich.«

»Nur dieser Posaunist! Ich habe tausend Ängste ausgestanden. Ich fürchtete, es kommt zu einem Skandal.«

»Dafür war er unvergesslich. Du wirst sehen, deine Damen werden noch in einem Jahr über ihn reden. Schlaf jetzt.«

Er war ihr beim Ausziehen behilflich und deckte sie dann liebevoll zu. Die Nachttischlampe schaltete er ein und drehte sie zur Seite, damit sie nicht geblendet wurde.

14

In der folgenden Woche wartete er vergeblich darauf, dass die Bauarbeiten an der Halle fortgesetzt wurden. Als am Mittwochmorgen noch immer kein Bauarbeiter erschien, versuchte er den zuständigen Ingenieur zu erreichen, aber unter allen angegebenen Telefonnummern erreichte er lediglich eine Sekretärin, die ihm keinen Bescheid geben konnte, und irgendeinen Mitarbeiter, der den Namen des Ingenieurs noch nie gehört haben wollte. Mit der Baufirma war der Baubeginn, eine Gesamtbauzeit von drei Monaten und der Übergabetermin vertraglich vereinbart, aber als bereits zehn Tage nach dem Beginn der Schachtarbeiten alle Arbeiter von seinem Bau abgezogen wurden, um irgendwo anders eingesetzt zu werden, ahnte er, dass dieser Teil des Vertrages nicht erfüllt würde. Er hatte mit dem Architekten gesprochen, der ihn in seinen Befürchtungen bestätigte und ihm nur raten konnte, bei jeder Verzögerung umgehend den leitenden Ingenieur anzusprechen und bei den Abrechnungen für die einzelnen Gewerke die Zahlungen nur mit Abschlägen zu leisten. Der Ingenieur schwor bei dem ersten Anruf heilige Eide, dass die Halle Anfang Oktober schlüsselfertig übergeben werde, aber bei den späteren Arbeitsunterbrechungen war er telefonisch selten erreichbar und reagierte auch nicht auf Willenbrocks Bitten um einen Rückruf.

Am Freitag kam mittags eine Zugmaschine mit den Dachteilen. Der Fahrer stellte den Hänger direkt neben den Rohbau und kuppelte ihn ab. Als er vom Hof fahren wollte, hielt ihn Willenbrock an und wollte von ihm wissen, ob die Arbeiter heute noch kommen würden, wo sein Chef zu erreichen sei und wieso die Firma seit zwei Wochen nichts mehr an seiner Halle gemacht habe. Der Fahrer der Zugmaschine, ein junger Mann mit dichtem, struppigen Haar, hielt den Kopf aus dem Fenster und hörte dem Wortschwall des verärgerten Mannes zu. Als Willenbrock verstummte und auf eine Antwort wartete, griff er nach einem Zettel, der an der Fensterscheibe der Fahrerkabine befestigt war und hielt ihn Willenbrock vor das Gesicht. Auf dem Papier stand lediglich Willenbrocks Name und die Adresse seines Autohofes.

»Korrekt?«, fragte der Fahrer. Das R sprach er hart und gutural aus.

Willenbrock sah ihn resigniert an, dann nickte er stumm und ging in sein Büro.

Als er am Montagmorgen zur Arbeit kam, hatten drei Bauarbeiter damit begonnen, das Dach zu montieren. Für einen Moment sah er ihnen zu, bevor er zu Jurek ging.

Am Nachmittag meldete sich Krylow und kündigte für den nächsten Tag seinen Besuch an. Er brauche drei Wagen, und Willenbrock versicherte ihm, ein ganzes Dutzend von geeigneten Fahrzeugen für ihn reserviert zu haben. Sie verabredeten sich für den Vormittag. Willenbrock ging nach dem Anruf zu Jurek, sagte ihm, dass Krylow käme, und bat ihn, acht Fahrzeuge für den nächsten Tag fertig zu machen und auf dem mit einem Seil abgesperrten Platz hinter seinem Bürowagen aufzustellen. Gemeinsam gingen sie die Autos ab, Jurek wies auf die Modelle, die für den Russen geeignet schienen, und Willenbrock akzeptierte jeden seiner Vorschläge.

Bis zum Feierabend wurden ihm noch drei Autos angeboten, die er alle drei kaufte und von denen er noch einen Wagen zu den acht ausgesuchten stellte.

Am Abend fuhr er mit seiner Frau in ein kleines Kino in der Innenstadt. Sie sahen sich den Film eines jugoslawischen Regisseurs an, den Susanne unbedingt sehen wollte. Willenbrock verstand ihn nicht ganz, die Handlung schien ihm verworren und widersprüchlich zu sein, aber ihm gefielen die Tieraufnahmen und die originellen, knorrigen Bauern in dem Film, deren Lebenslust selbst bei tragischen Ereignissen nicht zu bändigen war und die auch bei einer Beerdigung derbe Witze rissen. Die Personen erinnerten ihn an seine Großeltern. Nach dem Kino gingen sie in ein indonesisches Restaurant, und Willenbrock erzählte seiner Frau von den Großeltern, die Susanne nicht mehr kennen gelernt hatte. Sie hörte ihm vergnügt zu, es freute sie, dass er ihr von seinem früheren Leben erzählte, von seiner Kindheit, seinen Hoffnungen und Ängsten. Er sprach sonst wenig über Vergangenes und vermied es, von seinen Empfindungen und Gefühlen zu reden, obgleich sie immer wieder versuchte, ihn dazu zu bewegen.

Daheim tranken beide noch etwas, sie einen spanischen Rotwein und er ein Glas Bier, und sahen sich im Fernsehen die Spätnachrichten an. Sie hielt seine Hand, während beide uninteressiert dem Nachrichtensprecher zuhörten. Als Susanne ins Bad ging, um sich zu duschen, folgte ihr Willenbrock. Er streifte seinen Bademantel ab, öffnete die Tür der Duschkabine und stellte sich neben seine Frau, um sie zu umfassen und zu streicheln. Später gingen sie nackt in ihr Schlafzimmer hoch. Bevor Willenbrock das Licht löschte, rauchte er noch eine Zigarette und erzählte, wie er als kleiner Junge einmal an der Hand seines Großvaters durch dessen Dorf gegangen war, wie der Großvater von einem Nachbarn aufgehalten wurde, der erregt auf ihn einredete und ihn beschimpfte. Willenbrock hatte nicht verstanden, worum es ging. Der Großvater habe plötzlich seine Hand losgelassen, ihn zur Seite geschoben und dann mit einem Faustschlag den Nachbarn niedergeschlagen. Danach habe er ihn herbeigewinkt und sei mit ihm weiter durch das Dorf gegangen, als sei überhaupt nichts Ungewöhnliches passiert. Er habe ihn weiter nach dem Schulunterricht und den Lehrern befragt, obwohl Willenbrock viel lieber erfahren hätte, warum der Großvater den Mann geschlagen habe. Seitdem habe er seinen Großvater unendlich bewundert, und wann immer er in Märchenbüchern oder den Geschichtsbüchern der Schule etwas von einem Helden gelesen habe, von einem unerschrockenen und unbesiegbaren

Mann, habe er seinen Großvater vor sich gesehen, dabei sei dieser, wenn er sich die überlieferten Fotos betrachte, nur ein kleiner und eigentlich schmächtiger Mann gewesen. Susanne lachte und legte ihren Kopf unter seinen Arm, so lagen sie miteinander und schwiegen. Als Willenbrock vorsichtig seinen linken Arm ausstreckte, um ohne Susanne zu stören das Licht auszulöschen, atmete sie so tief und regelmäßig, dass er glaubte, sie schliefe bereits, doch als er, reglos neben ihr liegend im Dunkeln an die Zimmerdecke starrte und an die Verabredungen des nächsten Tages dachte, sagte sie unvermutet: »Und was ist mit Bugewitz? Was machen wir mit dem Haus?«

Willenbrock atmete tief durch. Dann sagte er: »Ja, wir müssen wieder mal rausfahren, das Gras mähen, und nach dem Rechten sehen. Wie wäre es mit dem nächsten Wochenende, einverstanden?«

Seine Frau erwiderte nichts. Sie drehte sich zur Seite. Als sie endlich eingeschlafen war, spürte er, wie ihr Körper im Schlaf zuckte.

15

Krylow erschien kurz nach elf mit vier jungen Männern. Willenbrock kam aus dem Wagen heraus und stieg die Treppe herunter, noch bevor die Männer das Auto verlassen hatten. Er schüttelte Krylow die Hand und begrüßte auch dessen Begleiter, die er alle vier bereits von früheren Besuchen kannte, mit Handschlag. Er fragte, ob sie gleich zu den ausgesuchten und bereitgestellten Fahrzeugen gehen wollen. Krylow nickte, blieb aber stehen und betrachtete den Rohbau, auf dessen halb fertigem Dach zwei Bauarbeiter standen und sich von einem dritten ein Dachteil vom Anhänger hochreichen ließen.

»Alles in Ordnung?«, erkundigte er sich.

»Der Naturstein wurde letzte Woche geliefert. Er steht dort drüben, die acht Paletten sind es. Es ist gute Qualität, und sie wurden mir auf den Tag genau geliefert.«

»So muss es sein«, sagte Krylow zufrieden.

»Nur meine Baufirma ist im Verzug. Sie sehen ja selbst, noch nicht einmal das Dach ist fertig.«

»Ja«, sagte Krylow, »was für eine Welt, wenn man sich nicht einmal mehr auf die Deutschen verlassen kann.«

»Und es bleibt bei dem Preis? Dreitausend?«, erkundigte sich Willenbrock leise.

»Natürlich. Dreitausend plus dreihundert für die richtige deutsche Rechnung.«

Er forderte Willenbrock mit einer einladenden Handbewegung auf, voran zu gehen und folgte ihm zu den reservierten Fahrzeugen. Seine vier Begleiter liefen drei Schritte hinter ihm. Krylow entschied sich rasch für drei Fahrzeuge, sagte dann etwas zu seinen Männern, die daraufhin nacheinander die Türen der ausgesuchten Autos öffneten, sich hineinsetzten und an den Knöpfen und Schaltern spielten. Willenbrock empfahl Krylow noch sehr angelegentlich ein viertes Auto,

aber der schüttelte nur einmal den Kopf. Er hatte sich entschieden und wollte kein Wort weiter darüber verlieren. Er
war es gewohnt, dass man seine Entscheidungen sofort und
vollständig akzeptierte, und wurde rasch ungeduldig, wenn es
Einwände gab oder auch nur wohl gemeinte Ratschläge.

»Ich komme ja wieder«, sagte er nachsichtig zu Willenbrock, aber es war weniger ein Versprechen als ein definitiver
Schluss-Strich unter seine getroffene Anordnung. Willenbrock bat ihn, in sein Büro zu gehen, er selbst ging zu Jurek,
um diesen über die gewählten Autos zu informieren und ihn
zu bitten, die zur Sicherung ausgebauten Teile wieder zu montieren.

Krylow war auf dem Platz stehen geblieben und beobachtete die Bauarbeiter nebenan. Nachdem Willenbrock mit dem
Polen gesprochen hatte und zu ihm kam, ging er mit ihm in
den Wagen. Seinen Männern rief er etwas zu, diese nickten
und blieben bei den Fahrzeugen stehen.

Willenbrock hatte die Autopapiere auf seinem Schreibtisch
gestapelt. Er suchte die dazugehörigen Dokumente heraus,
füllte die Vordrucke aus, setzte das Datum ein und unterschrieb sie. Er schob alles mit den Autoschlüsseln über den
Tisch zu Krylow. Der hatte seine Brieftasche herausgeholt,
zählte laut die Geldscheine ab und legte sie neben die Schlüssel. Dann nahm er das Geldbündel wieder in die Hand, zählte
die vereinbarte Summe für den Natursteinbelag und die fin-
gierte Rechnung ab und steckte dieses Geld in die Brieftasche
zurück. Das restliche Geld legte er auf den Schreibtisch und
schob es mit den Fingerspitzen ein paar Zentimeter von sich
weg, um damit das Geschäft zu beenden. Willenbrock nahm
das Geldbündel in die Hand und legte es, ohne es anzusehen
oder gar nachzuzählen, in die Schublade seines Schreibtisches.
Dann holte er eine angebrochene Flasche Korn aus dem Kühlschrank, stellte zwei Gläser auf den Tisch, goss sie voll und
reichte eins der Gläser Krylow.

»Na sdorowje«, sagte er.

Der Russe griff nach einem Zwieback, wiederholte den Trinkspruch und trank das Glas aus.

»Wie geht es der Frau? Alles gesund daheim?«, erkundigte er sich.

Willenbrock nickte.

»Das ist gut. Das ist das Wichtigste«, belehrte ihn Krylow, »alles andere findet sich, wenn man gesund ist, mein Freund. Und das neue Autohaus, es geht nur langsam voran?«

»Es zieht sich. Für die Baufirma bin ich nur ein Klacks, ein Lückenfüller. Man macht die Halle so nebenbei. Werden die Leute anderswo gebraucht, lässt man mich warten. Und wenn sie hier arbeiten, geht alles in großer Ruhe vonstatten. Überschlagen tut sich keiner.«

»Ich habe es schon gesehen«, bestätigte Krylow, »sehr gemütlich geht es zu. So darf man bei mir nicht arbeiten, das lasse ich nicht zu. Wer so arbeitet, steht bei mir morgen wieder auf der Straße, bei den anderen Faulpelzen, die das stolze Moskau besudeln. Tagediebe, heißt das schöne deutsche Wort. Sollen Sie den Tag bestehlen, nicht mich.«

Krylow stellte mit einer auffordernden Geste sein Glas ab, und Willenbrock füllte es ihm. Er selbst hatte an seinem nur genippt und trank es erst jetzt aus.

»Ihre Tagediebe bleiben aber nicht in Moskau. Die tauchen hier auf, als Banditen.«

»Gab es schon wieder Ärger? Hat man Ihnen wieder Autos gestohlen? Ich sagte es Ihnen, ein alter Mann als Nachtwächter, wen soll der erschrecken? Die jungen Leute gewiss nicht.«

»Es war schlimmer. Zwei Ihrer Landsleute haben uns in unserem Haus überfallen. Sie haben mich fast totgeschlagen.«

Krylows Miene verfinsterte sich. Er kniff die Augen zu schmalen Schlitzen zusammen und fragte böse: »Russen, sagen Sie? Es waren Russen?«

»Zwei Brüder aus Moskau. Die Polizei hat sie geschnappt,

aber man hat sie nur abgeschoben. Man hat sie zur Grenze gebracht, und wahrscheinlich sind sie längst wieder im Land.«

Krylow sah ihn finster an.

»Ist Ihrer Frau etwas zugestoßen?«

»Nein. Sie kam mit dem Schrecken davon.«

Krylow ballte eine Hand zur Faust und drehte sie im Handteller der anderen wie ein Kugelgelenk. Er schien erregt zu sein.

»Erwischt haben sie nur mich«, fuhr Willenbrock fort, »haben mich mit einer Eisenstange bearbeitet, und sie hat es ansehen müssen, was auch nicht einfach ist. Nun will die Frau das Haus verkaufen, sie hat Angst, sie schläft kaum noch.«

»Das ist nicht gut«, sagte Krylow leise, »das ist gar nicht gut. Überhaupt nicht, mein Freund. Nein, das gefällt mir nicht.«

Er sah Willenbrock lange an und überlegte.

»Zwei Brüder aus Moskau, sagen Sie. Kennen Sie ihre Namen?«

»Ja. Gatschiev heißen sie. Ich habe sogar ihre Adressen, die ich von der Polizei bekommen. Andrej und Artur Gatschiev. Vielleicht sollte ich mal einen Gegenbesuch machen, meinen Sie nicht?«

Er wühlte im Schreibtischfach, um nach der Adresse zu suchen.

»Das müssen Sie nicht machen, einen Gegenbesuch. Was Sie ihnen sagen wollen, das kann ich für Sie erledigen. Ich schicke einen Mann zu den beiden, der ihnen von mir ausrichten lässt, dass man meinen guten deutschen Freund Willenbrock nicht überfällt.«

Willenbrock lachte: »Das würde helfen?«

»Ich denke, ja. Hat immer geholfen.«

Willenbrock nahm ein Bündel Papiere aus der Lade und sah sich die Blätter einzeln durch.

»Ich weiß nicht, ob sich zwei Banditen von ihrem Mann überreden lassen, bei mir nicht mehr zu erscheinen. Auch wenn Sie es Ihnen sehr ausdrücklich ans Herz legen.«

»Man muss es ihnen nur eindringlich klar machen. Wenn diese beiden Banditen ein Jahr lang ihre Wohnung nicht mehr verlassen können, werden sie sehr brav sein.«

»Was haben Sie vor mit den beiden? Wollen Sie ihnen alle Knochen brechen lassen?«

Willenbrock unterbrach seine Suche. Er hielt ein Papier in der Hand und starrte Krylow entgeistert an.

»Darum müssen Sie sich nicht kümmern. Nehmen Sie es als einen Freundschaftsdienst. Nein, ich mache es nicht für Sie, ich mache es für mich. Wenn die Brüder aus Irkutsk wären oder aus Petersburg, damit habe ich nichts zu tun. Aber wenn sie aus meinem Moskau kommen, das kränkt mich. Ich liebe meine Heimatstadt, und mich bekümmert es, wenn dort Banditen wohnen. Das muss nicht sein. Das ist nicht gut. Geben Sie mir die Adresse, alles andere muss Sie nicht kümmern.«

Willenbrock bekam plötzlich schweißnasse Hände. Er war verlegen, kramte unschlüssig in der Schreibtischlade, schob sie plötzlich zu und sagte zu Krylow: »Ich finde den Zettel nicht. Ich habe die Adresse wohl daheim liegen gelassen.«

»Es hat Zeit«, entgegnete Krylow verständnisvoll, »geben Sie mir die Adresse bei meinem nächsten Besuch. Wie gesagt, ich bin persönlich gekränkt, Freund Willenbrock. Wenn Banditen ins Haus kommen und die Frau überfallen, das ist nicht gut. Meine Mutter wurde überfallen. Vier Banditen kamen in unser Haus, vergewaltigten sie vor den Augen meines Vaters. Ein Jahr später ist meine Mutter gestorben. Sie ist daran gestorben, sagte mein Vater.«

»Um Himmels willen, Doktor Krylow ...«

»Das ist lange her«, unterbrach ihn Krylow unbewegt, »sehr lange. Aber es ist nicht gut.«

»Hat man die Banditen gefasst?«

»Nein.«

»Die russische Polizei ist auch nicht besser als die deutsche«, sagte Willenbrock.

»Nein. In unserem Dorf war ein sehr tüchtiger Milizionär. Sehr angesehen, eine Respektsperson. Aber er konnte nichts gegen sie machen, es waren zu viele Banditen. Zu viele deutsche Banditen.«

»Deutsche?« Willenbrock sah ihn verständnislos an.

»Ja, Freund Willenbrock, Deutsche, Sie hatten sich in unserem Dorf einquartiert. Die Miliz war machtlos.«

»Deutsche Banditen? Was wollten die bei Ihnen holen, Doktor Krylow?«

»Ich weiß es nicht. Ich war erst zwei Jahre alt.«

»Ich verstehe.« Willenbrock schluckte. »Sie meinen, es waren Soldaten? Deutsche Soldaten? Es tut mir Leid.«

Krylow erwiderte nichts. Er stand auf und verstaute die Autopapiere in seiner Jackentasche, die Autoschlüssel behielt er in der Hand.

»Wenn man Ihnen ein Auto stiehlt, das ist ärgerlich. Aber wenn man Sie und Ihre Frau überfällt, das ist gar nicht gut. Das sollte nicht sein. Sie müssen sich besser schützen, mein Freund. Ich mache mir Sorgen um Sie.«

Er ging aus dem Büro, Willenbrock folgte ihm. Krylow gab seinen Männern die Autoschlüssel, auf kleinen Schildern waren die Kennzeichen vermerkt. Dann verabschiedete er sich von Willenbrock und setzte sich auf den Beifahrersitz seines Wagens. Bevor sein Fahrer das Auto starten konnte, ließ er die Scheibe herunter und sagte zu Willenbrock: »Vergessen Sie nicht die Adresse. Bei meinem nächsten Besuch will ich sie haben, Freund Willenbrock. Nicht vergessen, verstanden?«

Der Wagen fuhr vom Hof, gefolgt von den drei Fahrzeugen, die Krylow gekauft hatte.

Er lässt sie totschlagen, dachte Willenbrock. Seine Hände waren noch immer schweißnass. Er war fest entschlossen, Krylow die Adresse der beiden Brüder nicht zu geben. Er ging in den Wagen und suchte das Papier heraus, auf dem er sich die Moskauer Anschrift der beiden notiert hatte, nachdem der

Polizist ihm den Computerausdruck vorgelesen hatte. Er überlegte einen Moment, es zu vernichten, doch dann legte er es wieder zu den anderen Papieren und verschloss die Schublade.

Jurek kam ins Büro und erkundigte sich, ob die restlichen, für die Russen bereitgestellten Autos weiter zurückgehalten werden sollen. Als Willenbrock sein mürrisches Gesicht sah, lachte er auf: »Krylow ist mein bester Kunde, Jurek. Der Russe bezahlt dein Gehalt, sieh es von der Seite.«

»Von ehrlicher Arbeit kann er nicht so viel Geld haben. Wieso ist er so reich? Die Sowjetunion geht kaputt, und er ist plötzlich Millionär. Das sind dunkle Quellen, Chef, das ist schmutziges Geld. Wer weiß, was daran klebt.«

»Ich frage meine Kunden nicht, woher sie ihr Geld haben. Ich bin nicht das Finanzamt. Und durch Arbeit wird keiner reich, das wissen wir alle. Aber so ist nun einmal die Welt eingerichtet. Dafür sind wir zwei die besseren Menschen, wir werden nach unserem Tod belohnt. Reich belohnt.«

»Spotten Sie nicht, Chef.«

»Ich spotte nicht, Jurek, aber es ist nicht christlich, wie du dich aufführst. Auch Krylow ist ein Mensch, auch die Russen sind Gottes Geschöpfe.«

»Gewiss. Aber der Herr hat viel geschaffen, solches und solches. Bleiben Sie heute hier, Chef?«

»Ich habe um drei einen Termin, aber ich bin nur eine Stunde weg. Warum fragst du?«

»Ein Mädchen hat vorhin nach Ihnen gefragt. Als Sie mit den Russen sprachen.«

»Ein Mädchen?«

»Ja, eine junge Frau.«

»Wie sah sie aus, Jurek.«

»Schön, Chef, schönes Mädchen. Die Frauen, die nach Ihnen fragen, sind immer schön.«

»Hat sie mir etwas ausrichten lassen?«

»Sie will am Nachmittag kommen. Um zwei, um drei, ich weiß nicht.«

»Danke, Jurek.«

»Dann stelle ich die Autos zurück. Und ich gehe in die Werkstatt und nehme mir den Mercedes vor.«

»Gut. Mach das.«

»Haben Sie noch einen Wunsch, Chef?«

»Ja. Du sollst mich nicht immer siezen. Wie lange bist du schon bei mir, Jurek, und du sagst immer noch Sie.«

»Sie sind der Chef, und meine Zunge ist schwer. Ich spreche Ihre Sprache nicht so gut.«

»Lügen kannst du auf Deutsch schon sehr gut. Aber wie du willst, Jurek.«

Der Pole tippte wortlos an seine Nase und ging hinaus. Willenbrock nahm die Unterlagen über die verkauften Fahrzeuge in die Hand, sah sie nochmals durch und heftete sie in einen Ordner. Dann nahm er das Geldbündel aus der Schublade, zählte die Scheine sorgfältig und verstaute sie in seinem Portmonee. Nach dem Mittagessen, einer auf dem Elektrokocher warm gemachten Suppe aus der Dose, die er mit Jurek zusammen im Wagen löffelte, ging er zum Neubau und beobachtete argwöhnisch die drei Arbeiter, die über ausgelegte Leitern und schmale Bretter auf dem Dach umherliefen und die Dachplatten verschraubten. Einer der Bauarbeiter rief ihm zu, er möge aufpassen und hier nicht ohne Helm herumlaufen. Willenbrock starrte ihn wortlos und mürrisch an. Starrsinnig blieb er noch einen Moment reglos stehen, dann dreht er sich um, stieg in sein Auto und fuhr zu seinem Steuerberater, den er gebeten hatte, beim Finanzamt unter Verweis auf den kostspieligen Neubau der Autohalle einen Zahlungsaufschub seiner Jahressteuer zu beantragen. Als er zurückkam, erkundigte er sich bei Jurek, ob das Mädchen sich wieder gemeldet hätte. Der Pole verneinte. Willenbrock sagte, falls sie wiederkäme und er nicht da sei, möge sie ihren Namen und eine Telefonnummer hinterlassen.

16

In der Nacht zum Donnerstag riss der Wind eine Metallplatte des Neubaus aus seiner Verankerung, verbog beim Herunterfallen eine der Leichtmetallstreben und schlug ein Loch in den Beton des Fußbodens. Als Willenbrock erschien, waren die Bauarbeiter bereits dabei, den Schaden auszubessern. Willenbrock verlangte das Erscheinen des Ingenieurs und ein Protokoll über den Vorfall, um für spätere Folgen abgesichert zu sein. Die drei Arbeiter versuchten es ihm auszureden und versprachen, die Zeit für die Ausbesserungen nach Feierabend nachzuarbeiten. Die Platte war nicht ausreichend befestigt, und sie fürchteten, Ärger mit ihrer Firma zu bekommen und wollten es daher nicht gemeldet wissen. Willenbrock beharrte darauf, dass der Ingenieur kommen müsse. Als die Arbeiter ihm weiter in den Ohren lagen und geradezu darum baten, den Schaden rasch und ohne weiteres Aufsehen zu beheben, begann er zu brüllen und wiederholte cholerisch seine Forderung. Dann ging er in die Werkstatt, Jureks Gruß erwiderte er kurz angebunden und missgelaunt. Als er an seinem Schreibtisch saß, ärgerte er sich über sich selbst und beschimpfte sich laut. Eine halbe Stunde später öffnete Jurek das Tor und ließ eine kleine Gruppe der dort wartenden Männer ein. Willenbrock musterte die Fremden von seinem Fenster aus und achtete dabei darauf, dass Jurek ihn nicht sehen konnte. Er kam erst aus dem Wagen, als sich zwei Männer für ein Fahrzeug entschieden und Jurek bei ihm angeklopft hatte. Willenbrock bemühte sich jetzt, freundlich zu sein, hörte aufmerksam darauf, was die Männer sagten und was ihm der Pole übersetzte, aber er blieb verstimmt, ohne den eigentlichen Grund dafür zu wissen, denn das Missgeschick an seinem Neubau kümmerte ihn eigentlich nicht sonderlich, und verärgert war er weit mehr über seine eigene Launenhaftigkeit und sein unbeherrschtes Auftreten den Bauarbeitern gegenüber, die sich vermutlich um ihre Arbeitsstelle sorgen mussten. Doch seine Entscheidung, dass ihr Chef zu erscheinen habe, wollte er nicht rückgängig machen, und eine Entschuldigung kam für ihn ebenfalls nicht in Frage.

Gegen zehn erschien der Ingenieur, und Willenbrock ging mit ihm die Baustelle ab. Willenbrock zeigte ihm den angerichteten Schaden, aber er war nun ruhig und beherrscht und nur seinem unverändert finsteren Gesicht, das sich bei keiner der beruhigenden und lockeren Bemerkungen des Ingenieurs aufhellte, der den Schaden jedenfalls Willenbrock gegenüber als Lappalie ohne irgendwelche Folgen darstellte und ihm, um ihn aufzuheitern, von einem dreisten Bauschwindel einer konkurrierenden Firma am Potsdamer Platz erzählte, nur der gleich bleibend entschlossenen Miene war seine Ungeduld und Unruhe anzumerken. Die drei Arbeiter beobachteten sie verstohlen, während sie das Dach weiter zusammenschraubten.

Willenbrock verlangte von dem Ingenieur einen detaillierten und verbindlichen Zeitplan, da die häufigen Unterbrechungen und der verminderte Einsatz von Arbeitern bereits zum jetzigen Zeitpunkt nicht wieder einzuholende Verzögerungen bedeuten würden und seine eigene Planung ins Rutschen gekommen sei. Der Ingenieur versprach ihm, ein solches Papier innerhalb einer Woche zuzuschicken. Er verabschiedete sich von Willenbrock, kletterte aber, bevor er vom Hof fuhr, zu den Arbeitern hoch und sprach mit ihnen. Willenbrock hatte den Eindruck, er rede über ihn, da alle drei Bauarbeiter während des kurzen Gesprächs zu ihm heruntersahen.

Am Samstagmorgen packte er in den Kofferraum seines Autos die Tüten und Kartons für das Wochenende und verabredete sich mit Susanne, die erst eine Stunde später ins Geschäft fuhr, für den Nachmittag.

Im Büro wartete Pasewald auf ihn, den Hund hatte er vor dem Wagen angekettet. Der Nachtwächter sagte, dass seine Frau die Kinder besuchen wollte und er gern für eine Woche

Urlaub nehmen würde. Willenbrock nickte nur, er war einverstanden. Pasewald meinte, er würde Ende August mit der Frau zur Tochter fahren, und er wäre dann eine ganze Woche nicht in der Stadt. Da Willenbrock wiederum nur zustimmend nickte, erklärte der Nachtwächter, er könne einen Ersatzmann stellen, einen Nachbarn, der im Vorruhestand sei und sicher einspringen würde. Auch er habe einen Hund, der zwar nicht reinrassig sei, man würde, wenn das Tier laufe, sofort sehen, dass es nicht viel tauge, aber für die Nachtwachen wäre er tauglich, denn er sei immerhin scharf und etwas bissig. Willenbrock sagte, für eine Woche brauche er keinen Ersatz. Bei den Ganoven habe es sich sicher herumgesprochen, dass sein Hof scharf bewacht sei, und bevor diese mitbekämen, dass Pasewald im Urlaub sei, wäre er längst wieder zurück. Da er bemerkte, dass es dem Nachtwächter nicht recht war, den Autohof unbewacht zu lassen, und sei es auch nur für eine Woche, fügte er hinzu, er könne ja seinen Hund auf dem Platz lassen, Jurek würde ihn bis zu seiner Wiederkehr anständig versorgen. Pasewald nahm die Bemerkung ernst und erläuterte ausführlich, warum das nicht möglich sei, dass der Hund, einmal für eine Nacht losgebunden, weder Willenbrock noch den Polen oder irgendeinen Kunden auf den Platz lassen würde und wahrscheinlich auch die Bauarbeiter vertreiben würde. Dann bot er Willenbrock an, die Frau allein zu den Kindern zu schicken, es müsse sich ohnehin jemand um den Garten und die Blumen kümmern, und es sei auch die andere Tochter mit dem Enkelkind in der Stadt, an das er sich so gewöhnt habe, dass er es eigentlich ungern verlasse. Willenbrock sagte, er solle mit der Frau fahren und sich keine Sorgen um den Autohof machen. Für die eine Woche würde er eine Wachgesellschaft beauftragen, nach dem Rechten zu sehen. Er bat ihn, zwei Tage vor der Reise nochmals Bescheid zu geben, dann verabschiedete er sich von dem bekümmert dreinblickenden Nachtwächter.

Den Vormittag über kamen mehrere Interessenten, die an den Fahrzeugen entlangliefen und sich von Jurek diesen und jenen Wagen aufschließen ließen, um die Innenausstattung zu begutachten. Es waren vor allem Männer, aber auch einige Ehepaare, die immer wieder um die von ihnen ausgewählten Fahrzeuge liefen, die Papiere sehen wollten und Jurek viele Fragen stellten, um dann doch unentschlossen nach anderen Fahrzeugen Ausschau zu halten und davonzugehen, ohne sich für ein Modell entscheiden zu können.

Drei Jugendliche, die wie sechzehn aussahen, wollten ein rotes Coupé kaufen. Jurek fuhr mit ihnen eine Runde auf dem Platz, erlaubte ihnen aber nicht, das Auto, bevor sie es gekauft hatten, selber zu fahren. Er schickte sie zu Willenbrock in den Wohnwagen, der sich unter Hinweis auf polizeiliche Auflagen von dem Jugendlichen, der den Wagen kaufen wollte, den Personalausweis und die Fahrerlaubnis zeigen ließ. Als er ihnen den Preis nannte, versuchten die drei mit ihm zu handeln, er unterbrach sie jedoch sofort und erklärte, sie seien hier nicht auf einem Basar, er habe feste Preise und die seien so knapp kalkuliert, dass er ihnen nicht einmal einen Rabatt einräumen könne. Schließlich legten sie fünftausend Mark auf den Tisch und versprachen, das restliche Geld am Montag, spätestens am Dienstag zu bringen. Willenbrock war damit einverstanden. Er nahm das Geld, schrieb eine Quittung aus, verstaute die Scheine in der Schublade und sagte den Jungen, das Fahrzeug sei für sie damit fest reserviert, sie mögen am Montag oder Dienstag mit dem noch fehlenden Geld vorbeikommen, bis dahin würde er das Auto wie seinen Augapfel Tag und Nacht für sie behüten. Die drei protestierten. Sie bräuchten das Fahrzeug an diesem Wochenende und mit der Anzahlung hätten sie das Recht erworben, es sofort mitzunehmen. Der Kauf sei perfekt, das Auto gehöre ihnen bereits, und er müsse es ihnen rechtlich umgehend aushändigen.

»Sie kriegen schon Ihr Geld«, sagte einer der Jugendlichen,

der besonders kindlich aussah und, obwohl er nicht der eigentliche Käufer war, meistens das Wort führte, »am Montag haben sie die Lappen, da müssen Sie sich keine Sorgen machen.«

»Ich mache mir keine Sorgen«, erwiderte Willenbrock freundlich, »wenn Ihr das Geld bringt, bekommt Ihr die Schlüssel.«

Sie protestierten lautstark und wiederholten, dass sie das Auto an diesem Wochenende brauchten, also heute oder gar nicht. Willenbrock bot ihnen andere Autos an, er habe auch Autos für fünftausend Mark auf dem Platz, mit denen sie gleich abfahren könnten, aber die jungen Männer hatten sich für das rote Coupé entschieden und wollten die anderen Fahrzeuge nicht sehen.

»Was du sonst auf dem Platz hast, ist Schrott, Mann«, fuhr ihn der Jüngste an, »wir wollen keine Schrottkiste.«

Sie verlangten ihr Geld zurück und sagten, dass sie anderswo solche Rostmühlen, wie sie auf seinem Hof stehen würden, hinterhergeworfen bekämen.

»Dann rate ich euch, nehmt, was man euch hinterherwirft. Das kommt euch billiger.«

Beim Hinausgehen versuchten sie, die Tür krachend zuzuwerfen, aber die schwere Bohlentür widerstand dem Bemühen, sie heftig zu bewegen.

Bis zum Mittag hatte er nur ein Fahrzeug verkauft, und da nach zwölf Uhr erfahrungsgemäß kaum noch Kunden erschienen, schickte er Jurek nach Hause. Die verbliebene Zeit bis zum Geschäftsschluss nutzte er, um in aller Ruhe und unbeobachtet von den Bauarbeitern den Neubau zu begutachten. Um zwei stellte er sein Auto auf die Straße, verschloss den Wohnwagen und das Gittertor und fuhr zur Boutique, um Susanne abzuholen und mit ihr zum Landhaus zu fahren.

In Prenzlau unterbrachen sie die Fahrt, um bei einem Italiener etwas zu essen. Während sie auf die bestellten Speisen warteten, bemühte sich Willenbrock, mit seiner Frau locker zu plaudern, doch sie antwortete nur einsilbig und schien abwesend zu sein.

»Machst du dir Sorgen?«, fragte er.

»Sorgen? Nein. Ich habe Angst«, sagte sie leise.

Sie sah ihn an, und er bemerkte, wie erschöpft sie war. Er wartete darauf, dass sie noch etwas hinzufügte, aber sie schwieg und sah ihm reglos in die Augen. Sie wirkte wie erstarrt.

»Ängstige dich bitte nicht«, sagte er und streichelte ihren Handrücken, »es wird nicht noch einmal passieren, Liebe. Ich habe vorgesorgt. Mein halber Kofferraum ist vollgepackt mit Alarmanlagen und massiven Sicherheitsvorrichtungen. Ich habe gekauft, was ich bekommen konnte. Ich beginne noch heute damit, alles einzubauen, dann ist das Haus bombensicher. Falls sich irgendwo einer an unserem Haus zu schaffen macht, geht nicht nur ein Höllenalarm an, in Sekunden marschiert bei uns ein ganzes Polizeibataillon auf. Uns kann nichts mehr passieren, nie wieder.«

Sie erwiderte nichts, sondern sah sich, als habe sie nicht zugehört, im Gastraum um und betrachtete die Gipsfiguren und Vasen, die antiken Modellen nachgebildet waren und eine mediterrane Atmosphäre schaffen sollten. Nachdem sie gegessen hatten und wieder im Auto saßen, gestand ihr Willenbrock, dass er sogar eine Signalpistole gekauft habe. Er sagte es ihr lachend und fügte hinzu, es sei grotesk, und er könne sich nicht vorstellen, sie in die Hand zu nehmen, um sie gegen einen Menschen abzudrücken. Er hoffte, Susanne damit zu beruhigen, doch als er während der Fahrt das Handschuhfach öffnen wollte, um ihr die Pistole zu zeigen, wehrte sie ab. Sie wollte nichts davon sehen und wissen.

Vor dem Grundstück hielten sie an, Willenbrock stieg aus, um das Tor zu öffnen. Er warf dabei unauffällig einen prüfenden Blick auf das Haus und den Hof, um Susanne nicht zu beunruhigen, aber als er den Wagen auf das Grundstück fuhr, sah er, wie sie sich angespannt nach allen Seiten umsah. Er ging vor ihr ins Haus und lief rasch durch die Räume im Erdgeschoss, bevor er die Taschen aus dem Wagen holte und sie in der Küche abstellte. Dann ging er nach oben und sah sich dort um. Als er herunterkam, stand Susanne im Wohnzimmer und fuhr mit dem Finger an dem zersplitterten Holz der Tür entlang und dem Riss im Türblatt, wo damals die Messerklinge durchfuhr.

»Ist bereits in Arbeit«, sagte er betont beiläufig, »ich habe mit dem Tischler gesprochen, mit Königsmann. Er versprach mir, morgen Vormittag vorbeizukommen, um Maß zu nehmen. Ich will die alten Türen nicht mehr aufarbeiten lassen. So wertvoll sind sie nicht, dass sich das lohnen würde. Ich will im ganzen Haus neue Türen haben, ich lasse alle auswechseln, nicht nur die beschädigten. Einverstanden, Susanne?«

»Er kommt morgen früh?«

»Nicht vor dem Aufstehen, habe ich ihm gesagt. Er will zwischen zehn und elf kommen.«

Sie packte den Korb mit den Lebensmitteln aus. Er ging auf den Hof, öffnete die Scheune und das Stallgebäude und suchte sie nach verdächtigen Spuren ab. Dann räumte er zwei Holzbalken beiseite, die an dem Gerüst der Stallung lehnten, öffnete das alte Tor und fuhr den Wagen hinein. Er betrachtete das dort gelagerte Bauholz, die Balken und Dachlatten, den zusammengelegten alten Dachstuhl, der dort seit drei Jahren lag, seit dem Sommer, in dem er das Dach vom Stall und der Scheune hatte erneuern lassen, und den er für den Kamin zersägen wollte. Die Tischkreissäge, die er sich dafür angeschafft hatte, stand völlig unbenutzt und abgedeckt daneben. Willenbrock seufzte, als er die Unordnung und die auf ihn wartende Arbeit sah. Irgendwann, sagte er sich, irgendwann habe ich auch dafür Zeit. Aus dem Kofferraum nahm er drei große Plastiktüten heraus, in denen mehrere Kartons steckten.

Anfang der Woche war er zu einem Geschäft für Sicherungstechnik und Alarmanlagen gefahren, hatte dem Verkäufer
beschrieben, was für ein Grundstück und Haus er besitze, und
sich von ihm beraten lassen. Der Mann hatte ihn zu einer
Rundumsicherung überreden wollen, die seine Firma in zwei
Wochen installieren könnte, aber Willenbrock lehnte ab. Ihn
schreckte weniger der hohe Preis als vielmehr der Aufwand.
Es erschien ihm übertrieben und er fürchtete, damit Susanne
nicht zu beruhigen, sondern ihre Angst zu steigern. Er hatte
den Ausführungen des Verkäufers aufmerksam zugehört und
entschieden, lediglich Geräte zu kaufen, die er selbst einbauen
könnte und die die Nutzung des Landhauses nicht beeinträch-
tigen würden. Er kaufte, was der Mann ihm daraufhin empfahl. Er hatte den Eindruck, sich für einen Krieg auszurüsten.

»Alles etwas übertrieben, nicht wahr«, sagte er.

Der Verkäufer schüttelte den Kopf: »Das scheint nur vorher
so. Im Ernstfall werden Sie heilfroh sein, Vorsorge getroffen zu
haben. Die Leute kommen immer erst hinterher zu uns. Wenn
hier irgendwo eine Wohnung ausgeräumt wurde, dann erscheinen die Mieter vom ganzen Haus, um sich bei mir
einzudecken.«

»Gute Zeiten für Sie«, bemerkte Willenbrock.

Der Verkäufer nickte zufrieden: »Wir leben von den Einbrüchen, das ist wahr. Steigt die Kriminalität, steigt unser
Umsatz.«

»Sie sollten die Ganoven an Ihrem Gewinn beteiligen. Sie sind
ein Nutznießer der Einbrüche. Stiller Teilhaber sozusagen.«

»Das ist nicht ganz falsch. Aber so ist das Leben.«

Er scannte die Kartons und verpackte sie in Tüten.

»Sie haben in jedem Fall ein gutes Geschäft gemacht«, sagte
er zum Abschied, als er Willenbrock die Tür aufhielt, »wenn
etwas passiert, werden Sie die Ausgabe nicht bereuen. Und
wenn Sie sie nie benötigen, werden Sie darüber auch nicht
unglücklich sein. Viel Glück und vielen Dank.«

Bis die Dämmerung hereinbrach, baute er an den Außentüren und Fenstern die Sicherungen ein und probierte sie aus. Susanne sah ihn skeptisch an, wenn sie an ihm vorbeikam, sagte aber nichts dazu. Vor dem Abendessen machten sie noch einen Spaziergang bis zu dem Rand des Waldes, der überflutet worden war, doch bevor es dunkel wurde, waren sie zurück. Willenbrock verschloss das Haus und schaltete die bereits installierten Anlagen ein. Sie gingen spät ins Bett, konnten aber lange nicht einschlafen. Die Geräusche vor dem Haus, das Knarren der vom Wind bewegten Bäume, die nächtlichen Rufe von Vögeln, das leise, rasche Trippeln des Marders, der im Dach der Scheune wohnte und nachts über das Grundstück und die Dächer zog, hielten sie bis weit nach Mitternacht wach. Beide lauschten mit angehaltenem Atem. Obwohl sie spät einschliefen, wurden sie wie in jeder Nacht seit dem Einbruch um zwei Uhr wach und lagen mehr als eine Stunde schlaflos nebeneinander. Beide wussten, dass auch der andere nicht schlief, aber sie schwiegen, den nächtlichen Geräuschen der Natur lauschend und gleichzeitig bemüht, wieder einzuschlafen. Am nächsten Morgen baute Willenbrock an den Sicherheitsanlagen weiter. Als der Tischler erschien, zeigte er ihm die Türen, die er ersetzt haben wollte. Über den Einbruch war der Tischler bestens informiert und schlug gleich vor, wie man dieses Problem lösen könnte: »Arbeitslager wie bei Adolf, verstehen Sie. Alles war bei ihm nämlich nicht schlecht.«

»Ich weiß«, sagte Willenbrock ironisch, »die Autobahn.«

»Sicher«, sagte der Tischler, »er hatte schon ein paar gute Ideen. Was der in zwölf Jahren geschaffen hat, da kommen die Politiker von heute nicht mit. Die diskutieren zwölf Jahre, aber sie machen nichts. Mit den Banditen jedenfalls hat er aufgeräumt.«

»Jaja, mit den Banditen und mit einigen anderen auch noch.«

»Trotzdem, Herr Willenbrock, alles war nicht schlecht.«

Er zog eine Kladde aus der Tasche und schrieb sich die Maße auf.

Bis zur Abfahrt am späten Nachmittag bastelte Willenbrock an den Gittern und Alarmanlagen. Da Susanne mit keinem Wort darauf einging und nur mit deutlichem Unbehagen seine Arbeit betrachtete, versuchte er seine Bemühungen zu bagatellisieren und scherzte, er würde das Haus so uneinnehmbar machen, dass sie bald selbst nicht mehr hineinkämen. Sie fragte, ob dies alles bedeute, dass er sich bereits entschieden habe, das Grundstück zu behalten. Willenbrock verneinte: »Darüber wollen wir in einem halben Jahr sprechen. Und wir beide zusammen werden es entscheiden.«

Die Heimfahrt war beschwerlich. Auf der Landstraße waren Erntefahrzeuge unterwegs, die nur langsam vorankamen und kaum zu überholen waren, und die Autobahn in Richtung Berlin war verstopft, die zahlreichen Baustellen vergrößerten die Schlange der sich stauenden Fahrzeuge.

Am Mittwoch meldete sich einer der Bauarbeiter bei ihm. Er klopfte an, öffnete die Tür seines Bürowagens und sagte ihm, dass sie am nächsten Tag mit dem Dach fertig seien.

»Morgen ist Richtfest«, sagte er, da Willenbrock die Ankündigung nur mit einem Kopfnicken zur Kenntnis nahm, »morgen können Sie feiern, Chef. Jetzt haben Sie das Schlimmste überstanden, nun kommt nur noch Kleinkram. Ich sag immer, für die restlichen Schäden bis zu zwei Zentimeter kommt der Maler auf.«

Er lachte laut auf. Willenbrock reagierte auf den Scherz nicht, stattdessen erkundigte er sich, wann der Ingenieur zur Abnahme erscheine.

Am nächsten Tag befestigten die Arbeiter kurz vor der Mittagspause einen mitgebrachten Richtkranz aus grünen Plastikgirlanden auf dem Dach, räumten ihr Werkzeug zusammen und kehrten mit Hofbesen die Betonfläche der Halle sauber. Eine halbe Stunde später erschien der Ingenieur, um mit Willenbrock zusammen die Arbeit zu begutachten und das Protokoll zu unterschreiben. Die drei Bauarbeiter hatten sich auf umgedrehte Eimer gesetzt, aßen ihre Klappstullen und verfolgten aufmerksam die Abnahme. Zweimal rief der Ingenieur den dicken, rothaarigen Arbeiter, der Willenbrock am Vortag den Abschluss der Dacharbeiten gemeldet hatte, zu sich und fragte ihn wegen der Isolierung.

»Es ist gute Arbeit«, sagte der Ingenieur schließlich zu Willenbrock, »Ihr Architekt wird zufrieden sein. Und Sie auch.«

Bevor Willenbrock zum Neubau hinüberging, hatte er Jurek einen Geldschein gegeben und ihn gebeten, einen Kasten Bier und ein paar Bratwürste vom Imbiss-Stand am Baumarkt zu besorgen. Als sie noch auf dem Dach standen, hatte Jurek Stühle aus dem Büro und dem Gewächshaus geholt und sie in der neuen Halle aufgestellt. Nachdem Willenbrock ein Protokoll unterschrieben hatte, setzten sich alle Männer im Kreis um den Bierkasten, Jurek bot ihnen die in einer Schüssel mitgebrachten Bratwürste an. Nachdem einer der Arbeiter eine Bierflasche mit einem Schraubenzieher geöffnet und sie dem Ingenieur gereicht hatte, erhob der sich und gratulierte, die geöffnete Flasche vor sich haltend, Willenbrock zu dem Bau. Danach setzte er sich, alle sahen nun zu Willenbrock, aber der stand nicht auf und wollte auch nicht reden, er hob nur sein Bier zum Gruß hoch und setzte dann die Flasche an die Lippen. Er fragte den Ingenieur, wann die Glasscheiben kommen und sprach dann mit ihm über die Termine.

Die Bauarbeiter hatten sich zu Jurek gesetzt. Einer von ihnen fragte ihn nach dem roten Coupé, das seit vierzehn Tagen auf dem Hof stand und für das sich schon einige Kunden interessiert hatten. Jurek lobte das Auto. Sein Chef könne keine Garantie für die gebrauchten Wagen geben, aber dieses Auto habe er sich besonders genau angesehen.

»Die Maschine ist gut. Nicht viel gefahren, nicht wenig, eine gute Maschine«, sagte er.

Der Arbeiter fragte ihn nach dem Preis, der Pole verwies ihn an Willenbrock.

»Von Geld habe ich keine Kenntnis«, sagte er.

»Ich auch nicht«, sagte der Arbeiter und lachte.

Eine halbe Stunde später fuhren die Arbeiter gemeinsam mit dem Ingenieur vom Hof. Am Nachmittag wurde der Hänger abgeholt. Die Glasscheiben sollten Ende der nächsten Woche eingesetzt werden, an den Tagen, an denen er mit seinem Handballclub zu einem Turnier nach St. Andreasberg fahren wollte. Dafür trainierte seine Mannschaft seit einigen Wochen intensiv, auch für das gesamte kommende Wochenende waren mehrere Trainingsspiele angesetzt.

Am Freitagabend brachte Willenbrock Susanne zur Bahn. Sie wollte eine Freundin besuchen, die den Sommer über in Ralswiek als Regieassistentin bei einer Freilichtaufführung arbeitete. Susanne befürchtete, dass die Straßen verstopft seien und fuhr daher mit dem Zug, ihre Freundin wollte sie vom Bahnhof in Bergen abholen. In der Boutique würde am Sonnabend nur Kathrin arbeiten. Willenbrock verstaute Susannes Reisetasche über ihrem Sitz, ging auf den Bahnsteig zurück und stellte sich vor das Abteil. Das Fenster war heruntergelassen, eine Frau und zwei Kinder steckten die Köpfe hinaus und hielten aufgeregt nach jemandem Ausschau. Willenbrock konnte Susanne nicht sehen. Als der Zug anfuhr und die Scheibe hochgeklappt wurde, winkte er, doch er blickte nur in die sich in der Scheibe spiegelnde Sonne.

Vom Bahnhof fuhr er zur Sporthalle, zog sich rasch um und lief in die Halle, wo seine Mannschaft bereits trainierte. Sie spielten, bis der Hallenwart zum Abbruch mahnte. Danach ging er mit den Mitspielern zum Italiener. Sie sprachen über das bevorstehende Turnier und über Frauen, dann erzählte Genser wieder von Russland, von einem Besuch in einem Spielcasino, das Österreicher in einem Luxusschiff eingerichtet hatten. Das große Schiff war fest auf der Moskwa verankert und ein breiter, beleuchteter Steg verband es mit dem Ufer. Genser war mit einer russischen Freundin dorthin gegangen. Er hatte mit ihr an einem der Tische gesessen, als plötzlich vier Russen in billigen Anzügen erschienen und einen Streit mit dem Geschäftsführer begannen. Sein Croupier warf einen Blick auf die sich beschimpfenden Männer, hielt mit einem schnellen Griff das Roulette an und forderte die Spieler auf, ihre Einsätze zurückzunehmen, da das Spiel unterbrochen sei. Er hatte direkt neben dem Croupier gesessen, seine Chips vom Tuch zurückgeholt und sie vorsichtshalber in seine Tasche gesteckt. Auch an den anderen Tischen wurden die Spiele unterbrochen. Er hatte seinen englisch sprechenden Croupier nach dem Grund der Spielunterbrechung gefragt. Der wies vorsichtig mit dem Kopf nach den vier Russen und flüsterte, dass diese vier Gauner bereits vor zwei Tagen zusammen mit einem älteren Mann bei dem Geschäftsführer erschienen waren und darum gebeten hatten, den Schutz des Casinos zu übernehmen. Ihr Chef hatte abgelehnt. Er hatte ihnen gesagt, dass sie bereits eine professionell ausgebildete Bodyguard an Bord hätten. Der ältere Mann hatte ihn daraufhin nur verständnislos angesehen und verschwand mit seinen vier jungen Begleitern. Und nun erschienen eben diese vier jungen und bedrohlich wirkenden Figuren wieder und wollten offenbar einen Streit vom Zaun brechen. Genser, der Computerhändler, hatte dann wie alle anderen Besucher des Casinos die Szene verfolgt. Der Geschäftsführer versuchte, die vier Männer hinauszudrängen. Nach wenigen Sekunden war die Bodyguard im Salon erschienen, fünf trainierte, sportliche Männer, die sich Furcht einflößend um die eingedrungenen Russen aufstellten. Der österreichische Casinobetreiber hatte den Personenschutz aus Wien mitgebracht, wie der Croupier sagte. Für einen Moment war es ganz ruhig gewesen. Nur der Geschäftsführer sagte etwas zu den vier jungen Männern, er sprach höflich mit ihnen, aber sehr bestimmt. Verstanden hatte

Genser nichts davon, seine Freundin übersetzte ihm aber. Unvermittelt gab es ein Handgemenge, einer der jungen Österreicher schrie plötzlich auf und presste eine Hand gegen sein rechtes Ohr, unter der Hand schoss Blut hervor. Die anderen sprangen einen Schritt zurück, vor dem schreienden Mann lag ein Messer auf dem Parkett und daneben ein Ohr. Die vier Eindringlinge, die eben noch lautstark und aggressiv den Geschäftsführer bedrängt und sich mit der Bodyguard angelegt hatten, standen mit herunterhängenden Armen an einer Wand, sie wirkten plötzlich eingeschüchtert und hilflos. Widerstandslos ließen sie sich von den österreichischen Wachmännern herumstoßen, die ihnen bedeuteten, sich umzudrehen und mit erhobenen Armen an die Wand zu lehnen, die Beine gespreizt. Die Russen sagten gar nichts, ließen sich rüde herumstoßen und folgten ergeben den Anweisungen des schreienden Geschäftsführers und der gestikulierenden Männer der Bodyguard. Nach einigen Minuten tauchten zwei Polizeiwagen mit gellenden Sirenen am Kai auf, sechs Polizisten sprangen aus den Fahrzeugen, auf denen das blaue Licht kreiste, und stürmten über den Steg auf das Casinoschiff. Der Chef des Casinos, der kurz nach den Männern der Bodyguard im Salon erschienen war, und der Geschäftsführer erklärten den Polizisten, was vorgefallen war. Die Polizisten legten den vier Russen Handschellen an und beschimpften sie offensichtlich. Dann erschien am Ufer ein Krankenwagen, drei weiß gekleidete Männer kamen mit einer Trage an Bord. Sie nahmen den verletzten Österreicher, der heulend in einem der Sessel saß, in die Mitte, brachten ihn von Bord und in ein Krankenhaus. Das abgeschnittene Ohr hatte einer der Croupiers in einen Sektkühler auf Eiswürfel gelegt und mit einer Serviette abgedeckt. Er drückte den silbernen Kübel einem Sanitäter in die Hand. Der Polizeioffizier sprach noch länger mit dem Casinochef und machte sich Notizen. Danach befragte er die russischen Gäste, die den Vorfall beobachtet hatten. Schließlich winkte er seinen Leuten herrisch zu, und alle Polizisten gingen mit den gefesselten jungen Russen von Bord. Einige der Gäste tauschten daraufhin ihre Chips zurück, bezahlten ihre Rechnung beim Kellner und ließen sich ihre Garderobe bringen. An den Spieltischen saßen nur noch wenige Gäste, keiner von ihnen spielte, alle hatten das Geschehen verfolgt und sahen nun zu, wie eine der Bardamen das Blut wegwischte und mehrmals mit einem Handtuch das Parkett polierte. Der Croupier von Gensers Tisch war aufgestanden und an das Fenster gegangen, Genser und seine Freundin waren ihm gefolgt, sie sahen auf das Ufer, den Steg und die beiden Autos mit dem flackernden Polizeilicht. Die Polizisten liefen langsam mit den vier Russen auf dem weißen, mit einem einfachen Geländer versehenen Steg über den Fluss auf die Stadt zu. Vor den Autos blieben sie stehen und schienen sich zu unterhalten. Dann wurden den gefesselten Russen die Handschellen abgenommen. Sie standen noch eine Zeitlang beieinander und rauchten. Plötzlich waren die vier jungen Russen verschwunden, die Polizisten stiegen geruhsam in ihre Autos und fuhren ab. Genser fragte den Croupier, was das bedeute. Der Mann hätte nur gleichmütig gesagt, dass morgen früh der ältere Mann wieder bei seinem Chef erscheinen, dass ein paar Stunden später die Bodyguard, bis auf den Verletzten, der im Krankenhaus läge, nach Wien zurückfliegen würden, und ab morgen Mittag das Schiff eine russische Wachmannschaft haben werde. Das sei ja entsetzlich, hätte Genser gesagt, aber der Croupier hätte ihm widersprochen. Im Gegenteil, hätte er erwidert, endlich werde man hier Ruhe haben, keine Vorfälle mehr, keine Überfälle, keinen Ärger mit betrunkenen Gästen, nicht den geringsten Kummer. Er habe es dem Chef gesagt, schon als die Russen das erste Mal erschienen waren, russische Wachmannschaften seien sehr gut und griffen durch. Damals habe der Chef nicht auf ihn hören wollen, und weil er nicht hören wollte, habe das einen armen Menschen ein Ohr gekostet. Another country, another custom, hätte er gesagt, wäre zum Spieltisch zurückgegangen und hätte das Roulette gedreht, um anzudeuten, dass das Spiel weitergehen könne. Er, Genser, hätte mit seiner Freundin ein paar Minuten am Tisch gesessen, aber sie hätten nicht mehr gespielt, denn so ein blutiges Ohr sei kein sehr angenehmer Anblick.

Einer der Sportkameraden machte einen Witz über das abgetrennte Ohr. Unvermittelt stand Willenbrock auf und sagte, er müsse jetzt gehen.

»So plötzlich?«, fragte Genser.

»Ich kann deine Geschichten nicht mehr hören. Die stehen mir bis hier«, fauchte Willenbrock und verließ die Gaststätte.

Das Gespräch am Tisch erstarb sofort, seine Sportfreunde sahen ihm verstört und irritiert hinterher.

Daheim stellte Willenbrock die geleerte Mülltonne hinter die Holzspanwand. Bevor er die Außenbeleuchtung ausschaltete, ging er um das Haus, sah sich die Fenster und die beiden Türen an und überlegte, ob er nicht auch bei diesem Haus Einbruchssicherungen anbringen sollte.

Am Sonnabend und Sonntag trainierte er mit seiner Mannschaft jeweils vier Stunden. Er bemerkte, dass ihn das ungewöhnlich lange Spielen anstrengte, in der letzten halben Stunde war er völlig außer Atem und reagierte mehrmals nicht schnell genug, doch er sah, dass auch seine Sportkameraden heftig keuchten, den Schweiß abwischten und häufig stehen blieben, um sich auf den Oberschenkeln abzustützen. Frieder, ihr Spielführer, der als Dozent an der Uni arbeitete, versuchte, die Männer immer wieder anzufeuern, doch das Spiel wurde langsamer und verflachte. Als sie in der Gaststätte ein Bier tranken und der Dozent sich über die Leistung der Mannschaft beklagte, sagte Willenbrock: »Wir sind alte Herrn, Frieder.«

Die erschöpften Kameraden nickten zustimmend und grinsten, aber als Frieder ihnen anbot, das Turnier in St. An-

242

dreasberg abzusagen, protestierten sie und versprachen, das Letzte zu geben.

Am Sonntag trank Willenbrock nur ein Wasser nach dem Spiel und stand bereits nach zehn Minuten vom Tisch auf, um seine Frau vom Bahnhof abzuholen. Als er den Wagen einparkte und sich einen Parkschein holte, bemerkte er, dass ihn drei Männer, die auf einem Betonsockel saßen, beobachteten. Ihre Kleidung war abgerissen und dreckig, und vor ihren Füßen lag ein riesiger Schäferhund. Willenbrock überlegte einen Moment, den Wagen anderswo abzustellen, doch dann legte er den Parkschein hinter die Scheibe, verschloss das Auto und ging zum Bahnhof. Als er an den drei Männern vorbeikam, stand einer von ihnen auf, und mit ihm erhob sich der große Hund. Der Mann stellte sich ihm in den Weg, er hatte Zeitungen über den Arm gelegt und fragte, ob er nicht eine Obdachlosenzeitung kaufen wolle. Willenbrock dankte und behauptete, er habe sie bereits gestern gekauft, doch zog er sein Portmonee heraus und gab ihm eine Mark. Der Mann bedankte sich sehr höflich. Eine weitere Parkgebühr, sagte sich Willenbrock, denn er hatte das Geldstück nur gegeben, damit sich keiner von den drei wenig Vertrauen erweckenden Pennern an seinem Wagen zu schaffen machte.

Susanne war gut gelaunt, als sie aus dem Zug stieg. Sie erkundigte sich, was er an dem Wochenende getrieben habe und erzählte dann übersprudelnd von dem Besuch bei ihrer Freundin und der Freilichtaufführung in Ralswiek. Sie erzählte die ganze Autofahrt über von ihren Ausflügen nach Kap Arkona und der Stubbenkammer, einer dreistündigen Fahrt mit dem Segelboot ihrer Freundin über die Ostsee und von der enttäuschenden Theatervorstellung in der Freilichtbühne, bei der nur die mitspielenden Hansekoggen, einige Reiterkunststücke und ein dressierter Seeadler den Beifall des Publikums gefunden hätten, das aufgeführte Stück sei jedoch verworren und dumm gewesen und das Unverständnis noch zusätzlich vergrößert worden, da man die Stimmen der Schauspieler nur über Mikrofon und Lautsprecher hören konnte und daher nie wusste, wer auf der riesigen Bühne gerade sprach.

»Das ungetrübte Vergnügen hat nur der Besitzer dieses Sommertheaters«, sagte sie, »der kassiert immerfort und überall, und die Preise sind unverschämt.«

Willenbrock gab zu bedenken, dass es für ein Theater im Freien nur eine kurze Saison gebe, und wenn das Wetter nicht mitspiele, könne der Eigentümer leicht ins Minus geraten, doch Susanne erklärte ihm, dass die Aufführungen auch bei Regen über die Bühne gehen würden und sich das Publikum nicht durch das schlechte Wetter von dem geplanten Vergnügen abbringen lassen würde. Der Theaterbesitzer, dem auch die ringsum aufgestellten Erfrischungsbuden gehörten, würde an verregneten Tagen nicht eine einzige Mark verlieren, vielmehr brächten sie ihm eine erhebliche Mehreinnahme, da er bei jedem Wolkenbruch Hunderte von billigen Pelerinen überteuert verkaufen könne. Willenbrock zeigte sich beeindruckt.

»Das Leben kann manchmal sehr schön sein«, sagte er zu seiner Frau.

»Ich glaube nicht, dass du dich beschweren kannst«, erwiderte sie anzüglich, »was dieses schöne Leben betrifft, musst du doch zufrieden sein.«

Willenbrock pfiff zustimmend durch die Zähne und trommelte vergnügt auf das Lenkrad.

Zu Hause fragte sie ihn, ob er zu dem Handballturnier fahre. Er bestätigte es und fügte hinzu, dass der Sport eigentlich sein einziges Vergnügen sei, er brauche seinen Handball, um auszuspannen, und er hoffe, noch ein paar Jahre spielen zu können. Irgendwann sei sicher Schluss damit, dann sei er zu alt und unbeweglich und werde wohl anfangen, Briefmarken zu sammeln.

»Ich brauche noch etwas anderes als meinen Autohandel, sonst verblöde ich.«

Als er neben ihr im Bett lag, erzählte sie ihm, wie es ihrer Freundin ergehe, die den ganzen Sommer über an der Ostsee arbeite, und er dachte daran, dass er ein ganzes Wochenende als Strohwitwer verbracht habe, sich mit keinem Mädchen verabredet und nicht einmal daran gedacht hatte, eine seiner Freundinnen anzurufen. Er überlegte, wann er das letzte Mal eine solche Gelegenheit hatte ungenutzt verstreichen lassen, und konnte sich nicht daran erinnern.

»Ich werde alt«, sagte er unvermittelt.

Seine Frau, die noch immer über ihre Freundin sprach, sah ihn verwundert an.

»Was ist denn in dich gefahren?«, fragte sie.

Er antwortete nicht.

17

Am Dienstagvormittag erschien Feuerbach auf seinem Autohof. Er wollte seinen Wagen, ein Fahrzeug, das vor ihm schon
vier Besitzer hatte, verkaufen, und Jurek hatte mit ihm gesprochen und ihn dann zu Willenbrock ins Büro geschickt. Willenbrock erkannte ihn erst, als er mit dem Polen auf den Bürowagen
zukam. Er vermutete, dass Feuerbach nicht ahnte, zu wem er
gekommen war und setzte sich rasch an den Schreibtisch. Als die
beiden Männer eintraten, hatte er sich im Schreibtischsessel
zum Wandregal gedreht und wandte sich erst um, als Jurek ihn
ansprach. Er stand auf, ging auf Feuerbach zu und sagte freundlich: »Guten Tag, Willi. Was führt dich zu mir?«

Feuerbach wechselte die Farbe, als er Willenbrock erkannte. Er stand mit leicht geöffnetem Mund vor ihm, und es
dauerte einige Momente, bis er einen Gruß murmeln konnte.
Willenbrock sah Jurek an, der ihm Bericht erstattete: »Ein
Kadett, zwölf Jahre alt. Die Kupplung hackt, die Reifen sind
alle. Viel Rost, Chef, viel Arbeit für mich.«

Willenbrock nickte, und der Pole verließ den Wagen.

»Nimm Platz, Willi. Wie hast du mich gefunden?«

»Ich wusste ehrlich gesagt nicht, dass dir das Geschäft gehört. Ich will mein Auto verkaufen und hatte im Vorbeifahren
gesehen, dass hier ein An- und Verkauf ist. Ich wusste nicht,
dass du . . .«

Er brach ab und verzog den Mund zu einem ironischen
Lächeln.

»Was für ein Zufall, Willi, dass du ausgerechnet zu mir
kommst.«

Willenbrock stützte sich auf den Tisch, den Kopf stützte er
auf die zusammengefalteten Hände und sah Feuerbach erwartungsvoll an.

»Wie geht es der Familie? Was macht die Arbeit?«

»Alles so weit in Ordnung. Man kommt so durch.«

»Und die Partei, Willi? Kämpft und gedeiht?«

»Das ist viel Arbeit, viel Kleinkram. Und alles nach Feierabend.«

»Und immer noch so gesprächig, Willi?«

Feuerbach presste die Lippen aufeinander, dann sagte er frostig: »Willst du das Auto kaufen?«

»Du hast ja gehört, was mein Monteur sagt. Viel ist er nicht mehr wert.«

Er schaute durch das Fenster auf den Wagen hinaus.

»Willst du ihn dir nicht ansehen?«

»Ich sehe ihn ja. Und in allem Übrigen verlasse ich mich auf Jurek.«

Er machte eine Pause, schaute wieder hinaus und sagte: »Tausendfünfhundert. Einverstanden?«

Feuerbach kniff misstrauisch die Augen zusammen.

»Du wirst auf keinem Hof mehr dafür bekommen, es sei denn, du annoncierst. Vielleicht hast du Glück und ein Tauber und Blinder sucht gerade einen uralten Kadett.«

»Das ist mir zu wenig, Bernd.«

Willenbrock zuckte verständnisvoll mit den Schultern: »Finanziell geht es dir nicht allzu gut?«

Feuerbach zögerte, dann sagte er abwehrend: »Ich komme zurecht.«

»Du bist doch immer zurechtgekommen.«

»Du wirst unverschämt.«

»Unverschämt? Ich kann nicht vergessen, Willi, das ist mein Problem. Ich habe nicht vergessen, dass du dein Maul nicht halten kannst, dass mir deinetwegen meine Londonreise damals gestrichen wurde, dass ich danach nie wieder fahren konnte, nirgendwohin. Bei Dienstreisen wurde mein Name überhaupt nicht mehr ins Spiel gebracht, bei mir wurde nicht mehr diskutiert, ich war draußen. Ich stand auf der schwarzen Liste und wusste nicht warum. Und das alles habe ich dir zu verdanken, dir und deinen verfluchten Verleumdungen.«

»Das habe ich nicht gewollt, Bernd. Ich hatte nicht geahnt, dass meine Beurteilungen solche Folgen haben. Ich hielt das alles nur für überflüssigen Papierkram, ich habe nie geglaubt, dass das überhaupt einer liest.«

»Was hast du denn gedacht, wie die Betriebsleitung auf deine Denunziationen reagiert? Dass man mir einen Orden verleiht?«

»Ich habe nicht denunziert. Ich hatte die Kollegen zu beurteilen und einzuschätzen, das wussten alle.«

»Und dass ich mich mit meiner Schwester und ihrem Mann in Prag getroffen habe, weil es anderswo nicht möglich war, das gehört in eine fachliche Beurteilung?«

»Du hast es überall herumerzählt, Bernd, überall, jedem. Jeder wusste es. Ich musste es erwähnen, sonst hätte man mir den Marsch geblasen.«

»Siehst du, das ist der Unterschied: ich habe es überall erzählt, jeder wusste es, aber nur du hast es nach oben gemeldet. Das genau ist der Unterschied zwischen Herrn Doktor Feuerbach und einem Menschen. Du kotzt mich an.«

»Was willst du von mir? Soll ich mich entschuldigen? Bitte, ich entschuldige mich, es tut mir Leid. Bist du nun zufrieden?«

»Du Arschloch, verschwinde. Hau ab. Ich mache mit dir keine Geschäfte. Ich will deine Rostmühle nicht mal geschenkt. Ich habe Typen wie dich satt. Die einen denunzieren mich, die anderen bestehlen mich oder wollen mich totschlagen. Ich werde es euch zeigen, mein Lieber. Ich werde das nicht hinnehmen. Raus hier.«

Willenbrock war durch Feuerbachs Arroganz und seinen spöttischen Ton so aufgebracht, dass er vom Sessel hochsprang, hinter dem Schreibtisch hervorstürzte und sich zornbebend vor Feuerbach aufbaute. Feuerbach stand auf, sah Willenbrock in die Augen und sagte ruhig und gelassen: »Ich habe nur getan, was ich zu tun hatte. Und Beurteilungen gehörten damals zu meiner Arbeit, und das wusste jeder von euch. Auch wenn man das heute anders sehen will, aber hinterher sind wir ja alle schlauer.«

»Du verdammter Denunziant«, brüllte Willenbrock.

Und dann schlug er mit der Faust in Feuerbachs Gesicht. Er traf ihn direkt auf der Nase, die sofort heftig zu bluten begann. Bevor Feuerbach sein Taschentuch herausgeholt hatte, um es an seine Nase zu pressen, waren sein Hemd und ein Aufschlag seines Jacketts blutverschmiert. Das Tuch vor dem Mund, sah er Willenbrock wütend an, atmete mehrmals heftig und ging dann zur Tür.

»Idiot«, sagte er ruhig, bevor er die Treppe hinunterstieg. Die Tür ließ er offen.

Willenbrock war über sich selbst erschrocken. Seine Wut war so rasch verflogen, wie sie über ihn gekommen war.

»Verschwinde endlich«, brüllte er dem ehemaligen Kollegen hinterher, der in sein Auto einstieg, aber er schrie es nicht mehr aus Empörung, sondern aus Scham und weil er sich nicht bei Feuerbach entschuldigen wollte. Er schrie, weil er von sich selbst erschreckt war.

»Dieses Arschloch«, sagte er laut zu sich und verschloss die Tür, »hat die Chuzpe, bei mir zu erscheinen. Ausgerechnet zu mir kommt er.«

Er biss sich auf die Lippen, und vor Verlegenheit wurde ihm so heiß, dass er schwitzte. Jurek öffnete die Tür und steckte den Kopf herein.

»Alles in Ordnung, Chef?«, fragte er.

»Jaja«, knurrte Willenbrock und sah nicht von den Papieren auf, mit denen beschäftigt zu sein er vorgab.

Er musste den ganzen Tag immer wieder an Feuerbach denken. Er verstand nicht, weshalb er ihn geschlagen hatte. Als er am Abend zum Training fuhr, hatte er für sich entschieden, dem früheren Kollegen Berner die Schuld dafür zu geben, da ihn dieser über den denunziatorischen Bericht informiert hatte, den Willi Feuerbach vor Jahren über ihn geschrieben hatte.

Er verfluchte Berner und dessen Anruf, der ihn, wie er jetzt meinte, so in Rage gebracht habe, dass er sich Feuerbach gegenüber hatte gehen lassen. Nun tat ihm Feuerbach Leid, nicht weil er ihn mit seiner Faust ins Gesicht geschlagen hatte, sondern weil er doch im Grunde ein armes, lächerliches Würstchen war, ein ewig zu kurz Gekommener, der solche Berichte wahrscheinlich nur verfasste, weil sie ihm scheinbar eine Macht und Bedeutung gaben, die ihm in seinem Leben und bei seiner Arbeit fehlten. Er verübelte Berner, dass er sich ungebeten in sein Leben eingemischt hatte. Um diese Aufklärung hatte er ihn nicht gebeten, er hätte liebend gern darauf verzichtet, nach mehr als zehn Jahren und nachdem sein alter Betrieb längst Bankrott gegangen war zu erfahren, wer ihn zu jener Zeit reingeritten hatte. Damals hätte es ihn interessiert, damals hätte er sich Feuerbach vorgeknöpft, aber das war nun alles längst Geschichte und von ihm völlig vergessen, und nur durch diesen unsäglichen Berner war diese ganze stinkende Brühe wieder aufgewärmt worden. Ich hätte Berner eine auf die Nase geben sollen, nicht diesem armseligen Männlein Feuerbach. Als er an der Sporthalle parkte, war er entschlossen, Berner anzurufen und ihm unmissverständlich zu sagen, was er von ihm halte und dass er künftig keinerlei Kontakt mit ihm wünsche.

Frieder informierte die Mannschaft, dass sich ihr bester Kreisläufer beim Training am Sonntag eine Bänderzerrung zugezogen habe und für die nächsten drei Wochen ausfalle. Er habe einen Kollegen von seiner Fakultät gebeten einzuspringen und stellte ihnen Michael vor, einen langen Mathematiker mit so kurz geschnittenen Haaren, dass er fast eine Glatze hatte. Sie spielten mit Unterbrechungen fast drei Stunden, und da der Ersatzmann schnell und torgefährlich war, lobten ihn alle und beglückwünschten sich nach dem Spiel in ihrer Kneipe zu dem Tausch.

Am Donnerstagvormittag fuhr ein Spezialfahrzeug mit

Kran und Hebebühne die riesigen Glasscheiben und die Türen an den Neubau heran. Drei Männer waren mit dem Transporter gekommen, sahen sich die Halle an, vor einer Aussparung blieben sie längere Zeit stehen und hielten immer wieder den Zollstock an die Metallplatten. Willenbrock ging zu ihnen und fragte, ob es Schwierigkeiten gäbe. Sie verneinten es. Dann fragte er, bis wann sie alle Scheiben und Türen montiert hätten, und einer der Männer sagte, dass sie Montag früh in Rostock seien und dass sie hier am Wochenende fertig werden müssten, gleichgültig wie lange sie zu arbeiten hätten. Willenbrock ging an das Fahrzeug, klopfte auf die Scheiben, las die dort aufgeklebten Zettel und ging in sein Büro. Mittags verabschiedete er sich von Jurek, fuhr zum Kaiserdamm und suchte längere Zeit nach einer Gaststätte, die ihm Vertrauen erweckend schien, um dort zu essen. Danach holte er seine Reisetasche aus dem Auto und ging zu dem verabredeten Treffpunkt. Vier Mitspieler warteten bereits an dem kleinen Bus auf ihn, und Frieder teilte ihm statt einer Begrüßung mit, dass Genser überraschend verhindert sei. Seine Sekretärin habe ihn gestern Abend angerufen und darüber informiert, dass der Computerhändler nicht am Turnier teilnehmen könne, da er für vier Tage nach München musste. Sie dürften sich also im Harz keinen Ausfall erlauben, sie sollten so hart spielen wie möglich, müssten aber Verletzungen auf jeden Fall vermeiden.

Zehn Minuten später waren die übrigen Mitspieler eingetroffen, und Frieder konnte den kleinen ausgeliehenen Bus starten und auf die Stadtautobahn fahren. Anfangs schimpften sie über Genser, der sie im Stich gelassen hatte, und sprachen über das Turnier und ihre Chancen, nachdem sie die Stadt verlassen hatten, redeten sie über Geschäfte, Frauen und das Formel-Eins-Rennen.

In St. Andreasberg hatten sie Zimmer im Hotel »Königsroller« bestellt, welches das Turnier ausrichtete. Sie brachten ihr Gepäck auf die Zimmer, schlenderten dann gemeinsam durch den Ort, aßen eine Kleinigkeit und gingen anschließend zur Schulsporthalle, wo sie am Abend ihr erstes Spiel zu bestreiten hatten. Der Gegner war eine Mannschaft aus Uelzen, gegen die sie problemlos und deutlich gewannen. Auch das zweite Spiel am nächsten Nachmittag konnten sie für sich entscheiden. Am Samstagvormittag wurde Michael hart attackiert, ein Spieler der gegnerischen Mannschaft wurde vom Platz gestellt, doch der Mathematiker humpelte und ging, da sie nicht mehr auswechseln konnten, ins Tor. Sie verloren das Spiel haushoch und schieden damit aus. Michael wurde von einem in der Halle anwesenden Arzt untersucht, sein Bein bandagiert, und der Arzt bat ihn, es umgehend röntgen zu lassen, da er den Verdacht habe, es sei angebrochen. Der junge Mann nahm es gelassen zur Kenntnis, legte sich für eine halbe Stunde auf das Bett in seinem Hotelzimmer, um sich danach zu seinen Mannschaftskameraden zu setzen, die enttäuscht in der Hotelgaststätte saßen und Bier tranken.

Am Abend sahen sie sich das nächste Spiel des Wettbewerbs von den Zuschauerbänken aus an. Sie waren sich einig, dass sie, wenn sie nur einen einzigen Reservespieler hätten aufbieten können, bis in das Finale gekommen wären und möglicherweise den Hauptpreis, den Goldenen Königsroller, oder doch zumindest den zweiten Platz, der auch mit einer Geldsumme verbunden war, erobert hätten.

Nach dem Spiel gingen sie in den Gastraum des Hotels. Die Männer der beiden siegreichen Mannschaften, die am nächsten Vormittag das Finale zu bestreiten hatten, waren in ihren Zimmern verschwunden, nur die bereits ausgeschiedenen Spieler saßen mit ihnen in der Gaststätte und redeten über das Turnier. Frieder schlug vor, alle Unkosten für Michael vorerst auszulegen und sie dann Genser zu präsentieren. Gerd, Willenbrocks Steuerberater, meinte, dass der Computerhändler, der sie überraschend im Stich gelassen hatte, die komplette Rechnung des Hotels für alle Sportkameraden bezahlen sollte, was allgemeine Zustimmung fand, da man ihm die Schuld für das vorzeitige Ausscheiden der Mannschaft anlastete. Willenbrock überlegte, ob er am nächsten Morgen, statt sich das letzte Spiel anzusehen, mit dem Taxi nach Goslar fahren sollte, wo sein Bruder lebte. Er hatte ihn seit Jahren nicht mehr gesehen, sie hatten überhaupt keinen Kontakt mehr. Willenbrock dachte nur an ihn, wenn er sich an seine Kindheit erinnerte, es gab keine andere Bindung an ihn, und er entschied, es dabei zu belassen und bei der Mannschaft zu bleiben.

Unmittelbar nach dem Ende des Finales fuhren sie nach Berlin zurück. Die Reisetasche des Mathematikers musste ein Sportkamerad tragen, da Michaels Bein stark geschwollen war und er sich offensichtlich nur unter erheblichen Schmerzen bewegen konnte. Am Kaiserdamm verabschiedeten sie sich voneinander. Willenbrock sagte, er hoffe, dass sich Michael nichts gebrochen habe und sein Bein bald wieder in Ordnung sei, und fragte ihn, ob er nicht in ihrer Mannschaft spielen wolle. Auch die anderen Spieler versuchten ihn zu überreden.

»Das wäre auch für dich von Vorteil«, sagte Gerd, »wir sind fast alle selbstständig, wir sind Geschäftsleute, die einem Sportkameraden auch mal einen ansehnlichen Bonus einräumen und hier und da behilflich sein können. Frag Frieder, er weiß es.«

Der junge Mathematiker lachte und versprach, es sich zu überlegen. Frieder fuhr ihn mit dem Bus zu seiner Wohnung.

Willenbrock setzte sich in den Wagen und fuhr zu seinem Autohof. Er lief um den Neubau, in dem die Glasscheiben und Türen eingesetzt waren und in denen sich die Nachmittagssonne spiegelte. Die Halle gefiel ihm, und er war zufrieden mit sich. Er versuchte hineinzugehen, aber die neu eingesetzten Türen waren verschlossen. In der Hoffnung, die Monteure hätten Jurek die Schlüssel gegeben, und dieser hätte sie auf den Schreibtisch gelegt, betrat er den Wohnwagen, doch er fand nichts. Er ging noch einmal um den Bau herum, rief dann

Susanne an und sagte ihr, dass er in einer Stunde bei ihr sein werde. Sie war von seinem Anruf überrascht, sie hatte ihn erst für den Abend erwartet. Als Willenbrock den Hörer auflegte, überlegte er einen Moment, sie noch einmal anzurufen, da ihn irgendetwas irritiert hatte, doch er konnte nicht sagen, was so verwirrend anders gewesen war und schüttelte über sich selbst den Kopf. Er schaltete den Computer an und klickte sich ins Internet ein.

Susanne hatte bereits das Essen auf den Tisch gestellt, als er zu Hause eintraf. Er erzählte ihr von dem Turnier, der Verletzung und dem vorzeitigen Ausscheiden der Mannschaft. Sie sah ihn seltsam abwesend an und hörte ihm schweigend zu. Nach dem Essen bereitete er Tee in der Küche. Als er mit dem Geschirr und der Kanne ins Wohnzimmer kam, hielt ihm Susanne nachdrucksvoll einen geöffneten Brief entgegen, es war das vor Wochen angekündigte Schreiben der Staatsanwaltschaft. Man teilte dem Ehepaar Willenbrock mit, dass das Ermittlungsverfahren gegen Andrej und Artur Gatschiev eingestellt worden sei und die Beschuldigten bereits am 28. Juli über die Grenze nach Polen abgeschoben worden seien, da sich nicht genügend Verdachtsmomente ergeben hätten, die die Polizei berechtigen würde, die Beschuldigten länger festzuhalten. Die Brüder Gatschiev hätten die Auflage erhalten, sich umgehend und direkt in ihre Heimatstadt zu begeben. Ein Staatsanwalt Tesch teilte ihnen weiter mit, dass die am Tatort gesicherten Spuren zur Identifizierung der Verursacher nicht geeignet gewesen seien, so dass ein Haftbefehl gegen die Aufgegriffenen nicht beantragt werden könnte. Er habe davon abgesehen, ein Rechtshilfeersuchen an die russischen Ermittlungsbehörden zur Vernehmung der Beschuldigten zu richten, da derartige Verfahren wenig Erfolgsaussicht besäßen, zumal die Polizei die Adressen der Beschuldigten nur unvollständig erfasst habe. Dem Schreiben lag ein halbseitiger Vordruck bei, eine Rechtshilfebelehrung mit der Adresse des Generalstaatsanwalts.

Willenbrock las den Brief zweimal, legte ihn dann auf den Tisch und sah Susanne an, die ihn blass und erwartungsvoll beobachtete. Er hatte Mühe, ruhig zu bleiben, der Ton des Briefes, die Erklärungen des Staatsanwalts, die glatte und nichtssagende behördliche Mitteilung, man würde in seinem Fall nichts unternehmen, man habe die Beschuldigten umstandslos abgeschoben, obwohl sie ihn zu töten versucht hatten, erregte ihn maßlos, aber er wollte Susanne nicht beunruhigen und zwang sich zu einem verächtlichen Grinsen.

»Die beiden Männer sind frei«, sagte Susanne, »man hat sie bereits einen Tag später freigelassen.«

»Abgeschoben«, korrigierte er.

»Man hat sie am nächsten Tag nach Polen geschickt. Sie konnten zwei Tage später wieder bei uns auftauchen. Und wir wussten nicht einmal, dass sie wieder frei sind.«

»Möglich. Es ist sogar wahrscheinlich. Sie werden sich allerdings nicht mehr bei uns blicken lassen, nachdem ich sie so heldenhaft vertrieben habe«, versuchte er sie zu besänftigen, »außerdem ist unser Haus inzwischen rundum gesichert.«

»Und du wusstest es. Du weißt es schon lange, nicht wahr?«

»Ja«, gab er zu, »ich habe vor vier Wochen mit der Kommissarin gesprochen. Damals, nach dem Gespräch mit ihr, habe ich mir die Pistole gekauft, aber das war unsinnig, das war hysterisch von mir. Ich denke, die Sicherungen und Alarmanlagen, die ich jetzt eingebaut habe, sind ein besserer Schutz. Solche Kerle scheuen das Risiko. Wenn sie merken, dass unser Haus schwer zu knacken ist, suchen sie sich etwas anderes.«

»Einen Nachbarn.«

»Vermutlich. Oder ein anderes Dorf. Mehr ist nicht zu erreichen. Ich habe auch mit den Polizisten gesprochen. Das sind brave Familienväter, die haben Angst, wenn sie nachts unterwegs sind. Einer sagte mir, es gebe einen Unterschied zwischen den ganz jungen Kollegen und den älteren, den erfahreneren. Die älteren fahren etwas langsamer zum Tatort, fahren eine Kurve mehr, bevor sie sich einfinden. Sie wollen keine Auseinandersetzung mit den Einbrechern, sondern kommen nur noch, um den Schaden zu registrieren. Kann man auch verstehen, nicht wahr?«

»Am vorigen Wochenende hätten sie uns überfallen können. Dieselben, Bernd.«

Willenbrock lachte auf: »Die werden sich hüten, die Brüder. Und alle anderen auch. Wir sind da draußen sicher wie eine Bank, Susanne.«

Sie brachte die Teetassen in die Küche und räumte das Geschirr und Besteck in die Spülmaschine ein.

Am frühen Abend fuhren sie zu einem Cousin Susannes, der in Krampnitz wohnte. Sie hatten sich nicht bei ihm angekündigt, sondern waren auf gut Glück losgefahren und blieben bis in die Nacht bei ihm. Sie saßen im Garten, aßen Fleisch und Gemüse vom Grill, schauten auf den See hinaus und sprachen über die Familie. Der Cousin war nicht zu der Beerdigung von Susannes Mutter gekommen, er entschuldigte sich bei ihr und sagte, dass ihn die Nachricht in Mailand erreicht habe, wo er zu einer Verkaufsausstellung für Sportgeräte war. Er hätte dort nicht wegfahren können, außerdem habe er die Nachricht erst am Tage der Beerdigung erhalten, so dass er es ohnehin nicht geschafft hätte. Dann sprachen die Männer über ihre Geschäfte, Willenbrock erzählte von seinem Neubau, und die Frauen verschwanden für zwei Stunden und sagten, als sie zurückkamen, sie hätten nur die Kinder zu Bett gebracht. Auf dem Heimweg erkundigte sich Susanne, ob er es dem Cousin erzählt habe.

»Was erzählt? Was meinst du?«

»Ich spreche von dem Überfall. Hast du es ihm gesagt?«

»Nein, wozu? Hast du ihm was gesagt?«

Susanne schüttelte den Kopf.

»Na, siehst du. Ist vielleicht besser so.«

»Ich habe Ingrid nur gefragt, ob sie denn keine Angst habe

so allein in dem großen Haus und dem riesigen Garten. Aber sie verstand mich gar nicht. Sie verstand nicht, wovor sie Angst haben sollte.«

»Mach dich nicht verrückt«, sagte er nur, »das ist nun einmal passiert, wir haben es hinter uns, wir haben es überstanden. Noch einmal kommen sie nicht, weder die Brüder noch irgendjemand. Das wäre so unwahrscheinlich wie zum zweiten Mal ein Sechser im Lotto.«

»Der Teufel scheißt immer auf den größten Haufen, sagst du doch immer, im Guten wie im Bösen.«

»Dann soll der Teufel kommen, ich mache ihm ein Feuerwerk unterm Arsch.«

Willenbrock schloss die Augen und lehnte sich zurück. Das anstrengende Turnier und der bei dem Schwager getrunkene Alkohol ließen ihn einnicken. Susanne schaltete das Autoradio leiser. Die Stadtautobahn war noch immer verstopft, und sie kamen nur langsam voran.

Daheim ging Willenbrock sofort ins Bett und schlief rasch ein, aber um zwei Uhr wurde er wach. Der Brief des Staatsanwalts ging ihm durch den Kopf. Am liebsten wäre er aufgestanden, um ihn noch einmal zu lesen, aber er spürte, dass Susanne schlaflos neben ihm lag, und wenn er aufstünde, würden sie beide nicht mehr einschlafen können. Er bemühte sich, an etwas anderes zu denken, an Susannes Cousin und dessen Wassergrundstück, an das unglücklich verlaufene Turnier, aber immer wieder dachte er an den Brief. Erst gegen vier Uhr schlief er ein und fühlte sich, als der Wecker klingelte, unausgeschlafen und zerschlagen.

18

Drei Tage später meldete sich Krylow bei ihm. Er kündigte seinen Besuch für den Nachmittag an. Als Willenbrock sagte, dass er sich freue, ihn so rasch wieder zu sehen, und ihn fragte, wie viele Autos er diesmal benötige, erwiderte Krylow, er reise in die andere Richtung, es sei diesmal kein Geschäftsbesuch, er würde als Freund zu ihm kommen.

»Überhaupt kein Auto?«, fragte Willenbrock nochmals.

»Nein«, sagte Krylow und legte auf.

Er kam um vier. Sein Fahrer blieb im Wagen sitzen und Krylow kam mit einem kleinen, schmuddligen Pappkarton zum Wohnwagen. Willenbrock, der sein Erscheinen erwartet und beobachtet hatte, öffnete ihm die Tür. Er hatte Gläser und eine Flasche bereitgestellt, aber nachdem Krylow Platz genommen hatte und er einschenken wollte, winkte der Russe ab.

»Keine Zeit, mein Freund«, sagte er, »ich fliege heute nach Madrid. In einer halben Stunde muss ich am Flughafen sein.«

»Was führt Sie zu mir, Herr Doktor?«

»Die Freundschaft«, Krylow lachte. Dann wurde er ernst und sagte: »Haben Sie die Adresse von Gatschiev?«

Für einen Moment wusste Willenbrock nicht, was er meinte.

»Gatschiev?«, fragte er. Er hatte vermutet, Krylow wollte ihm seine nächste Bestellung ankündigen und er war deshalb mit Jurek nach Krylows Anruf über den Hof gegangen, um die geeigneten Fahrzeuge auszusuchen und ihm anbieten zu können. Die Frage des Russen irritierte ihn. Krylow sah ihn schweigend an, bis ihm klar wurde, was er wollte. Er war überrascht, dass Krylow der Namen seiner Einbrecher erinnerlich war.

»Nein, ich habe die Adresse nicht. Ich hatte gedacht, sie steht in den Papieren, aber weder in den Briefen des Kriminalkommissariats noch in dem Schreiben der Staatsanwaltschaft fand ich sie. Wahrscheinlich hatte ich sie auf dem Polizeirevier nur gehört und mir eingebildet, ich besäße sie. Nein, ich habe sie nicht und kann mich nicht daran erinnern, was mir damals gesagt wurde. Tut mir Leid, das habe ich längst vergessen.«

Krylow nickte verständnisvoll.

»Das dachte ich mir«, sagte er, »ich wusste, dass Sie die Adresse nicht auffinden. Sie sind ein guter Mensch, Freund Willenbrock. Aber zu gut sein, ist dumm. Es gibt zu viele böse Menschen, und denen muss man helfen, denen und sich selbst. Vielleicht hatten die Brüder keinen Vater und sind verwildert. Oder die Familie hat in der neuen Zeit nicht mehr Fuß fassen können, ist abgerutscht, wurde asozial. Da muss man helfen, muss die jungen Männer erziehen. Ich wäre tief betrübt, wenn meinem Freund Willenbrock etwas zustoßen sollte.«

Er stellte den alten Pappkarton auf den Schreibtisch und sah Willenbrock an.

»Was ist das?«

»Ein Geschenk.«

»Ein Geschenk? Für wen?«

»Für Sie. Für meinen Freund.«

Willenbrock griff zögernd nach dem Karton, doch Krylow schüttelte den Kopf.

»Nicht anfassen«, sagte er, »zuvor müssen Sie mir dreihundert Mark geben.«

Willenbrock sah ihn überrascht an. Er lehnte sich in seinen Sessel zurück und grinste verlegen.

»Ich verstehe nicht«, sagte er, da der Russe ihn nur schweigend betrachtete, »Sie sollten mir vielleicht etwas erklären, Herr Doktor.«

»Geben Sie mir die dreihundert Mark, und das Geschenk gehört Ihnen.«

Willenbrock zwang sich zu einem Lachen, seine Hände

lagen unschlüssig auf der Schreibtischplatte. Er sah aus dem Fenster zu Krylows Wagen, der Fahrer saß in der offenen Tür und rauchte eine Zigarette. Er verstand nicht, was Krylow von ihm wollte, und er hatte das Gefühl, der Russe treibe irgendeinen Schabernack mit ihm. Vielleicht war es irgend so ein russischer Brauch, den er nicht kannte. Er wusste nicht, wie er reagieren sollte.

»Vertrauen Sie mir nicht, mein deutscher Freund?«

Willenbrock sah ihm in die Augen, dann griff er in sein Jackett, das über der Sessellehne hing, holte sein Portmonee heraus, entnahm ihm Geldscheine, zählte sie ab, breitete drei Scheine auf dem Tisch aus und verstaute das restliche Geld.

»Bitte«, sagte er und wies auf die Scheine, »ich vertraue Ihnen, wenn ich auch überhaupt nichts begreife.«

Krylow nickte, nahm das Geld auf und steckte es nachlässig in seine Tasche. Dann hob er den Deckel herunter, irgendetwas in Zeitungspapier Eingewickeltes lag in dem Karton. Krylow fasste mit beiden Händen den Karton, hob ihn auf und drehte ihn mit einer raschen Bewegung. Ein schwerer Gegenstand fiel dumpf auf die Tischplatte. Den leeren Karton setzte der Russe auf seinen Knien ab.

»Bitte«, sagte er nur.

Willenbrock wickelte vorsichtig das merkwürdige Geschenk aus. Unter dem Zeitungspapier wurde ein olivgrüner, verölter Putzlappen sichtbar, und eine kleine schwere Schachtel fiel auf den Tisch, als er den Lappen mit spitzen Fingern anfasste. Er legte vorsichtig das Bündel auf das Zeitungspapier zurück und nahm die Schachtel in die Hand. Sie war englisch beschriftet und mit Zahlen und Zahlencodes versehen. Ammunition las er und caution und cartrigde. Er sah Krylow prüfend an, der ihm mit verschränkten Armen zuschaute. Da Willenbrock zögerte, machte er eine auffordernde Geste und blickte dabei auf die Armbanduhr.

»Ich fürchte, ich weiß, was Sie mir schenken wollen«, sagte

Willenbrock, griff nach dem Bündel und wickelte langsam einen glänzenden Revolver aus. Er fasste ihn behutsam am Lauf, drehte ihn nach allen Seiten, betrachtete den Griff, die Trommel, den Sicherungshebel.

»Smith and Wesson«, las er laut.

Er sah Krylow ratlos an.

»Eine Fünfhundertsechsundachtzig«, sagte der, »und sie ist völlig sauber, eine Jungfrau. Sie brauchen sich also keine Sorgen zu machen. Worüber denken Sie nach, mein Freund? Der Preis, macht der Ihnen Kopfschmerzen? Mir wurde versichert, sie sei sehr viel mehr wert. Die dreihundert Mark sind nur meine Unkosten. Und Unkosten habe ich nicht gern, auch nicht bei Geschenken. Etwas Geld hätte ich auf jeden Fall von Ihnen verlangt. Ein Messer oder einen Revolver zu verschenken, das darf man nicht, heisst es, das bringt Unglück, sagt der Volksmund. Ein kleines Geschäft jedoch, das geht in Ordnung.«

Er stand auf, steckte die Hände in die Hosentaschen und sah Willenbrock mit zusammengekniffenen Augen prüfend an. Der räusperte sich mehrmals.

»Ja«, sagte er gedehnt, »ja, was soll ich dazu sagen?«

»Sagen Sie einfach: danke, Kamerad«, erwiderte Krylow. Er erhob sich.

»Ich muss gehen, das Flugzeug wartet nicht. Und wir vergessen alles, einverstanden, mein Freund? Ich war heute gar nicht hier, das kann mein Fahrer bezeugen. Wir haben uns heute überhaupt nicht gesehen. Die Waffe ist sauber, auf ihr werden Sie nicht einmal einen Fingerabdruck finden.«

Er nahm das Zeitungspapier, klemmte sich den Karton unter den Arm und ging zur Tür. Willenbrock stand auf, um ihn hinaus und zum Wagen zu begleiten. Krylow wies mit dem Finger auf die Waffe: »Nein, bleiben Sie hier. So etwas sollten Sie nicht herumliegen lassen.«

Er nickte ihm zu und ging allein hinaus.

Willenbrock sah ihm durch das Fenster hinterher. Der Fahrer warf die Zigarette weg und öffnete seinem Chef die Wagentür. Aufheulend raste der Wagen vom Hof, stoppte kurz am Straßenrand und reihte sich mit quietschenden Reifen in den Verkehr ein. Willenbrock sah sich nach der Waffe auf seinem Schreibtisch um, er betrachtete sie beunruhigt. Er wickelte sie in den Putzlappen ein und verstaute sie mit der Munitionsschachtel in einem Fach seines Schreibtischs. Wenig später zog er es wieder auf und wickelte den Revolver aus, ohne ihn aus dem Fach herauszunehmen. Er überlegte, was er damit anfangen sollte.

»Um Himmels willen, Krylow«, sagte er laut. Der Revolver lag auf dem kleinen Stapel von Pornozeitungen, die er gelegentlich seinen Kunden schenkte, der Lauf war silbrig, unter dem Sicherungshebel war ein Signet eingeprägt. Er griff in das Fach und nahm ihn in die Hand, ohne ihn herauszuholen. Die Waffe fasste sich kühl und angenehm an. Er dachte daran, dass er vor Jahrzehnten den Dienst in der Armee verweigert und sich zu den Bausoldaten hatte einziehen lassen, um nie eine Waffe anfassen zu müssen, und nun war er unverhofft Besitzer eines Revolvers geworden, einer tödlichen Schusswaffe, kreuzgefährlich und mörderisch, dessen Besitz bereits strafbar war. Er war verwirrt und fühlte sich bedrückt. Er war sich albern vorgekommen, als er die Signalpistole gekauft hatte, und nun hielt er einen scharfen Revolver in der Hand, den er verbergen musste, den nie einer sehen durfte und schon gar nicht anfassen, einen Revolver, der gewiss einen wirksamen Schutz darstellte, zugleich aber auch eine beständige Gefahr. Willenbrock wusste nicht, was er mit der Waffe anfangen, wo er sie aufbewahren sollte. Es wäre grotesk, sie beständig bei sich zu tragen, aber sie andrerseits daheim oder im Büro zu verstecken, wäre fahrlässig, zu leicht könnte sie dort jemand entdecken. Er fürchtete nicht die möglichen juristischen Konsequenzen des illegalen Besitzes, ihn schreckten die unausdenkbaren Folgen, falls irgendjemand, vielleicht gar ein Kind oder ein Jugendlicher, diesen Apparat aufstöberte und damit spielte. Er hätte diese mörderische Waffe nie anfassen, er hätte sie Krylow zurückgeben sollen. Er hätte das Geld zurückfordern und ihm sagen sollen, dass er für diesen teuflischen Apparat keine Verwendung habe. Der Russe hätte ihn ausgelacht und ein paar allgemeine Bemerkungen über die Deutschen und ein paar spezielle über seinen deutschen Freund gemacht, aber Willenbrock wäre erleichtert. Er entschloss sich, den Revolver bis zum nächsten Besuch Krylows gut zu verwahren und ihn dann auf jeden Fall zurückzugeben. Er war nicht der Mann für so ein Eisen, er hatte daran keinen Spaß und er hatte dafür nicht die Nerven. Er wollte nicht, dass man ihm ein Eigentum aufnötigte, das er nicht haben wollte. Willenbrock schob die Schublade so heftig zu, dass der Revolver vernehmlich gegen das Holz knallte. Er erschrak, er hoffte, die Waffe sei nicht geladen. Ihm fehlte die Erfahrung, damit umzugehen, sie zu überprüfen. Am Abend steckte er den Revolver in die Aktentasche, in der er täglich jene Papiere und Schlüssel transportierte, die er nicht unbeaufsichtigt im Büro liegen lassen wollte.

Susanne war noch nicht daheim. Er setzte sich in sein Zimmer, um sich den Revolver genauer anzusehen. Vorsichtig nahm er ihn in die Hand, öffnete die leere Trommel und ließ sie zuschnappen. Er zielte auf Bilder an der Wand, auf ein Foto, auf dem er zu sehen war, wie er in ein Sportflugzeug stieg, er zielte sorgfältig und bemühte sich, die Hand ruhig zu halten und den Abzugshebel nicht zu berühren. Dann nahm er Patronen aus der Pappschachtel, füllte die Trommelkammern, entnahm sie wieder, kontrollierte mehrmals, dass die Trommel vollständig geleert war. Ihm fiel der Brief des Staatsanwalts ein, er holte ihn hervor und las ihn nochmals. Dann griff er nach dem Revolver und zielte auf den Briefkopf, er drückte auf den Abzug, ein metallisches Klacken war zu hören, er drückte nach langem Zielen ein zweites und ein drittes Mal ab und machte dazu mit dem Mund Geräusche, als würde er tatsächlich schießen. Er fühlte sich durch dieses Spiel erleichtert. Schließlich steckte er Revolver und Munition in die Aktentasche zurück. Immer wieder schüttelte er den Kopf über sich selbst.

Der Anrufbeantworter im Wohnzimmer zeigte drei aufgezeichnete Telefonate an. Willenbrock drückte auf die Wiedergabetaste. Zuerst kamen Faxtöne, dann meldete sich Susannes Cousin, den sie am Sonntag besucht hatten und der um einen Rückruf bat. Der dritte Anrufer war ein Mann, der Susanne herzlich grüßte und etwas von einem Kiefernwald sagte, den er nie vergessen werde, und der ihr dankte. Willenbrock kannte den Anrufer nicht und verstand nicht, wovon er sprach. Er hörte sich die Mitteilung noch einmal an, ihm fiel auf, dass der Mann Susanne eigenartig vertraut ansprach, fast liebevoll und zärtlich, wie Willenbrock belustigt meinte.

Als Susanne nach Hause kam, trank er mit ihr zusammen einen Aperitif, und nachdem sie mit ihrem Cousin telefoniert hatte, erkundigte sich Willenbrock, was der Cousin gewollt habe. Dann fragte er, wer der andere Anrufer sei, und sie erwiderte, es sei der Ehemann einer Kundin, dem sie ein Geschenk für seine Frau ausgesucht und besorgt habe. Susanne log. Willenbrock bemerkte es sofort, denn seine Frau konnte nicht lügen. Wann immer sie sich genötigt sah, eine Unwahrheit auszusprechen, verriet sie sich so offensichtlich, dass Willenbrock ihr schon angeboten hatte, sie im Lügen zu unterrichten.

Als sie jetzt log, verfärbte sie sich, und mit einer Hand strich sie sich fahrig durch die Haare. Sie wandte ihren Kopf ab, um ihn nicht ansehen zu müssen, ging in die Küche und fragte, ob er bereits etwas für das Abendbrot vorbereitet oder bestimmte Wünsche habe. Willenbrock folgte ihr und sagte, er habe eine Flasche Wein entkorkt, das sei alles an seinen Abendbrotsvorbereitungen. Er versuchte ihr ins Gesicht zu sehen, es war noch immer gerötet, und sie bemühte sich es abzuwenden, indem sie lange in dem Besteckfach etwas zu suchen vorgab. Während des Abendessens sahen sie sich im Fernsehen einen Film über das Liebesleben von Raubkatzen an. Willenbrock schaute gelegentlich zu seiner Frau, die den Blick kaum vom Fernseher wandte.

Madame hat ein Verhältnis, sagte er sich, sie betrügt dich, vielleicht ist es tatsächlich der Mann einer Kundin, aber der hat sich nicht für ein Geschenk bedankt, jedenfalls nicht für ein Geschenk an irgendeine Gattin, meine kleine süße Susanne hat etwas ganz anderes verschenkt, soviel ist sicher, ein ganz besonderes Präsent wurde da übergeben, für das sich diese Type bedankt hat, hat der nicht gesagt, in einem Kiefernwald, was für Geschenke übergibt eine Frau einem Mann in einem Wäldchen, in einem unvergesslichen Kiefernwald, ein sehr aparter Übergabeort, hat Madame jetzt eine Dependance eröffnet, zusätzlich zu ihrer Boutique, eine kleine Geschäftserweiterung, für die ich mal wieder die Kosten zu tragen habe, der Kerl am Telefon konnte kaum an sich halten, man hörte ja förmlich, wie ihm der Speichel tropfte, so wie der Süßholz raspelte, das war zu possierlich, ich kann nur hoffen, dass ich nicht ebenso drollig wirke, wenn ich mal mit einem Mädchen telefoniere, das triefte ja nur so vor Schmeichelei, zuckersüß und klebrig, das Richtige, um junge Schnepfen zu fangen, aber wieso denn Susanne, das Mädchen kann doch zwei und zwei zusammenzählen, die wird doch nicht auf einen solchen Schmachtlappen hereinfallen, die Frau hat doch Geschmack und ist erfahren genug, mein Gott, Susanne, bei dir müssten doch alle Alarmglocken Sturm läuten, wenn eine Type mit einer so verdrehten Stimme sich bei dir meldet, das ist doch nicht dein Stil, Mädchen, das darf doch nicht wahr sein, gegen den bin ich ein Goldstück, schön, ich kann nicht behaupten, ich sei ein Kind von Traurigkeit, aber doch nicht der Kerl,

Susanne, nun bin ich gespannt, ob du mir etwas erzählen wirst, denn dass ich ein bisschen was mitbekommen haben muss, wird dir nicht entgangen sein, mein Fräulein, da müsste man mit dem Klammerbeutel gepudert sein, oder hältst du mich für senil, dass ich den Anruf abgehört habe, weißt du ja, was denkst du denn nun in deinem hübschen Köpfchen, was geht denn jetzt da drin vor, laufen die Kontakte heiß, während du auf diese unentwegt vögelnden Löwen starrst, denkst du jetzt an diesen Kerl aus dem Kiefernwald, an das so herzlich bedankte Geschenk, oder legst du dir eine Antwort zurecht, falls ich mich erkundigen sollte, ob da irgendwo noch ein Nebenstecher im Feld ist, so ein munterer Wilderer, der den Oberförster auf den Plan rufen sollte, arbeitest du bereits an der Antwort, Mädchen, ich weiß, ich weiß, ich habe kein Recht, ich schon gar nicht, ich dürfte nichts sagen, jedenfalls wäre es komisch, wenn ich hier den betrogenen Ehemann spielen würde, den Hahnrei, vermutlich müsste ich mir auf die Lippen beissen, um nicht laut loszulachen, na, hoffentlich war es ein Erlebnis für dich, mein Engelchen, so eins, von dem man im Alter zehren kann, etwas, was das Abendlicht vergoldet, wie du dich gern ausdrückst, steht dieses Kiefernwäldchen vielleicht in Ralswiek, war das der Besuch bei der Freundin, gab es da eine ganz besonders aparte Freilichtaufführung, ging da ein Vorhang hoch nur für zwei, hoffentlich war der Kerl keine Enttäuschung, nicht das Weichei, was ich leider vermuten muss, nachdem ich ihn am Telefon gehört habe, vor hundert Jahren hätte ich ihn zum Duell fordern müssen, eine Waffe, mein Engel, habe ich jedenfalls bereits, das ahnst du nicht, ich könnte ihn erschießen, einfach über den Haufen knallen im Affekt, das kostet mich mit einem guten Anwalt höchstens zwei Jahre, oder ich erschieße dich, mein Engel, mit einer Smith & Wesson, polierter Lauf, wunderbar leicht rotierende Trommel, mit einem Griff, der sich in die Hand schmiegt, das würde mich mit dem richtigen Anwalt vermutlich auch nicht teurer kommen, ich müsste nur den Revolver erklären, darauf würde das Gericht vermutlich bestehen, mit einem ›hab ich irgendwo gefunden‹ werden die sich nicht abspeisen lassen, und wenn sie den Russen kriegen, dann kann ich vermutlich mein Geschäft vergessen, dann wittern die Unrat bei meinem Autoladen, dann kriege ich vielleicht nur zwei Jahre, aber ich bin die Lizenz los, nicht tragbar, nicht geschäftsfähig, und falls es mir das Gericht nicht besorgt, wird Krylow seine jungen Leute auf mich losschicken, wenn ich tatsächlichen seinen Namen nennen sollte, nein, keine so gute Idee, mein Schatz, du musst nichts befürchten, und den Revolver werde ich sehr bald wieder los, es wäre am besten, wenn Krylow noch diese Woche käme und ich ihm das Ding in seinen Pappkarton zurücklegen könnte, er wird sicher anderswo genügend Interessenten finden, mir brennt das Eisen in den Fingern, ja, ich könnte mich erschießen, das wäre einfach und völlig folgenlos, jedenfalls für mich, ich müsste nichts mehr erklären, Selbstmord aus Eifersucht, das wird die Boulevardpresse begeistern, die Waffe bliebe ein Rätsel, die Frau wäre anständig versorgt, und vielleicht wird die Type mit der öligen Stimme mein Nachfolger, auch kein so guter Gedanke, am besten kein Wort darüber verlieren, schließlich, wenn ich eine Stunde später nach Hause gekommen wäre, ich hätte nichts davon erfahren, hätte nichts gewusst, nur ein Fax und der Cousin hätte angerufen, der Rest wäre gelöscht, ich könnte beruhigt diesen potenten Wildkatzen zuschauen und müsste mir allenfalls ein paar Gedanken machen, was ich mit einem über Nacht ins Haus geschneiten Revolver anfange, ich bin nur zu früh erschienen, ich bin einfach zu häuslich, sollte öfter auf den Treidel gehen oder zumindest mit der Mannschaft etwas unternehmen, da sind ein paar tüchtige Hirsche dabei, die dreimal die Woche auf die Strecke gehen, oder mal mit Jurek losziehen, der wird immer griesgrämiger, ja, vielleicht sollte ich mal mit ihm einen Zug durch die Kneipen machen, heitert ihn vielleicht auf, schließlich bin ich sein Arbeitgeber und habe mich um das Wohl und Wehe meines einzigen Angestellten zu kümmern, Weihnachtsgeld ist nicht alles, vielleicht braucht er Zuneigung, das, was offenbar auch Susanne fehlt, na, die hat sie sich ja geholt, wie alt wird der Kerl sein, zehn Jahre jünger sicherlich, an der Stimme war es nicht zu erkennen, sie wird sich doch keinen Alten genommen haben, oder braucht sie Trost und Geborgenheit, und Gespräche natürlich, mein Liebling braucht viele Gespräche, tiefsinnig und lang, über das Leben und die Ewigkeit, vielleicht reden sie nur miteinander, stundenlange Spaziergänge im unvergesslichen Kiefernwald, und nichts weiter, nur Gespräche, wäre durchaus denkbar, na, sicher ist es eine kulturelle Type, Opern und Ausstellung, was Susannchen so schätzt und wo ich eben nicht Spitze bin, dafür habe ich andere Qualitäten, Madame, ich scheffle das Geld herbei, auch nicht zu verachten oder, es lebt sich leichter mit Geld und mit viel Geld viel leichter, und ich denke, du weißt das, deine Boutique jedenfalls wäre in jedem Jahr sonst zweimal den Jordan runtergegangen, wenn nicht Väterchen immer nachgelegt hätte, und kaum ist er aus dem Haus, juckt das Fell, nicht nett, mein Mädchen, nicht nett, aber ich werde nichts sagen, ich werde keine Frage stellen, du musst dich nicht beunruhigen, Inquisition ist nicht angesagt, wurde abgeschafft, Duelle ebenfalls, ich wills nicht wissen, und fange jetzt bloß nicht von dir aus an, bitte keine Geständnisse oder so etwas, keine Beichte, keine Tränen, damit musst du allein fertig werden, ich war nicht dabei, ich war nicht im Kiefernwald und möchte nicht nach Tisch noch dort hineingezogen werden, ihr habt da eure Nummer abgezogen, erwarte nicht, dass ich dich jetzt tröste, ich werde nicht den eifersüchtigen Gehörnten spielen und mehr hast du von mir nicht zu erwarten, jetzt gilt Me, myself and I, mit diesem Typen wirst du dich ganz allein beschäftigen, Madame, für mich wars der Mann einer Kundin, dem du ein Kleidchen für die füllige Gattin besorgt hast und der dir darum so unendlich dankbar ist, und wenn er es dir besorgt hat, ich will nichts davon hören, und wenn du eine Niete gezogen hast, und eine Pfeife war er wohl, so wie er sich anhörte und wie du dasitzt, drei Tage Regenwetter, Mädchen, wirken aufmunternder als du jetzt, dann ist das alles dein Problem, und trink nicht so viel, Frauen vertragen es nicht, ihnen fehlt ein Enzym oder so, wie bei den Japanern, die sind auch immer gleich besoffen, aber einen Schnaps werde ich mir gönnen, auch wenn du das nicht so gerne siehst, weil es nicht zum feinen Wein passt, aber was passt schon auf dieser Welt zusammen, wir beide doch auch nur ab und zu.

Susanne sah unverwandt auf den Fernseher, auf dem die beiden im gelben Steppengras kopulierenden Löwen mehr zu erahnen als zu sehen waren, und der Sprecher erklärte, dass die Männchen zu dieser Zeit halbstündlich mit einem Weibchen Geschlechtsverkehr haben würden. Willenbrock stand auf. Er sagte, wenn der Sprecher so einen tollen Burschen ein Männchen nennt, dann würde er ihn gern einmal sehen, er muss ja dann eine ganze Nummer besser sein. Dann fragte er, ob der Film sie interessiere, und ging, da sie nicht antwortete und nur mit dem Kopf nickte, zum Anrufbeantworter. Er wollte sich den dritten Anruf noch einmal in ihrer Gegenwart anhören, doch Susanne hatte die Telefonate bereits gelöscht. Sie blickte kurz zu ihm, als er die Taste drückte. Als Willenbrock seine Frau ansah, wandte sie den Kopf wieder zum Fernseher. Er ging in die Küche.

Im Bett drehte er sich zu ihr und sagte, sie sei heute sicher sehr müde.

»Ja«, erwiderte sie.

19

Am Donnerstag erschienen die Elektriker. Willenbrock war bereits auf dem Hof und ging mit dem Meister durch den Neubau, auf einem Zettel hatte er notiert, was er benötigte, und gemeinsam gingen sie vor Ort den Auftrag durch. Die beiden Gesellen schleppten Kabelrollen ins Haus und Leitern und begannen damit, die Fußbodenheizung anzuschließen. Der Meister zeigte Willenbrock eine Mustersammlung von Steckern und Schaltern, die er im Heck seines Lieferwagens montiert hatte, und notierte sich Willenbrocks Wünsche.

Mittags wollte Jurek den Chef sprechen, er ging zum Bürowagen und wollte nach einem kurzen Klopfen eintreten, fand jedoch die Tür verschlossen.

»Einen Moment«, rief Willenbrock.

Er hatte wie an den Tagen zuvor den Revolver für einige Minuten aus seiner Aktentasche herausgenommen, die Waffe geladen und sie entladen und mit ihr gespielt. Um nicht überrascht zu werden, hatte er während dieser Zeit das Büro abgeschlossen. Er legte den Revolver und die Patronen in das Schubfach, stand dann eilig auf und öffnete die Tür.

»Ein Problem, Chef?«, fragte Jurek verwundert als er eintrat. Er sah sich im Raum um und blickte Willenbrock fragend an, da das Büro bisher immer offen stand und nur abgeschlossen wurde, wenn Willenbrock unterwegs war, doch brachte er dann Jurek zuvor stets den Schlüssel, damit dieser telefonieren oder sich die Schlüssel für die Fahrzeuge holen konnte.

»Alles in Ordnung«, widersprach ihm Willenbrock. Er fühlte sich ertappt wie ein Schulbub. Scheinbar aufmerksam hörte er sich an, was Jurek ihm zu sagen hatte. Der Pole teilte ihm mit, was nachbestellt werden musste, und erinnerte ihn daran, dass der Reifenauswuchter von der Lieferfirma durchgesehen werden müsste, bevor die Garantiezeit ablaufe. Willenbrock nickte, ließ sich den Zettel von Jurek geben, notierte auch ein paar Worte, doch war er noch immer damit beschäftigt, dass ihn sein Angestellter um ein Haar dabei erwischt hätte, wie er mit einem Revolver herumspielt. Er verfluchte Krylow und sein unseliges Geschenk. Als Jurek den Wagen verließ, sagte ihm Willenbrock, er habe die Tür aus Versehen zugeschlossen. Der Pole nickte uninteressiert.

Eine Stunde später ging Willenbrock zu ihm in die Werkstatt und erkundigte sich nach den Ölreserven und gemeinsam überprüften sie den Werkzeugbestand. Er fragte ihn nach der Familie, was der Sohn jetzt mache und wie es der Frau gehe.

»Gut, gut, gut«, sagte Jurek grimmig.

Willenbrock sah ihn überrascht an. Er stellte die Plastikschachtel, die er in der Hand hielt, ins Regal zurück.

»Was ist los?«, fragte er.

Der Pole wischte sich intensiv die Hände mit einem ölverschmierten Lappen, wodurch er sie gleichmäßig grau färbte, und sagte ohne den Kopf zu heben: »Der Sohn macht Geschäfte. Er verdient dreimal so viel wie ich. Wenn ich ihn frage, er sagt nur, Import und Export. Und lacht dazu. Er ist von uns ausgezogen. Braucht mein Geld nicht mehr. Und die Frau, der geht es wunderbar. Die Frau lässt sich scheiden.«

»Um Himmelswillen, Jurek, was ist passiert?«

»Nichts ist passiert, Chef, kein Problem. Ich bin hier, sie ist da, so ist das. Sie ist allein. Am Abend, ich bin nicht daheim. Nicht wie Sie, Chef. Ich hier, sie da, man sieht sich nicht. Sie will die Scheidung.«

»Hat sie einen anderen Mann?«

»Weiß ich nicht. Sie sagt, nein. Hat es bei Gott geschworen. Aber ich weiß nicht. Ich bin nicht im Haus.«

»Das passiert auch anderen, Jurek. Manche leben immer zusammen, sind immer daheim, und es geht nicht gut. Die Ehe ist ein schwieriges Geschäft.«

»Die Ehe ist ein Sakrament, Chef. Nur der Tod darf scheiden.«

»Was willst du machen? Nicht in die Scheidung einwilligen? Wie sind bei euch die Gesetze, ist das möglich?«

»Wenn die Frau es will, ist alles vergeblich. Eine Katastrophe, wenn ich nein sage. Ist alles vergeblich, wenn ich hierbleibe.«

»Willst du zurück, Jurek? Zurück nach Posen?«

»Nein, Chef. Was soll ich da? Da habe ich keine Arbeit, und das ist auch nicht gut für die Ehe. Und meine Nachbarn sind nicht mehr meine Nachbarn. Für die gehöre ich nicht dazu, weil ich für einen Deutschen arbeite, weil ich in Deutschland lebe. Sie glauben, ich bin reich und eingebildet. Ich gehöre nicht dazu. Ich bin ein Deutscher für sie.«

Willenbrock war es unangenehm, den Polen weinen zu sehen. Er wusste nicht, was er ihm sagen sollte. Er könnte ihm von seiner Frau erzählen, dass sie einen Liebhaber mit einer Fistelstimme habe, aber das würde Jurek nicht trösten.

»Such dir ein anderes Mädel«, sagte er, »du bist doch ein gut aussehender Kerl, du verdienst ein gutes Geld, da stehen doch die Frauen Schlange, in Polen wie in Deutschland.«

»Nein, Chef, ich bin verheiratet. Ich bin nicht fertig mit der Ehe und der Frau.«

»Ja«, sagte Willenbrock gedehnt, »jaja. Na, wenn du heimfahren willst, jederzeit, Jurek. Für ein paar Tage komme ich allein zurecht.«

»Heimfahren? Wozu?«

Der Pole bearbeitete eine Zündkerze mit einer Bürste, hielt sie dann vor den Mund, pustete kräftig und rieb mit einem Lappen daran. Willenbrock hob eine abgebrochene Schraube auf und warf sie in den Abfallkasten. Er sah Jurek noch ein paar Sekunden zu, dann ging er ins Büro zurück, um einen Brief an den Staatsanwalt zu schreiben. In den vergangenen Tagen hatte er sich ein paar Notizen dafür gemacht und setzte sich nun an den Computer, um Beschwerde einzulegen. Nach einer halben Stunde las er zweimal den Brief am Bildschirm durch, er war mit dem Ergebnis unzufrieden, das Schreiben erklärte nicht, was er eigentlich sagen wollte, und außerdem wirkte es aufgeregt, hysterisch geradezu. Er druckte den Brief nicht aus, sondern verschob es auf den nächsten Tag, er wollte noch eine Nacht darüber schlafen. Er rief seinen Anwalt an und sagte, dass er ihn kurz, aber dringend sprechen müsse.

»Nein«, sagte er ins Telefon, »es handelt sich nicht um Mahnungen. Ich korrespondiere mit einem Staatsanwalt.«

Der Anwalt fragte, ob er in einer Stunde bei ihm sein könne, dann hätte er Zeit für ihn. Anschließend versuchte Willenbrock die Studentin zu erreichen, mit der er in seinem Haus in Bugewitz war, aber es meldete sich jedesmal nur der Anrufbeantworter und da ein Mann die Ansage sprach, legte er auf, ohne sich zu melden. Danach rief er Rita Lohr in ihrem Friseursalon an. Sie schien pikiert zu sein, als er seinen Namen nannte, machte ihm Vorwürfe, dass er sich so lange nicht gemeldet hatte, war aber dann bereit, sich nach dem Dienst mit ihm im Hotel am Gendarmenmarkt zu treffen. Willenbrock gab Jurek Bescheid, dass er für zwei Stunden zu seinem Anwalt fahre. Die Aktentasche nahm er mit, um den Revolver nicht unbeaufsichtigt zu lassen.

Sein Anwalt hörte sich seine Geschichte mit besorgter Miene an. Den Brief las er kopfschüttelnd und empört lachend.

»Das ist ein schlichter Rechtsbruch«, sagte er dann, »uns bleibt gar nichts anderes übrig, wir müssen Beschwerde einlegen. Es war versuchter Mord oder vielmehr Totschlag, da können die sich nicht so aus der Verantwortung stehlen. Auch nicht so ein Provinzstaatsanwalt.«

Als jedoch Willenbrock ihn nach Erfolgsaussichten einer Beschwerde fragte und ob man denn eine Staatsanwaltschaft gerichtlich zwingen könne, weiterzuermitteln und notfalls auch die russischen Behörden um Hilfe zu ersuchen, zuckte der Anwalt mit den Schultern.

»Wir sollten es in jedem Fall versuchen«, sagte er, »dazu ist der Fall zu bedeutsam. Es ist ein Offizialdelikt, der Staatsanwalt müsste von sich aus aktiv werden, aber die Burschen sitzen auf der faulen Beamtenhaut. Die werden wir wohl zum Jagen tragen müssen. Ich denke, wir werden ihn gerichtlich dazu zwingen können. Aber Sie wissen ja, Willenbrock, vor deutschen Gerichten und auf hoher See sind wir alle in Gottes Hand.«

Er sah Willenbrock bekümmert an und fragte, ob er ihm einen Kaffee bringen lassen könne. Sein Telefon klingelte und mit einer entschuldigenden Geste griff er zum Hörer.

»Nein, ich will nicht gestört werden«, sagte er, »aber in diesem Fall, stellen Sie durch.«

Er bat Willenbrock, die Unterbrechung zu entschuldigen und sprach dann mit einem Klienten, der offensichtlich zwölf Millionen Mark Steuern nachzuzahlen hatte, und den er darauf verwies, dass ihr Wirtschaftsprüfer am Bescheid des Finanzamtes nichts auszusetzen fand.

»Ich denke aber schon, dass wir etwas machen können«, sagte er in das Telefon, »ich habe da eine Idee, aber die möchte ich nicht am Telefon mit Ihnen besprechen. Wann könnten Sie mich denn empfangen, wann hätten Sie denn Zeit für mich? Einverstanden, ich bin Punkt zehn bei Ihnen. Und ich erlaube mir, einen Kollegen mitzubringen, wenn es Ihnen recht ist. Ja, Sie kennen ihn, es ist Herr Scheibler, unsere Steuerkoryphäe.«

Als er den Hörer auflegte, sah er Willenbrock vergnügt an: »Andere Leute haben andere Sorgen.«

Er schrieb mit weitausholenden Bewegungen etwas auf ein Blatt Papier, dann wandte er sich wieder Willenbrock zu.

»Haben Sie sich entschieden? Wollen wir diesen Provinzhanseln mal etwas Unterricht in deutscher Rechtskunde geben? Mir würde es gefallen. Staatsanwälte glauben alle, sie seien sakrosankt, halten ihre Entscheidungen für Gottes Wort, und wir Anwälte sind für sie nur lästige Störenfriede. Einen

Staatsanwalt bei den Ohren zu kriegen, so einen Burschen, der sich schon in Karlsruhe sieht, wäre ein Vergnügen für mich. Wollen wir, Willenbrock?«

Er rückte seine Krawatte zurecht und spielte mit den Fingern auf der Tischplatte. Unter den buschigen Augenbrauen blitzten vergnügt seine Augen.

»Vielleicht sollte ich erst einmal Protest einlegen«, sagte Willenbrock zögernd.

Der Anwalt nickte: »Tun Sie das. Und wenn dann immer noch nichts passiert, werden wir ihnen etwas Dampf machen.«

Er stand auf und kam mit ausgestreckter Hand auf Willenbrock zu und begleitete ihn bis ins Vorzimmer.

»Das wird ein Jahrhundertprozess, Willenbrock.«

Er nickte ihm aufmunternd zu und wies dann seine Sekretärin an, den Kollegen Scheibler zu ihm zu bitten.

Willenbrock fuhr unschlüssig ins Büro zurück. Er wusste nicht, wie er sich verhalten sollte. Als Jurek sich am Abend von ihm verabschiedete, fragte er ihn, ob er ihn nicht einmal abends besuchen wolle, ganz privat.

Jurek sah ihn an und überlegte.

»Nein«, sagte er dann, »am Abend habe ich immer zu tun. Ich muss für die Freunde etwas besorgen, für mein Haus, für die Frau, immer zu tun.«

»Für die Frau?«, fragte Willenbrock überrascht.

»Vielleicht, naja, vielleicht«, sagte Jurek, doch dann brach er ab, nickte nur kurz und ging zu seinem Auto.

Willenbrock nahm den Rasierapparat aus dem Schreibtisch und stellte sich vor den kleinen Spiegel. Dann nahm er ein Eau de Cologne und betupfte sein Gesicht. Er packte Papiere und Schlüssel in die Aktentasche und verschloss den Wagen. In einer Stunde würde Pasewald erscheinen und bis acht Uhr, bis zu Jureks Arbeitsbeginn, auf dem Hof sein.

Inmitten der Hotelhalle stand eine ältere Dame mit einem riesigen Hut, die erzürnt ihre beiden Begleiter und zwei Mädchen von der Rezeption anfauchte. Um sie herum türmten sich zwei Koffer und ein halbes Dutzend Reisetaschen. Die Dame sprach spanisch, so dass Willenbrock sie nicht verstand. Er ging in die Lounge, die Tische waren alle besetzt, von Rita war nichts zu sehen. An der Rezeption wollte er sich den Schlüssel für sein Zimmer geben lassen, die beiden Männer am Schalter baten ihn um einen Moment Geduld, da auch sie sich um die spanische Dame zu kümmern hatten. Anscheinend war mit dem Zimmer der Spanierin irgendetwas nicht in Ordnung. Man bat sie immer wieder an die Rezeption zu treten, um die Misslichkeit zu klären, aber die Frau blieb mitten in der Hotelhalle stehen und beharrte herrisch und laut auf ihrem Verlangen. Die Gäste in der Lounge hatte ihre Gespräche eingestellt und verfolgten interessiert das nicht zu überhörende Geschehen. Die zwei Mädchen von der Rezeption redeten beide spanisch auf die Frau ein und versuchten sie zu beruhigen, beide waren hochrot im Gesicht. Einer der beiden Männer am Schalter telefonierte, der andere hackte immer heftiger auf die Tastatur des Computers ein. Bevor er endlich seinen Schlüssel erhielt, hatte er mitbekommen, dass die Frau eine spanische Gräfin sei, die angeblich zwei Apartments bestellt hatte, und die Hotelangestellten versuchten herauszubekommen, ob die Bestellung möglicherweise von einem anderen Hotel entgegengenommen worden war.

Willenbrock nahm sich eine Zeitung und setzte sich in einen Sessel. Ein älterer Herr, vermutlich der Hotelmanager oder der Direktor, kam aus einem der hinteren Räume, sprach mit dem Personal und danach mit der Gräfin, dann ging er wieder hinter den Schalter, um gleich darauf mit zwei Schlüsseln in der Hand zu der Dame zu eilen. Er bat sie zum Fahrstuhl zu kommen. Die Gräfin folgte dem ehrerbietig vor ihr laufenden Hotelchef, sie schimpfte noch immer lautstark. Ihre beiden Begleiter und vier Hotelangestellte trugen das Gepäck zum Fahrstuhl, stiegen aber nicht ein, sondern warteten, bis die Gräfin und der Direktor nach oben gefahren waren, bevor sie erneut den Fahrstuhl riefen.

Willenbrock blätterte in der Zeitung und behielt die Eingangstür im Auge. Ihn beschäftigte noch immer der Brief des Staatsanwalts, und er fragte sich, ob er tatsächlich dem Rat seines Anwalts folgen sollte. Als ein Kellner zu ihm kam, bestellte er einen Whisky.

Rita kam eine halbe Stunde zu spät. Sie entschuldigte sich nicht, sondern bemerkte nur, dass er nach Alkohol rieche, dann fuhren sie in das Zimmer hoch.

Zwei Stunden später tranken sie einen Espresso an der Hotelbar. Willenbrock versprach ihr, sich bald wieder bei ihr zu melden. Er entschuldigte sich nochmals, dass er so lange nichts von sich habe hören lassen, doch er hätte im Moment viel um die Ohren. Die junge Frau sah ihn spöttisch an und erwiderte, er möge sich bloß nicht überanstrengen, er sei ja nicht mehr der Jüngste. Als er ihr zum Abschied einen Kuss auf die Wange geben wollte, drehte sie ihren Kopf abweisend zur Seite und trippelte dann mit hoch erhobenen Kopf und ohne sich noch einmal nach Willenbrock umzusehen aus der Hotelhalle, während er an die Rezeption trat, um das Zimmer zu bezahlen.

Er war erst gegen zehn Uhr zu Hause. Als seine Frau ihn fragte, weshalb er so spät komme und wieso er nicht angerufen habe, erwiderte er lediglich, dass er mit seinem Anwalt gesprochen habe und versuchen werde, den Staatsanwalt zu sprechen.

Am anderen Tag rief er vom Büro aus die Staatsanwaltschaft in Neubrandenburg an und verlangte Herrn Tesch zu sprechen. Auf Befragen erklärte er, es handele sich um einen schweren Fall von versuchtem Totschlag. Man sagte ihm, der Staatsanwalt sei nicht im Haus, und verwies ihn an die Kriminalpolizei. Willenbrock protestierte, er wollte sich nicht abweisen lassen, doch die Frau wiederholte, was sie bereits gesagt hatte und legte dann auf. Eine Stunde später rief er nochmals an und meldete sich als Autohaus Willenbrock. Diesmal wurde er umgehend mit dem Sekretariat von Herrn Tesch verbunden. Die Sekretärin fragte ihn, ob der Anruf dienstlich oder privat sei, und Willenbrock erwiderte, das wisse er nicht, er könne nicht ahnen, wofür seine Kunden ihre Fahrzeuge benutzten. Die Sekretärin sagte ihm, dass der Staatsanwalt heute den ganzen Tag im Gericht sei, er könne ihn aber morgen am späten Vormittag erreichen. Sie fragte, ob der Herr Staatsanwalt ihn morgen zurückrufen könne und bat um die Telefonnummer. Willenbrock erwiderte, dies sei nicht nötig, er würde sich melden, und ob die Zeit elf Uhr dreißig recht wäre.

Beim gemeinsamen Mittagessen sagte Jurek, er wolle doch für ein paar Tage nach Posen fahren und bat um eine Woche Urlaub. Willenbrock fragte, wann er abfahren wolle, und als Jurek erwiderte, so rasch wie möglich, bat er ihn, am Freitag noch auf dem Hof zu sein, er hätte an diesem Tag einen unaufschiebbaren Termin und sei erst am späten Nachmittag auf dem Hof. Jurek könnte dann sofort verschwinden, und wenn ihm die eine Woche nicht ausreiche, so sollte er sich nur unbesorgt bei ihm telefonisch melden, er würde das schon regeln. Jurek nickte nur. Er blieb auch einsilbig, als Willenbrock mit ihm die Woche abzusprechen hatte, in der er allein auf dem Autohof war. Als Willenbrock ihn fragte, ob er denn seine Frau so sehr liebe, sah ihn der Pole verständnislos an.

»Wir sind verheiratet«, sagte er trotzig.

Willenbrock kam um elf in Neubrandenburg an. Er hatte Mühe, die Demminer Straße zu finden und einen Parkplatz. Kurz vor halb zwölf war er bei der Sekretärin von Tesch, die von ihm wissen wollte, was er eigentlich von ihrem Chef wolle. Er erwiderte lediglich, er sei der Eigentümer vom Autohaus Willenbrock und müsse ihn sprechen. Sie bat ihn, einen Moment zu warten, und ging in das Nachbarzimmer. Nach einigen Minuten erschien sie wieder, hielt ihm die Tür auf und bat ihn einzutreten.

Der Staatsanwalt schaute neugierig hoch, als Willenbrock

ins Zimmer kam. Er war Mitte vierzig mit einer kurzen modischen Frisur, die Haarspitzen blond gefärbt, Hemd und Krawatte waren auf den Anzug abgestimmt, in der Brusttasche steckte ein nachläßig gefaltetes Tuch. Dann beugte er sich wieder über seine Akten und fragte mit leiser, gelangweilter Stimme: »Ja bitte, mit wem habe ich das Vergnügen?«

»Willenbrock ist mein Name. Sie haben mir geschrieben.«

»Autohaus Willenbrock, sagte meine Sekretärin. Ich verstehe nicht ganz, ich weiß nicht, warum Sie zu mir gekommen sind. Ich brauche im Moment kein Auto.«

»Sie haben mir geschrieben«, wiederholte Willenbrock.

Er öffnete seine Aktentasche und holte den Brief heraus, mit der linken Hand hielt er die Tasche sorgfältig fest, damit nicht der Revolver herausfiel. Er reichte das Schreiben dem Staatsanwalt. Tesch warf nur einen Blick darauf, dann gab er es ihm zurück.

»Ich verstehe. Das ist ein Versehen meiner Sekretärin. Wenn Sie mich in Ihrer Angelegenheit sprechen wollen, so lassen sie sich von ihr einen Termin geben. Im übrigen wüßte ich nicht, was wir zu besprechen hätten. Der Fall ist längst geklärt. Wenn Sie gegen meinen Entscheid Einspruch einlegen wollen, wenden sie sich bitte an den Generalstaatsanwalt. Aber schriftlich bitte, wir haben alle viel zu tun.«

Er beugte sich wieder über seine Papiere. Da Willenbrock auf seinem Stuhl ungerührt sitzen blieb, blickte er nach einigen Augenblicken auf, sah ihn stumm an und wies auf die Tür.

»Gehen Sie bitte«, sagte er.

»Man hat versucht, mich zu erschlagen«, sagte Willenbrock. Der Staatsanwalt nickte knapp.

»Die Kriminalpolizei hat Spuren aufgenommen. Glasklare Spuren, sagte man mir. Und Sie behaupten nun, sie seien ungeeignet. Sie haben die Burschen lediglich abschieben lassen und den Fall ad acta gelegt. Es war versuchter Totschlag.«

Der Staatsanwalt beschäftigte sich weiter mit seinen Akten und sagte leise: »Gehen Sie bitte.«

»Nein«, sagte Willenbrock trotzig und setzte sich aufrecht, »ich verlange, dass die Verbrecher bestraft werden. Dafür werden Sie bezahlt, von meinen Steuergeldern. Nur dafür sind Sie da, Herr Staatsanwalt.«

Er war laut geworden. Die Tür zum Vorzimmer öffnete sich und die Sekretärin erschien. Sie blieb in der Tür stehen und sah zu Tesch. Der erhob sich, kam hinter dem Schreibtisch hervor und ging einen Schritt auf Willenbrock zu.

»Herr ...«

»Willenbrock«, sagte die Sekretärin.

»Ja, Herr Willenbrock, Sie haben sicher Schreckliches hinter sich. Vertrauen Sie nun unbesorgt den Justizbehörden und verlassen Sie mein Zimmer. Wenn Sie Einspruch erheben wollen, meine Sekretärin wird Sie über die nötigen Formalitäten unterrichten. Aber machen Sie nicht noch alles viel schlimmer und gehen Sie endlich. Wenn ich Sie aus meinem Zimmer entfernen lassen muss, wird das für Sie sehr unangenehme Konsequenzen haben. Eine Anklage wegen versuchter Nötigung möchte ich Ihnen gern ersparen.«

»Das ist ein Offizialdelikt, Herr Staatsanwalt, das können Sie nicht einfach beiseite schieben.«

»Wollen Sie mich im deutschen Recht unterrichten, Herr Willenbrock? Seien Sie unbesorgt, bei Vorliegen neuer, gravierender Erkenntnisse kann das Verfahren jederzeit erneut aufgenommen werden. Aber zu diesem Zeitpunkt die russischen Ermittlungsbehörden um Rechtshilfe zu ersuchen, ist nicht notwendig und hätte auch wenig Erfolgsaussichten. Derartige Ersuchen sind zeitaufwendig und sehr teuer. Und nun darf ich bitten.«

Willenbrock fügte sich hilflos und ging zu der offen stehenden Tür.

»Sie hören von mir«, sagte er drohend zu dem Staatsanwalt, der es ungerührt zur Kenntnis nahm.

Willenbrock stürzte aus dem Zimmer, die Sekretärin rief

ihm etwas hinterher, was er nicht verstand. Im Treppenhaus murmelte er Beschimpfungen vor sich hin. Als er den misstrauischen Blick eines Büroboten bemerkte, der ein Aktenbündel die Treppe hochschleppte, lächelte er ihn beruhigend an. Bevor er das Haus verließ, steckte er den Brief in die Aktentasche zurück. Er berührte dabei den Revolver. Wenn dieser Tesch, dieser Modegeck, der sich als Staatsanwalt aufspielt, gewusst hätte, dass er mit einer Waffe und genügend Munition in seinem Zimmer erschienen war, vermutlich wäre er sehr viel höflicher und zuvorkommender aufgetreten. Willenbrock setzte sich in sein Auto und fuhr nach Berlin zurück.

Um vier Uhr war er auf dem Autohof und schickte Jurek nach Hause.

»Bring deiner Frau etwas Schönes mit«, sagte er, als sie sich verabschiedeten.

»Die Frau hat alles. Sie hat mehr als alle anderen bei uns.«

Als er ins Auto stieg, sah Willenbrock, dass es so voll gepackt war, dass nicht einmal ein Beifahrer Platz hätte. Er ging ins Büro und schaltete den Computer ein, um an seinem Brief an den Generalstaatsanwalt weiterzuschreiben. Er erhob Einspruch gegen den erteilten Bescheid und berichtete von seinem Besuch bei Staatsanwalt Tesch. Abschließend bat er darum, ihm einen Waffenschein auszustellen, da die Justiz offensichtlich nicht willens oder in der Lage sei, Gewalttaten zu ahnden, und er künftig selbst für den Schutz seiner Familie sorgen werde. Zufrieden las er alles durch, dann überlegte er einen Moment und schrieb ›hochachtungsvoll‹ unter den Brief. Nachdem er ihn gedruckt und unterschrieben hatte, fühlte er sich erleichtert.

Susanne berichtete er nur knapp über seinen Besuch in Neubrandenburg. Er sagte ihr, er habe auf Anraten seines Anwalts Beschwerde eingelegt, glaube aber nicht, dass man die Brüder vor Gericht stellen werde, da sie längst abgeschoben worden seien.

Am Wochenende blieben sie in der Stadt. Willenbrock war allein auf dem Autohof und kam am Sonnabend erst spät nach Hause. In der Woche, in der Jurek in Polen war, verkaufte er nicht ein einziges Auto. Er wusste nicht, ob es ein saisonbedingter Zufall war oder ob seine vor allem aus Osteuropa kommende Kundschaft zu dem Polen mehr Vertrauen hatte als zu ihm. Jedenfalls war er erleichtert, als Jurek zurück war.

Beim Frühstück saßen sie zusammen auf dem Hof. Willenbrock hatte Tisch und Stühle aufgestellt und für beide Kaffee gekocht. Er wartete darauf, dass ihm Jurek etwas über die Frau und die Situation daheim erzählen würde, doch der aß schweigend seine mitgebrachten Brote und hielt sein Gesicht in die Sonne. Als er ihn fragte, sagte Jurek, er habe sich mit seiner Frau geeinigt, einen Waffenstillstand vereinbart, wie er sagte, sie wollten alles noch einmal in Ruhe bedenken, seine Arbeit bei Willenbrock würde er nicht aufgeben.

»Hast du auch deinen Sohn gesprochen?«

»Ich habe ihn gesehen, in einem Café. Er hat mich gesehen, aber er tat, als sei ich Luft. Er saß mit seinen Freunden zusammen. Der Abschaum von Posen.«

»Es sind junge Leute«, warf Willenbrock ein.

»Gangster sind es«, bemerkte Jurek.

»Damals haben wir auch Räuber und Gendarm gespielt. Das sind Kindereien, das gibt sich.«

»Diese Kinder spielen nicht Räuber, es sind Räuber. Die haben Pistolen, richtige Pistolen. Damit laufen sie nachts durch die Stadt. Sie überfallen andere Jugendliche und nehmen ihnen das Geld ab. Haben Sie das damals auch gemacht, Chef?«

»Wir waren auch keine Engel.«

»Gewiss, Chef. Einige von uns haben Pilsudski verehrt, die anderen die Beatles, und alle küssen wir den Schatten des Papstes. Aber mein Sohn, der verehrt Al Capone. Er träumt davon, der Boss von Posen zu werden.«

Willenbrock dachte daran, dass er Jurek von seinem Revolver erzählen könnte, aber das hätte ihn wohl auch nicht aufgemuntert. Er könnte ihm sagen, dass auch er ständig mit einer scharfen Waffe durch die Stadt ziehe, dass er sie ständig bei sich trage, sie sogar, um sie nicht unbeaufsichtigt im Wagen liegen zu lassen, bei sich hatte, als er einen Staatsanwalt aufsuchte, was sich vermutlich nur gemeingefährliche Gewalttäter herausnehmen oder Kinohelden. Stattdessen sagte er lediglich: »Wir waren damals richtige Kinder. Heute ist die Jugend anders, sie sind viel reifer, als wir es waren und abgebrühter.«

Jurek schnaubte verächtlich durch die Nase und schälte sich sorgfältig einen Apfel.

20

Im Neubau arbeiteten noch immer die Elektriker. Zwei Rohrleger waren hinzugekommen und gelegentlich hörte Willenbrock, wie sie sich lautstark beschimpften, da sie einander bei der Arbeit behinderten. Die Beschläge für Fenster und Türen hatte man angebracht, sie waren abgeklebt, aber benutzbar, und Willenbrock ging jeden Abend einmal durch den Bau, kontrollierte den Fortgang der Arbeit und erfreute sich an der Halle. Sein künftiges Büro, abgetrennt von der Werkstatt und der Verkaufshalle, richtete er sich in Gedanken bereits ein. Die Toilette mit der Dusche war noch ein Wirrwarr von Leitungen und Rohren. In der Werkstatt standen bereits die Wandregale, sie waren in der Mitte des Raumes zusammengeschoben und warteten auf die Montage, die erst nach dem Ende der Malerarbeiten erfolgen sollte.

Anfang Oktober wollte Susanne die Boutique schließen, da sie bereits seit Jahresanfang rote Zahlen schrieb und selbst der Sommerschlussverkauf nicht den erhofften Umsatz gebracht hatte. Willenbrock redete lange auf sie ein und konnte sie bewegen, zumindest noch den Winter und das Weihnachtsgeschäft abzuwarten. Er versuchte auch, ihr die Entlassung von Kathrin auszureden, was ihm aber nicht gelang. Er hatte ihr zu bedenken gegeben, dass sie ohne eine Angestellte kaum noch ihr Geschäft verlassen könne, dass jede notwendige Einkaufsreise zu einer Geschäftsschließung führe, dass sie an jedem Sonnabend und Montag in der Boutique sein müsse und sie beide nur noch sehr eingeschränkt ihr Landhaus am Oderhaff nutzen könnten. Doch er bemerkte, noch während er es ihr sagte, dass seine Begründungen Susanne nicht davon abhalten würden, sondern ihr im Gegenteil einen Anlass lieferten, die Fahrten nach Bugewitz einzuschränken. Sie blieb bei ihrer Entscheidung, vereinbarte mit Kathrin, sie nur noch bis zum Jahresende zu beschäftigen, und bat sie, sich nach einer anderen Stelle umzusehen.

Willenbrock hatte es sich angewöhnt, den Anrufbeantworter abzuhören, sobald er nach Hause kam. Er drückte auf die Taste, auch wenn keine Anrufe angezeigt waren. Seine Frau registrierte es, was ihm nicht unlieb war, aber beide verloren kein Wort darüber. Gelegentlich schien ihm sein Verhalten kindisch, zumal jener Anrufer sich gewiss nicht wieder melden würde, nachdem Willenbrock den seltsamen Gruß gehört hatte, den Susanne als Nachricht eines Kunden bezeichnet hatte, doch er blieb bei seiner Angewohnheit, da er ihr misstraute, aber auch, um sie unsicher zu machen und ihr zu signalisieren, dass er durchaus Bescheid wisse. Geradezu zwanghaft ging er täglich nach seiner Ankunft an den Apparat und drückte auf den Schalter, so wie er sich noch immer die Kunden auf dem Autohof ansah, wenn sie mit Jurek zusammen die Fahrzeuge abliefen. Seine Besessenheit, seine Sucht zu kontrollieren, belustigte ihn selbst, gelegentlich aber beunruhigte sie ihn. Er fürchtete, es sei eine Alterserscheinung, die Marotte eines griesgrämigen, senil werdenden Mannes, zumal er feststellte, dass er die Kontrollen nicht unterlassen konnte, dass diese Angewohnheit ihn beherrschte. Wenn er im Bürowagen saß und die fremden Stimmen auf dem Autohof hörte und nicht zum Fenster ging oder wenn ihm daheim plötzlich einfiel, den Anrufbeantworter nicht abgehört zu haben, wurde er unruhig und konnte sich erst wieder auf seine Arbeit oder die abendliche Beschäftigung konzentrieren, sobald er das Versäumte nachgeholt hatte. Du bist ein Zwangler, sagte er sich, finde dich damit ab, doch es verstörte ihn, alt und seltsam zu werden.

Ende September erschien ein Maurer und zog in vier Tagen einen kleinen, offenen Vorbau aus roten Klinkern vor der Eingangstür der Halle hoch. Willenbrocks Architekt hatte ihm dazu geraten, das Mauerwerk würde dem Metallbau ein einnehmenderes Gepräge geben, der rote Klinker mit den bläulich schimmernden Metallteilen vorzüglich harmonieren.

Zwei Tage nach dem Maurer kamen die Maler und strichen die eingehängte Decke und die innen vorgesetzten Gipsplatten der Halle.

Anfang Oktober drängte Willenbrock darauf, nach Bugewitz zu fahren. Da sie in den vergangenen Monaten nur noch selten im Landhaus waren, entschloss er sich, das Wasser der Außenleitung abzulassen und die Scheune für den Winter zu sichern, denn er wusste nicht, wann er Susanne wieder zu einer Fahrt überreden könnte. In ihrer Boutique begannen bereits die Vorbereitungen für das Weihnachtsgeschäft, so dass sie bis zum Jahresende Gründe genug haben würde, Berlin nicht zu verlassen.

Als er am Sonntagmorgen in der Arbeitskleidung in die Küche kam, um sich einen Tee zu kochen, fand er sie am Tisch sitzend, den Revolver in der Hand. Mit einem Satz war er bei ihr und entriss ihr die Waffe.

»Das ist kein Spielzeug«, sagte er erschreckt.

»Ich habe einen Kugelschreiber gesucht. Entschuldige, aber ich dachte, du hast einen in deiner Tasche.«

»Fass das bitte nicht an, Susanne.«

»Sie sieht aus wie echt. Wie eine richtige Pistole.«

»Ja«, sagte er nur.

»Sie macht mir Angst.«

»Es soll ja genauso ausschauen, das ist die Absicht. Sie fassen sich genauso an, sie knallen genauso laut, nur dass dieses Spielzeug keinen Schaden anrichten kann.«

»Schrecklich«, sagte sie, »und warum steckt es in deiner Tasche? Schleppst du das Ding immer mit dir herum?«

»Ich weiß noch nicht, wo ich es unterbringe. Es soll schließlich keinem Kind und keinem dummen Jungen in die Hände geraten.«

Der Revolver war nicht geladen, aber Willenbrock hatte sich zu Tode erschrocken, als er ihn in ihren Händen sah. Wieder verwünschte er Krylow und hoffte, dass dieser bald bei ihm erscheinen würde, um ihm dieses unheilvolle Gerät zurückgeben zu können. Er wickelte den Revolver in den Lappen und steckte ihn in die Tasche.

Als sie wieder in Berlin waren, suchte er in seinem Schreibtisch nach dem kleinen Schlüssel für die Aktentasche und verschloss sie. Von nun an verschloss er sie jeden Abend, bevor er den Autohof verließ. Er gewöhnte es sich an, während der täglichen Heimfahrt, nach der neben ihm liegenden Tasche zu greifen, um zu prüfen, ob sie verschlossen war.

Mitte Oktober waren die Malerarbeiten abgeschlossen. Nach der Übergabe stellte er mit Jurek die bereits zwei Wochen zuvor gelieferten Möbel auf. Gemeinsam verschraubten sie die Regale in der Werkstatt und befestigten sie an den Wänden.

Am 22. Oktober erfolgte die Schlussabnahme der Halle. Willenbrocks Architekt und der leitende Ingenieur erschienen. Sie gingen zusammen den Neubau ab, schalteten an den Tasten und Hebeln, drehten an den Armaturen, prüften nochmals Fenster und Türen und klopften gegen die Wände. Dann gratulierte der Ingenieur Willenbrock sehr förmlich und mit Sätzen, die auswendig gelernt wirkten. Willenbrock öffnete eine Flasche Champagner.

»Was machen Sie mit dem alten Wohnwagen?«, fragte der Ingenieur, »wollen Sie ihn loswerden? Meine Firma wäre interessiert.«

Willenbrock bedauerte: »Von dem alten Stück trenne ich mich nicht. Damit habe ich angefangen. Der kommt in mein Firmenmuseum.«

Jurek wollte in dem Wagen wohnen, er wollte seine kleine Wohnung kündigen und in den Wohnwagen ziehen. Für die fünf Nächte, die er wöchentlich in Berlin verbrachte, würde ihm diese Unterkunft ausreichen, zumal er sich im Waschraum des Neubaus duschen konnte und er in seiner derzeitigen Wohnung nicht weniger beengt lebte. Willenbrock war einverstanden. Pasewald hätte im Notfall eine Hilfe in der Nähe, und er müsste sich um seinen Nachtwächter weniger Sorgen machen.

Der Ingenieur lobte nochmals die Bauausführung und betonte die Qualität der Arbeit seiner Firma. Letztlich seien alle Arbeiten trotz der erheblichen Schwierigkeiten einigermaßen termingerecht ausgeführt worden. Martens, der Architekt, verabschiedete sich bald, da er einen Termin beim Senat hatte, und Willenbrock begleitete ihn zu seinem Wagen. Als sie sich verabschiedeten, erinnerte ihn Martens daran, eine Gewährleistungssumme einzubehalten oder sich eine Bankbürgschaft von der Firma geben zu lassen.

Am Abend wartete Willenbrock, bis Pasewald erschien, um ihm die Schlüssel für die Eingangstür und sein Büro zu geben. Als Willenbrock ihn nach der Familie fragte, begann Pasewald über sein Enkelkind zu reden und hörte erst auf, als Willenbrock ihn unterbrach, weil er gehen wollte. Susanne war nicht zur Eröffnung gekommen. Sie hatte einen Einkaufstermin bei einer italienischen Firma, die in einem Berliner Hotel ihre Modelle präsentierte. Sie wollte diese Gelegenheit nicht versäumen, da sie seit drei Jahren Kleider dieses Unternehmens für ihre Boutique kaufte, versprach aber, sich den Neubau bald anzusehen. Willenbrock wusste, dass sie sich für seine Halle überhaupt nicht interessierte, und drängte sie nicht.

Am Abend fand er daheim einen Brief des Generalstaatsanwalts. Willenbrock ärgerte sich, als er den Brief aus dem Briefkasten nahm, da er ihn ausdrücklich darum gebeten hatte, die Antwort an seine Geschäftsadresse zu schicken. Er wollte Susanne nicht beunruhigen. Er ging in die Küche, brühte sich einen Tee und öffnete beklommen das Schreiben. Ein Staatsanwalt Dr. Meier teilte ihm mit, dass er trotz sorgfältiger Prüfung keinen Grund gefunden habe, dem Verfahren Fortgang zu geben, da ein für eine Anklageerhebung erforderlicher hinreichender Tatverdacht nicht begründet sei. Die früher erfolgte Mitteilung, dass eine internationale Rechtshilfe aus Zeit- und Kostengründen unterbleibe, sei missverständlich formuliert, vielmehr verzichte die Staatsanwaltschaft aus tatsächlichen Gründen auf diese Möglichkeit, da objektive Beweismittel nicht vorhanden seien. Seine Beschwerde werde daher als unbegründet zurückgewiesen. Gegen diesen ergangenen Bescheid könne eine gerichtliche Entscheidung beantragt werden, doch nur innerhalb eines Monats, und ein solcher Antrag sei nicht vom Antragsteller, sondern von einem Rechtsanwalt zu unterzeichnen. Die durch den Antrag veranlassten Kosten würden dem Antragsteller auferlegt. Man teile ihm ferner mit, dass die Staatsanwaltschaft keine Waffenscheine ausstelle. Diese würden überdies nie aus Gründen des Personenschutzes ausgestellt werden, sondern allein zu dem Zweck einer sportlichen Betätigung daran interessierter Bürger und seien ausschließlich in den entsprechenden sportlichen Vereinen zulässig und nur innerhalb der von dem Verein zu stellenden und ausreichend gesicherten Räumlichkeiten. Man weise ihn vorsorglich darauf hin, dass die Anwendung auch einer legal erworbenen Waffe durch einen Berechtigten gesetzlichen Bestimmungen unterliege und die Benutzung einer Waffe zur Abwehr einer tatsächlichen Gefahr unabwendlich zu Untersuchungen durch die Kriminalpolizei und Staatsanwaltschaft führen würden, da ein möglicherweise festzustellender Notwehrexzess selbst eine zu ahndende Straftat darstelle, für die eine Gefängnisstrafe vorgesehen sei.

Der Brief endete mit der Formulierung ›hochachtungsvoll im Auftrag‹, eine Formulierung, über die Willenbrock lange nachdachte. Die Ablehnung seiner Beschwerde erregte ihn nicht, er hatte sie erwartet. Er zerknüllte das Schreiben und warf es in eine Küchenecke. Nachdem er eine Zigarette geraucht hatte, hob er den Brief auf, glättete ihn, um ihn später zu seinen Papieren zu legen. Susanne wollte er nichts davon erzählen, auch seinen Anwalt wollte er nicht informieren und schon gar nicht ihn mit einem Einspruch beauftragen. Wenn der ein Vergnügen darin fand, gegen eine Staatsanwaltschaft zu klagen, sollte er es auf eigene Kosten machen. Er sah keinen Sinn mehr darin, eine Ermittlungsbehörde zu einer Tätigkeit zu drängen, zu der sie nach seiner Ansicht verpflichtet, jedoch offensichtlich nicht willens war. Der nächtliche Überfall war Vergangenheit, und er wollte ihn nur noch vergessen. Er hatte einige Sicherungen in dem Landhaus eingebaut, etwas Spielzeug, wie er es bezeichnete, das sollte ausreichen. Er dachte an Krylows Revolver und überlegte, ob er ihn tatsächlich dem Russen zurückgeben sollte.

Anfang Dezember fuhr Willenbrock zum Stettiner Haff. Er fuhr allein, da Susanne zu tun hatte und auch am Wochenende im Geschäft arbeitete. Willenbrock hatte überlegt, eine der jungen Frauen anzurufen, die er von seinem Autohof kannte, und ihr anzubieten, mit ihm das Wochenende zu verbringen. Er blätterte bereits in der Adressendatei, doch eine ihn überraschende Unlust hielt ihn davon ab, irgendjemanden anzurufen. Stattdessen packte er zwei Bücher über Flieger des ersten Weltkriegs in sein Auto und las bis in den frühen Morgen darin. Den Revolver hatte er aus der Tasche herausgenommen und neben sein Bett gelegt. Es reizte ihn, die Waffe endlich einmal auszuprobieren und auf irgendein Ziel zu schießen, aber er fürchtete, Aufsehen zu erregen und Unannehmlichkeiten zu bekommen. Da er keine Lust verspürte, für sich allein zu kochen, fuhr er, um zu Mittag zu essen, nach Anklam.

Vier Tage vor Weihnachten schloss er den Autohof und machte Betriebsferien. Jurek wollte die Feiertage bei seiner Mutter in Warschau verbringen und erst nach dem Fest nach Posen fahren. Willenbrock drückte ihm einen Umschlag mit dem Weihnachtsgeld in die Hand und gab ihm, in Geschenkpapier gewickelt, ein Kleid für seine Frau mit, das Susanne in ihrer Boutique ausgesucht hatte. Jurek wollte das Geschenk nicht annehmen, er wollte seiner Frau in diesem Jahr nichts schenken und ihr auch keine Geschenke anderer Leute über- reichen, doch Willenbrock bestand darauf.

»Kauf ihr was Schönes«, redete er auf ihn ein, »Frauen sind wie kleine Kinder. Sie lieben Geschenke, hübsche kleine Prä- sente, damit sie wissen, man liebt sie.«

»Ich habe ihr alles geschenkt«, knurrte der Pole, »sie hat alles von mir bekommen.«

»Was hast du ihr geschenkt? Einen Rasentraktor. Frauen wollen etwas haben, was sie sich umhängen können, Kleider, Ketten, Schmuck, vielleicht auch eine Perücke. Aber was soll deine Frau mit einem Gartentraktor anfangen, Jurek?«

»Er ist eine große Hilfe für sie.«

»Sicher. Warum schenkst du ihr nicht eine Goldkette, ein paar Perlen? Frauen sind anders, Jurek, ganz anders.«

»Ja, meine Frau ist anders. Und mein Sohn ist auch anders.«

Er sagte es tonlos und verbittert, steckte das Geschenk acht- los unter den Arm und sagte: »Danke, Chef.«

Am ersten Feiertag fuhr er mit Susanne zu seinem Bruder nach Goslar. Sie hatten sich seit Jahren nicht mehr gesehen, und als Willenbrock telefonisch seinen Besuch ankündigte, reagierte der Bruder reserviert und sagte lediglich, sie könnten kommen und auch bei ihm übernachten. Die beiden hatten sich nie gut verstanden und seit dem Tod der Eltern, beide starben im selben Jahr, hatten sie sich völlig aus den Augen verloren, was keiner von ihnen als Verlust empfand. Susanne hatte ihn gelegentlich gedrängt, den Kontakt mit dem Bruder aufrechtzuerhalten oder vielmehr neu anzuknüpfen, und sie war es auch, die Glückwunschkarten zu den Geburtstagen schrieb, doch kam es nie zu einem Familientreffen. Als Wil- lenbrock ihr Mitte Dezember vorschlug, zu Weihnachten nach Goslar zu fahren, da ihre Mutter tot war und er keinesfalls seinen Schwager besuchen wollte, war sie überrascht, stimmte aber sofort zu.

Sie kamen am späten Nachmittag an, die Brüder begrüßten sich förmlich, was ihre Frauen, die sich umarmt hatten, irritiert registrierten. Nach der Vesper ging man in die Innenstadt und lief die hell erleuchteten Schaufenster ab, aus denen die Weihnachtsdekoration teilweise bereits verschwunden war. Den Abend verbrachten sie in der geräumigen Wohnung der Familie gegenüber dem Petersberg.

Peter, Willenbrocks Bruder, war als Vierundzwanzigjähriger mit einem Segelflugzeug der Sportgemeinschaft über die innerdeutsche Grenze geflogen. Bei einem Wettbewerb hatte er sich mit den anderen Teilnehmern der Meisterschaft auf dem Ausbildungszentrum in Neustadt-Glewe von den motorisierten Schleppflugzeugen hochziehen lassen, hatte die vorgegebene südöstliche Flugrichtung aber verlassen, sobald er aus der Sichtweite des Flugplatzes war, um dann, die günstige Thermik des Tages nutzend, in einer sicheren Flughöhe direkt in Richtung Zonengrenze zu fliegen. Er flog sehr hoch, da der Segelflieger vom Radar nicht erfasst werden konnte und er nur zu befürchten hatte, von den Grenzbeamten bemerkt zu werden.

Nach seinen Berechnungen landete er zwanzig Kilometer hinter der Grenze auf einer Wiese. Es wurde eine Bruchlandung, da er die Elektrozäune der Weide zu spät bemerkt hatte, so dass er heftig manövrieren musste und eine Tragfläche völlig zerstört wurde. Als er die Maschine zum Stehen gebracht hatte, war er so benommen, dass er für Minuten sitzen blieb und nur ausstieg, um sich zu übergeben. Bauern fanden ihn. Zögernd fragte er, wo er gelandet sei. Als er hörte, dass es nur achthundert Meter bis zur Zonengrenze sei, er sich also völlig verrechnet hatte, nach dem Überfliegen der Grenze in eine Kurve geraten war und um ein Haar wieder jenseits der Grenze gelandet wäre, wurde ihm nochmals übel.

Seine Flucht wurde erst zwei Tage später und erst, nachdem westdeutsche Reporter darüber berichtet hatten, den Kameraden vom Ausbildungszentrum in Neustadt-Glewe mitgeteilt. Diese hatten, nachdem sich Peter Willenbrock nirgends meldete und die Flugsicherung ihnen keinerlei Nachrichten über dessen Verbleib geben konnte, zwei Tage lang mit kleinen Motorflugzeugen nach dem verschwundenen Segelflieger gesucht.

In Hannover studierte Peter Jura und Betriebswirtschaft, versuchte sich nach dem Studium als Wirtschaftsberater selbstständig zu machen und ging vier Jahre später zur Stadtverwaltung Goslar, wo er bald verbeamtet wurde.

Durch die Flucht wurde das Verhältnis zu seinem Bruder Bernd gespannt, der ihm vorwarf, die bereits alten Eltern im Stich gelassen, ihn selbst geschädigt und seine eigene Entwicklung rücksichtslos und selbstsüchtig zerstört zu haben. Nach der abenteuerlichen Flucht seines Bruders unter Mitnahme eines Flugzeugs, wurde Bernd Willenbrock aus dem Sportclub ausgeschlossen. Ihm wurde Mitwisserschaft bei Peters Flucht vorgeworfen. Bislang hatte er seine gesamte Freizeit bei den Segelfliegern verbracht. Er galt als die große Hoffnung im Club und war Kandidat für den Titel des Landesmeisters. Von den Sportkameraden hatte er den Spitznamen ›Foka 6‹ erhalten. Überdies wurde Bernd Willenbrock exmatrikuliert, musste die Fachschule verlassen und zwei Jahre in einem Maschinenbetrieb arbeiten, bevor er das Studium wieder aufnehmen konnte.

Die Exmatrikulation nahm er gelassen hin, das Studium hatte ihn nie interessiert, doch der Ausschluss aus der Segelsportgesellschaft und das unbefristet erteilte Flugverbot trafen ihn heftig. In der Begründung für den Entzug der Fluglizenz stand, dass sein Bruder Peter durch ein leichtsinniges und unverantwortliches Verlassen der vorgeschriebenen Flugroute die internationale Luftfahrt verbrecherisch gefährdet und mit dem Entwenden einer Maschine grob gegen die Regeln der Gesellschaft verstoßen habe. Bernd Willenbrock protestierte lautstark. Er sei nicht sein Bruder, wandte er ein, man könne nicht ihn für dessen Vergehen bestrafen, dies sei Sippenhaft und unzulässig. Der regionale Vorsitzende der Gesellschaft für Sport und Technik sagte ihm, er könne Protest einlegen, aber dies sei zwecklos, die Entscheidung komme von ganz oben. Er selbst hätte sich für Willenbrock eingesetzt, weil er seinen ›Foka 6‹ nicht verlieren wollte, aber es sei zwecklos, durch Peters Flucht könne Willenbrock das Fliegen für immer vergessen.

Bernd Willenbrock bat ein Jahr später darum, wieder in einem Sportflugzeug fliegen zu dürfen. Er versuchte es danach im Abstand von einem Jahr noch zweimal, es war immer vergeblich. Dann resignierte er. Er kaufte sich weiterhin jedes Buch über alte und neueste Flugzeuge, las die Biografien von Piloten, aber er ging nie wieder auf einen Ausbildungsplatz, noch besuchte er Flugschauen oder die Vorführungen der Armeeflugzeuge.

Die Brüder wechselten nach der Flucht zornige, anklagende Briefe, dann brach der Kontakt völlig ab und wurde erst nach der Heirat der beiden Männer und auf Betreiben der Ehefrauen zögernd wieder aufgenommen. Bei dem weihnachtlichen Besuch sahen sie sich zum ersten Mal seit sieben Jahren, seit den Beerdigungen der Eltern.

Die beiden Kinder des Bruders, ein Mädchen, das in München studierte, und ein Junge, der noch bei den Eltern wohnte und sich seit Jahren um ein Studium als Tontechniker bewarb und von Gelegenheitsjobs und den Auftritten seiner Kapelle lebte, sahen sie zum ersten Mal. Man zeigte sich Fotos, ein Video von einer zweimonatigen Reise durch China und sprach über die Eltern und die Kindheit. Beide Brüder bemühten sich, alle heiklen Themen auszusparen, um sich nicht zu streiten, die beiden Frauen verstanden sich rasch und gut miteinander.

Peter erzählte von seinem Flugzeug, er besaß eine Cessna,

und bot ihm an, mit ihm zum Flugplatz zu fahren, um sie ihm zu zeigen, aber Willenbrock lehnte ab. Er interessiere sich nicht mehr dafür, erwiderte er. Susanne sah ihn überrascht an, sagte aber nichts.

»Du fliegst nicht mehr?«, fragte Peter verwundert.

»Nein.«

»Foka 6 fliegt nicht mehr. Na, das ist ja eine Überraschung. Jetzt kannst du doch wieder fliegen. Du könntest dir einen eigenen Flieger kaufen, das Geld dafür wirst du ja haben.«

»Keinerlei Interesse.«

»Und was machst du, was treibst du in deiner Freizeit?«

»Ich verkaufe Autos. Das ist mein Hobby.«

»Geld ist nicht alles«, wandte der Bruder ein, »irgendein Hobby braucht der Mensch. Man verkümmert sonst. Ich jedenfalls bin heilfroh, dass ich die Maschine besitze. Wenn ich in der Luft bin, erspart mir das hundert Termine beim Arzt. Ich kann überhaupt nicht verstehen, wieso du nicht wieder angefangen hast zu fliegen. Jetzt hast du doch alle Möglichkeiten, Bernd. Du warst doch damals der Größte. Foka 6 war immer die Nummer eins.«

»Das war einmal. Es ist lange her.«

»Ich versteh dich nicht, tut mir Leid.«

»Das mag sein«, erwiderte Willenbrock, »so ist das Leben.«

Peter wollte ihm Fotos und Videos seiner Cessna und der Flüge zeigen, aber sein Bruder lehnte es so heftig ab, dass er es gekränkt unterließ.

Am nächsten Abend fuhr Bernd Willenbrock mit seiner Frau nach Berlin zurück, da er zum Jahresende vier Spiele mit seiner Mannschaft zu bestreiten hatte.

21

Am 29. Dezember kam Willenbrock erst spät nach Haus. Nach dem Spiel war er mit den Kameraden des Vereins noch für zwei Stunden in ihre Gaststätte gegangen. Er hatte Bier getrunken und sich auf der Heimfahrt bemüht, ruhig und gleichmäßig zu fahren, um nicht von einer Polizeistreife angehalten zu werden. Vereinzelt wurden bereits Silvesterknaller gezündet. Eine rot leuchtende Rakete streifte sein Fahrzeug, doch er hielt nicht an und suchte erst daheim in der Garage das Auto nach Lackschäden ab. Leise ging er in das völlig dunkle Haus, zog sich im Bad aus und legte sich nackt neben Susanne. Er schlief rasch ein.

Kurz nach ein Uhr wurde er wach. Er hatte ein Geräusch gehört, das Splittern von Holz. Augenblicklich war er hellwach und lauschte. Er hörte zweimal nacheinander das Knallen von Silvesterraketen und danach wieder ein Geräusch, diesmal ein metallisches Knacken, als würde an einer Blechplatte gerüttelt. Willenbrock stieg im Dunkeln vorsichtig aus dem Bett und ging aus dem Schlafzimmer. Er wollte kein Licht machen und tastete sich zum Badezimmer, griff nach dem Kimono und zog ihn über. Er ging in das Arbeitszimmer und griff nach seiner Aktentasche. Im Dunkeln tastete er in der Schreibtischlade nervös nach dem Schlüssel. Als er ihn endlich in der Hand hielt, schloss er die Tasche auf, entnahm ihr den Revolver und die Schachtel mit den Patronen und ging in den Flur, wo er in seine Schuhe schlüpfte und einen Schal umband. Dann schloss er die Haustür auf und ging hinaus. Nach zwei Schritten kehrte er um und verschloss die Haustür von außen. Er ging langsam weiter, sehr langsam, um kein Geräusch zu machen. Als er die Hausecke erreichte und vorsichtig den Kopf vorstreckte, sah er, dass die Garage weit offen stand. Jetzt fiel ihm auf, dass der Bewegungsmelder die Außenbeleuchtung nicht eingeschaltet hatte, er vermutete, dass das Kabel durchtrennt worden war.

Ein winziger Lichtschein war zu bemerken. Irgendjemand machte sich an einem der beiden Wagen zu schaffen. Willenbrock erkannte die Umrisse eines Menschen, der sich über das Türschloss seines Autos beugte. Er verharrte an der Hausecke und hielt Ausschau, ob noch ein zweiter Mann zu sehen war, aber er sah nur die eine Gestalt in der Garage und hörte dessen Versuche, die Wagentür zu öffnen.

Willenbrock trat hinter die Hausecke zurück, steckte den Revolver in eine Tasche des Bademantels, öffnete die Schachtel und ließ die Patronen langsam in die andere Tasche gleiten. Er nahm den Revolver, klappte die Trommel heraus und füllte vorsichtig und leise alle Kammern mit Patronen. Eine Patrone fiel auf die Erde, es klirrte. Für Sekunden erstarrte er, dann sah er vorsichtig um die Ecke, um sich zu vergewissern, dass die Gestalt noch immer in der Garage war. Die heruntergefallene Patrone konnte er nicht sehen. Er klappte die Trommel zurück und entsicherte den Revolver. In der rechten Hand den Revolver haltend ging er um die Ecke auf die Garage zu, noch immer bemüht, lautlos zu gehen. Er warf rasch einen Blick auf das Schlafzimmerfenster, es war dunkel, Susanne schlief wohl. Willenbrock wollte unbemerkt bis zum Garageneingang gehen, um dort das Licht anzuschalten, doch bevor er die Einfahrt erreichte, richtete sich die Gestalt auf. Für einen Moment wurde Willenbrock von dem Strahl einer schwach leuchtenden Taschenlampe erfasst, dann erlosch das Licht. In der nun völlig finsteren Garage konnte Willenbrock nichts erkennen. Er ging zwei Schritte zurück, den Blick starr auf die Stelle gerichtet, an der er noch eben eine Gestalt gesehen hatte.

»Kommen Sie heraus«, sagte er.

Seine Stimme war heiser und klang belegt. In der Nachbarschaft stieg eine Rakete auf, ein Bündel roter Sterne entfaltete sich und fiel langsam herab. Im selben Moment kam ein Mann aus der Garage auf Willenbrock zugesprungen, die rechte Hand hielt er erhoben und bedrohte ihn mit einem meterlangen Stock oder Eisen.

Willenbrock hielt den Revolver noch immer schussbereit vor sich, seine Hand war plötzlich schweißnass, er umfasste die Waffe noch fester. Als der Mann drei Meter vor ihm war, schoss er. Es war nur eine Reflexbewegung, er hielt den entsicherten Revolver auf den Mann gerichtet, und als sich dieser ihm mit dem zum Schlag erhobenen Stock oder Eisen so rasch näherte, bewegte er fast unbewusst und vor Angst den Finger, der auf dem Abzug lag. Es war lediglich eine abwehrende Geste. Ebenso hätte er die Arme hochreißen können, um seinen Kopf vor dem Schlag zu schützen, und tatsächlich fuhren nach dem abgegebenen Schuss seine beiden Arme hoch, er hielt sie schützend vor sein Gesicht, um den Schlag abzufangen.

Die Gestalt zuckte einen Moment zurück, als habe sie einen Stoß vor die Brust bekommen, und kam dann weiter auf Willenbrock zu, aber langsamer als zuvor und mit schwerfälligen Schritten. Willenbrock hielt noch immer den Revolver fest umklammert in der Hand, der Zeigefinger krampfte sich um den niedergedrückten Abzug. Er trat einen Schritt zurück und rief etwas, eine Warnung oder einen Hilfeschrei, er wusste selbst nicht, was er sagte. Ihn hatte panische Angst erfasst, als der Mann weiter auf ihn zukam. Krylow hat dich betrogen, schoss es ihm durch den Kopf, es ist nur ein Spielzeugrevolver, eine Schreckschusspistole. Er verwünschte sich, dass er Krylows Revolver nie ausprobiert hatte, dass er nie in dem abgeschiedenen Landhaus oder im Wald einen Probeschuss abgegeben hatte.

Der Mann aus der Garage blieb einen Meter vor ihm stehen und sah ihn mit großen Augen an. Es ist ein Kind, dachte Willenbrock. Der Mann war achtzehn oder neunzehn Jahre alt, sein Schädel war geschoren, er trug einen billigen dunklen Anzug und einen Pullover darunter. Ein breites Stirnband hatte er sich über die Ohren gezogen. Der Mann ließ den Stab auf die betonierte Einfahrt fallen, es klirrte laut und metallisch, er fiel auf die Knie, aus seinem Mund kam etwas Blut, dann kippte er vornüber, stützte sich mit den Armen ab und blieb in dieser Stellung unbewegt und ohne etwas zu sagen auf dem Boden. Aus seinem Mund oder seiner Brust tröpfelten Blutstropfen, vier oder fünf.

Ich habe ihn getroffen, dachte Willenbrock. Er war erschrocken und erleichtert zugleich.

»Was haben Sie hier zu suchen?«, fuhr er den Mann an, der laut keuchend vor ihm kniete.

Willenbrock ließ die Hand mit dem Revolver sinken, sein Finger gab den Abzugshahn frei, so dass er vernehmlich zurückschnappte. Der Mann hob seinen Kopf, er sah Willenbrock an, der Mund stand ihm halb offen. Er war blass, und seine Augen schauten ungläubig ins Leere.

Im Schlafzimmer ging Licht an, dann wurde die Gardine beiseite geschoben, ein Lichtschein fiel auf den Rasen neben der Einfahrt. Willenbrock fürchtete, Susanne würde das Fenster öffnen und herausschauen, aber sie blieb hinter der geschlossenen Scheibe stehen, er konnte sie sehen.

Die Waffe hielt er auf den knienden jungen Mann gerichtet. Unruhig schaute er rasch nach rechts und links, er fürchtete, ein Komplize des Einbrechers könnte erscheinen oder jemand, der von dem Schuss alarmiert worden war. Es war jetzt ganz still geworden, keine Schritte waren zu hören, keinerlei Geräusche, niemand erschien.

Der junge Mann richtete sich unendlich langsam auf. Als er auf beiden Beinen stand, sah Willenbrock, dass sein Anzug auf der linken Seite blutdurchtränkt war, ein schwarzer nasser Fleck dicht unter dem Hals. Der Einbrecher drückte beide Unterarme auf seine rechte Brustseite. Mit schweren Schritten ging er taumelnd vom Hof, Willenbrock folgte ihm langsam. Als der Mann die Straße erreichte, stützte er sich mit beiden

Ellbogen auf ein Fahrzeug, das am Straßenrand geparkt war. Nach einigen Sekunden stemmte er sich hoch und lief langsam und mit schweren Schritten weiter. Willenbrock hatte die Hand mit dem Revolver unter den Bademantel geschoben. Er blieb so lange an dem Gartenzaun stehen, bis der Mann aus seinem Blickfeld verschwunden war.

Er ging zurück, sah zu dem erleuchteten Schlafzimmer hoch, dann ging er zur Garage, schloss beide Türen und legte, da der Metallriegel des Schlosses abgebrochen zu sein schien, einen Stein vor die Tür. In die dunkle Garage wollte er nicht gehen.

Jetzt erst war ihm kalt. Er ging zum Haus zurück. Als er die Klinke der Haustür drückte und die Tür sich nicht öffnete, erschrak er. Er spürte, wie er trotz der Kälte einen Schweißausbruch bekam. Er klinkte mehrmals und heftig, dann erinnerte er sich, dass er selbst die Tür verschlossen hatte. Er zog das Schlüsselbund aus der Tasche und bemühte sich, die Tür aufzuschließen. Es fiel ihm schwer, er zitterte und konnte das Schlüsselloch nicht gleich finden. Er nahm den Revolver in die linke Hand und versuchte es mit der rechten. Als die Tür endlich offen war, schaute er sich noch einmal um und lauschte. Er hörte eine Rakete zischend in den Himmel fahren, ein schwacher Lichtschein tauchte über den Bäumen auf. Er steckte den Revolver in die Tasche, ging ins Haus und verschloss aufatmend die Tür.

»Es ist alles in Ordnung, Susanne«, rief er im Treppenhaus.

Er ging in sein Arbeitszimmer, legte den Revolver, die leere Pappschachtel und die restlichen Patronen hinter einen Stapel mit Bildbänden über Flugzeuge in die Vitrine. Mit den Straßenschuhen ging er ins Schlafzimmer hoch.

Susanne saß ängstlich im Nachthemd auf dem Bett. Ihr Gesicht entspannte sich, als er ins Zimmer trat. Er setzte sich neben sie und fasste sie um die Schultern, sie war eiskalt und zitterte.

»Es ist alles in Ordnung. Leg dich wieder hin«, sagte er beruhigend.

»Was war das? Das war ein Schuss. Ich habe einen Schuss gehört.«

Willenbrock sagte, es seien nur Silvesterraketen gewesen. Er habe ein verdächtiges Geräusch gehört und sei deshalb hinausgegangen. Die Garage habe offen gestanden, er hätte, als er heimkam, wohl vergessen sie zu verschließen, das könne passieren, wenn man ein Bier getrunken habe. Er habe die Garage verschlossen und drei dumme Jungen, die die Straße entlang gingen, hätten einen Silvesterknaller gezündet und zu ihm geworfen, er sei direkt an der Hauswand explodiert, was natürlich einen mörderischen Krach gemacht habe.

»Mein Gott, Bernd, ich dachte, du hättest mit deiner Pistole geschossen. Ich hatte Angst, dir ist etwas zugestoßen.«

»Komm, schlafen wir. Nichts ist passiert, alles in Ordnung.«

Willenbrock lag lange wach. Er sah immer wieder das kindliche Gesicht des Einbrechers vor sich, der auf dem Boden kniete und ihn mit verwundertem Blick ansah. Es war bereits drei Uhr, als er einschlief, und drei Stunden später war er bereits wieder hellwach. Er stand leise auf, wusch sich und zog sich an. Dann ging er vor das Haus. Es war etwas Schnee gefallen, eine leichte, hauchdünne weiße Decke lag auf dem Gehweg und der Zufahrt zur Garage, und da es noch nicht hell war, konnte Willenbrock den Schnee mehr erahnen als sehen, er knisterte unter seinen Schuhen, als er darüber ging. An der Haushecke kauerte er sich hin und tastete den Boden ab, er suchte die heruntergefallene Patrone. Er musste lange suchen, bis er sie endlich im Halbdunkel und unter der Schneedecke fand. Er ging an den Zaun und auf die Straße hinaus, es war niemand zu sehen, jetzt war die Gegend völlig ruhig.

Im Haus zurück, holte er den Revolver und die Patronen hervor, leerte die Trommel, packte die Patronen in die Pappschachtel zurück und steckte alles in die Aktentasche, die er danach verschloss. Er ging in die Küche, um das Frühstück vorzubereiten. Um halb acht erschien Susanne. Willenbrock saß im Wohnzimmer und las in einem Bildband über die Geschichte der Jak 11, einer einmotorigen Kampfmaschine des 2. Weltkriegs. Während sich seine Frau wusch, kochte er den Kaffee. Beim Frühstück sprachen sie über die vergangene Nacht. Susanne fragte ihn nochmals, ob er wirklich nicht geschossen habe und ob nicht doch jemand am Haus oder gar in ihrem Haus gewesen war. Willenbrock beruhigte sie.

»Ein Silvesterknaller«, sagte er, »das war alles, und die werden wir in den nächsten Nächten noch häufiger zu hören bekommen. Und ich hatte vergessen, die Garage abzuschließen. Wir sind noch immer nervös, Susanne.«

»Ich hoffe, du sagst mir die Wahrheit. Belüge mich nicht, Bernd.«

Er nickte nur. Als es ausreichend hell war, ging er wieder hinaus, um nach den Spuren der letzten Nacht zu sehen. Der Schnee hatte alles zugedeckt. An der Stelle, wo der Einbrecher gekniet hatte, trat er auf eine Metallstange, ein Winkeleisen, das vom Bau eines Kellerregals übrig geblieben war und das er in der Garage abgestellt hatte. Er hob es auf und blies die leichten Schneeflocken ab. Es war Blut zu sehen, angetrocknetes oder gefrorenes Blut. Er fasste die Stange mit zwei Fingern am entgegengesetzten Ende an, um sich nicht zu beschmutzen, und ging zur Garage. Er nahm den Stein weg und öffnete eine der Türen. Das Blendholz war aufgebogen, die Schrauben waren verdreht und teilweise herausgerissen, das Schließeisen des Türschlosses ließ sich ohne Widerstand bewegen. Der Riegel der anderen Tür war unversehrt. In der Garage schien alles unberührt zu sein, beide Autos waren verschlossen, Schäden am Blech oder Lack konnte er nicht erkennen, lediglich der Fenstergummi über dem Türknopf war herausgerissen, ließ sich aber mühelos zurückpressen. Er prüfte die Schlösser beider Autos, sie funktionierten tadellos.

Er schraubte das zerstörte Schloss der Garagentür ab, wickelte es in eine der in der Garage abgelegten Zeitungen und wollte damit ins Haus zurückgehen. Als er das blutige Winkeleisen sah, das er hinter dem Eingang abgestellt hatte, legte er das Schloss weg, nahm eine weitere alte Zeitung, faltete sie völlig auf und wickelte das Eisen ein. Er legte es auf das Wandbord. Wenn er in die Stadt fuhr, wollte er es mitnehmen und irgendwo wegwerfen.

Susanne erzählte er, dass er das Garagenschloss schon längst hatte auswechseln wollen, es sei nicht stabil genug und habe sich beim Schließen durchdrehen lassen. Ihr war das nicht aufgefallen und sie betrachtete ihn misstrauisch, sagte aber nichts und fuhr in ihre Boutique.

Nachdem sie abgefahren war, fegte er mit dem Hofbesen die Garageneinfahrt vom Schnee frei. Aus dem Haus holte er zwei Eimer mit heißem Wasser, goss sie über die dunklen Flecken und ging nochmals mit dem Hofbesen über die Stelle. Dann fuhr er zum Baumarkt, um ein neues Schloss zu kaufen und ein neues Elektrokabel, da der Einbrecher tatsächlich die Zuleitung durchgeschnitten hatte. Er fuhr langsam vom Grundstück herunter und sah sich aufmerksam um. Er umkreiste auf den umliegenden Nebenstraßen sein Haus, konnte aber nichts Auffälliges entdecken und lenkte das Fahrzeug in Richtung Stadt.

Am Nachmittag fuhr er zum Training. Sie spielten bis acht Uhr abends, danach verabschiedete er sich sofort, um nach Hause zu fahren. Als er das Auto in die Garage stellte, schlug ihm das Herz im Hals. Er sah sich fortwährend nach allen Seiten um, verschloss nervös das Tor und die Garagentür, ging rasch ins Haus, um dann die Eingangstür zu verschließen und die Sicherheitskette vorzulegen.

Er schlief unruhig und schlecht. Die Aktentasche mit dem Revolver hatte er aufgeschlossen und sie in das Nachtschränkchen neben sein Bett gelegt, als Susanne sich im Bad für die Nacht fertig machte.

Am nächsten Morgen starteten sie sehr früh nach Bischofswiesen, wo Willenbrock für fünf Tage ein Hotelzimmer bestellt hatte. Sie fuhren mit wenig Gepäck und ohne Ski, sie wollten sich die Bretter am Ort ausleihen. Ursprünglich plante Willenbrock, über Tschechien und Österreich zu fahren, doch er hatte sich entschieden, den Revolver mitzunehmen. Er wollte ihn nicht im leeren Haus zurücklassen und auch nicht ohne die Waffe reisen. Um nicht die Grenze zu passieren, an der die Gefahr bestand, dass ein Zöllner sein Gepäck durchsuchen und die Waffe finden könnte, sagte er seiner Frau, dass er sich entschieden habe, über Nürnberg zu fahren, da der Verkehrsfunk für ihre vorgesehene Route längere Staus gemeldet habe.

An einer Tankstelle am Stadtrand hielt er, um voll zu tanken und sich vier Zeitungen zu kaufen. Während er an der Kasse stand und darauf wartete zu bezahlen, blätterte er sie durch. Er fand nichts über den Vorfall in der Nacht, es gab keine Meldung über eine Schussverletzung, die Zeitungen waren voll mit Silvesterangeboten und Ankündigungen für das kommende Jahr. Er warf sie in den Kofferraum. Susanne erkundigte sich, wofür er die vielen Zeitungen brauche, und er erwiderte, er habe mehrere Annoncen aufgegeben und wolle sich außerdem über das aktuelle Angebot auf dem Gebrauchtwagenmarkt informieren.

Im Hotel in Bischofswiesen wurden sie bereits erwartet. Ein Schulfreund Susannes mit seiner Frau und der fast erwachsenen Tochter, mit denen sie die Reise verabredet hatten, waren bereits zwei Stunden zuvor eingetroffen. Der Mann wunderte sich, dass Willenbrock den Umweg gefahren war, und sagte, die Strecke über Tschechien und Österreich sei völlig frei gewesen. Er hatte bereits die Skier für den nächsten Morgen bestellt.

Die Willenbrocks bezogen ihr Zimmer. Susanne fragte ihn beim Auspacken des Gepäcks, wieso er seine Aktentasche mitgenommen habe, und er erklärte, er habe für seinen Steuerberater noch ein paar Papiere auszufüllen und hoffe, hier ein paar Stunden Zeit dafür zu finden. Seine Frau war darüber empört, sie wollte den kurzen Urlaub nicht mit Arbeit verdorben wissen.

Eine halbe Stunde später trafen sie sich mit den Bekannten im Foyer und liefen gemeinsam durch die kleine Stadt, in der um diese Zeit viele Touristen unterwegs waren und die Häuser und die Schaufenster betrachteten. Von Berlin aus hatte Susannes Schulfreund einen Tisch in einem Restaurant bestellt, in dem er im vergangenen Jahr mehrmals gegessen hatte. Sie saßen dort bis zwei Uhr nachts zusammen, aßen und tanzten. Der Schulfreund machte Susanne den Hof, und die beiden unterhielten sich viel über vergangene Zeiten.

Willenbrock blieb schweigsam. Er tanzte mit beiden Frauen und forderte auch das halbwüchsige Mädchen auf, das ihn empört ansah, als er sie auf der Tanzfläche an sich drückte. Nach Mitternacht verlangte die Frau des Schulfreunds, dass sich Willenbrock mit ihnen duze und wollte unbedingt von ihm geküsst werden, was er geduldig ertrug, obgleich es ihm unangenehm war. Er war erstaunt zu sehen, wie sich Susanne scheinbar hemmungslos mit dem Schulfreund küsste und wie eng umschlungen die beiden tanzten. Er überlegte, ob er ihr heimlicher Geliebter sei, jener Anrufer, den er vor Monaten auf dem Anrufbeantworter gehört hatte.

Als sie ins Hotel zurückkamen, fiel Susanne halb angezogen ins Bett und schlief sofort ein. Willenbrock setzte sich auf einen Sessel und sah aufmerksam und gründlich die mitgebrachten Zeitungen durch. Er fand keine Meldung über einen schussverletzten Mann.

Am nächsten Morgen holten sie ihre Skier und fuhren gemeinsam im Wagen von Susannes Schulfreund zu den Abfahrtshängen. Susanne und das Ehepaar nahmen den Sessellift zu einer Abfahrt, die der Mann ausgesucht hatte. Willenbrock und das Mädchen gingen zu einer für Anfänger ausgewiesenen Abfahrt. Sie hatten sich Proviant mitgenommen und für vier Uhr nachmittags am Auto verabredet.

Im Hotel entschuldigte sich Willenbrock bei Susanne und ihren Freunden, er müsse sich für eine Stunde in sein Zimmer zurückziehen, um für das Finanzamt noch ein paar Hausaufgaben zu machen. Susannes Schulfreund hatte dafür mitfühlendes Verständnis. Er war ebenfalls selbstständig, vertrieb Gartengeräte und Pumpen und hatte bereits am Vorabend lange über die Steuer geklagt und über den Finanzminister geschimpft.

Die Frauen entschieden, sich bis zum Abendessen in die Bar zu setzen. Willenbrock fuhr in sein Zimmer hoch und schaltete den Fernseher ein, um die Regionalnachrichten aus Berlin zu sehen. Man zeigte viele Verletzte und sprach mit Ärzten über die verheerenden Folgen eines unsachgemäßen Umgangs mit Feuerwerkskörpern, von seinem Einbrecher aber wurde nichts vermeldet.

Beim gemeinsamen Abendessen fragte das Mädchen, ob Willenbrock Alkoholiker sei, und erzählte, er habe jedesmal, wenn er mit den Skiern den Abhang hinaufgelaufen war, einen Schnaps getrunken. Dann sprach sie über die zerstörerische Wirkung von Alkohol, dass jeder Tropfen soundsoviele Gehirnzellen töte und dass man Trinker an ihrer Haut erkennen könne. Ihre Eltern lachten herzlich, und Willenbrock erklärte, er trinke nur, wenn er sich langweile, und bestellte bei dem Kellner einen Scotch.

Am nächsten Morgen ging er noch vor dem Frühstück in einen benachbarten Zeitungsladen und beschimpfte die Verkäuferin, weil sie nur eine einzige Berliner Zeitung im Angebot hatte. Er kaufte sie und ging ins Hotel zurück. Er fuhr nicht in sein Zimmer hoch, sondern stellte sich in die Telefonzelle neben der Rezeption, nahm den Hörer ab und überlegte, wen er in Berlin bitten könnte, ihm die gewünschten Zeitungen zu kaufen. Er rief die Auskunft an und ließ sich die Nummer eines Zeitungsladens geben, der hundert Meter neben seinem Autohof lag und wo er häufiger einkaufte. Er rief die angegebene Nummer an und erklärte umständlich wer er sei und dass man bis zum nächsten Montag sämtliche Berliner Zeitungen für ihn aufheben möge, da er bestimmte Annoncen suche und ein paar Tage nicht in Berlin sei. Der Zeitungshändler erinnerte sich an ihn, als Willenbrock sagte, dass er öfters ganze Stapel von Pornoheften gekauft hätte. Er versprach, die Zeitungen zu sammeln.

Willenbrock ging in den Frühstücksraum, ließ sich einen Kaffee bringen und suchte in der Zeitung nach der befürchteten Meldung. Es gab viele Berichte über Unfälle und Verletzungen, doch er fand keine Meldung über den Mann, der bei ihm eingebrochen war. Wäre dieser mit einer Schussverletzung zu einem Arzt oder in ein Krankenhaus gegangen, sagte er sich, so hätte unausweichlich die Polizei informiert werden müssen, und die Presse hätte darüber berichtet. Entweder war die Verletzung so geringfügig, dass er keinen Arzt aufsuchen musste, oder er fürchtete sich, von der Polizei gefasst zu werden, weil er vielleicht schon einiges auf dem Kerbholz hatte. Möglicherweise war es ein Ausländer, illegal eingereist, der sich mit Diebstählen durchs Leben schlug und unbedingt vermeiden musste aufzufallen. Oder er hatte Freunde, die ihn versorgten, in diesem Fall hätte Willenbrock mit einem weiteren unangenehmen Besuch zu rechnen. Künftig müsste er noch wachsamer sein, und er durfte Susanne von allem nichts erzählen und sich nichts anmerken lassen.

Als er die Zeitung auf einen Stuhl legte, dachte er einen Moment, es sei auch möglich, dass der Einbrecher tot sei, dass er ihn erschossen habe. Er hatte Blut verloren und sich trotz der offenen Wunde die Straßen entlanggeschleppt. Vielleicht war er bis zum Waldrand gekommen und dort gestorben. In jener Nacht hatte es geschneit. Wenn der Mann bis zu einer entlegenen und geschützten Stelle gekommen und dort zusammengebrochen und eingeschneit wäre, könnte es lange dauern, bis ihn ein Spaziergänger oder ein Hund aufstöbern würde. Es könnten mehrere Tage und Wochen vergehen, unter Umständen sogar Monate, bis man ihn entdecken würde.

Susannes Schulfreund kam an den Tisch und fragte ihn scherzend, ob er bereits einen Scotch zu sich genommen habe. Willenbrock lächelte gequält. In den nächsten Tagen ging er am frühen Abend stets auf sein Zimmer, um angeblich seine Steuererklärung vorzubereiten. Er sah sich die Regionalnachrichten an, über seinen Verletzten wurde nichts berichtet.

Sonntagabend kamen sie in Berlin an. Willenbrock war wieder über Nürnberg gefahren, obwohl die anderen und auch Susanne protestiert hatten, doch er wollte keinesfalls Gefahr laufen, dass ein Zöllner sein Gepäck durchsuchte. Bevor er zu ihrem Haus fuhr, hielt er an einer Tankstelle an und kaufte alle noch vorrätigen Stadtzeitungen.

Am Montagmorgen hielt er auf dem Weg zum Autohof vor dem Zeitschriftenladen an, um sich die zurückgelegten Zeitungen und die aktuellen Ausgaben zu kaufen. Er ließ sich alles von dem Verkäufer in eine Tüte packen, denn er wollte nicht auch noch Jurek irgendetwas über angebliche Annoncen erzählen.

Der Pole war bereits in seiner neuen Werkstatt mit der Einstellung eines Vergasers beschäftigt. Willenbrock fragte ihn, wie er die Feiertage verbracht habe und wie es mit der Frau stünde.

»Ihre Mutter ist Weihnachten gestorben«, sagte Jurek, »am Heiligen Abend ist sie gestorben. Elsbieta hat sie sehr geliebt.«

»Das tut mir Leid.«

Über Jureks Gesicht huschte ein scheues Lächeln: »Sie hat viel geweint. Weihnachten hat die Frau nur geweint. Aber, wie soll ich sagen, der Tod hat uns beide wieder näher gebracht, kein Problem. Wir wollen es noch einmal versuchen.«

Er sah verlegen auf seine Hände.

»Ja, das Leben«, sagte Willenbrock nur.

Dann schwiegen sie beide und rauchten zusammen ihre Zigaretten.

In seinem Büro blätterte er die Zeitungen durch. Er überflog alle rasch und sah dann eine nach der anderen gründlich durch, fand aber nirgends die gesuchte Nachricht. Er rief in dem Fachgeschäft für Sicherungstechnik an, wo er die Anlagen für sein Landhaus gekauft hatte, und fragte nach Wandtresoren. Der Verkäufer sagte ihm, sie hätten vier Modelle auf Lager, er könne ihm jedoch noch weitere Tresore anbieten, die er bestellen müsse. Willenbrock kündigte sich bei ihm für den Nachmittag an.

Bereits in der darauffolgenden Woche wurden im Büro der neuen Autohalle und im Arbeitszimmer von Willenbrocks Wohnhaus kleine Wandtresore eingebaut. Willenbrock hatte seiner Frau erklärt, ein Vertreter habe ihn so lange beschwatzt, bis er den Auftrag unterschrieb. Er lachte über sich selbst und über seine Bestellung, erklärte ihr dann aber, welche Vorteile ein Safe im eigenen Haus habe. Susanne blieb misstrauisch und fragte ihn nochmals eindringlich, was in jener Nacht vor Silvester passiert sei, er würde ihr nicht die Wahrheit sagen. Er lachte sie aus und behauptete, an jenen Vorfall könne er sich nur noch sehr dunkel erinnern, es sei irgendein dummer Jungenstreich gewesen.

Über den in die Wand seines Arbeitszimmers eingebauten Tresor hängte er das große gerahmte Foto, auf dem er als junger Mann in einer Fliegermontur zu sehen war, wie er gerade in einen Segelflieger einstieg. Am rechten unteren Bildrand war mit einem breiten Stift das Datum vermerkt: 12. Juni 1974, und daneben stand das Wort: Foka 6. Die Schrift auf dem Schwarzweißfoto war stark verblasst.

An der Wohnungstür ließ Willenbrock ein zusätzliches Schloss anbringen, einen massiven Stahlriegel, der ihn an den Eingang einer Bank erinnerte.

Ende Januar gab er es auf, in allen Stadtzeitungen nach dem

verletzten Mann zu forschen. Wahrscheinlich ist nichts passiert, nichts von Bedeutung, sagte er sich, schließlich habe er nicht gezielt geschossen, der Schuss sei eigentlich nur losgegangen, weil er aufgeregt war und Angst hatte. Dass der Mann etwas geblutet habe, bedeute gar nichts. Vermutlich habe er den Einbrecher so erschreckt, dass er nie wieder bei ihm auftauchen würde, insofern habe sich der Revolver als nützlich erwiesen.

22

Mitte Februar erschien Krylow auf dem Autohof. Sie sprachen über die Welt und den russischen Präsidenten, von dem Krylow behauptete, er sei ein von erfahrenen russischen Ärzten zusammengebauter Golem. Die russische Medizin sei in dieser Fachdisziplin vorzüglich und habe ausreichend Übung. Schon Breschnew sei ein solcher Golem gewesen und hätte noch vier Jahre nach seinem natürlichen Tod das Land weiter regiert. Für eine Nation, die vor allen anderen den Weltraum erobert habe, wäre das eine belanglose Kleinigkeit. Willenbrock lachte, aber Krylow behauptete ganz ernsthaft: »Glauben Sie es mir, mein Freund, auch wenn es Ihnen unglaublich erscheint. Russische Wissenschaftler sind Genies, sie sind eigentlich Künstler. Bei den alltäglichen Dingen versagen sie. Wenn Sie in meinem Land einen Schnupfen kriegen, können Sie daran sterben. Aber bei den ungewöhnlichen, den überirdischen Dingen sind unsere Wissenschaftler und Künstler unübertrefflich. Denken Sie an den Sputnik, an das Bolschoi, an Tschaikowsky, an Puschkin und Tschechow, an die Plissetzkaja und Nurejew. Das vermag keine andere Nation. Eines Tages wird man die Überreste unserer Zaren ausgraben und feststellen, dass es Maschinen sind, Wunderwerke der Technik, Meisterleistungen des russischen Genies.«

»Ich vermute«, sagte Willenbrock lachend, »Sie lieben Ihren Präsidenten nicht.«

»Ich liebe ihn«, versicherte Krylow eindringlich, »natürlich lieben wir ihn. Wir verehren ihn, er ist kostbar. Ein neuer Triumph russischer Wissenschaft.«

Er gratulierte Willenbrock zu dem Neubau. Willenbrock wollte mit ihm durch die Halle gehen, was Krylow entschieden abwehrte. Er bezahlte die beiden ausgesuchten Autos. Über den Revolver verlor er kein Wort, und Willenbrock erwähnte ihn auch nicht. Er konnte ihm die Waffe nicht zurückgeben ohne zu erwähnen, dass sie nicht mehr Jungfrau sei, wie sich Krylow ausgedrückt hatte, und er wollte sie nicht mehr zurückgeben. Zumindest ein Mensch außer ihnen beiden wusste, dass er einen Revolver besaß, jener junge Mann, den er damit verletzt hatte, und wenn dieser nochmals zu ihm kommen sollte, er oder einer seiner Kumpane, würde er eine Waffe brauchen.

Als Krylow vom Hof fuhr, nickte er ihm gönnerhaft aus dem Auto zu. Willenbrock hasste ihn plötzlich. Krylow hatte ihm ungebeten eine Waffe auf den Tisch gelegt, die sein Leben völlig verändert hatte. Er hatte auf einen Menschen geschossen und erwartete nun seit Wochen, dass dieser Mann wieder bei ihm erschiene, um sich zu rächen, oder dass die Polizei bei ihm auftauchen würde. Wenn die Polizei gezielt nach dem Revolver suchen würde, sie könnten sein Haus, das Landhaus in Bugewitz und seinen Autohof so lange auf den Kopf stellen, bis sie ihn entdeckten. Es gab kein garantiert sicheres Versteck dafür. Und er scheute sich davor, sie wegzuwerfen, sie in der Spree zu versenken.

Am letzten Freitag des Februars, Willenbrock und seine Frau waren bereits ins Bett gegangen, schreckte Susanne plötzlich hoch. Sie legte das Buch, in dem sie las, beiseite und sprang aus dem Bett. Willenbrock sah sie überrascht an.

»Ich habe meine Tageseinnahme im Auto gelassen«, sagte sie, »ich habe sie heute nicht zur Bank gebracht, weil ich ohnehin so spät dran war. Und jetzt habe ich sie im Auto vergessen. Ich hole sie mir rasch. Ich will sie nicht über Nacht im Auto lassen.«

Willenbrock bat sie, nicht hinauszugehen. Es sei bereits Mitternacht, da sollte man das Haus nicht mehr verlassen. Auch habe er den Hauseingang bereits gesichert, es sei viel zu umständlich, nun alles noch einmal aufzuschließen.

»Was ist los mit dir?«, fragte Susanne. »Warum darf ich nicht hinausgehen? Fürchtest du etwas? Fürchtest du, wir könnten auch hier überfallen werden?«

Willenbrock wehrte ab: »Nein. Aber sei nicht leichtsinnig. Bleib hier. Das Geld verschwindet schon nicht.«

»Du verheimlichst mir etwas.«

»Ich wüsste nicht, was.«

»Irgendetwas verschweigst du mir, Bernd. Seit Wochen bist du jeden Abend pünktlich zu Hause. Du bist jeden Abend vor mir zurück. Du hast plötzlich keine Verabredungen mehr am Abend, selbst nach deinem geliebten Handball kommst du sofort zurück. Früher konnte ich sicher sein, dass du nach eurem Training erst nachts um eins wieder erscheinst.«

»Ich trete etwas kürzer«, räumte er ein, »ich werde wohl alt.«

Er griff nach ihrer Hand und zog sie ins Bett zurück.

Im März, als der Schnee taute, wurde er unruhig. Er kaufte sich wieder regelmäßig mehrere Boulevardzeitungen und blätterte sie, wenn er allein im Büro saß, mit verhaltenem Atem durch. Wenn er etwas über eine nicht zu identifizierende Leiche fand, steigerte sich seine Beklommenheit und er hatte Mühe, Susanne und Jurek gegenüber seine Gereiztheit zu zügeln.

Im Frühjahr fuhren sie wieder häufiger nach Bugewitz. Seine Frau registrierte verwundert, dass er seine Aktentasche ständig mit sich trug, aber sie fragte ihn nicht mehr danach. Beide hatten sich angewöhnt, bei Einbruch der Dunkelheit nach Möglichkeit weder in Berlin noch in Bugewitz das Haus zu verlassen. Wenn dies unumgänglich war, weil einer von ihnen noch einen späten Termin hatte oder im Geschäft aufgehalten wurde und erst in der Nacht nach Hause kam, beeilte sich jeder von ihnen, das Auto unterzustellen und ins Haus zu gehen. War es Susanne, die spät kam, eilte Willenbrock sofort vor das Haus, sobald er ihren Wagen hörte. Er ließ sie dann hineingehen, fuhr den Wagen in die Garage, sicherte sie und lief dann eilig zurück, um die Haustür zu verschließen und Riegel und Kette vorzulegen.

Über den Einbruch sprachen sie nur noch selten miteinander, aber er bemerkte gelegentlich einen Blick oder eine Geste, die ihm verrieten, dass auch sie den Überfall nicht vergessen hatte.

Über jenen Mann, den er zwei Tage vor Silvester in der Garage überrascht und verletzt hatte, las und hörte er nichts. Er sagte sich, dass er ihm wohl bloß eine belanglose Wunde beigebracht habe, vielleicht war es ein Streifschuss, eine Lappalie, und mit der Zeit verblasste die Erinnerung an die nächtliche Szene und er meinte, ihn lediglich heftig erschreckt und vertrieben zu haben. Das Blut, das er damals zu sehen glaubte, war vielleicht nur eine Einbildung gewesen, hervorgerufen durch seine eigene Angst, den panischen Schrecken über den plötzlich ihn bedrohenden Einbrecher und den Knall des unbeabsichtigten Schusses.

Anfang April verabschiedete sich Willenbrock von seinen Mannschaftskameraden. Nach einem Spiel war er mit ihnen zu ihrem Italiener gegangen und teilte ihnen mit, dass er aus persönlichen Gründen von heute auf morgen das Training aufgeben müsse. Er sagte es so bestimmt und endgültig, dass keiner der Spieler ihn zu überreden versuchte.

»Aber wenn wir mal einen Ersatzmann brauchen, springst du dann ein, Bernd?«

»Ich bin ja nicht aus der Welt.«

Susanne war von seiner Entscheidung überrascht und sagte ihm, dass sie ihn nicht verstehen würde. Er nickte nur.

Sie behielt ihre Boutique auch über das Frühjahr hinaus, wenngleich sie weiterhin keinen Gewinn machte und zum Jahresende froh sein würde, kein Minus zu haben. Willenbrocks Autohandel lief wie von selbst, er konnte sich vollkommen auf Jurek verlassen, der seine Berliner Wohnung gekündigt hatte und in den alten Wohnwagen eingezogen war, den Willenbrock hinter dem Neubau hatte aufstellen lassen und in dem der Pole abends mit Pasewald Karten spielte oder sich mit ihm Sportübertragungen im Fernsehen ansah, bis er zu Bett ging und der Nachtwächter sich in die neue Halle setzte.

23

Am letzten Wochenende im April fuhren sie auf Bitten von Susanne nach Güstrow und besuchten das Atelier von Barlach und die Gertrudenkapelle. Willenbrock begleitete seine Frau durch die Ausstellung, ließ sie aber bald allein, um auf einer Bank vor dem Haus am Heidberg eine Zigarette zu rauchen. Plötzlich sah er den jungen Mann vor sich, den er in seiner Garage ertappt und auf den er geschossen hatte. Der junge Mann kam Hand in Hand mit einer jungen blonden Frau direkt auf ihn zu, beide trugen Rucksäcke und unterhielten sich lebhaft.

Willenbrock stand auf, ging ihm entgegen und sagte erregt: »Was wollen Sie von mir?«

Der Mann sah ihn überrascht an.

»Hi, what's the matter, please?«, fragte er.

»Warum verfolgen Sie mich?«

»What's wrong with you?«

Willenbrock bemerkte seinen Irrtum. »Excuse me«, sagte er verlegen und verließ eilig den Vorplatz des Atelierhauses.

Das Paar sah ihm verwundert nach.

Willenbrock hörte, dass der Mann über ihn redete, er glaubte zu verstehen, dass er ›stupid‹ sagte. Er schüttelte über sich selber den Kopf. Nachdem er sich beruhigt hatte, ging er zurück und versuchte aus der Ferne noch einen Blick auf den jungen Mann zu werfen. Er konnte nicht sagen, ob er wirklich dem Einbrecher ähnlich sah, er konnte sich nicht mehr genau an ihn erinnern. Das Gesicht des Mannes, auf den er geschossen hatte, und jenes anderen Mannes, des Russen, der auf ihn eingeschlagen hatte, sie verschwammen ineinander. Verwirrt wartete er auf Susanne, um mit ihr essen zu gehen.

Zwei Tage später, als Willenbrock den Revolver abends aus dem Wandsafe nahm, um ihn in seine Aktentasche zu stecken, sah Jurek die Waffe. Er sah seinen Chef überrascht an, sagte jedoch nichts. Willenbrock setzte bereits zu einer Erklärung an, doch dann verschloss er wortlos die Aktentasche und den Safe und meinte lediglich: »Also bis morgen, Jurek.«

Auf der Fahrt nach Hause dachte er an den bestürzten Blick des Polen und fragte sich, was sich Jurek dabei gedacht und ob er es sich vorstellen könne, dass sein Chef mit diesem Apparat auf einen Menschen geschossen habe. Er erinnerte sich an eine Bemerkung eines Leutnants vor dem Kriegsgericht, die er in einem der Biografiebände gelesen hatte und die ihm so unverständlich wie einleuchtend erschienen war, dass er sie nicht vergessen hatte. Der junge Leutnant hatte sich Ende 1917 vor einem Gericht zu verantworten. Nach einem Luftkampf, den er mit seinem Flugzeug, einem Albatros D 5, glücklich bestanden hatte, war er auf dem Heimflug mit dem Doppeldecker unter einer Rheinbrücke hindurchgeflogen. Die Anklage lautete auf Gefährdung der Kriegsmacht im Feld und Förderung des Feindes ohne die Absicht des Verrats durch eine vorsätzliche und fahrlässige Verletzung seiner Dienstpflicht. In der Verhandlung wurde er nach dem Grund für dieses wagehalsige und gefährliche Unternehmen befragt, und er erklärte lediglich: Wenn du lange in einen Abgrund blickst, blickt der Abgrund auch in dich hinein. Trotz aller Ermahnungen des Gerichts und seines Verteidigers war er nicht bereit, sich weiter dazu zu äußern. Ein Autofahrer überholte Willenbrock und gestikulierte wütend, er hatte ihm wohl ohne es zu bemerken die Vorfahrt genommen.

Als er in seine Straße einbog und sein Haus erblickte, glänzten die Fensterscheiben rötlich in der untergehenden Sonne. Willenbrock genoss den Anblick seines Hauses und des von Susanne gepflegten Vorgartens. Vor der Einfahrt hielt er an, um das Gartentor zu öffnen. Er erblickte seinen Nachbarn, Herrn Wittgen, der vor dem Haus Erde aushob, neben ihm lagen blattlose Äste mit dickem Wurzelgeflecht, Bäume oder Sträucher, die er wohl einsetzen wollte. Willenbrock grüßte ihn, der Nachbar sah kurz auf und winkte über den Zaun hinüber. Willenbrock sah auf die Armbanduhr, fuhr den Wagen in die Garage und ging ins Haus.

In der Küche bereitete er eine Sauerkrautsuppe für den Abend vor. Er schnitt Speck, Zwiebeln und Sauerkraut, hackte Knoblauch und säuberte die Peperonis. Mit einem fertig gekauften Fond von Rindfleisch setzte er die Suppe an, würzte sie und ließ alles auf kleiner Flamme dünsten. Aus dem Keller holt er eine Weißweinflasche, prüfte die Temperatur und stellte sie in den Kühlschrank. Dann hörte er den Anrufbeantworter ab und ging in sein Arbeitszimmer. Er warf einen Blick auf die Tapeten und beschloss, noch vor dem Sommer einen Maler kommen und ein paar der Räume renovieren zu lassen. Er sah auf das Schwarzweißfoto mit dem Segelflugzeug. Susanne hatte ihm einmal gesagt, sie habe ihn nur geheiratet, weil er, als er ihr den Antrag machte, genauso stolz und übermütig und kindlich ausgesehen habe wie auf diesem Foto. Aber das war lange her, das große, vergilbte Foto wirkte jetzt wie ein Fremdkörper in seinem modern eingerichteten Arbeitszimmer. Gerd, sein Steuerberater, hatte ihn wiederholt aufgefordert, sich bei einem Galeristen Bilder für seine Arbeitszimmer zu kaufen. Wenn es nicht gerade ein Rembrandt wäre, könne man die Kosten in der Steuererklärung als Betriebsausgabe deklarieren und hätte ein Wertobjekt, was in der Zukunft Rendite mache. Außerdem, hatte Gerd gesagt, würde es sein Arbeitszimmer und sein Büro schmücken, Willenbrock sähe ja, dass auch er seine Geschäftsräume mit moderner Kunst geradezu gepflastert habe.

Willenbrock sah auf das Foto und überlegte. In diesem Raum wirkte es tatsächlich deplatziert. Eine schöne Landschaft oder ein Porträt von Susanne, dass er bei jenem Maler in Auftrag geben könnte, dem er ein Jahr zuvor ein Auto abgekauft hatte und den seine Frau tatsächlich kannte und schätzte, wäre passender. Er hängte das Foto ab, schloss den Wandsafe auf und nahm die Pistole heraus. Er entsicherte die leere Waffe und drückte ab, ein scharfes metallisches Klicken war zu hören. Mit den Fingern strich er vorsichtig über das glänzende Metall, er war jetzt erleichtert, sie zu haben. Es machte ihm Spaß, eine richtige Waffe zu besitzen.

Er vernahm die vertrauten Geräusche eines Autos und ging zum Fenster. Seine Frau kam nach Hause. Vor der Einfahrt stoppte sie den Wagen und stieg aus, um zu dem Nachbarn zu gehen, der noch immer mit seinen Pflanzen beschäftigt war. Susanne gab ihm über den Zaun die Hand, die beiden unterhielten sich angeregt. Willenbrock beobachtete sie, während er weiter mit der Waffe spielte. Ihn überraschte, wie vertraut seine Frau mit dem Nachbarn zu sprechen schien. Er wollte das Fenster öffnen, um dessen Stimme zu hören. Vielleicht war es der Nachbar, vielleicht war er diese ölige Fistelstimme. Noch bevor Willenbrock den Hebel des Fensters umgelegt hatte, sah Susanne zu ihm und winkte. Willenbrock grüßte zurück, die linke Hand presste er auf die Waffe, die auf dem Fensterbrett lag, er fürchtete, dass seine Frau oder der Nachbar sie sehen könnten. Dann legte er den Revolver in den Safe zurück, verschloss ihn und hängte das Foto darüber, ohne einen Blick auf das lachende Gesicht des jungen Mannes zu werfen. Bevor er in die Küche zurückging, schaute er nochmals durch das Fenster in den Garten. Susanne war nicht mehr zu sehen, und der Nachbar hatte sich wieder seinen Pflanzen zugewandt. Die Obstbäume standen in Blüte, und das Abendlicht verstärkte den zarten Glanz der rosafarbenen Blätter.

auf und nahm die Pistole heraus. Er entsicherte die leere Waffe und drückte ab, ein scharfes metallisches Klicken war zu hören. Mit den Fingern strich er vorsichtig über das glänzende Metall, er war jetzt erleichtert, sie zu haben. Es machte ihm Spaß, eine richtige Waffe zu besitzen.

Er vernahm die vertrauten Geräusche eines Autos und ging zum Fenster. Seine Frau kam nach Hause. Vor der Einfahrt stoppte sie den Wagen und stieg aus, um zu dem Nachbarn zu gehen, der noch immer mit seinen Pflanzen beschäftigt war. Susanne gab ihm über den Zaun die Hand, die beiden unterhielten sich angeregt. Willenbrock beobachtete sie, während er weiter mit der Waffe spielte. Ihn überraschte, wie vertraut seine Frau mit dem Nachbarn zu sprechen schien. Er wollte das Fenster öffnen, um dessen Stimme zu hören. Vielleicht war es der Nachbar, vielleicht war er diese ölige Fistelstimme. Noch bevor Willenbrock den Hebel des Fensters umgelegt hatte, sah Susanne zu ihm und winkte. Willenbrock grüßte zurück, die linke Hand presste er auf die Waffe, die auf dem Fensterbrett lag, er fürchtete, dass seine Frau oder der Nachbar sie sehen könnten. Dann legte er den Revolver in den Safe zurück, verschloss ihn und hängte das Foto darüber, ohne einen Blick auf das lachende Gesicht des jungen Mannes zu werfen. Bevor er in die Küche zurückging, schaute er nochmals durch das Fenster in den Garten. Susanne war nicht mehr zu sehen, und der Nachbar hatte sich wieder seinen Pflanzen zugewandt. Die Obstbäume standen in Blüte, und das Abendlicht verstärkte den zarten Glanz der rosafarbenen Blätter.